W0201753

EN SACRIFICE À MOLOCH

Åsa Larsson

EN SACRIFICE À MOLOCH

ROMAN

Traduit du suédois
par Caroline Berg

Albin Michel

© Éditions Albin Michel, 2017
pour la traduction française

Édition originale suédoise parue sous le titre :
TILL OFFER ÅT MOLOCH
© Åsa Larsson, 2012
chez Albert Bonniers à Stockholm, Suède, en 2012
Publié en français avec l'accord de Ahlander Agency

Je lis un passage du Lévitique. Dieu est en colère. Il clame ses lois et les châtiments qu'encourent ceux qui les enfreignent. Il crache son ire et profère ses menaces. Au chapitre vingt, le Seigneur promet à celui qui sacrifiera un enfant à Moloch qu'il sera puni de mort et lapidé. Dieu le poursuivra de son courroux et le bannira de la communauté des hommes. Je me demande comment il s'y prendra si le gars a été lapidé. Quoi qu'il en soit, ceux qui détourneront les yeux de l'homme qui sacrifie son enfant à Moloch exposeront leur descendance tout entière aux foudres du Tout-Puissant.

Je me documente un peu sur ce Moloch. Il semble qu'il s'agisse d'une divinité capable de donner richesses, belles moissons et victoires au combat. Existe-t-il une seule divinité qui ne promette pas pareilles récompenses ? Des nouveau-nés étaient donnés en sacrifice. On fabriquait des statues creuses en cuivre. Avec une large poitrine. On allumait un feu à l'intérieur des statues qu'on chauffait à blanc puis on déposait les enfants vivants entre les bras de Moloch.

J'ai pensé à cela en écrivant ce livre. Au fait de sacrifier des enfants dans le but de prospérer, de jouir de biens terrestres.

Qu'est-ce qui peut bien faire hurler un chien de la sorte ? Samuel Johansson n'a encore jamais entendu son chien donner de la voix de cette façon.

Il est là, dans sa cuisine, en train de beurrer tranquillement une tartine. Son chien d'élan norvégien est attaché à sa chaîne dans la cour. Le calme règne alentour.

Le chien se met à aboyer. Un aboiement sonore et furieux, pour commencer.

Qu'est-ce qui le fait aboyer comme ça ? Pas un écureuil, en tout cas. Le fermier connaît sa manière d'aboyer quand il voit un écureuil. Un élan ? Non, sa voix est plus grave et plus pleine quand il a senti la piste d'un élan.

Soudain, il doit se passer quelque chose parce que le chien pousse un hurlement. Il hurle comme si les portes de l'Enfer venaient de s'ouvrir sous son nez. Le bruit réveille chez Samuel Johansson une terreur ancestrale.

Puis c'est le silence.

Samuel sort de chez lui en courant. Sans veste. Sans souliers. Sans réfléchir.

Il trébuche dans l'obscurité de l'automne vers le garage et le chenil.

L'ours est là, debout dans le halo de l'éclairage extérieur. Il tire sur le chien pour l'emporter, mais le corps sans vie de l'animal est toujours accroché à la chaîne. L'ours tourne sa gueule ensanglantée vers Samuel et rugit.

Samuel recule, manque de tomber. Mais tout à coup, il sent grandir en lui une force surnaturelle et il court, plus vite qu'il n'a jamais couru, retournant vers la maison pour aller chercher la carabine. L'ours ne le suit pas et pourtant Johansson a l'impression de sentir sur sa nuque le souffle chaud de l'énorme bête.

Il charge l'arme, les mains moites, avant de rouvrir sa porte avec précaution. Il doit garder son calme et viser juste. S'il le manque, tout peut aller très vite. L'ours blessé pourrait bondir sur lui en quelques secondes.

Il avance dans le noir. Un pas à la fois. Les poils dressés sur sa nuque comme de petites épingles.

L'ours est toujours là. Occupé à dévorer ce qui reste du chien. Il lève la tête quand Samuel retire la sécurité de la carabine.

Samuel n'a jamais autant tremblé qu'à présent. Il faut faire vite. Il essaye de garder son calme sans y parvenir.

L'ours balance la tête, menaçant. Grogne. Respire comme un soufflet de forge. Il fait démonstrativement un pas en avant. Samuel tire. Touche. L'ours tombe. Mais il se relève aussitôt. Et disparaît dans l'obscurité de la forêt.

À présent, il est introuvable. La lumière du garage n'éclaire pas assez loin.

Samuel rentre chez lui à reculons, pointant la carabine ici et là. L'oreille tendue vers les arbres. Il s'attend à chaque instant à voir l'ours revenir pour l'attaquer. Il n'y voit qu'à quelques mètres.

Encore vingt pas pour atteindre la porte. Son cœur bat fort. Cinq mètres. Trois. Ouf !

Il tremble à présent de tous ses membres. Il doit poser le téléphone portable sur la table et le tenir fermement de la main gauche pour pouvoir taper le numéro. Le président de la chasse décroche à la première sonnerie. Ils conviennent de lancer une battue dès le lever du jour. Ils ne peuvent rien faire dans le noir.

Les chasseurs du village se retrouvent à l'aube devant la ferme de Samuel. Il fait – 2°. Les branches des arbres sont couvertes de givre. Les feuilles déjà tombées. Les sorbes brillent dans les buissons pétrifiés. Petites taches de rouille sur fond blanc. Une matière duveteuse vole dans l'air froid. Le genre de neige qui ne tient pas.

Ils contemplent les tristes reliefs du repas de l'ours. Un crâne au bout d'une chaîne. Le reste n'est plus que chair à pâté.

Ce sont des hommes courageux. Ils ont des chemises à carreaux, des pantalons avec beaucoup de poches, des ceintures auxquelles pendent des couteaux et des vestes de camouflage vertes. Les plus jeunes ont le visage mangé de barbe et une casquette sur la tête. Les plus vieux sont rasés de près et portent une chapka en fourrure avec oreilles. Ces hommes-là construisent tout seuls les remorques motorisées avec lesquelles ils ramènent au village les élans qu'ils ont tués. Ils préfèrent les véhicules à l'ancienne dont ils peuvent bricoler eux-mêmes le moteur. Ils ne veulent pas être dépendants d'un fichu garage où il faut brancher sa voiture à une borne électronique pour savoir ce qu'elle a.

« Voilà ce qui s'est passé », explique le chef de battue tandis que les plus âgés de l'équipe glissent une nouvelle chique de tabac sous leur lèvre inférieure en regardant du coin de l'œil Samuel, qui a du mal à contrôler les tics nerveux de son visage, « Samuel a entendu le chien pleurer. Il a pris sa carabine et il est sorti. Ça fait déjà un certain temps maintenant qu'on a des ours qui viennent traîner dans le coin et il a tout de suite compris. »

Johansson confirme sa version d'un hochement de tête.

« Donc, tu sors avec ta carabine. L'ours est en train de bouffer ton chien, il te voit et il se jette sur toi. Tu tires pour te défendre. C'est lui qui t'attaque le premier. Tu ne retournes pas chez toi chercher ton arme. Tu l'as déjà avec toi en sortant. Pas de conneries. On ne veut pas se retrouver avec une violation des règles de chasse sur le dos, d'accord ? J'ai appelé la police hier soir. Elle a ordonné la battue administrative.

– Qui est-ce qui va la faire ? demande quelqu'un.

– Patrik Mäkitalo. »

Ils se taisent et ruminent l'information. Patrik Mäkitalo vient de Luleå. Ils auraient préféré que ce soit quelqu'un de leur équipe qui se charge de tuer l'ours. Mais aucun d'entre eux n'a de chiens aussi bons. Et tout au fond d'eux-mêmes, ils se demandent s'ils seraient capables de faire aussi bien que Patrik.

Un ours blessé. Il n'y a rien de plus dangereux. Il faut avoir un chien capable de le tenir au ferme. Pas un trouillard qui fait demi-tour et vient se réfugier dans les jambes de son maître, l'ours sur ses talons.

Et puis il faut un chasseur qui n'aura pas la tremblote au moment où Winnie va sortir à fond de train des fourrés. Parce que, à cet instant-là, ça se joue à quelques secondes. La zone vulnérable sur le corps d'un ours a la taille d'un fond de casserole. On vise sans support. C'est à peu près aussi facile que de tirer sur une balle de tennis en plein vol. Et si on rate, il est rare qu'on ait une deuxième chance. La chasse à l'ours n'est pas une chasse de femmelette.

« Quand on parle du loup… », dit le chef de battue alors qu'une voiture pénètre dans la cour de la ferme.

Patrik Mäkitalo descend de voiture et salue tout le monde d'un hochement de tête. C'est un homme d'environ trente-cinq ans, avec des rides au coin des yeux et un bouc, long et fin. Un guerrier mongol du Nordbotten.

Il ne parle pas beaucoup, écoute le chef de battue, interroge Samuel sur son coup de feu. Où se trouvait-il ? Où se trouvait l'ours ? Quelles munitions a-t-il utilisées ?

« Oryx.

– Parfait, dit Patrik Mäkitalo. Important poids résiduel. Avec un peu de chance, la balle aura traversé. La plaie saignera plus. Il sera plus facile à tracer.

– Tu te sers de quoi, toi ? »

C'est l'un des anciens qui a osé poser la question.

« Vulkan. Les balles s'arrêtent juste sous la peau. »

Évidemment, songent les plus anciens. Il tue du premier coup. Il n'a pas besoin de courir après. Et il préfère ne pas abîmer le cuir.

Patrik Mäkitalo enlève la sécurité de sa carabine et entre dans la forêt. Revient au bout de quelques minutes, du sang sur les doigts.

Il ouvre le hayon de sa voiture. Ses chiens attendent dans une cage, leurs langues pendant à travers leurs sourires de chiens. Ils ne daignent regarder personne d'autre que leur maître.

Patrik Mäkitalo demande à voir une carte. Le chef de battue sort sa carte d'état-major de son 4×4 et l'étale sur le capot.

« Je n'aurai aucun mal à suivre sa trace. Mais s'il décide de remonter contre le vent dans les jeunes pins, il risque de traverser ici, quelque part. »

Il suit du doigt le ruisseau qui rejoint la rivière Lainio.

« Surtout si c'est un vieux qui a appris à semer ses poursuivants. Mettez un bateau à l'eau et tenez-vous prêts à venir en renfort si nécessaire. Mes chiens n'ont pas peur de se mouiller les pattes, mais leur maître est frileux. »

Les zygomatiques prennent du service, une fraternité s'installe devant l'éventualité de participer à la chasse.

Le chef se ressaisit le premier :

« Vous voulez que quelqu'un vous accompagne ?

– Non. Je vais d'abord le pister avec mes chiens et après on verra. S'il est parti par là, dans les marais, il faudra que vous vous postiez autour pour l'attendre. Attendons de voir où il est allé.

– On ne devrait pas avoir trop de mal à le trouver, s'il saigne », fait remarquer un chasseur.

Patrik Mäkitalo répond sans lever les yeux de la carte.

« En théorie. Mais en général, l'ours s'arrête de saigner très vite. Et il est possible aussi qu'il décide de se tapir dans un fourré épais et qu'il attende tranquillement l'homme qui le poursuit pour le surprendre. Si ce n'est pas mon jour de chance, c'est lui qui me trouvera le premier.

– Il a raison ! » commente le chef de battue en fusillant du regard celui qui venait de parler pour ne rien dire.

Patrik Mäkitalo lâche ses chiens. Ils disparaissent aussitôt comme deux flèches brunes, le nez à terre. Il les suit, GPS à la main.

Il n'y a plus qu'à avancer. Il lève les yeux vers le ciel et espère qu'il ne va pas se mettre à neiger pour de bon.

Le terrain est facile, il marche vite. Pense aux chasseurs qu'il vient de rencontrer. Le genre de types à rester postés en buvant des bières et en somnolant à moitié. Pas un seul d'entre eux n'arriverait à tenir sa cadence. Et encore moins à supporter la chasse comme il la pratique.

Il traverse le chemin de terre qui longe un escarpement sableux. L'ours semble l'avoir grimpé d'une traite, à grandes et lourdes foulées. Il pose la main dans les empreintes parfaitement nettes.

Les habitants de Lainio vivent déjà dans la peur. Ils savent que l'ours vient se promener par là de temps en temps. Excréments près d'une poubelle renversée, fumant dans la fraîcheur matinale, rouges comme du coulis de myrtilles ou d'airelles. Tout le monde parle de l'ours. Les vieilles légendes reviennent dans les mémoires.

Patrik examine les traces dans le sol, là où l'ours a enfoncé ses pattes avant pour se hisser sur la pente. Il doit avoir l'équivalent d'un poignard à chaque doigt. Certains habitants du village ont pris des photos avec leurs portables après avoir posé une boîte d'allumettes à côté des empreintes.

Les femmes et les enfants ne sortent plus. Personne n'ose aller dans les bois cueillir des baies. Les parents vont chercher les écoliers en voiture à l'arrêt du bus.

Ça doit être un sacré lascar, songe Patrik. Un vieux carnivore. Ce qui explique qu'il ait mangé le chien.

Il entre dans la forêt de pins. Le terrain est plat et la marche aisée. Les arbres sont grands, espacés, alignés, leurs troncs droits et sans branches, sauf la cime tout là-haut qui siffle dans le vent. La mousse qui en été craque, sèche sous le pas, est maintenant humide, souple et ouatée.

Tout est parfait. Silencieux et parfait.

Il traverse une ancienne tourbière avec au milieu une grange en ruine. Les restes de la toiture sont dispersés autour de la carcasse du bâtiment. Le sol n'a pas encore gelé, il commence tout juste à faire froid. Ses pieds s'enfoncent dans la tourbe et il se met à transpirer. Un relent de boue et d'eau ferrugineuse lui monte aux narines.

Bientôt la trace de l'ours part dans une autre direction, passant au travers des taillis vers Vaikkojoki.

Dans la lumière grise de l'aube, des corbeaux croassent au loin. La végétation s'épaissit. Les arbres sont plus serrés. Ils semblent se disputer la place. Jeunes pins maigrichons, brindilles grisâtres et cassantes, petits bouleaux qui, lorsqu'ils n'ont pas encore perdu leurs feuilles, se détachent en jaune sur le fond vert sombre et gris. On n'y voit pas à cinq mètres. Et peut-être encore moins que cela.

Il a atteint la rivière. Doit sans cesse écarter les branches pour avancer. Il n'y voit plus qu'à deux mètres.

Alors, il entend les chiens, trois aboiements stridents. Puis le silence.

Il sait ce que cela signifie. Ils ont levé l'ours. Ils l'ont dérangé, forcé à quitter son lit de douleur. Quelques aboiements supplémentaires quand les chiens reniflent l'odeur puissante de la piste.

Vingt minutes plus tard, il entend les chiens aboyer à nouveau. Insistants cette fois. Ils ont pris l'ours en chasse. Il consulte son GPS. Ils sont à mille cinq cents mètres. Leurs voix indiquent qu'ils courent toujours. Ils aboient en poursuivant l'animal. Il n'a plus qu'à les suivre, guidé par les aboiements. Il ne sert à rien de s'énerver. Il espère que la jeune chienne n'ira pas trop près. Elle s'excite facilement. L'autre chienne travaille plus calmement. Elle sait mettre un animal au ferme en gardant une distance de sécurité. Trois mètres, minimum. Il ne serait pas étonné qu'elle reste à quatre ou cinq mètres cette fois. Elle sait d'instinct qu'un ours blessé n'est pas patient.

Au bout d'une demi-heure, les voix marquent le ferme. Chiennes et ours ont cessé de courir.

Dans les taillis les plus épais. Il fallait s'y attendre. Des branches enchevêtrées, des ronces et aucune visibilité. Il accélère le pas. Il n'est plus qu'à deux cents mètres, à présent.

Le vent vient de côté. Ça devrait aller. L'ours ne le sentira pas. Il retire la sécurité. Avance. Son cœur bat fort.

Tout va bien, se dit-il. Il frotte sa main moite sur la jambe de son pantalon. L'adrénaline fait partie du jeu.

Cinquante mètres. Il plisse les yeux, tente de voir à travers l'épaisse végétation. Les deux chiennes portent des gilets fluorescents, verts d'un côté et orange de l'autre. Afin de les distinguer de l'ours au moment décisif et de déterminer leur position.

Il aperçoit une tache orange. Quelle chienne est-ce ? Impossible de deviner où se trouve l'ours de l'endroit où il est. En général, l'animal est entre les deux chiens. Patrik regarde, scrute, contourne la scène aussi doucement qu'il peut. Prêt à tirer, recharger, tirer à nouveau.

Le vent tourne. Au même instant, il voit la deuxième chienne. Elles sont à environ dix mètres l'une de l'autre. L'ours est forcément là, quelque part, entre les deux. Mais il ne le voit toujours pas. Il doit approcher encore. Il a le vent dans le dos à présent, mais il n'a pas d'autre solution. Il lève sa carabine.

Enfin il le voit. Il est à moins de dix mètres devant lui. Malheureusement, il y a trop d'arbres et de buissons sur sa ligne de tir. Soudain l'ours se redresse. Il a senti son odeur.

Il court droit sur lui. À une vitesse invraisemblable. Patrik a à peine le temps d'inspirer que l'animal a déjà parcouru la moitié de la distance qui les sépare. Les branches se cassent sur son passage dans un vacarme infernal.

Le chasseur tire. Son premier coup de feu renverse légèrement l'ours sur un côté. Mais il ne l'arrête pas. Le deuxième coup est parfait. L'ours tombe, à trois mètres de lui.

Les chiennes se jettent aussitôt sur lui. Elles lui mordent les oreilles, plantent les dents dans sa fourrure. Il les laisse faire. C'est leur récompense.

Il a le cœur qui bat comme une porte ouverte en pleine tempête. Il reprend son souffle et félicite les chiennes. Bien. Bonnes filles.

Il appelle les chasseurs.

C'était juste. Un peu trop juste. Il a une brève pensée pour son fils et pour sa compagne. Il ne faut pas. Il regarde l'ours. Il est grand. Très grand. Presque noir.

L'équipe de chasse le rejoint. L'air est saturé par la froidure de l'automne, l'odeur puissante de l'ours et le respect admiratif des hommes. Ils attachent l'animal avec des sangles qu'ils passent au-dessus de leur nuque et sous les bras, puis ils le tirent jusqu'à une clairière proche de la route à laquelle ils peuvent accéder avec les 4×4. Ils peinent comme des bœufs, se disent que c'est effectivement un sacré lascar.

L'agent de l'Office national de la chasse les rejoint. Il inspecte la zone de tir pour vérifier qu'aucune infraction au règlement n'a été commise. Il effectue les prélèvements nécessaires pendant que les gars reprennent leur souffle. Il coupe une mèche de poils, un morceau de peau, les testicules et arrache une dent à l'ours pour déterminer son âge.

Puis il lui ouvre l'abdomen.

« Voyons ce qu'a mangé notre Winnie ! »

Patrik Mäkitalo a attaché les chiens à un arbre. Ils poussent des petits gémissements et tirent sur leurs laisses. C'est leur ours.

Un nuage de vapeur s'élève au-dessus de l'estomac de la bête. Et une puanteur abominable aussi.

Plusieurs chasseurs reculent malgré eux. Ils savent ce qu'il y a là-dedans. Les restes du chien gris de Samuel Johansson. L'inspecteur le sait aussi.

« Voyons, dit-il. Des baies et de la viande, du poil et de la peau. »

Il remue un peu avec un bâton. Sa bouche prend un pli incrédule.

« Ça par contre, ce n'est pas… »

Il se tait. Extrait quelques morceaux d'os de sa main droite gantée de latex.

« Mais qu'est-ce qu'il a bien pu bouffer, cet animal ? » grommelle-t-il en touillant le contenu indistinct du bol alimentaire.

Les hommes s'approchent. Se grattent la nuque, faisant tomber leurs casquettes sur leurs fronts. L'un d'eux chausse ses lunettes pour mieux voir.

L'inspecteur responsable de l'environnement se redresse. Précipitamment. Il recule. Brandit un os.

« Vous savez ce que c'est, ça ? » demande-t-il à la cantonade.

Son visage a viré au gris. L'expression dans ses yeux fait frémir les hommes autour de lui. Le vent a cessé. Les oiseaux sont partis. La forêt est soudain silencieuse, comme si elle cachait un secret.

« En tout cas, cela ne vient pas d'un chien. »

Dimanche 23 octobre

L'AUTOMNE ARRIVÉ, le fleuve lui parlait encore de la mort, mais pas comme avant. Avant, il était sombre. Il lui disait : Tu peux en finir. Courir sur la glace mince jusqu'à ce qu'elle cède. Maintenant le fleuve lui dit : Toi, ma fille, tu n'es ici que le temps d'un clin d'œil. Et ses mots la consolent.

Ce matin-là, la substitut du procureur Rebecka Martinsson dormait paisiblement. L'angoisse qui la poignardait de l'intérieur, lui labourait les entrailles avait cessé de la réveiller à l'aube. Plus de bouffées de chaleur, plus de palpitations. Elle ne se retrouvait plus devant le miroir de sa salle de bains, les pupilles dilatées, avec l'envie de se tondre la tête ou de mettre le feu à quelque chose, et avant tout à sa propre personne.

« Tout va bien », disait-elle à présent. Au fleuve ou à elle-même. Ou à ceux qui se risquaient à lui poser la question.

Oui, tout allait bien. Ou plutôt, c'était déjà pas mal. Qu'elle parvienne à faire son travail, à s'occuper de sa maison. À ne pas avoir constamment la bouche sèche et des boutons à cause des innombrables médicaments qu'elle était obligée de prendre. À dormir la nuit.

Il lui arrivait même de rire, parfois. Et pendant ce temps,

le fleuve suivait son cours comme il l'avait toujours fait et comme il continuerait de le faire longtemps après qu'elle ne serait plus là.

Ici et maintenant, une vie qui dure l'espace d'un clin d'œil, songeait-elle, éclatant de rire en faisant son ménage, en allant travailler, en fumant une cigarette au soleil sur sa terrasse. Parce que, ensuite, elle ne serait plus rien du tout, pendant très longtemps.

C'est exactement ça, disait le fleuve.

Elle aimait quand la maison était soignée. Aussi soignée que du temps de sa grand-mère. Elle dormait dans l'alcôve en bois vernis qui avait été son lit. Partout sur le plancher étaient étalés des tapis qu'elle avait tissés et les plateaux décorés de ses mains étaient toujours suspendus aux murs de la cuisine dans leurs rubans brodés, comme jadis.

La table et les chaises peintes en bleu étaient usées aux endroits où des mains les avaient saisies, où des pieds avaient reposé. Le recueil des sermons du pasteur Laestadius et les psaumes voisinaient avec des numéros vieux de trente ans de *Hemmets Journal*, *Allers* et *Land*. Des draps anciens, usés jusqu'à la corde, s'empilaient dans l'armoire.

Jasko, le jeune chien de Rebecka, était couché au pied du lit. Le maître-chien Krister Eriksson lui en avait fait cadeau un an et demi auparavant. C'était un beau berger allemand. Il serait bientôt adulte. Il était convaincu de l'être déjà. Il levait la patte très haut en pissant, presque à en perdre l'équilibre. Dans son monde imaginaire, il était roi de Kurravaara.

Ses pattes pédalaient dans le vide quand dans la nuit il parvenait à refermer les crocs sur tous ces agaçants rongeurs qui peuplaient ses journées d'odeurs alléchantes mais ne se laissaient jamais attraper. Il salivait et claquait des mâchoires, rêvant qu'il leur brisait les reins avec un craquement délicieux. Peut-être imaginait-il aussi dans son sommeil de chien que les chiennes du village répondaient aux innombrables messages d'amour qu'il leur laissait chaque jour en pissant sur tous les brins d'herbe qu'il trouvait sur son chemin.

Mais quand le roi de Kurravaara se réveillait, tout le monde l'appelait le Morveux. Et aucune chienne amoureuse ne grattait à sa porte.

Rebecka avait aussi une chienne mais elle ne se couchait jamais sur son lit. Elle ne montait pas non plus sur les genoux de Rebecka comme le faisait Jasko encore très récemment. Vera la bâtarde acceptait une caresse rapide, en passant, mais les témoignages d'affection n'étaient pas dans sa nature.

Vera dormait sous la table de la cuisine. On ignorait son âge et sa race exacte. Avant d'habiter chez Rebecka, elle vivait dans les bois, avec son maître, un ermite qui concoctait son propre répulsif à moustiques et se promenait nu comme un ver tout l'été. Quand on l'avait assassiné, Rebecka avait accueilli la chienne chez elle. Sinon, elle aurait été euthanasiée. Rebecka n'avait pas supporté l'idée, alors elle l'avait ramenée chez elle, et la chienne était restée.

Enfin, c'était une façon de parler car Vera allait et venait à sa guise. Et Rebecka n'avait plus qu'à lui courir après quand elle partait se promener dans le village ou dans le champ de pommes de terre du côté du hangar à bateaux. Mais il n'était pas fréquent qu'elle se donne cette peine.

« Comment peux-tu la laisser divaguer comme ça ? lui disait son voisin, Sivving. Tu sais comment sont les gens. Ils vont te la tuer. »

Veillez sur elle ! priait Rebecka, s'adressant à un dieu dont il lui arrivait d'espérer l'existence. Et si vous ne pouvez pas la protéger, alors faites en sorte qu'elle n'ait pas le temps de souffrir. Parce que l'empêcher de courir, je ne peux pas. Elle n'est pas à moi de cette façon-là.

Les pattes de Vera ne remuaient pas dans son sommeil et elle ne poursuivait pas d'odeurs merveilleuses en dormant. Les choses que le Morveux faisait en rêve, elle les faisait en vrai. L'hiver, elle écoutait courir les mulots sous la neige, plongeait brusquement la tête et leur brisait les reins à la manière du renard. Ou alors, elle prenait son élan et elle les piétinait à mort de ses pattes avant. L'été, elle déterrait les nids, dévorait les bébés souris tout nus et mangeait du crottin de cheval dans les prés. Elle connaissait d'instinct les fermes et les maisons près desquelles il valait mieux ne pas s'aventurer. Celles-là, elle se contentait de les longer en rampant dans les fossés. Et elle devinait aussi celles où on lui offrirait des pâtisseries à la cannelle ou des lanières de peau de renne.

Parfois, la chienne s'asseyait, immobile, le nez tourné au nord-est. Cela faisait frissonner Rebecka quand elle faisait ça. Car là-bas, de l'autre côté du fleuve, près de Vittangijärvi, se trouvait son ancienne maison.

« Il te manque ? » lui demandait-elle alors.

Heureusement, il n'y avait que le fleuve pour l'entendre.

Vera se réveilla. Elle vint s'asseoir au chevet de sa nouvelle maîtresse et la regarda. Dès que Rebecka ouvrit les yeux, la chienne tambourina sur le plancher avec sa queue.

« Tu plaisantes ? soupira Rebecka. On est dimanche matin, je dors. »

Elle remonta la couverture sur sa tête. Vera posa son museau au bord du lit.

« File ! » gronda Rebecka d'une voix étouffée par l'édredon, bien qu'elle sache qu'il était trop tard puisqu'elle était déjà réveillée.

« Tu veux faire pipi ? »

En entendant le mot pipi, en général, Vera courait se poster devant la porte d'entrée. Mais pas cette fois.

« C'est Krister qui arrive ? On va avoir la visite de Krister ? »

On aurait dit que Vera le sentait quand Krister Eriksson montait dans sa voiture à Kiruna, à quinze kilomètres du village.

Pour toute réponse, Vera alla se coucher devant la porte d'entrée.

Rebecka prit ses vêtements posés sur le dos d'une chaise à côté du lit et les glissa contre elle quelques minutes avant de s'habiller dans la chaleur de la couette. Il faisait un froid de gueux dans la maison et elle n'avait pas le courage de se lever pour enfiler des vêtements glacés.

Quand elle se rendit dans la salle de bains, les deux chiens vinrent lui tenir compagnie. Le Morveux posa la tête sur ses genoux pour qu'elle le gratte derrière les oreilles pendant qu'elle faisait pipi.

« Petit-déjeuner ! » claironna-t-elle, en tendant la main vers le rouleau de papier hygiénique.

Les deux chiens se précipitèrent dans la cuisine. Arrivés devant leurs gamelles, ils s'aperçurent que la femelle alpha n'était pas là et ils revinrent la chercher. Elle avait eu le temps de s'essuyer, de tirer la chasse et de se laver les mains à l'eau glacée du robinet.

Après le petit-déjeuner, le Morveux retourna se mettre au chaud sur le lit.

Vera, elle, reprit sa place sur le paillasson devant la porte.

Elle posa son fin museau entre ses pattes et poussa un long soupir.

Dix minutes plus tard, une voiture entrait dans la cour.

Le Morveux sauta du lit, fit voler la couverture, courut rejoindre Rebecka sans prendre le temps de contourner la table de la cuisine, s'arrêta devant la porte et refit le même trajet en sens inverse. Les tapis firent des vagues, le chiot dérapa sur le parquet verni, des chaises se renversèrent.

Vera s'était levée, attendant patiemment que Rebecka lui ouvre la porte, remuant la queue de joie anticipée mais refusant de se donner en spectacle.

« Je ne comprends pas ce que vous voulez, dit Rebecka innocemment, vous pouvez être plus clairs, s'il vous plaît ? »

Le Morveux gémit et jappa, les yeux rivés sur la porte, puis revint auprès de sa maîtresse.

Rebecka avança à pas infiniment lents vers la porte d'entrée, comme si elle marchait au ralenti. Le jeune berger allemand tremblait d'excitation. Vera s'assit sur son derrière. Philosophe. Rebecka tourna la clé et les libéra tous les deux. Les chiens dévalèrent l'escalier du perron.

« Ah ! C'était ça que vous vouliez ? Je n'avais pas compris ! » s'exclama-t-elle en riant.

Le policier et maître-chien Krister Eriksson arrêta sa voiture devant la maison de Rebecka Martinsson. De loin, il avait vu la lumière allumée dans la cuisine au premier étage et avait ressenti l'habituel pincement au cœur.

Il ouvrit sa portière et regarda les chiens de Rebecka arriver en courant.

D'abord Vera. Avec son arrière-train qui se tordait d'un côté à l'autre et son dos arrondi.

Les deux chiens de Krister, Tintin et Roy, étaient deux jolis bergers pure race, bien dressés et travailleurs. Ils étaient célèbres dans la région. Le Morveux était un fils de Tintin. Il deviendrait un jour un chien exceptionnel.

C'était drôle de voir Vera la vagabonde au milieu de tous ces champions. Maigre comme un coucou, une oreille dressée, l'autre tombante. Un coquard noir autour d'un œil.

Au début, il avait essayé de la dresser. Il lui disait : « Assis ! » et elle le regardait, la tête penchée sur le côté avec l'air de dire : « Je ne comprends rien à ce que tu me dis, mais si tu ne finis pas ta tartine de pâté de foie, je la veux bien. »

Il avait l'habitude que les chiens lui obéissent. Mais avec elle, il était tombé sur un os.

« Salut, clocharde ! » l'accueillit-il, lui tirant affectueusement les oreilles et posant un baiser sur sa tête étroite. « Comment fais-tu pour rester aussi maigre avec tout ce que tu manges ? »

Elle accepta la brève caresse mais céda rapidement la place au Morveux. Le chiot galopait comme un troll à qui on aurait mis de la moutarde dans le cul, se jetait dans les jambes de Krister, faisait des huit, incapable de rester en place assez longtemps pour que Krister puisse lui dire bonjour. Puis il se coucha, en position de totale soumission, se releva, posa les pattes avant sur les jambes de Krister, se recoucha sur le dos, roula, partit en courant chercher un bâton pour jouer, le posa devant les pieds de Krister, lui lécha la main et finit par un long bâillement, un moyen comme un autre de relâcher le trop-plein de sentiments qui l'envahissait.

Rebecka apparut sur la terrasse. Qu'elle était jolie ! Les bras croisés et les épaules remontées jusqu'aux oreilles pour se tenir chaud. Les petits seins qui se dessinaient sous le débardeur militaire. Les longs cheveux bruns ébouriffés style saut du lit.

« Salut ! lui lança-t-il. C'est chouette que tu sois matinale.

– Tu parles ! répliqua Rebecka. Cette chienne est incroyable ! C'est comme s'il y avait une sorte de connexion télépathique entre vous. Chaque fois que tu viens me rendre visite, on dirait qu'elle le sent et elle vient me réveiller. »

Il rit. Joie et souffrance entremêlées. Elle avait déjà un petit ami. L'avocat de Stockholm.

Mais c'est moi qui vais me promener dans les bois avec elle, songea-t-il. Moi qui surveille sa maison et qui m'occupe de ses chiens quand elle part pour Stockholm. Mais ce n'est pas grave.

Je prends ce qu'on me donne, se répéta-t-il comme un mantra. Je prends ce qu'on me donne.

« C'est bien, ma fille, chuchota-t-il à Vera. Continue à la réveiller. Quant à l'avocat, je compte sur toi pour lui mordre les mollets. »

Rebecka répondit au regard de Krister, secoua la tête, un peu étonnée. Il ne lui avait jamais dit qu'il était amoureux d'elle. Il ne lui avait fait aucune avance. Mais il s'autorisait toujours à la regarder longuement et intensément. Il lui arrivait de la contempler avec le même sourire que si elle avait été une apparition miraculeuse. Sans attendre d'y être invité, il débarquait chez elle pour l'emmener marcher dans les bois. Sauf quand Måns était là, bien sûr. Quand Måns était dans les parages, il disparaissait.

Måns n'aimait pas Krister Eriksson.

« On dirait un Martien, disait-il de lui.

– Oui », répondait Rebecka.

Parce que c'était la vérité. Un accident dans sa jeunesse

avait gravement brûlé le visage de Krister et l'avait défiguré. Il n'avait plus d'oreilles, de son nez il ne restait que deux trous au milieu du visage. Sa peau était une vieille carte en parchemin rose et brun.

Mais son corps était souple et musclé, songea-t-elle en regardant le Morveux lui lécher la figure. Les chiens savaient l'effet que cela faisait de toucher cette peau.

« Juste pour te prévenir, dit-elle en riant. Hier, il a passé toute la journée sur le tas de fumier de Larsson à fouiller dans les vieilles bouses pour trouver des asticots.

– Beurk ! » s'exclama Krister, pinçant les lèvres et repoussant le Morveux.

Vera leva la tête, se tourna vers la route et lança un bref aboiement.

Les chiens de Krister, toujours enfermés dans la voiture, se mirent à aboyer, eux aussi. Tout le monde avait le droit de s'amuser sauf eux, aujourd'hui ?

Quelques instants plus tard, Sivving entrait dans la cour, clopin-clopant.

« Bonjour, tout le monde ! cria-t-il. Il me semblait bien que j'avais entendu ta voiture, Krister.

– Pff ! soupira Rebecka. Et moi qui croyais que j'allais faire une bonne grasse matinée. Je vous rappelle, messieurs, que nous sommes dimanche. »

Vera alla souhaiter la bienvenue à Sivving. Il marchait aussi rapidement qu'il en était capable, c'est-à-dire pas très vite. Son côté gauche ne répondait plus. Il traînait la patte et son bras pendait, inerte.

Rebecka vit Vera lui arracher sa moufle et tourner autour

de lui. Juste assez lentement pour lui donner une chance de la reprendre.

« Tu es un démon », entendit-elle son vieux voisin dire à la chienne, la voix pleine de tendresse.

Avec moi, elle ne veut jamais jouer, songea Rebecka.

Sivving les avait rejoints. C'était encore un bel homme. Grand, avec un ventre impressionnant et des cheveux blancs et mousseux comme de la crème fouettée.

« Vous voulez bien m'accompagner chez Sol-Britt Uusitalo ? leur demanda le vieillard sans préambule. J'ai promis d'aller voir comment elle allait. Elle habite à Lehtiniemi. »

Rebecka commençait à bouillir intérieurement.

Il faut toujours faire des trucs pour lui. Il promet aux gens. Et ensuite, il débarque tranquillement chez moi alors qu'on est dimanche matin sans penser que j'ai peut-être autre chose à faire.

Krister ouvrit la portière côté passager.

« Eh bien, allons-y », dit-il au vieil homme en reculant le siège pour qu'il puisse entrer plus facilement dans la voiture.

Il est gentil. Gentil et attentionné, songea-t-elle avec une petite pointe de culpabilité.

« Tu connais Ann-Helen Alajärvi ? La fille de Gösta Asplund », demanda Sivving en se bagarrant pour enfermer son gros ventre dans la ceinture de sécurité. « Elle travaille comme serveuse avec Sol-Britt à l'Hôtel de Glace. Elle m'a appelé parce qu'elle était inquiète. Sol-Britt devait embaucher ce matin à six heures et on ne l'a pas vue. J'ai promis d'aller prendre de ses nouvelles. De toute façon, il fallait que je sorte Bella. Et c'est là que j'ai vu arriver Krister. Ce serait bien si vous veniez tous les deux, poursuivit-il, on ne sait jamais, si j'étais obligé d'enfoncer la porte ! »

Il les regarda, très satisfait. Une magistrate et un policier.

« Ce n'est pas comme ça que ça marche, Sivving, lui dit Rebecka.

– Mais si, c'est comme ça, riposta Krister, entrant dans le jeu du vieil homme. Rebecka montera sur le toit et entrera par une fenêtre, et moi je me jetterai contre la porte. »

Toute la compagnie prit la route de Lehtiniemi.

« C'est une amie à vous, cette Sol-Britt ? » demanda Krister.

Rebecka était assise à l'arrière entre Vera et Bella, la chienne drahthaar de Sivving.

La voiture puait le chien à plein nez. De longs filets de bave coulaient des commissures de Bella, qui avait toujours été malade en voiture.

« Une amie, c'est beaucoup dire, rétorqua Sivving. Elle habite un peu trop loin. Elle est plus jeune que moi, en plus. Mais elle a toujours vécu à Kurravaara et quand on se rencontre, on se dit forcément bonjour. Elle a eu des problèmes d'alcool il y a quelques années. À cette époque, ça n'aurait étonné personne qu'elle ne vienne pas travailler. Un jour, elle a même débarqué chez moi pour m'emprunter de l'argent. J'ai refusé et j'ai proposé de lui faire quelque chose à manger, si elle voulait. Mais elle n'avait pas faim. C'est ce qu'elle m'a répondu. Il y a trois ans, son fils s'est fait renverser par une voiture et il est mort. Il avait trente-cinq ans et il travaillait à l'usine de glace, à Jukkasjärvi. Il avait été un très bon skieur dans sa jeunesse. Champion régional à l'âge de dix-sept ans. Il a laissé un fils qui devait avoir trois, quatre ans. Comment s'appelle-t-il, déjà... »

Sivving s'interrompit, secoua la tête comme si cela pouvait faire revenir le nom du garçon. Il ne pouvait pas continuer à raconter avant de l'avoir retrouvé.

Qu'est-ce qu'il peut être bavard, songea Rebecka en se tournant vers la vitre.

Enfin, le prénom du gamin lui revint.

« Marcus ! Encore une drôle d'histoire. La mère du petit était partie vivre à Stockholm depuis longtemps déjà. Elle s'était trouvé un nouveau compagnon avec qui elle avait fait deux autres enfants. Ça n'avait pas traîné. Marcus avait à peine un an. Du jour au lendemain, elle était partie avec un nouveau type et elle avait pondu deux gosses supplémentaires. Et apparemment, elle n'avait pas envie de s'occuper du premier. Sol-Britt était furieuse contre sa belle-fille. Et en même temps, elle était contente que Marcus reste avec elle. Ç'a été un nouveau départ. Elle s'est inscrite aux Alcooliques Anonymes et elle a arrêté de boire. J'ai demandé à Ann-Helen ce matin quand elle a téléphoné si elle pensait que Sol-Britt avait pu rechuter. Elle m'a dit : “Non, sûrement pas.” Alors je suppose qu'on peut la croire. Il peut arriver tellement de choses. On se prend les pieds dans un tapis et on se cogne la tête sur le coin de la table. Et il peut se passer des semaines avant que quelqu'un vous trouve. »

Rebecka omit de faire remarquer à Sivving qu'elle allait au moins une fois par jour s'assurer qu'il allait bien. Elle remarqua le bref regard que lui jetait Krister dans le rétroviseur.

« Je comprends. Et à part ça, vous avez cueilli quelques plaquebières cette année ? demanda-t-il à Sivving.

– La saison est mauvaise. Personne n'en a ramassé cette année. Pas assez d'insectes. J'ai plusieurs coins à mûriers dans les tourbières près du Rensjö où j'ai l'habitude d'aller. Il y en a toujours dans ce coin. Et cette année, rien. J'ai marché plusieurs heures et je n'ai même pas réussi à couvrir le fond du seau. Il y a un bois de bouleaux, au bord de la rivière, où j'étais allé il y a trois ou quatre ans. C'était une bonne année pour la cueillette et je me suis dit que là-bas, j'en trouverais des tonnes. Eh bien, il n'y avait pas une baie. Comme cette année on n'en trouve nulle part, je me suis dit que j'allais quand même retourner dans ce bois de bouleaux sur la berge du Rensjö. Vous n'allez pas me croire, mais il y en avait partout ! Ça faisait un tapis de quinze mètres de large et peut-être une centaine de mètres de long. En deux heures, j'ai dû en ramasser à peu près sept ou huit litres. Mais après, il n'en restait plus une seule, faut le dire.

– Waouh ! » s'exclama Krister, impressionné.

Rebecka en profita pour se laisser aller à ses pensées. Elle était contente que Krister soit de bonne humeur et qu'il semble s'intéresser aux histoires de Sivving. Le vieux était en manque de compagnie. Les chiens n'étaient pas les seuls à avoir besoin d'un peu de dressage.

« Vous savez, maintenant, ce n'est pas facile avec mon bras et tout ça. Je me souviens qu'une fois, ma femme Maj-Lis et moi, on est allés cueillir des myrtilles à Pauranki. Je crois que c'était en 95. En huit heures, j'ai ramassé cent quarante-cinq litres de myrtilles. Il y en avait partout. Au bord des tourbières, sur la lande sèche et dans les clairières. Les buissons étaient si lourds que les branches pliaient sous le poids des fruits. Au premier coup d'œil, on ne voyait que du vert. Il fallait soulever les branches pour cueillir les baies. Elles étaient énormes. Gorgées de soleil et très sucrées. Voilà, c'est là. Inutile de rentrer dans la cour. Il n'y a qu'à se garer au bord de la route. »

Enfin, se dit Rebecka.

Sivving désignait à Krister une maison en bois, sur deux niveaux, peinte en jaune. Probablement construite dans la première moitié du vingtième siècle. Le balcon en fer forgé au-dessus de la porte d'entrée était en si mauvais état que personne ne devait oser s'y aventurer. La maison n'avait pas de perron. Deux mauvaises planches en équilibre sur des parpaings permettaient d'accéder à la porte d'entrée. L'ancien perron avait dû être démoli et on n'avait jamais pris la peine d'en construire un nouveau. Il n'y avait pas de jardin, seulement une prairie de mauvaises herbes comme celles qu'on trouve dans les terrains trop sableux. La peinture écaillée du cadran solaire et du mât à drapeau au milieu de la cour donnait à l'ensemble un air d'abandon. Sur un fil à linge, des housses de couette et des taies d'oreiller pétrifiées témoignaient des premières gelées matinales.

« Je me demande si ce n'est pas aussi cette année-là que j'avais cueilli tant de canneberges », reprit Sivving, heureux de plonger dans ses souvenirs de cueillette et peu enclin à changer de sujet. « C'était à la fin de l'automne. On était obligés d'attendre l'après-midi parce qu'il avait commencé à geler la nuit et que, le matin, les baies étaient congelées dans la tourbe. »

Rebecka déplaça son poids d'une fesse sur l'autre. Si seulement il pouvait aller s'enquérir de cette Sol-Britt maintenant pour qu'ils puissent aller se promener en forêt.

Il doit bientôt avoir fini son histoire, se dit-elle. Pitié, faites qu'il ait bientôt fini.

« Une fois, j'en ai ramassé vingt-quatre litres, continua Sivving, inlassablement. J'en ai donné deux litres à la sœur de Maj-Lis, qui habite à Pajala. Elle avait de la famille qui était venue la voir de Finlande, ils en avaient cueilli cinq litres. Ils étaient super fiers. Alors le gendre leur a raconté qu'il connaissait quelqu'un qui en avait ramassé vingt-quatre litres.

“*Sitä ei voi*”, ils ont répondu, “Ce n’est pas possible !”, et le mari a dit : “Pour le type dont je vous parle, si !” »

Il se tut et se tourna vers la maison de laquelle ne provenait aucun bruit.

« Je ferais peut-être mieux d’aller voir. Vous m’attendez, hein ? »

Sivving entra sans frapper comme il était de coutume au village.

« Il y a quelqu'un ? » cria-t-il, sans obtenir de réponse.

Le hall d'entrée donnait sur la cuisine qui était propre et rangée. L'évier en étain était impeccable. Sur l'égouttoir étaient posés un linge et un vase vide. La vaisselle avait été rangée. La faïence blanche sur le mur était ornée d'autocollants représentant alternativement quatre fruits et de grandes fleurs dans des teintes jaunes et moutarde.

Tout cela lui faisait penser à sa défunte femme, Maj-Lis. Elle non plus ne laissait jamais traîner le moindre verre. Tout devait être essuyé et remis dans le placard.

Il se souvint de toutes les fois où il avait fait le travail à sa place pour la soulager. Il avait beau faire attention, elle passait toujours derrière lui avec l'éponge pour terminer.

La vie était très différente sans Maj-Lis.

Il n'aurait jamais pu imaginer qu'elle partirait avant lui. Ils avaient le même âge. Les statistiques qui prétendaient que les femmes vivaient plus longtemps que les hommes disaient n'importe quoi. Pourquoi fallait-il que Maj-Lis soit l'exception qui confirmait la règle ?

Après sa mort, il avait continué pendant un temps à repasser les nappes et à mettre des fleurs dans les vases. De la bruyère, du romarin sauvage et des renoncules. Mais cela n'avait rien changé. Il avait beau faire des efforts, il n'y avait plus de vie dans la maison. C'était comme si la maison elle-même refusait de vivre.

Il n'avait pas eu envie de la vendre mais il ne supportait pas non plus cette impression de vide. Alors, il avait eu l'idée de s'installer dans la chaufferie, au sous-sol.

Il avait moins de ménage à faire, disait-il quand on lui demandait pourquoi. Comment expliquer cela à des gens qui ne pouvaient pas comprendre ?

Il regarda autour de lui dans la cuisine de Sol-Britt Uusitalo. Des rideaux avec embrasses. Des bibelots et des fleurs sur les rebords de fenêtres.

En revanche, tous les placards bas étaient grands ouverts.

Bizarre, se dit-il, se creusant la tête pour trouver une explication. Elle a peut-être entendu une souris et cherché à la localiser. Ou bien fouillé partout parce qu'elle avait égaré un produit ménager. Ou bien…

La porte de la chambre était entrouverte. Aucun bruit à l'intérieur. Il se demanda s'il pouvait se permettre d'entrer.

« Il y a quelqu'un ? appela-t-il à nouveau. Sol-Britt, vous êtes là ? »

Il hésitait. On n'entre pas dans la chambre d'une femme sans y être invité. Il allait peut-être la trouver ivre morte sur son lit.

Saoule, à moitié nue, sans connaissance. Il ne la connaissait pas très bien. Et même si Ann-Helen prétendait qu'elle n'avait pas rechuté…

Il se sentit mal à l'aise, tout à coup. Il valait mieux qu'il laisse Rebecka y aller à sa place. C'était une femme, après tout.

Krister et Rebecka étaient descendus de la voiture. Les chiens étaient calmes. Ils savaient que bientôt ils iraient courir dans les bois.

Krister sortit sa boîte de tabac, pressa une chique et la coinça entre ses dents et sa lèvre inférieure.

Il perçut une fugitive expression de dégoût dans les yeux de Rebecka.

« Oui, je sais, dit-il.

– Non, non, je t'en prie, fais-toi plaisir ! C'est juste que ce n'est pas mon truc. J'ai essayé de chiquer une seule fois dans ma vie. Je crois que je ne me suis jamais sentie aussi mal. »

Krister remit la boîte dans sa poche. Puis il la ressortit.

« Je vais arrêter, déclara-t-il brusquement.

– Pourquoi ? »

Il baissa les yeux.

Elle ne fit aucun commentaire et baissa les yeux, elle aussi.

Il sourit et posa le doigt sur sa lèvre inférieure.

« Ma dernière. »

Puis il jeta la tabatière de toutes ses forces vers la lisière de la forêt.

Sivving apparut à la porte de la maison.

« Elle n'est pas dans la cuisine, cria-t-il. Mais je n'ai pas osé aller dans sa chambre. Elle est peut-être en train de dormir. Si elle se réveille et qu'elle voit un grand type comme moi au milieu de la pièce, elle va avoir un choc. Qu'est-ce que vous en pensez ? J'y vais ou pas ?

– Sa voiture est là », fit remarquer Rebecka, s'adressant à Krister.

Ils échangèrent un regard inquiet. Il arrivait que les gens meurent dans leur sommeil. C'était même assez fréquent.

Tintin poussa un aboiement strident et elle se mit à gratter la grille de sa cage.

« Je vais voir », proposa Rebecka.

Krister Eriksson lui saisit le bras.

« Attends », dit-il, observant le comportement de Tintin.

Elle était debout dans la cage, figée. Son nez humait l'air ici et là. Elle aboya de nouveau et recommença à gratter les barreaux.

« Elle marque. Elle sent la mort. Elle l'a sentie au moment où Sivving a ouvert la porte. L'air doit être saturé d'une odeur de sang.

– Sivving ! appela Rebecka. Attends-nous. N'entre pas, on arrive. »

Rebecka pénétra dans la maison, le maître-chien sur ses talons. Elle signala sa présence mais personne ne répondit. Les portes des placards étaient comme des bouches ouvertes sur un cri silencieux.

Infarctus, songea Rebecka en approchant de la porte de la chambre. Ou bien chute et traumatisme crânien.

Peut-être était-elle vivante et simplement paralysée ?

Sol-Britt Uusitalo était couchée sur son lit, sur le dos. Elle avait la tête renversée sur le côté, les yeux ouverts, la bouche béante et la langue à moitié sortie. Un bras pendait hors du lit.

Elle n'était vêtue que de sa petite culotte. La couverture avait glissé par terre à côté du lit. Son corps était constellé de petits trous de couleur brunâtre.

« Mais qu'est-ce qui… », commença Rebecka, sans finir sa phrase.

Krister s'approcha et posa par acquit de conscience le doigt sur le cou de la femme, faisant décoller quelques mouches qui allèrent paresseusement se poser sur le plafond. Il secoua la tête à l'intention de Rebecka.

Rebecka examina la morte. De fines rigoles de sang séché avaient coulé de certaines plaies. Elle chercha en elle une émotion quelconque. Elle n'était pas bouleversée. Elle n'était pas horrifiée non plus. Elle ne ressentait rien.

Elle se tourna vers Krister, qui arborait une mine grave mais gardait son calme. Décidément, il n'y avait que dans les séries télé que les flics vomissaient leur petit-déjeuner sur une scène de crime.

« Qu'est-ce qui s'est passé ici, à ton avis ? demanda-t-elle, entendant le ton détaché de sa propre voix. On l'a poignardée ?

– Vous êtes là ? cria Sivving, à l'extérieur.

– Oui, on l'a trouvée ! répondit Rebecka. Reste dehors, on arrive.

– Regarde son visage, dit Krister en se penchant sur la morte. Sa pommette. On dirait qu'on a voulu lui arracher la peau.

– Il faut qu'on s'en aille d'ici, répliqua Rebecka. Et qu'on appelle la police scientifique et le médecin légiste.

– Tu as vu le mur ? » continua Krister.

Quelqu'un avait écrit « PUTAIN » en grandes lettres noires, au-dessus de la tête de lit.

Rebecka tourna le dos à la scène et ressortit de la maison. Sivving attendait devant la porte, terriblement inquiet.

« Il est arrivé quelque chose ?

– Écoute, Sivving », commença Rebecka.

Elle tendit la main pour le toucher mais son geste s'arrêta à mi-chemin et sa main retomba.

Elle avait tellement d'affection pour ce vieil homme. Ses parents étaient morts tous les deux. Sa grand-mère aussi. Sivving était sa plus proche famille, et cependant ils ne se touchaient jamais. Ce n'était tout simplement pas dans leurs façons de faire.

Elle se rendait compte à présent qu'elle aurait dû y remédier.

J'aurais pu le toucher comme ma grand-mère me touchait, se dit-elle. Une petite tape sur l'épaule ou une caresse sur le bras quand elle passait à côté d'elle dans la cuisine. Quand elle l'aidait à remonter la fermeture éclair de son anorak, ou à enfiler ses gants. Quand elle brossait la neige de ses vêtements sur le perron avant de la laisser entrer.

Si elle avait fait ça avant, ce serait moins difficile. À présent, elle avait envie de lui prendre la main, mais ne pouvait s'y résoudre.

« Qu'est-ce qui s'est passé ? demanda Sivving à nouveau. Elle est morte, n'est-ce pas ? »

Krister les rejoignit. Il regarda Sivving.

« Vous n'aviez pas dit que son petit-fils vivait avec elle ? demanda-t-il doucement. Marcus, c'est comme ça qu'il s'appelle, je crois ?

– Oui, Marcus. Où est-il ? Où est le gamin ? »

L'inspecteur Anna-Maria Mella regardait, épuisée, son plus jeune fils, Gustav. Comment pouvait-il y avoir autant de mots dans un aussi petit corps ? Il commençait à la minute où il ouvrait les yeux le matin et ne s'arrêtait plus de la journée.

En ce moment, il était en pleine logorrhée sur le seuil de la chambre de ses parents pendant que sa mère fouillait fébrilement dans son tiroir à la recherche d'un collant qui ne soit pas filé.

Ils étaient invités à l'anniversaire de la sœur de Robert à Junosuando et elle avait décidé de mettre une robe. Comment pouvait-on avoir un tiroir plein de collants et pas un seul qui soit entier ?

La robe était trop serrée, de surcroît. C'est fou comme quelques kilos pouvaient faire la différence. Avant, elle tombait joliment sur ses hanches. À présent, chaque fois qu'elle bougeait, la taille remontait sous ses côtes et la jupe devenait trop courte, révélant la moitié de ses cuisses.

On dirait un poulet élevé au grain, songea-t-elle en se regardant tristement dans la glace.

« Maman ! Le frère de Malte, il a *Zelda Phantom Hourglass* et il nous a laissés regarder pendant qu'il jouait et il en est vachement loin. Il y a une grotte. Et à l'entrée de la grotte, il y a une porte, et tu sais ce qu'il faut faire pour entrer, hein ? Tu le sais, dis, maman ?

– Non.

– Il faut parler à une plaque sur la porte et ensuite il faut écrire quelque chose dessus, mais je ne me rappelle pas ce qu'il faut écrire, je demanderai à Malte, mais en tout cas... Maman ! Tu m'écoutes ?

– Mm...

– Après la porte s'ouvre et on traverse un pont et il y a une épée. J'aimerais bien avoir une Nintendo DS. Tu veux bien m'en acheter une ?

– Non. Va t'habiller. Tes vêtements sont sur la chaise, dans ta chambre. »

Et celui-là a un trou au talon, se dit-elle en jetant une énième paire de collants par terre. J'ai les talons tellement durs et secs que je troue tous mes collants.

Gustav était toujours sur le pas de la porte, sauf que maintenant, il était à quatre pattes en train de ruer comme un cheval.

« Regarde, maman ! Je sais marcher sur les mains. Oooh ! Tu n'as même pas regardé ! J'avais réussi...

– Écoute-moi bien, mon petit bonhomme. Maintenant tu vas m'obéir ! File dans ta chambre et va t'habiller ! »

Gustav partit vers sa chambre en traînant des pieds.

« Ah, quand même ! s'exclama-t-elle à haute voix en passant la main dans un collant. Celui-là a l'air d'être entier ! »

Elle commença à l'enfiler. Au moment où elle passait les hanches, il fila. La paire suivante avait un trou et celle d'après se déchira au moment où elle passait les genoux.

Elle replongea dans le tiroir. Remua un mélange inextricable de slips, de chaussettes et de collants. La poussière la fit éternuer.

« Bon Dieu, c'est pas vrai ! rugit-elle.

– Ça va ? lui demanda son mari qui entrait dans la chambre, fraîchement douché.

– Je viens de me pisser dessus, répondit Anna-Maria en s'asseyant sur le bord du lit. Ça fait une heure que je cherche une paire de collants entiers dans ce foutu tiroir plein de poussière, j'ai éternué et je me suis pissé dessus. Je suis nulle !

– Beaucoup ?

– Beaucoup quoi ? Ah, non, pas beaucoup. Quelques gouttes. Mais quand même. J'abandonne. Je voulais mettre une robe parce que tes sœurs sont toujours super apprêtées, mais une fois de plus, ce sera jean et sweat-shirt.

– Mon amour, viens là que je vérifie l'étendue des dégâts.

– Fais gaffe, si tu me touches, je sors mon arme de service ! »

Anna-Maria se leva et attrapa une petite culotte en coton et une paire de chaussettes hautes dans le tiroir. Trente secondes plus tard, elle sautait dans son jean.

Je m'en fous, songea-t-elle. De toute façon, je ne peux pas rivaliser avec elles.

Elle passa la tête dans la chambre de Gustav, qui faisait maintenant le poirier sur son lit.

« Habille-toi, Gustav ! Ne me force pas à me mettre en colère. Habille-toi ! Habille-toi ! Habille-toi ! Combien de fois faut-il que je te le dise ?

– Attends, maman ! Il faut que je m'entraîne. On fait un concours avec Lovisa à l'école pour voir lequel tient le plus longtemps. Elle veut toujours qu'on recommence parce que c'est moi qui gagne à chaque fois. Elle dit que son record est de treize secondes. C'est vachement dur de le faire sur un lit parce que c'est trop mou. Tu veux bien enlever la couette et l'oreiller, maman ? Maman, tu m'écoutes ? Enlève-la...

– Tiens ! Mets ton t-shirt. »

Anna-Maria attira son fils contre elle et lui passa le t-shirt par-dessus la tête. Elle aurait dû le repasser. Et il avait les cheveux trop longs aussi, comme la mère de Robert ne manquerait pas de le lui faire remarquer. À l'intérieur du t-shirt, le monologue continuait.

« Tu crois, toi, que le record de Lovisa est de treize secondes chez elle, alors qu'elle n'arrive même pas à rester trois secondes à l'école ? Et au fait, maman, tu as lu la liste des choses que je voudrais, hein, maman, tu l'as lue ?

– Au moins mille fois. Et Noël est encore très loin. Allez, les chaussettes.

– Oui, mais tu n'as pas vu la nouvelle liste ! J'ai rajouté plein de trucs, hier ! Et on peut tout trouver sur Ellos.com Sauf ce que j'ai mis sur ma deuxième liste. Aïe ! Mon sourcil, tu me fais mal, maman !

– Désolée. »

La tête du petit garçon émergea du col du t-shirt. Elle l'aida à trouver les trous des manches.

« Il y a plein de jeux Lego que je voudrais avoir. Je voudrais...

– Tu sais quoi ? Moi, sur ma liste au père Noël, je voudrais que tu mettes ton caleçon et tes chaussettes.

– Hein ? C'est ça que tu voudrais comme cadeau de Noël ? D'accord. Mais tu sais, maman ? Moi j'ai toujours envie d'aller à Ullared. Linus dans ma classe y est allé et il y a teeellement de trucs à acheter ! Et tu sais combien de panneaux de signalisation je sais lire, maintenant ? Au moint cent. Par exemple, un panneau bleu avec une flèche. C'est super facile. J'ai même pas eu besoin de demander à papa ou à toi. Ça veut dire qu'on doit rouler dans la direction de la flèche. Et une flèche au milieu d'un cercle. Tu sais ce que ça sifinie ?

– Le pantalon, maintenant !

– Oui, d'accord, je vais le mettre !

– On dit signifie, espèce de bolosse », lança Petter qui, en chemin vers la cuisine, passait devant la chambre de son petit frère.

Anna-Maria était enfin parvenue à mettre son pantalon à Gustav et le traîna à table. Elle le posa devant son bol de yaourt au müesli et ses tartines beurrées en lançant à son mari, tranquillement installé devant son petit-déjeuner et absorbé par les petites annonces de la semaine, un regard qui disait : maintenant-tu-prends-le-relais-avant-que-je-lui-fasse-quelque-chose-que-je-regretterai-après.

Leur fille, Jenny, seize ans, était plongée dans son livre de physique. Anna-Maria avait déjà renoncé depuis longtemps à l'aider avec ses devoirs. Un exercice de géométrie euclidienne avait mis fin à sa bonne volonté dans ce domaine.

Petter, onze ans, regardait son assiette de yaourt d'un air désespéré.

« Je n'ai pas de cuillère, se plaignit-il.

– Mais tu as peut-être des jambes ? suggéra Anna-Maria en se versant un mug de café avant de s'affaler sur une chaise.

– Tu sais quoi, maman ? » reprit Gustav, qui n'avait pas dit un mot depuis presque cinq secondes, mais uniquement parce que sa mère lui avait enfoncé une cuillère dans la bouche.

« Vous ne pouvez pas le faire taire ? J'essaye de travailler, râla Jenny. J'ai une interro demain !

– C'est toi qui dois te taire, riposta Gustav. Tu m'as coupé la parole !

– Je t'interdis de me parler, répliqua Jenny, se bouchant les oreilles.

– Si j'ai le jeu *Mumeleo Falko* pour Noël, je promets de ne plus dire un mot pendant un mois. Je peux en avoir un maman ?

– On dit *Starwars Millennium Falcon*, bolosse ! lança Petter. Maman, tu sais ce que ça coûte ? Cinq mille neuf cent quatre-vingt-dix couronnes !

– Ne dis pas n'importe quoi, dit Anna-Maria. Qui achèterait un jeu à ce prix-là ? Ce n'est pas possible. »

Petter haussa les épaules.

« C'est toi le bolosse ! hurla Gustav.

– Arrêtez !!! rugit Jenny. Je m'en fiche, je n'irai pas à l'anniversaire de tante Ingela. J'ai une interro ! Vous allez vous mettre ça dans la tête, oui ou non ? »

Les yeux brillants de larmes, Gustav se leva de sa chaise et bondit sur son grand frère qui éclata d'un rire méprisant. Gustav le martela de coups de poing.

« Oh là là que j'ai mal ! » miaula Petter d'une voix de fille.

Robert leva les yeux de son journal.

« Allez mettre vos bols dans le lave-vaisselle », dit-il mollement, indifférent au conflit mondial qui venait d'éclater dans la cuisine familiale.

Jenny se leva, ferma son livre avec un claquement sec et s'écria :

« J'en ai marre ! »

À cet instant, le portable d'Anna-Maria se mit à sonner quelque part dans la maison. Pas loin, mais où ?

« Taisez-vous, s'il vous plaît ! ordonna-t-elle d'une voix forte. Est-ce que quelqu'un pourrait m'aider à trouver ce téléphone ? »

Elle se leva et, en se guidant au bruit de la sonnerie, retrouva son téléphone dans le tas de vêtements jetés pêle-mêle sur le coffre de l'entrée.

Plus personne ne disait un mot dans la cuisine. Tous avaient les yeux rivés sur Anna-Maria. La conversation fut brève.

« Oui. Hein ? J'arrive.

– Qu'est-ce qui s'est passé ? Allez, maman, raconte ! On ne le répétera à personne.

– Il y a quelqu'un qui est mort ? demanda Gustav. C'est pas quelqu'un que je connais, j'espère ?

– Non, ce n'est pas quelqu'un que tu connais », répondit Anna-Maria.

Elle se tourna vers son mari.

« Il faut que j'y aille. Je vous laisse… euh… »

Elle termina sa phrase par un geste qui englobait la table du petit-déjeuner, le désordre de la cuisine, les enfants, la famille de Robert et le voyage en voiture aller-retour pour Junosuando avec les gosses.

Elle sentit le rose lui monter aux joues.

Arme blanche à lame fine, songea-t-elle la seconde suivante.

Son cœur s'était remis à battre tranquillement dans sa poitrine.

Plusieurs coups de couteau, peut-être une centaine. Et à Kurravaara par-dessus le marché.

« Vous passerez le bonjour à tante Ingela », recommanda-t-elle aux enfants.

Elle se tourna à nouveau vers Robert, avec une expression dont elle espérait qu'elle passerait pour de la déception.

« Et à grand-mère, ajouta-t-elle. Je suis vraiment…

– Ne te fatigue pas », lui dit Robert.

Il la prit dans ses bras et lui embrassa les cheveux.

Sivving ne tenait pas en place. Il se balançait d'un pied sur l'autre, tourné vers la forêt.

« Tu vas le retrouver, dit-il à Krister Eriksson. Je suis sûr que tu vas le retrouver. »

Ils attendaient devant la maison de Sol-Britt Uusitalo l'arrivée de la police scientifique et du médecin légiste. Krister surveillait Rebecka du coin de l'œil. Elle était au téléphone.

Ils avaient cherché le gamin un peu partout. Le lit était défait dans sa chambre, située au premier étage. Ils avaient regardé dans la remise à bois et dans la vieille grange et fait le tour du jardin. Ils l'avaient appelé. Marcus n'était nulle part.

Krister émit un grognement en guise de réponse. Il mit sa veste de travail à Tintin. Sivving était dans tous ses états.

Krister avait l'habitude. Les gens avaient toujours tendance à trépigner en sa présence. Les parents d'enfants perdus dans les bois. Les enfants adultes dont les parents séniles étaient partis se promener sans savoir où ils allaient et qu'on ne retrouvait plus. Les collègues. Tous attendaient qu'il apporte une issue heureuse. Krister et Tintin incarnaient l'espoir.

Tintin n'était ni nerveuse ni inquiète. Elle gémissait d'impatience. Avec son insouciance de chien et le plaisir qu'elle avait toujours eu à travailler.

Krister se sentit subitement très las. Il n'avait pas envie de retrouver le corps du petit garçon. Il avait pu se passer tant de choses. Son métier lui avait appris à imaginer tant d'alternatives à la fin heureuse qu'ils espéraient : l'enfant avait été emmené en voiture. Il s'était débattu dans les bras de ses agresseurs. Il allait le découvrir quelque part, bâillonné et la tête en sang. Autre scénario : le cinglé avait poignardé la femme dans son lit. Le petit garçon s'était réveillé, l'agresseur l'avait blessé avec son couteau, mais l'enfant était parvenu à s'enfuir dans le noir. Il s'était traîné aussi loin qu'il en avait eu la force et il était mort tout seul dans la forêt.

Krister avait prévu d'aller marcher dans les bois aujourd'hui, avec Rebecka et les chiens. C'était l'un des derniers jours de l'année pour le faire. Bientôt la neige serait là.

Il était soulagé de ne pas avoir découvert l'enfant assassiné dans son lit. Il avait trouvé un t-shirt par terre dans sa chambre. Un t-shirt noir délavé avec un motif. Sans doute celui qu'il portait la veille.

Krister fit renifler le vêtement à Tintin et lui donna l'ordre de chercher. Ils commencèrent par faire le tour de la maison. La laisse tendue. Puis la chienne s'éloigna de la bâtisse et courut à l'autre bout du terrain, le nez dans les hautes herbes d'automne, pauvres en nutriments. Elle traversa à toute allure les buissons gorgés de baies rouge sang. Elle courut vers la forêt, descendit dans le fossé, remonta de l'autre côté. Passa à côté d'une vieille baignoire à demi mangée de mousse, puis devant un tas de planches protégé par une bâche verte.

Tout à coup, elle leva le nez. Les odeurs en suspension dans l'air étaient toujours des odeurs fraîches. Ils ne devaient plus être très loin. Tintin zigzaguait entre les troncs des sapins, Krister courant derrière elle. La chienne entraîna son maître dans une étroite sente forestière depuis laquelle on ne voyait plus la maison.

Et là, à quelques dizaines de mètres, l'homme et le chien virent une cabane.

Si on pouvait appeler cela comme ça. La pauvre construction n'était qu'un assemblage de morceaux de contreplaqué peints en rouge de Falun avec un toit en carton bitumé. On avait remplacé la vitre de l'unique fenêtre par du plastique transparent.

Krister s'arrêta. Tintin tirait sur sa laisse en aboyant.

Il lui était déjà arrivé de retrouver des enfants morts. Il revit en pensée cette petite fille de douze ans qui s'était suicidée. C'était dans la région de Kalix. Il dut fermer les yeux pour effacer son image. Elle était assise sous un arbre. Elle avait l'air de dormir, sa tête n'était pas retombée sur le côté. Tintin l'avait découverte au bout de trois heures de marche. Comme Tintin n'aimait pas les friandises pour chiens et qu'elle n'était pas particulièrement intéressée par la nourriture, il l'avait félicitée comme il avait l'habitude de le faire quand elle avait réussi une mission. Il avait joué avec elle. Pour elle, c'était la plus belle des récompenses. Et il était important qu'elle associe le fait d'avoir retrouvé l'objet de sa quête avec un moment joyeux.

Krister s'était donc mis à jouer avec Tintin en disant : « Ça, c'est une bonne fille. Attention ! Je vais t'attraper, ma belle ! Ouiii, tu es une bonne chienne ! Tu as bien travaillé. » Et à quelques pas, il y avait une petite fille morte, appuyée contre un arbre.

Ses collègues étaient arrivés. Ils avaient regardé la petite fille morte et puis ils avaient regardé Krister comme s'il était devenu fou. Il avait remis sa laisse à Tintin et il était parti sans un mot. Il n'avait pas essayé de s'expliquer. À quoi bon ? Ils n'auraient pas compris de toute façon. Mais à Kalix, on parlait sans doute encore de cette histoire.

Le gamin était dans la cabane. Krister en était presque sûr. Tintin gémissait et tirait sur sa laisse pour y entrer. Il n'y avait pas à tergiverser. Il fallait qu'il aille voir.

Il y avait un vieux matelas fleuri à même le sol. Un grand nombre de canettes vides sur une table bancale. Une ou plusieurs personnes devaient avoir l'habitude de se retrouver ici pour boire des bières et passer du bon temps. Mais ce jour-là, c'était un petit garçon qui était couché sur le matelas, enfoui sous un drap répugnant de saleté et un tas de couvertures synthétiques.

« Bravo, ma belle », dit Krister, félicitant Tintin.

La chienne se retourna vers lui, débordante de fierté.

Krister souleva les couvertures et le drap. Il posa délicatement la main sur le cou de l'enfant. Sa peau était tiède. Il sentit son pouls. Il examina le pull-over blanc et les pieds nus. Pas de sang. Le petit garçon n'était même pas blessé.

Son soulagement fut tel qu'il se mit à trembler, comme s'il avait froid. Marcus était vivant.

Il ouvrit les yeux. Regarda le policier quelques secondes en silence et hurla de terreur.

Sivving tournait toujours en rond, traînant sa patte folle.

Il va finir par tomber, se disait Rebecka. Et je n'arriverai jamais à le relever toute seule.

« Tu ne veux pas essayer de t'asseoir ? le supplia-t-elle.

– Elle ne devait pas avoir d'homme dans sa vie en ce moment. Il n'y a qu'à voir l'état de la barrière, dit Sivving. Cet hiver, elle s'écroulera sous le poids de la neige. Tu crois qu'il va le retrouver ? »

Il fit un geste vague dans la direction où Krister était parti avec Tintin.

Rebecka regarda la clôture bancale. Les poteaux avaient pourri. Elle avait envie de répondre que sa barrière à elle tenait parfaitement debout malgré l'absence d'un roi du bricolage à ses côtés, et de faire remarquer au vieil homme qu'il y avait des tas de tire-au-flanc de sexe masculin dans le village dont la barrière avait déclaré forfait depuis longtemps.

« Tu m'as dit que le fils de Sol-Britt s'était fait écraser ? s'enquit-elle à la place.

– Oui, le pauvre diable, répondit Sivving, cessant un instant de tourner en rond. Le gosse n'a vraiment pas de chance. D'abord sa mère l'abandonne pour aller vivre à Stockholm. Puis son père trouve le moyen de se faire écraser. Et maintenant, sa grand-mère…

– Comment est-ce arrivé ?

– On n'en sait rien. Un chauffard qui s'est enfui. Peut-être que je devrais aller m'asseoir ? On a le droit de s'asseoir sur une scène de crime ? Il n'y a pas des tas d'indices qu'il faut éviter de…

– Assieds-toi dans la voiture. Je vais reculer le siège et laisser la portière ouverte. Raconte-moi tout ce que tu sais à propos de Sol-Britt. »

Sivving s'assit à la place du conducteur et s'épongea le front. Rebecka faillit l'imiter. Il l'avait épuisée.

« Comme je te l'ai dit, son fils est mort. Je me demande si ce n'est pas quelqu'un du village qui l'a renversé. Ce ne sont pas les ivrognes qui manquent et ça ne les empêche pas de conduire. Le chauffard a dû paniquer et s'enfuir. Ou alors, il ne s'est même pas aperçu qu'il l'avait percuté. »

Bella et le Morveux tournaient en rond dans la cage, eux aussi. On leur avait pourtant bien promis une promenade en forêt aujourd'hui ?! Vera, couchée sur la banquette arrière, poussa un soupir.

« Et bien sûr, tu es au courant de ce qui est arrivé au père de Sol-Britt, l'année dernière ? Ça aussi, c'était assez incroyable.

– Non.

– Mais si. Tu te souviens quand même qu'il s'est fait dévorer par un ours, non ? Attends, c'était quand, déjà ? Je perds la mémoire ! Début juin, je crois ! Ils en ont parlé dans le journal ! Il était vieux, on a cru qu'il s'était perdu. On l'a cherché partout, mais on ne l'a jamais retrouvé. Et il y a deux mois à peu près, on a abattu un ours dans la région de

Lainio. Il avait bouffé un chien attaché à sa chaîne. Et dans l'estomac de l'ours, on a retrouvé un bout de Frans Uusitalo, le papa de Sol-Britt. L'ours avait festoyé sur son cadavre tout l'été. Beurk !

– C'est vrai, maintenant que tu me le dis ! Je me rappelle avoir entendu parler de cette histoire. C'était le père de Sol-Britt ? »

Sivving la regarda d'un air de reproche.

« C'est moi qui t'avais raconté l'histoire ! Je n'en reviens pas que tu aies oublié. »

Il se tut. Rebecka s'évada dans ses pensées. Elle se souvint en effet qu'un homme avait été emporté par un ours à Lainio. Après avoir trouvé un morceau de main dans le ventre de l'animal, on avait fouillé le secteur. Et on avait fini par découvrir le corps. Ou ce qu'il en restait.

Il arrivait parfois que des gens soient tués par un ours. Surtout s'ils se retrouvaient entre une femelle et ses petits ou s'ils avaient un chien stupide qui se mettait à courir derrière l'animal et revenait se réfugier auprès de son maître, l'ours sur ses talons.

« Et figure-toi que sa mère à lui, reprit Sivving, c'est-à-dire la grand-mère paternelle de Sol-Britt, est également morte assassinée.

– Pardon ?

– Elle était enseignante à Kiruna. Voyons, c'était quand ? Ça devait être juste avant la première guerre. Mon oncle l'avait eue comme institutrice. Il disait toujours qu'elle lui faisait penser à un petit bonbon. Il paraît qu'elle était gentille avec ses élèves et très belle. Elle avait eu un petit garçon sans être mariée. Et c'était lui, Frans Uusitalo, le père de Sol-Britt, celui qui s'est fait bouffer par l'ours. Il avait à peine quelques semaines quand elle est morte. Sale histoire. On l'a étranglée dans sa salle de classe un soir d'hiver. C'est une vieille histoire.

– Qui est-ce qui l'avait tuée ?

– On ne l'a jamais su. Son amie s'est occupée du bébé et elle l'a élevé comme s'il était le sien. La vie n'était pas facile en ce temps-là. »

Il dit cette dernière phrase avec amertume.

Rebecka pensa à la mère de Sivving, devenue veuve de bonne heure, qui avait dû élever son fils toute seule.

J'ai beaucoup de chance, songea-t-elle. Je pourrais faire des enfants et tout irait bien pour eux. Ils auraient un toit sur la tête, le ventre plein et ils pourraient aller à l'école. Je n'aurais même pas besoin de les faire garder.

Elle regarda longuement son vieux voisin. Elle savait qu'il avait connu la misère. « On a eu de la chance de ne pas se retrouver à l'Assistance publique », disait-il parfois quand il lui parlait de cette époque.

La vie n'était pas mieux avant, quoi qu'en disent les nostalgiques du passé.

On est le 15 avril 1914. Elina Pettersson, institutrice de son état, est assise dans le train qui l'emmène de Stockholm jusqu'à la lointaine ville de Kiruna. Selon sa fiche horaire, le voyage est censé durer trente-six heures et vingt-cinq minutes, mais il a pris du retard à cause de la neige qui encombre les voies. Cela fait déjà deux nuits qu'elle dort dans ce train en position assise et elle commence à avoir mal au dos. Mais elle se console en se disant que bientôt, elle sera arrivée à destination.

Devant la fenêtre défilent des forêts plantées d'arbres de petite taille aux branches alourdies de neige, des tourbières gelées et des rivières. Des troupeaux de rennes regardent passer avec intérêt et, apparemment, sans crainte, le train soufflant, sifflant et grinçant. De temps à autre, il faut détacher les wagons pour que la locomotive, équipée à l'avant d'une énorme pelle à neige, puisse dégager la voie.

Il y a tellement de neige. Et tellement de forêts. Elina n'imaginait pas que la Suède était aussi étendue. Elle n'est jamais allée aussi loin au nord et elle ne connaît personne qui soit venu jusqu'ici.

Le soleil entre à flots par les vitres du compartiment. Des flaques de lumière éclatent sur la tapisserie des sièges, dégoulinant entre les motifs bleus et verts du velours. La lumière est si forte qu'on parvient à peine à garder les yeux ouverts, mais elle n'a pas envie de fermer les rideaux et de se priver de ce paysage à couper le souffle.

Elle est libre. Elle vient d'avoir vingt et un ans et elle est en route pour Kiruna ! La ville la plus jeune du monde entier. C'est là qu'elle a sa place. Dans le monde moderne.

En quelques décennies, la Suède est parvenue à s'extraire de la pauvreté. Il y a très peu de temps que la vaccination, la paix et la pomme de terre ont permis à la population de s'accroître. Le pays vit une véritable explosion démographique. Tous ces pauvres gens. À présent qu'ils ne tombent plus comme des mouches, ils réussissent à survivre tant bien que mal et mettent au monde des enfants aux pieds nus et aux joues creuses. Pour quoi faire ? Continuer à creuser des fossés ou à traire les vaches ? Non. Il n'y avait pas de place pour eux au siècle dernier. Les villes étaient encore trop petites. La population émigrait hors de Suède. Les jeunes, les forces vives et les rêves du pays partaient pour l'Amérique aux yeux et à la barbe des dirigeants qui, comme les vieillards impuissants qu'ils étaient, s'obstinaient à prêcher le patriotisme et la modération.

La longue remontée des bas-fonds avait commencé pour les plus pauvres comme elle commence toujours. Par les ressources naturelles. Le minerai de fer. La forêt. Au début du vingtième siècle, les entreprises de génie civil démarrèrent pour de bon, on a déposé toutes sortes de brevets. Des sociétés furent créées un peu partout.

Les gens ont afflué vers les villes. On a inventé la pâte à papier, le téléphone, la mitrailleuse, les machines agricoles, la serrure et la clé plate, la dynamite et les allumettes. La Suède est en train de devenir un pays riche.

Elle étire son dos et décide d'aller faire un tour au wagon-restaurant. Elle a besoin de se dégourdir les jambes. Bientôt, très bientôt, elle sera à Kiruna.

Elle est émerveillée par le simple fait que tous les habitants de cette ville aient l'électricité. Qu'il y ait un éclairage public dans les rues et de la lumière dans tous les foyers. Des bains publics, des kiosques à musique et une bibliothèque.

Elle contemple la neige qui scintille au soleil et sourit. C'est une sensation inhabituelle que ce sourire sur son visage. Elle effleure ses lèvres du bout des doigts. Ce n'est que maintenant qu'elle a quitté sa campagne et Jönåker qu'elle s'avoue qu'elle est malheureuse depuis deux ans.

Elle a l'impression de se réveiller d'un mauvais rêve dont elle se souvient à peine. Elle veut oublier l'école de village dans laquelle elle travaillait jusqu'ici. Tous ces enfants gris et tristes dont les parents sont maraîchers, paysans, petits propriétaires, bergers, domestiques, journaliers. Des enfants qui savent déjà qu'ils ne pourront jamais poursuivre des études une fois que prendront fin leurs six années d'école obligatoire. À douze ans, ils seront assez grands pour gagner leur vie et resteront aux côtés de leurs pères, leurs mères, leurs frères et sœurs. Quelque chose s'est éteint en eux. On le voit dans leurs yeux. Quand il neige ou qu'il pleut dehors, la classe sent l'étable, la crasse et la laine mouillée.

Elle veut oublier les fils des riches fermiers. Qu'ils aillent au diable. Gras et bien portants, déjà des petits chefs qui croient pouvoir tout se permettre envers l'institutrice et leurs camarades de classe parce que papa possède tout le village, et la forêt et tous les hectares qui les entourent. Une institutrice qui veut garder son boulot a intérêt à les traiter gentiment et à leur donner de bonnes notes, surtout si elle veut être sûre de toucher ses étrennes : un sac de seigle, un jambon et des saucisses, du fourrage pour sa vache. Ah ça, il ne fallait surtout pas contrarier les fils des gros fermiers.

Elle veut oublier le curé du village, aussi.

Qu'il pourrisse en enfer, songe Elina.

Le curé de Jönåker était aussi président du conseil d'administration de l'école. Elina et lui s'étaient disputés dès la première réunion. Elle était partisane de la réforme de l'orthographe et une fervente admiratrice d'Ellen Key. Pour lui Ellen Key était immorale, Selma Lagerlöf dangereuse, Strindberg était damné et Fröding obscène. Il avait les larmes aux yeux quand les enfants chantaient des chansons qui parlaient de jonquilles dansant dans les prairies verdoyantes de Suède et il ne pouvait pas s'arracher à la vue de sa poitrine. Si on avait le malheur de se trouver seul avec lui dans une pièce, on ne pouvait jamais savoir où allaient atterrir ses gros doigts dégoûtants. Il trouvait toutes sortes d'excuses pour venir à l'école après l'heure de la classe et chaque fois, c'était une véritable course-poursuite, elle devant, lui sur ses talons.

À Kiruna, ce sera différent. Elle a la tête pleine de rêves. Son cœur gonflé d'espérance bat au rythme du bruit du train sur les rails.

Elle est comme une maison après le grand nettoyage de printemps. Elle sent le savon, le vent et le soleil. Toutes les fenêtres et toutes les portes grandes ouvertes, les tapis suspendus dehors entre les bouleaux.

Elle est prête à tomber amoureuse. Et il monte dans le train à Gällivare. L'homme qui va ravir son cœur.

Le petit garçon hurlait de terreur. La chienne aboyait plus fort que lui.

Krister ordonna à Tintin de se taire, sortit de la cabane en marche arrière et alla se cacher hors de la vue du gamin.

« Excuse-moi, dit-il, de loin. Je t'ai fait peur ? Je sais que j'ai une tête terrifiante. »

L'enfant arrêta de hurler.

« Je vais rester ici, derrière la porte, reprit Krister. Tu m'entends ? »

Pas de réponse.

« Laisse-moi t'expliquer pourquoi j'ai une tête comme ça. Quand j'étais petit, un incendie s'est déclaré chez moi. Lorsque je suis rentré de l'école, j'ai trouvé la maison en flammes. Je suis entré parce que je pensais que ma maman dormait dans sa chambre. J'ai été gravement brûlé. C'est pour ça que je n'ai plus d'oreilles, plus de nez, que je suis chauve et qu'on m'a greffé de la peau artificielle sur le visage. Mais à l'intérieur, je suis gentil. Et puis, je suis policier et ma chienne Tintin et moi te cherchions parce que nous avions peur qu'il te soit arrivé quelque chose. Tu as peur des chiens ? »

Silence.

« Parce que si tu n'en as pas peur, peut-être que Tintin pourrait entrer te dire bonjour. Qu'est-ce que tu en penses ? »

Toujours pas de réponse.

« Je ne peux pas voir si tu hoches la tête pour dire oui ou si tu la secoues pour dire non. Tu crois que tu pourrais essayer de me répondre avec ta voix ?

– Oui, répondit Marcus d'une toute petite voix.

– Oui, Tintin peut entrer ? »

Krister lâcha Tintin qui se faufila à l'intérieur mais ressortit aussitôt.

Tu es une chipie, songea-t-il. Tu ne pouvais pas faire un effort et rester un peu avec lui ?

« Oh là là ! Elle a été drôlement rapide. Tu as eu le temps de la caresser, au moins ?

– Non.

– C'est une chienne qui n'aime presque que son maître. Et son maître, c'est moi. Mais je connais un autre chien qui te plairait beaucoup. Elle s'appelle Vera.

– Je la connais. Elle vient nous voir, grand-mère et moi. Grand-mère lui fait des crêpes et quand elle a fini de les manger, elle repart chez elle. C'est la chienne de Sivving.

– Oui, je sais que Sivving s'occupe d'elle parfois. Mais en vrai, elle habite avec Rebecka. Tu connais Rebecka ? Non, je pense que non. Au fait, je m'occupe d'elle aussi de temps en temps. »

Krister pouffa de rire.

« Enfin, de Vera, je veux dire.

– Tu peux entrer si tu veux. Je n'ai pas peur de toi.

– D'accord, alors, j'arrive. Voilà. Dis donc, on est un peu serrés, maintenant. Tintin, il va falloir que tu te pousses.

Oui, ma fille, tu as bien travaillé. Elle a suivi ta trace depuis la maison et elle est très fière de t'avoir retrouvé.

– Elle a la langue toute douce. Nous aussi on avait un chien, avant. »

Le matelas sentait le moisi, il était temps de partir.

« Tu n'as pas froid ? Tu n'as ni chaussures ni chaussettes. Tu es venu ici pieds nus ? »

Le petit garçon eut l'air grave, tout à coup. Il hocha rapidement la tête en guise de réponse. Il gardait les yeux fixés sur les douces oreilles de la chienne. Il essaya de les toucher.

« Tu me raconteras ça tout à l'heure, si tu as envie. Pour l'instant, j'aimerais bien te porter jusqu'à ma voiture. Elle est garée devant chez toi. Et puis, il faut que tu t'habilles un peu plus chaudement. Sivving est là-bas. Tu m'as dit que tu le connaissais, n'est-ce pas ?

– Je pourrai jouer avec Vera ?

– Si tu veux. »

Sauf que Vera n'est pas le chien le plus joueur que je connaisse, songea Krister. Il aurait fallu un labrador. Un gros chien un peu bête et toujours content qui se laisse monter dessus s'il prend l'envie à un gosse de jouer à faire du cheval sur son dos.

Il mit au garçon ses propres chaussettes et sa veste. Marcus répondait à ses questions, mais il évitait de le regarder dans les yeux.

Krister Eriksson avait rarement l'occasion de toucher une autre personne. C'est à cela qu'il pensait, marchant entre les sorbiers, Marcus dans les bras. Au bout de quelques centaines de mètres, son petit corps se mit à trembler. Sans doute parce qu'il commençait à se réchauffer. Il avait les bras autour de son cou et il était léger comme une plume. Krister sentait son souffle dans sa nuque et ses vertèbres qui saillaient un peu sous la peau.

Le policier luttait contre l'envie de le serrer contre lui, de le serrer fort comme l'aurait fait un père après s'être inquiété pour son fils.

Arrête ça, se tança-t-il intérieurement. C'est le boulot, c'est tout.

Quand ils arrivèrent devant la ferme, Sivving extirpa son grand corps de la voiture, remercia Dieu et eut l'air prêt à fondre en larmes de soulagement. Rebecka fit un sourire fugace à Krister mais elle le regarda longuement dans les yeux et il eut envie de pleurer, sans savoir pourquoi, probablement l'émotion d'avoir retrouvé Marcus en vie.

« Qu'est-ce qui est arrivé à ta maman quand votre maison a brûlé ? lui chuchota Marcus à l'oreille pendant que Rebecka allait lui chercher des vêtements et des chaussures.

– Euh, répondit Krister après une seconde d'hésitation. Elle est morte.

– Oh regarde ! C'est Vera. »

Le garçon montrait la lisière de la forêt où Vera était apparue tout à coup.

« J'ai dû la laisser sortir de la voiture », s'excusa Rebecka qui était revenue. La chienne courait au petit trot vers Krister. Elle avait quelque chose dans la gueule.

« Qu'est-ce que c'est que ça ? »

Il éclata de rire. Cessa aussitôt. Comment pouvait-il rire alors que la grand-mère de Marcus…

« Qu'est-ce qu'il y a ? lui demanda Rebecka.

– Je suis désolé. C'est à cause de Vera. Elle est allée chercher la boîte de tabac à chiquer que j'avais jetée dans les bois. »

Et j'aurais bien besoin d'une prise maintenant, songea Krister. Mais après c'est fini, se jura-t-il.

L'inspecteur Anna-Maria Mella se trouvait dans la chambre à coucher de Sol-Britt Uusitalo en compagnie de ses collègues Tommy Rantakyrö, Fred Olsson et Sven-Erik Stålnacke et de la procureure Rebecka Martinsson. Ils avaient sécurisé le terrain autour de la scène de crime.

« On va bientôt voir débarquer les gens du village. Et dans dix minutes, un quart d'heure au maximum, la presse locale sera là. Les journaux nationaux aussi d'ailleurs. Ils enverront leurs correspondants les plus proches, ça ne va pas traîner. Dans une heure on parlera du meurtre sur le Net.

– Je sais, dit Anna-Maria. Je voudrais que Krister emmène le gosse. Ce serait bien s'il pouvait s'en occuper pour l'instant. Il faudra aussi qu'il assiste à l'interrogatoire, ajouta-t-elle. Pour que le gosse se sente en sécurité.

– C'est toi qui vas le faire ? demanda Sven-Erik Stålnacke. Interroger le gamin, je veux dire.

– À moins que l'un d'entre vous y tienne absolument ? »

Ses collègues secouèrent la tête.

« Ce n'est quand même pas lui qui a fait ça ? s'exclama

Tommy Rantakyrö. Même si ce genre de chose arrive parfois… ailleurs qu'ici. »

Anna-Maria ne fit pas de commentaire.

Ils regardèrent le corps moucheté de sang de Sol-Britt, le texte inscrit sur le mur.

Il y a tellement de coups de couteau, songeait-elle, comment un enfant de sept ans aurait-il eu la force de faire ça ? Est-ce qu'il connaît même l'orthographe du mot putain ? Est-ce qu'il sait ce que cela veut dire ? Ça n'a pas de sens, conclut-elle.

Anna-Maria inspira longuement.

« Bon, dit-elle. Qui a écrit le mot PUTAIN sur le mur ? Quelqu'un du village, peut-être ? Avait-elle reçu des menaces ? De la part d'un ancien amant ? Y avait-il un homme dans sa vie ? Sven-Erik, je te charge d'aller interroger les gens du village. Elle n'a aucun voisin à proximité, mais va parler à ceux qui habitent le long de la route. Est-ce qu'ils ont vu ou entendu quelque chose ? Va voir ses collègues également. Qui est la dernière personne à l'avoir vue vivante ? Comment était-elle ? Bref, tu vois ce que je veux dire. »

La grosse moustache de Sven-Erik trembla imperceptiblement. Il savait ce qu'il avait à faire et n'avait rien à ajouter.

Parfait, songea Anna-Maria. Sven-Erik savait s'y prendre avec les gens. Il s'installait tranquillement à leur table. Buvait un café et bavardait avec eux. Il les mettait à l'aise, leur donnait l'impression qu'il était un membre de la famille passé leur dire bonjour. D'ailleurs, c'était presque toujours le cas. À la mode de Bretagne, il était plus ou moins cousin de tout le monde dans le coin. Ou alors ils s'étaient connus à l'école. Ou bien il se rappelait les prouesses sportives de leur jeunesse.

Sven-Erik allait bientôt prendre sa retraite. Elle deviendrait la doyenne du commissariat. C'était difficile à imaginer. Elle avait l'impression d'avoir encore vingt ans, d'être aussi jeune que Tommy Rantakyrö, le chien fou de l'équipe avec ses éternelles chiques de la taille d'une pomme de pin sous la lèvre inférieure. Impatient comme un adolescent, il ne tenait pas en place et il était sans cesse en train de surveiller ce que faisaient ses collègues. Il était le dernier à qui on confiait une tâche parce qu'on craignait qu'il fasse des bêtises. Ce qui était le cas la plupart du temps.

« Toi, Fred, poursuivit-elle, s'adressant à son collègue Fred Olsson, tu sais ce que tu as à faire ?

– Les fadettes, répondit-il aussitôt. Appels entrants et sortants. SMS. Mails. Ici et à son travail, je suppose. Je peux faire un tour pour voir si je trouve son mobile ?

– J'ai vu un sac à main ouvert dans l'entrée. Regarde dedans, les experts ne vont pas nous emmerder pour ça. En tout cas, il n'était pas à côté de son lit. À part ça, on ne touche à rien. Je n'ai pas envie de me faire engueuler. »

Fred Olsson disparut dans l'entrée. Quelques secondes plus tard, il revenait, le portable à la main.

« Je jette un coup d'œil, annonça-t-il.

– C'est bizarre que les tiroirs soient fermés et que les portes de placards soient ouvertes, fit remarquer Sven-Erik. Comme si on avait cherché quelque chose de volumineux.

– A priori, pas l'arme du crime ! fit remarquer Fred Olsson.

– Tommy, tu iras voir l'institutrice de Marcus, le directeur de l'école et le personnel. Je voudrais savoir s'il fréquentait le centre aéré aussi », dit Anna-Maria.

Il fit une grimace.

« Qu'est-ce qu'on cherche ?

– On cherche à savoir comment il va. Si c'est un garçon

équilibré ou pas. Si tout se passe… enfin… se passait bien chez lui. Il faut prévenir sa mère.

– Sivving doit savoir où la trouver. Je peux l'appeler, si tu veux.

– Parfait. Fais-le tout de suite. Avant qu'un journaliste le fasse. Qu'est-ce que Sivving a raconté d'autre à propos de Sol-Britt ?

– Il a dit qu'elle travaillait comme serveuse à l'Hôtel de Glace. Ce matin, elle n'est pas venue et Sivving a promis d'aller prendre de ses nouvelles. Elle a eu des problèmes d'alcool par le passé, mais après la mort de son fils il y a trois ans, elle a arrêté de boire et elle s'est occupée de son petit-fils. La mère de Marcus est encore en vie, mais elle habite Stockholm, où elle a une nouvelle famille. Apparemment, elle ne veut pas entendre parler de lui.

– Les gens sont dingues ! s'exclama Sven-Erik. Quel genre de mère abandonnerait son enfant ? »

Anna-Maria déglutit. Un profond silence s'abattit sur la chambre. La mère de Rebecka avait abandonné sa famille quand Rebecka était enfant. Quelque temps après, elle s'était jetée sous les roues d'un camion. On ne savait pas si c'était un accident.

Sven-Erik ne s'était pas rendu compte qu'il avait fait une gaffe. Personne ne trouva rien à dire pendant quelques secondes. Sven-Erik se racla la gorge.

Rebecka semblait n'avoir rien entendu. Elle regardait par la fenêtre. Dans la cour, Marcus s'amusait à lancer une balle de tennis. Il essayait de convaincre Vera d'aller la chercher. En vain, bien sûr. Vera n'avait jamais voulu rapporter. Elle regardait la balle sans bouger d'un pouce. Marcus finissait par aller la chercher lui-même pour la lancer à nouveau. Il courait et il lançait, inlassablement. Parfois, c'était Krister qui courait chercher la balle. La seule à ne pas courir était Vera.

« Et lui ? dit Rebecka sans quitter le petit garçon des yeux. Vous croyez qu'il sait que sa grand-mère est morte ? »

Ils vinrent tous à la fenêtre regarder Marcus jouer à la balle.

Les enfants pouvaient être très affectés et apparemment indifférents devant la mort, songea Anna-Maria.

Elle avait déjà observé ça. Des enfants éplorés devant leur mère morte, et absorbés par un dessin animé à la télévision la minute suivante.

« Oui, dit-elle au bout d'un certain temps. Je crois qu'il le sait. »

Anna-Maria avait suivi une formation pour apprendre à interroger les enfants et il lui était arrivé de recueillir le témoignage d'un gosse dans une affaire de suspicion de maltraitance. C'était particulier, mais elle ne trouvait pas cela trop difficile. Sa famille n'en reviendrait pas si elle voyait à quel point elle pouvait se montrer calme et patiente.

Il n'y a que chez moi que j'induis les réponses en posant les questions et que je n'écoute pas les réponses, songea-t-elle avec un petit sourire d'autodérision.

« Rendez-vous au commissariat vers trois heures. Il va falloir donner une conférence de presse, mais ça attendra demain matin, huit heures. Tommy, je peux te demander d'aller en ville chercher la caméra vidéo ? Il faut que je parle avec Marcus avant qu'il… Enfin, le plus vite possible. »

« Regardez ! Regardez la chienne ! Elle joue. »

Dehors, Vera s'était mise à courir pour aller chercher la balle, la rapporter et la déposer devant les pieds de Marcus.

« Elle n'a jamais fait ça », dit Rebecka.

Puis elle ajouta pour elle-même :

« Pas avec moi, en tout cas. »

Il doit être le genre de gamin à se faire harceler à l'école, songea Krister quand Anna-Maria alluma la caméra. Comme moi, en plus mignon.

Marcus avait de longs cheveux blonds, il était petit pour son âge et il avait un visage pâle avec des cernes noirs autour des yeux. Mais il était propre et ses ongles étaient coupés. Dans la commode de sa chambre, ses vêtements étaient repassés et soigneusement pliés. Le garde-manger et le réfrigérateur étaient remplis de nourriture saine. Et sur la table de la cuisine trônait un saladier rempli de fruits. Sol-Britt prenait bien soin de son petit-fils.

Le petit garçon était dans la cuisine de Rebecka, assis sur la banquette, Vera, couchée à côté de lui, se laissait caresser et embrasser. Krister, assis de l'autre côté de Marcus, les regardait avec un sourire étonné.

Cette chienne est incroyable, songeait-il.

Si ça avait été lui ou Rebecka, Vera serait partie depuis longtemps.

« Tu sais quoi ? dit-il à Marcus. Il y a quelque temps, je suis passé avec Vera rendre visite à des amis à Laxforsen. Ils avaient une chatte avec des petits. Elle n'osait pas les laisser seuls une seconde. Elle était toute maigre parce qu'elle ne prenait même plus le temps de manger. Mais quand je suis arrivé avec Vera, elle est partie en laissant ses chatons à la chienne. Ils se sont tous mis à lui grimper dessus et à lui mordiller les oreilles et la queue. »

Et à lui détruire les tétines, la pauvre, songea Krister en lui-même.

« La maman chat a disparu pendant plus d'une heure, continua-t-il. Le temps sans doute de manger des tonnes de souris. Elle avait totalement confiance en Vera. »

Elle est patiente avec les chatons et les petits garçons solitaires, se dit-il.

« Bon, on va commencer, dit Anna-Maria. Peux-tu me dire comment tu t'appelles et quel âge tu as ?

– Je m'appelle Marcus Elias Uusitalo.

– Et quel âge as-tu ?

– Sept ans et trois mois.

– D'accord, Marcus. Krister et Tintin t'ont retrouvé aujourd'hui dans une cabane au fond des bois. Est-ce que tu peux nous raconter comment tu es arrivé dans cette cabane.

– J'ai marché, répondit Marcus en se serrant encore plus contre Vera. Est-ce que ma grand-mère va venir me chercher ?

– Non. Ta grand-mère… Tu ne sais pas ce qui lui est arrivé ?

– Non. »

Anna-Maria se tourna vers Krister pour l'appeler à son secours. Il n'avait rien expliqué à Marcus ? Personne ne lui avait rien dit ?

Krister hocha la tête imperceptiblement. Bien sûr qu'il lui avait dit. Il fallait juste qu'elle se montre un peu plus patiente.

Le gamin venait à peine de s'asseoir. Elle devait parler d'autre chose, pour commencer.

« Ta grand-mère est morte, bonhomme, dit Anna-Maria. Est-ce que tu comprends ce que ça veut dire ?

– Oui. Mon père aussi est mort. »

Anna-Maria se tut pendant un long moment. Elle semblait décontenancée. Elle regarda l'enfant d'un air circonspect.

Il paraissait calme, concentré et un peu sonné. Il caressait les oreilles de la chienne.

Anna-Maria poussa un soupir discret.

« Elle est gentille, dit-elle.

– Oui, répliqua Marcus. Elle vient souvent manger des crêpes chez moi et grand-mère. Une fois, elle m'a accompagné jusqu'à l'école. Elle est montée dans le bus scolaire alors qu'elle n'avait pas de billet. Mais les chiens n'ont pas besoin de billets. Elle s'est assise à côté de moi. Personne ne m'a embêté ce jour-là. Même pas Willy. Tout le monde voulait la caresser. Et la maîtresse – enfin sa remplaçante – a prévenu grand-mère. Grand-mère a téléphoné à Sivving et Vera est rentrée en taxi. Ce n'était pas trop cher parce que Sivving a droit aux transports gratuits pour aller à l'hôpital. Mais grand-mère m'a dit qu'il n'y a que Vera qui en a profité jusqu'à maintenant.

– Maintenant, raconte-moi comment tu es arrivé dans cette cabane dans les bois. »

C'est encore trop tôt, se disait Krister, essayant en vain de croiser le regard d'Anna-Maria.

« Nous aussi, on avait un chien. Mais il a disparu. Il s'est peut-être fait écraser.

– Mm. Comment es-tu arrivé dans cette cabane, Marcus ?

– J'ai marché.

– D'accord. Est-ce que tu sais quelle heure il était ?

– Non. Je ne sais pas lire l'heure.

– Il faisait jour ou il faisait nuit ?

– Il faisait nuit.

– Pourquoi es-tu allé dans la cabane en pleine nuit ?

– Je… »

Il s'interrompit et eut un air étonné.

« … Je ne sais pas.

– Essaye de réfléchir, Marcus. Je vais attendre que tu aies fini de réfléchir. »

Ils restèrent un long moment sans rien dire. Krister caressa le bras de Marcus qui s'était couché sur Vera. Il lui chuchotait quelque chose à l'oreille. Il avait oublié la question.

« Pourquoi est-ce que tu n'avais pas de chaussures ? Ni de blouson ?

– On peut sortir par la fenêtre de ma chambre. On atterrit sur le porche au-dessus de la porte de derrière. Et après, il suffit de descendre par l'échelle.

– Pourquoi est-ce que tu n'avais pas de chaussures ?

– Parce qu'elles étaient dans l'entrée.

– Pourquoi es-tu sorti par la fenêtre ? Pourquoi pas par la porte ? »

Le garçon se tut à nouveau.

Au bout d'un moment, il se mit à dire non en secouant la tête, très lentement.

Il faut le laisser tranquille maintenant, pensa Krister.

Avait-il oublié ce qui s'était passé ? Les questions se bousculaient dans la tête d'Anna-Maria. Elles voulaient toutes sortir en même temps : Qu'est-ce qui l'avait réveillé ? Qu'est-ce qu'il avait vu ? Avait-il entendu quelque chose ? Serait-il capable de reconnaître quelqu'un... ?

Mais le petit garçon était là, en train de caresser le chien. Tellement indifférent. Anna-Maria n'osait plus rien lui demander.

« Est-ce qu'il y a une chose dont tu te souviennes ? tenta-t-elle malgré tout. N'importe quoi ? Est-ce que tu te rappelles à quelle heure tu es allé te coucher, par exemple ?

– Ma grand-mère dit que je dois aller au lit à sept heures et demie. Tous les soirs. Même s'il y a des trucs à la télé. »

Il faut que j'arrête, maintenant, songeait Anna-Maria. Je suis trop pressante. Il va bientôt commencer à inventer des choses. Ils n'arrêtaient pas de nous répéter ça à la formation. Les enfants veulent faire plaisir à la personne qui les interroge et ils disent n'importe quoi du moment qu'ils voient que vous êtes content.

« Je me réveille toujours quand il y a quelqu'un qui vient, dit Marcus à Krister. Quand tu es arrivé avec Tintin, je me suis réveillé tout de suite. Tu crois que je suis somnambule ? »

Il y a deux minutes, il avait commencé à nous raconter comment il était sorti par la fenêtre, se dit Anna-Maria. Ça ne marche pas. Je suis en train de tout foutre en l'air. Il nous faut un professionnel.

« Fin de l'interrogatoire de Marcus Uusitalo », dit-elle avant d'éteindre la caméra.

« On va aller téléphoner à ta maman, proposa-t-elle à Marcus. Mais elle vit à Stockholm, n'est-ce pas ? C'est loin. Est-ce qu'il y a un adulte près d'ici que tu connais et avec qui tu voudrais habiter en attendant ?

– Ma mère ne veut pas me voir. Je ne pourrais pas rentrer chez ma grand-mère ? »

Anna-Maria et Krister échangèrent un regard.

« Mais… », commença-t-elle. Elle s'interrompit, incapable de terminer sa phrase.

Krister passa le bras autour des épaules de Marcus.

« Dis-moi, camarade, ça te dirait que toi et moi et Vera et Jasko, l'autre chien de Rebecka… son vrai nom c'est Jasko, mais tu sais comment on l'appelle ? On l'appelle le Morveux ! Tu serais d'accord pour qu'on aille tous rejoindre mes chiens à la maison pour manger un bon petit-déjeuner ? Tu n'as pas faim, toi ? Moi, je suis affamé ! »

Marcus jouait dehors avec les chiens. Krister Eriksson décida d'aller les rejoindre. En sortant, il tomba sur Rebecka. Ils faillirent se rentrer dedans. Elle fit un pas en arrière et rit. Il dut se maîtriser pour ne pas la prendre dans ses bras. Les chiens vinrent lui faire la fête.

« J'ai eu sa mère au téléphone, dit Rebecka.

– Alors ? »

Le vent s'engouffrait dans la véranda, faisant voler des mèches de ses cheveux. Ses yeux avaient le gris du ciel et le jaune de l'herbe sèche en automne. Il avait du mal à respirer. Son cœur battait trop vite.

Du calme, se dit-il. J'ai la chance de pouvoir être ici en train de la regarder. Nous allons peut-être devenir amis. Il faut que je m'en contente.

Rebecka laissa échapper un long soupir, ce qui en disait long sur la conversation qu'elle avait dû avoir avec la maman de Marcus.

« Que dire ? Elle a été bouleversée d'apprendre ce qui s'était passé, bien sûr, mais ensuite, elle s'est empressée d'ajouter que ce n'était pas pratique pour elle de recevoir Marcus. Il fallait la comprendre. Elle et son compagnon ne s'entendaient pas très bien. Elle m'a expliqué qu'il la quitterait si elle était obligée de s'occuper de son fils. Qu'il avait déjà du mal en ce moment avec les deux qu'ils avaient ensemble. Que c'était un sale égoïste. Qu'il avait des problèmes à son travail. Qu'il fallait se mettre à sa place. Qu'elle n'y était pour rien. Qu'elle ne pensait pas à *elle* dans cette histoire et que ce n'était pas *elle* le problème. Bla bla bla. »

Son visage se ferma. Elle pinça les lèvres. Ses yeux s'étrécirent. Elle détourna le regard.

« Ça va ? lui demanda-t-il.

– Il ne s'agit pas de moi », rétorqua-t-elle.

Maintenant oui, songea-t-il. Sa main s'avança et il lui caressa d'abord la joue, puis l'oreille et enfin les cheveux.

Elle le laissa faire. On aurait dit qu'elle allait se mettre à pleurer. Mais elle s'éclaircit la gorge et dit :

« Anna-Maria est encore là ? »

Il acquiesça. Il avait envie de la prendre dans ses bras. De poser ses lèvres sur sa peau. De respirer ses cheveux. Une sorte de courant électrique passait entre eux. Était-il possible qu'elle ne le ressente pas ?

« Vous avez découvert quelque chose ? »

Il secoua la tête. Dut faire un effort pour parler :

« Je vais le ramener chez moi. Je ne savais pas quand tu rentrerais, alors je comptais emmener Vera et le Morveux aussi. Le gamin aime beaucoup Vera. Il se sent en sécurité avec nous. Je n'ai pas l'intention de le confier à une quelconque assistante sociale. Anna-Maria veut faire venir un professionnel pour l'interroger. En attendant, il restera avec moi et les chiens.

– C'est bien, dit-elle avec un sourire. C'est très bien. »

Anna-Maria accepta de venir boire un café et manger du porridge aux myrtilles chez Rebecka.

« Il faut que je les écoule. J'ai le congélateur plein de baies. »

Elle sourit à Anna-Maria, qui avait un solide appétit de mère de famille nombreuse. Elle engloutit le porridge à toute vitesse et vida sa tasse de café à grandes goulées comme si c'était du jus d'orange. Rebecka lui raconta sa conversation avec la mère de Marcus et Anna-Maria lui raconta l'interrogatoire du petit garçon.

« Il semblait tellement indifférent », dit-elle en dévorant une tranche de pain croustillant comme si elle avait été une machine à déchiqueter le bois. « Et il n'avait pas du tout l'air d'avoir compris que sa grand-mère était morte. C'était terrible. Mais tu n'auras qu'à regarder l'enregistrement tout à l'heure. Il doit bien avoir vu ou entendu quelque chose ? Ça paraît évident, non ? Sinon, pourquoi aurait-il sauté par la fenêtre de sa chambre pour aller se réfugier dans la cabane ? Il a eu peur et il s'est sauvé.

– J'ai parlé avec Sivving, dit Rebecka. Il m'a dit que Sol-Britt n'avait plus aucune famille à Kiruna. À part une cousine qui est par le plus grand des hasards à Kurravaara en ce moment, parce que sa mère est hospitalisée. Il faudra qu'on aille la voir. Peut-être que Marcus pourrait rester chez elle quelque temps ? Ça ne coûte rien de demander. Sivving ne savait pas si elles se fréquentaient.

– Tu veux bien y aller ?

– D'accord. »

Anna-Maria baissa les yeux vers son assiette vide avec un sourire appréciateur, les deux paumes levées vers le ciel.

« Merci, je n'avais pas mangé de porridge aux myrtilles depuis que j'étais gosse. »

Anna-Maria regarda autour d'elle dans la cuisine de Rebecka. Elle était bien installée. Le parquet verni était couvert de tapis de chiffon. Les coussins sur la banquette peinte en bleu avaient été confectionnés par sa grand-mère avec du tissu qu'elle avait tissé elle-même et ils étaient garnis du duvet des oiseaux marins que son grand-père avait chassés. Des bouquets de fleurs séchées étaient suspendus au-dessus de la cheminée à côté d'une aile de tétras arctique dont Rebecka avait l'habitude de se servir pour enlever les miettes sur la nappe bien repassée. Et le tissu fin des rideaux blancs était amidonné comme on le faisait du temps de sa grand-mère.

Le genre de choses qu'on peut faire quand on n'a pas d'enfants, songea Anna-Maria.

Toutes les nappes dont elle avait hérité étaient empilées, froissées, au fond d'une armoire, lui donnant mauvaise conscience, sans qu'elle sache pourquoi. Sa table de cuisine était recouverte d'une toile cirée qui avait été blanche et qui était devenue grise à cause de l'encre des innombrables journaux posés dessus au fil du temps.

Elle regarda l'écran de son mobile.

« Va voir cette femme et rejoins-nous chez Pohjanen à quatorze heures. Je veux entendre ce qu'il a à nous dire avant le débriefing prévu à quinze heures. »

Lars Pohjanen était médecin légiste. Rebecka hocha la tête. Elle savait qu'Anna-Maria lui proposait de les rejoindre pour qu'elle se sente bienvenue, pas parce qu'elle avait besoin de sa présence.

C'est drôle comme on réagit, pensa Rebecka en se rappelant les relations qu'elle avait eues avec Anna-Maria dans la première affaire sur laquelle elles avaient travaillé ensemble – Rebecka était chef d'instruction et Anna-Maria inspectrice principale. Il y avait eu quelques frictions et, à l'époque, Rebecka s'était sentie tenue à l'écart de l'enquête. Et maintenant que l'inspecteur Mella l'invitait à se joindre à eux, elle ne pouvait pas s'empêcher de se sentir mal à l'aise.

On n'est jamais content, se dit-elle. Elle est juste en train de me demander si je veux venir jouer avec eux. Pourquoi devrais-je me préoccuper de savoir si elle a vraiment envie que je vienne ou si elle cherche seulement à être gentille ?

« D'accord, je viendrai. Je suis contente que le porridge aux myrtilles t'ait plu. Ma grand-mère m'en faisait souvent quand j'étais petite. Et au fait, ajouta-t-elle pendant qu'Anna-Maria enfilait ses baskets dans l'entrée. Sivving m'a dit que la grand-mère paternelle de Sol-Britt Uusitalo était morte assassinée, elle aussi.

– C'est pas vrai !

– Si, je t'assure. Elle était institutrice à Kiruna. »

Hjalmar Lundbohm, président-directeur général de la LKAB, la compagnie minière de Kiruna, monte dans le train à Gällivare, le 15 avril 1914. Il est fatigué et déprimé. Il se sent vieux et usé. Il a l'impression de porter une grande hotte sur le dos, remplie de gens et de problèmes. Ouvriers rouge sang, le poing constamment levé, travailleurs syndiqués toujours prêts à la lutte, mains puissantes s'abattant sur la table : marre maintenant de l'exploitation par les patrons.

Les syndicalistes et les têtes brûlées renvoyés des scieries de Botnie occidentale pour actes révolutionnaires viennent tous s'installer à Kiruna où on a besoin de toutes les bonnes volontés, hommes ou femmes, capables de supporter le froid et l'obscurité. Mais ensuite, c'est à lui de se les coltiner, les agitateurs, les socialistes, les communistes.

Dans sa hotte à soucis, il y a aussi les fonctionnaires trop zélés et les ingénieurs trop sûrs d'eux qui discutent et se plaignent et en veulent toujours plus qu'ils ne méritent. Et puis, il y a les politiciens de Stockholm et la famille Wallenberg qui réclame des bénéfices. Il y a le minerai qu'il faut extraire.

Arracher à la montagne. Il faut rentabiliser l'argent investi dans les chemins de fer et dans la municipalité de Kiruna.

Et tout au fond de la hotte, il y a les victimes de la mine, les accidentés, les estropiés, les veuves des mineurs et les petits orphelins qui contemplent la misère de leurs grands yeux terrifiés.

Bref, sa hotte est pleine des scories du minerai.

Comment satisfaire tout le monde ? Ne serait-ce qu'en matière de logement ? Comment en construire assez pour que chacun ait un toit sur la tête ? Hjalmar veut bâtir une vraie ville. Il ne veut pas que Kiruna ressemble à Malmberget. Certainement pas. Malmberget, la ville minière située à cent kilomètres au sud de Kiruna est un autre Klondike. Gangrenée par le jeu, l'alcool et la prostitution. Il ne veut pas de ça chez lui. Il veut des écoles, des bains publics et des bibliothèques, à l'image du Fordlandia d'Henry Ford en Amérique du Sud et de Pullman City aux USA. Voilà les modèles qu'il voudrait suivre.

Pour bâtir des habitations confortables et jolies, il faut du temps. Mais en attendant, les gens ne peuvent pas rester dehors. La surpopulation est un problème. Les ouvriers et leurs familles sont entassés dans les logements et, la nuit, chaque centimètre carré est utilisé comme couchage. Les bidonvilles sortent de terre comme des champignons. Du jour au lendemain. Alors, il faut abattre toutes ces constructions précaires et on se retrouve avec les femmes et les enfants autour de soi, pleurant et hurlant.

Le problème de la nourriture est un souci permanent. L'eau aussi. Il n'arrive pas à suivre. Comment faire pour tous les aider ?

Il revient d'un rendez-vous avec la direction de la compagnie minière à Malmberget. Il paraît que les mines de Kiruna monopolisent trop de wagons. Là-bas aussi, ils ont du minerai à transporter.

Au moment où il met le pied sur le marchepied, une bourrasque balaye la gare et ses environs. La neige est soulevée du sol et le soleil fait scintiller chaque flocon comme un petit diamant volant.

Ah, si j'étais peintre ! songe-t-il. Je ferais de jolis tableaux au lieu de me casser la tête.

Le train s'ébranle lentement. Il se dirige tout de suite vers le wagon-restaurant.

Il est vide à l'exception d'une seule passagère. Aussitôt qu'il la voit, ses pensées sombres s'enfuient par la fenêtre. C'est tout juste s'il ne se frotte pas les yeux pour s'assurer qu'il ne s'agit pas d'une apparition.

Elle a des joues rondes et roses, de grands yeux confiants ourlés de longs cils, un petit nez en trompette et une bouche boudeuse, rouge et en forme de cœur. On dirait une enfant. Ou plutôt, on dirait un tableau représentant une enfant. Une lithographie en couleurs sur laquelle une petite fille traverserait un pont de bois enjambant une rivière, inconsciente des dangers du monde.

Le plus remarquable chez elle, ce sont ses cheveux blonds et bouclés. Hjalmar Lundbohm songe que, dénoués, ils doivent lui tomber à la taille.

Il note que ses chaussures sont bien entretenues mais usées et que les ourlets de sa cape ont été bordés de liserés, sans doute parce qu'ils étaient élimés.

C'est probablement pour cela qu'il ose lui demander l'autorisation de s'asseoir. Il est surpris à vrai dire qu'elle soit seule. Elle devrait être entourée d'une foule de soupirants et de mineurs affamés. Il jette un coup d'œil étonné dans le wagon, comme s'il s'attendait à les découvrir cachés derrière les lourds rideaux ou sous les tables.

Elle jette un rapide coup d'œil aux nombreuses tables libres du wagon-restaurant puis répond gentiment, quoique sur un ton réservé, qu'il peut bien sûr se joindre à elle.

Il éprouve aussitôt le besoin d'excuser son impudence. Après tout, il est en tenue de travail et ressemble à n'importe qui. Elle ne peut pas savoir qui il est.

« Lorsque je vois un nouveau visage, j'aime bien savoir qui est en route pour ma Kiruna.

– Votre Kiruna ?

– Ah, mademoiselle, ayez pitié de moi et ne vous formalisez pas de ma façon de parler. »

Il se redresse. Il veut lui dire qui il est. Il lui paraît soudain très important qu'elle le sache.

Il tend la main et se présente.

« Je suis Hjalmar Lundbohm. Président-directeur général de la LKAB. C'est moi le patron. »

Il assortit cette dernière phrase d'un petit clin d'œil. Il souhaite ainsi exprimer de l'humilité et de la distance par rapport à la fonction élevée qu'il occupe.

Elle pose sur lui un regard sceptique.

Elle croit que je lui fais la cour, songe-t-il, malheureux.

Heureusement, la serveuse arrive au même instant avec le café. Elle remarque la mine circonspecte de la jeune femme.

« Il dit la vérité, dit-elle en servant un café au président et en remplissant à nouveau la tasse d'Elina. Vous avez devant vous le P-DG en personne. Et s'il n'avait pas cette fâcheuse manie de se promener attifé comme un ouvrier, il aurait les moyens de s'habiller comme l'homme du monde qu'il est. Je trouve qu'il devrait se promener avec une pancarte autour du cou. »

Le visage d'Elina se fend en un large sourire.

« Vous ! Alors, c'est vous qui m'avez engagée. Elina Pettersson, institutrice. »

Les quatre heures de trajet entre Gällivare et Kiruna s'envolent comme autant de minutes.

Il se renseigne sur ses études et ses emplois précédents. Elle lui raconte qu'elle a suivi des cours dans une école privée de Göteborg spécialisée dans la formation des institutrices en classe primaire, que l'école de Jönåker où elle enseignait avait trente-deux élèves et que son traitement était de trois cents couronnes par an.

« Et mademoiselle se plaisait-elle dans sa précédente école ? »

Pour une raison ou pour une autre, elle a la franchise de répondre : « Comme ci, comme ça. »

Il y a quelque chose dans sa manière d'écouter qui l'incite à lui ouvrir son cœur. Peut-être cette façon qu'il a de garder les yeux mi-clos. Les lourdes paupières et l'expression pensive et rêveuse de Hjalmar Lundbohm ont le pouvoir de délier la langue d'Elina Pettersson.

Les mots coulent de sa bouche en un flot ininterrompu. Elle évoque toute la tristesse et le gris qui ont pesé sur sa vie. Elle parle des enfants, des élèves dont elle rêvait et qu'elle était si impatiente de rencontrer quand elle était encore étudiante.

Elle raconte sa déception en découvrant que presque aucun enfant de sa classe n'avait réellement envie d'apprendre. Elle ne s'y attendait pas. Elle pensait qu'ils seraient aussi assoiffés de connaissance et affamés de lecture qu'elle l'était à leur âge.

Elle parle du pasteur et du gros propriétaire qui siégeaient tous deux au conseil d'administration et trouvaient que la lecture du catéchisme et le calcul sur le boulier étaient bien suffisants. Ils l'avaient envoyée promener quand elle avait suggéré l'achat d'un tableau noir, d'une éponge en feutre et d'une boîte de craies pour un prix global de cinq couronnes – pour permettre aux enfants de travailler leur calligraphie et leur orthographe. Et ils avaient refusé également de subventionner l'achat de trois exemplaires du livre de lecture de Selma Lagerlöf.

« Qu'est-ce qui vous fait penser que ce sera différent à Kiruna ? » lui demande Hjalmar Lundbohm.

Il lève légèrement le menton, sourit et la regarde attentivement.

« Parce que vous êtes un homme d'une autre trempe », répond-elle en soutenant son regard, assez longtemps pour que ce soit lui qui finisse par baisser les yeux et commander un deuxième café.

Elle vient de prendre conscience de son pouvoir sur lui. Il est beaucoup plus âgé qu'elle et jusqu'ici, elle n'a pas pensé à lui de cette manière-là. Mais c'est vrai qu'il est un homme, après tout.

Elle n'ignore pas qu'elle est belle. Et cela lui a parfois été utile. Par exemple, c'est grâce à ses cheveux et à la finesse de sa taille que la toiture de la maison des enseignantes a été réparée pour une bouchée de pain par deux garçons du canton deux ans plus tôt.

Mais la plupart du temps, elle trouve sa beauté encombrante. C'est une vraie plaie parfois de tenir à distance ses soupirants importuns. Mais en ce moment où elle voit le président de la compagnie minière baisser le regard pour qu'elle ne puisse pas lire dans ses pensées, elle sent des bulles d'allégresse monter en elle.

Elle a du pouvoir sur lui. Lui que Rudyard Kipling a baptisé « Le roi sans couronne de la Laponie ».

Elle sait qu'il fréquente un tas de gens extraordinaires, le prince Eugène de Suède, le couple d'artistes Carl et Karin Larsson, Selma Lagerlöf. Et elle, qui est-elle ? Personne. Mais elle a pour elle sa jeunesse et sa beauté. Et elles lui ont offert ce moment. Alors, elle remercie Dieu du fond du cœur. Si elle avait été commune, elle ne serait pas ici avec lui.

Il lève à nouveau les yeux sur elle.

« S'il vous manque quoi que ce soit dans votre classe, qu'il s'agisse de livres ou d'un tableau noir, n'hésitez pas à vous adresser à moi. Personnellement. »

La conversation se poursuit. Ils discutent à présent de l'importance de l'éducation. Elina sait que Kiruna est avant tout une communauté minière. C'est pour cela qu'elle est convaincue que tout sera différent de ce qu'elle a connu. À son avis, la meilleure chose qu'ait apportée la loi du travail de 1912, c'est que la Suède a statué sur le travail des enfants dans l'industrie. Dans l'agriculture, il n'existe toujours aucune loi de protection de l'enfance.

« Comment voulez-vous que les enfants apprennent quelque chose à l'école en arrivant complètement épuisés après avoir passé des heures à travailler avec les bêtes et dans les champs ? dit-elle. Même le désir de connaissance s'éteint en eux. Je le sais d'expérience. »

Elle parle ensuite d'Ellen Key qu'elle admire infiniment et du *Siècle de l'enfant.* Ses joues rosissent tandis qu'elle prêche l'évangile selon Ellen et affirme que les forces physiques et mentales d'un enfant jusqu'à l'âge de quinze ans ne doivent être employées qu'à sa construction à travers l'éducation, le sport et le jeu, et que sa capacité de travail peut à la rigueur être employée aux tâches domestiques ou à l'apprentissage d'un métier manuel, mais en aucun cas à l'usine.

« Ni aux durs travaux de la ferme », poursuit-elle en baissant les yeux au souvenir des petites filles et des petits garçons qui trimaient comme des esclaves pour le gros propriétaire terrien.

Hjalmar se laisse contaminer par la passion d'Elina.

« Pour moi, l'industrie et toute entreprise de ce type ne sont pas la fin mais le moyen, dit-il.

– Et quelle est la fin, alors ?

– La fin pour moi sera toujours d'enrichir l'individu, dans tous les sens du terme, intellectuellement aussi. »

En entendant cette dernière phrase, la jeune fille le regarde avec une telle dévotion qu'il en est gêné et se sent obligé d'ajouter :

« En outre, les travailleurs qui ont de l'éducation se révèlent aussi être les meilleurs. »

Il explique qu'on a pu observer ce phénomène jusqu'en Russie où l'éducation des masses laisse pourtant encore à désirer. Un ouvrier qui sait lire et écrire touche invariablement un salaire plus élevé que son collègue analphabète à qui l'on confie en général les plus basses besognes. Et il est prouvé que la révolution industrielle est allée plus vite en Allemagne qu'en Angleterre, entre autres grâce au plus haut niveau d'études de la population allemande. Les ouvriers américains, à la fois cultivés et performants, en sont une autre preuve. Éducation, éducation, éducation.

Hjalmar est euphorique. Plus gai qu'il ne s'est senti depuis longtemps. C'est ce qui est merveilleux quand on voyage.

Pendant plusieurs heures d'affilée, on n'a rien d'autre à faire que de rencontrer ses congénères.

Et c'est encore plus agréable quand il s'agit d'une congénère aussi ravissante ! Et intelligente en plus !

Les jolies femmes sont une denrée rare à Kiruna. Non qu'elles soient vieilles. Kiruna est une ville nouvelle habitée par une population jeune. Mais la dureté de l'existence dans cette région a vite fait de marquer leurs traits. Les filles perdent leurs joues rondes. Elles s'habillent avec des vêtements d'homme et s'emmitouflent dans des châles en grosse laine pour lutter contre le froid. Les épouses d'ingénieur ont bien les joues pleines et roses mais elles ne se promènent pas dans la rue comme les femmes à Stockholm. L'été, il y a trop de moustiques et l'hiver, il fait trop froid. Alors elles restent enfermées chez elle à faire du gras.

Leur conversation à bâtons rompus saute allègrement d'un sujet à l'autre.

Ils parlent de *La Joconde* qui, après avoir été volée et introuvable pendant deux ans, a retrouvé sa place au musée du Louvre peu avant Noël, grâce à un galeriste malin, en Italie, qui a réussi à faire sortir le voleur de son trou en lui faisant croire qu'il voulait acheter le tableau. Ils ne sont pas d'accord au sujet du droit de vote pour les femmes. Elina affirme cependant ne pas être une suffragette, ce à quoi il répond que si elle le devenait, il irait l'obliger à manger dans sa prison. Elina demande à Hjalmar de lui raconter la visite de Selma Lagerlöf à Kiruna après la publication de son roman : *Le Merveilleux Voyage de Nils Holgersson*. Ils discutent de la notoriété posthume de Strindberg, de son amertume et de ses obsèques. Et bien sûr, ils parlent du *Titanic* puisqu'il y a aujourd'hui deux ans, jour pour jour, que la catastrophe s'est produite.

Et soudain, les voilà arrivés à destination. Déjà. Le train s'arrête, les portières sont ouvertes, les gens se bousculent pour récupérer leurs bagages dans les filets.

Elina doit retourner dans son compartiment.

Hjalmar prend congé précipitamment, il lui souhaite bonne chance dans sa nouvelle vie et lui fait à nouveau promettre de le tenir informé si elle a des soucis ou s'il manque du matériel dans sa classe.

En un clin d'œil, il n'est plus là.

Elle est d'abord surprise. Elle pensait qu'au moins, il l'accompagnerait sur le quai. Puis en colère. Si elle avait été une dame, il l'aurait suivie jusqu'à son compartiment, il aurait porté sa valise et lui aurait offert son bras pour l'aider à descendre du train.

Tandis que, devant la gare, elle cherche des yeux ses deux valises, sa colère se transforme en honte.

Qu'est-ce qu'elle croyait ? Qu'ils allaient devenir amis ? Quel intérêt aurait-il eu à devenir son ami ?

Et elle qui s'est littéralement jetée à sa tête. Quand elle y pense, deux roses de confusion fleurissent sur ses joues. Il a dû la prendre pour la plus impudique et la plus prétentieuse petite institutrice qu'il ait jamais rencontrée. Et son discours passionné sur Ellen Key. À lui qui avait rencontré la célèbre féministe suédoise en personne.

Un jeune homme arrive avec ses valises sur un chariot. Elles sont lourdes. Une surtout. Il peine à avancer dans la neige.

« Qu'est-ce que Mademoiselle transporte dans ces valises ? Des briques ? plaisante-t-il. Vous allez construire une maison ? »

Un autre jeune homme attrape la balle au bond et propose qu'ils s'y installent ensemble, mais elle ne les écoute pas.

La gare est bondée. On charge et on décharge des bagages et des marchandises. Un peu plus loin attendent des chevaux attelés à des traîneaux pour transporter les passagers. Une petite fille vend du café et des tranches de gâteau derrière une simple table sur laquelle est posée une cafetière sur un réchaud.

Sur un bouleau aux branches lourdes de neige chantent des grives. Il n'en faut pas plus pour faire revenir sa bonne humeur. La honte qu'elle ressentait il y a un instant s'est envolée. Hjalmar Lundbohm est juste un homme et des hommes, il y en a treize à la douzaine. C'est tellement joli, toute cette neige sous le soleil. Elle se demande de quoi cela aura l'air ce soir, avec la lumière sur la montagne minière et les halos des réverbères. *Kiruna*, chante une voix en elle. Kiruna. Elle sait que le nom de la ville vient du mot sami *gieron*, qui veut dire tétras arctique.

Hjalmar Lundbohm s'empresse de sauter du train. Il a une idée de l'endroit où l'institutrice pourrait habiter. Mais il faut qu'il se dépêche pour qu'elle ne sache pas qu'il va modifier ses plans pour ses beaux yeux. Il ne veut pas passer pour un vieil importun, mais il doit s'assurer de la revoir. Et si son plan fonctionne, il la verra très souvent.

La cousine de Sol-Britt Uusitalo s'appelait Maja Larsson. Rebecka Martinsson appuya son vélo contre la remise à bois et se mit à inspecter les alentours.

Elle se trouvait dans la ferme appartenant à la mère de Maja Larsson. À l'état des lieux on devinait que la propriétaire avait perdu son énergie vitale depuis longtemps. Plusieurs plaques s'étaient détachées de la façade bardée en fibrociment rose. La gouttière ne tenait plus. Les huisseries avaient cruellement besoin d'un coup de peinture. La terrasse s'était affaissée et penchait vers la porte. Plusieurs gros buissons hirsutes que Rebecka identifia comme des groseilliers poussaient contre le mur. Les morceaux de tuteurs artisanaux qui avaient servi jadis à les maintenir gisaient par terre, pourris et couverts de mousse.

Rebecka sonna, mais la sonnette n'émit aucun son. Elle frappa à la porte.

Maja Larsson ouvrit et Rebecka faillit faire un pas en arrière tellement elle était belle. Elle n'était pas maquillée et les rides sur son visage lui donnaient un air buriné. Elle avait des pommettes hautes et tendit son long cou en la voyant. Son geste avait quelque chose de royal et c'est sans doute ce qui avait provoqué cette réaction chez Rebecka. Elle devait avoir à peu près soixante ans. Ses cheveux étaient entièrement blancs et noués en plusieurs tresses, longues et fines, rassemblées en un gros chignon souple sur sa tête. Une chevelure en vers de terre argentés. Ses yeux étaient gris clair et ses sourcils épais et blonds. Elle portait un pantalon d'homme qui pendait, lâche, sur ses hanches et un pull-over décolleté en V avec des pièces en cuir aux coudes.

« Oui ? » dit-elle.

Rebecka réalisa qu'elle était en train de la fixer. Elle se présenta et exposa le motif de sa visite.

« Je viens vous voir à propos de votre cousine. Elle a été assassinée. »

Maja Larsson observa Rebecka comme si elle était un gamin venu vendre des billets de tombola. Puis elle poussa un soupir.

« Merde alors ! Je suppose que vous voulez entrer pour me parler. Bon, eh bien entrez, alors. »

Elle précéda Rebecka jusqu'à la cuisine. Rebecka retira ses chaussures et la rejoignit au petit trot. Elle s'assit sur une chaise en bois, refusa le café qu'on lui proposait et sortit un calepin de sa poche.

Maja Larsson ouvrit un tiroir et en sortit un paquet de cigarettes.

« Je vous écoute ! Cigarette ? »

Rebecka secoua la tête. Maja alluma sa cigarette et souffla la fumée par les narines. Elle alla s'appuyer à la cuisinière à bois et tira sur une chaînette qui ouvrait une trappe de ventilation au-dessus.

« On l'a tuée dans son sommeil. »

Maja Larsson ferma les yeux et baissa la tête. Comme si elle essayait de comprendre ce que Rebecka venait de lui dire.

« Excusez-moi si je vous semble un peu… C'est à cause de ma mère. Il ne lui reste plus beaucoup de temps. Je suis venue m'installer ici pour l'accompagner jusqu'à la fin. J'ai l'impression de ne plus être capable de ressentir quoi que ce soit. »

Tout à coup elle posa sur Rebecka un regard pénétrant.

« Marcus !

– Marcus va bien, dit Rebecka. Il n'a rien.

– Vous êtes venue me demander de m'occuper de lui ?

– Je ne sais pas. Vous pourriez ? »

L'expression de Maja Larsson se durcit.

« Je vois. Je suppose que cela signifie que sa chère maman a refusé de le prendre ? Elle a mal au dos, peut-être ? Ou ils ont une fuite d'eau dans leur appartement ? Est-ce qu'au moins elle a pensé à demander comment il allait ? »

Rebecka songea à la mère de Marcus et à son explication selon laquelle son concubin la quitterait si elle devait s'occuper de Marcus. À aucun moment, elle n'avait demandé comment allait son fils.

« Je m'en occuperai, bien entendu. Si personne d'autre ne peut le faire. C'est juste qu'avec ma mère… Je fais sans arrêt des allers-retours à l'hôpital. Je ne sais pas comment je vais m'organiser. Il ne me connaît pas. Comme vous le savez, je n'habite pas la région et c'est seulement parce que ma mère… Et puis, je suis nulle avec les enfants. Je n'en ai jamais eu à moi. Oh, mon Dieu ! Je crois que le monde est devenu fou. Je vais m'en occuper. Bien sûr que je vais m'en occuper. »

Rebecka ouvrit son calepin.

« Qui a pu la traiter de putain ?

– Pardon ?

– Quelqu'un a écrit ce mot sur le mur au-dessus de son lit. »

Maja Larsson scruta longuement Rebecka. Comme le renard s'immobilise à l'orée du bois et cherche à savoir si l'inconnu qu'il aperçoit entre les arbres est un ami ou un ennemi. Les vers argentés sur sa tête avaient l'air vivants. Au bout d'un long moment, elle dit d'une voix grave et douce :

« Je sais qui tu es, Rebecka Martinsson. Tu es la fille de Mikko et de Virpis, qui est revenue vivre ici il y a quelque temps. Je ne savais pas à quoi tu ressemblais maintenant. Je t'ai connue quand tu étais petite. Pour répondre à ta question, Rebecka : tu connais les gens d'ici !

– Non.

– C'est vrai, tu ne les connais pas vraiment. J'oubliais que tu es substitut du procureur. Personne n'ira te chercher noise, à toi. Mais Sol-Britt... »

Elle secoua la tête. Une manière de dire qu'elle n'avait pas très envie d'en parler.

« Je vous écoute.

– Il n'y a rien à dire. Les gens d'ici sont stupides, mais ils ne l'ont pas tuée. Et si je commence à te raconter des trucs, tu vas aller poser des questions aux uns et aux autres. Et moi, je deviendrai tout à coup une balance et on viendra casser mes vitres.

– On l'a assassinée à coups de couteau, dit Rebecka d'une voix dure. Pas un coup. Au moins une centaine. J'ai vu son cadavre. Allez-vous m'aider, oui ou non ? »

Maja Larsson posa une main sur sa nuque et dit :

« Tu sais y faire, toi, hein ?

– Oui, je sais y faire.

– Je connaissais ta mère. On allait danser toutes les deux

quelquefois. Elle était jolie. Elle avait des tas d'admirateurs. Un jour, elle a rencontré ton père et elle s'est mariée avec lui. Moi, j'ai déménagé et on a perdu contact. Sol-Britt traînait avec nous quelquefois, même si elle était un peu plus jeune. Mais c'était ma petite-cousine, alors on la laissait venir. Et puis, elle s'est retrouvée avec un polichinelle dans le tiroir et elle a eu son fils, Matti, alors qu'elle avait à peine dix-sept ans. Le père s'est tiré avant que Matti fête son premier anniversaire. Je ne me rappelle même plus comment il s'appelait, cette petite ordure. Il s'est fait la malle et je crois qu'il s'en est plutôt bien sorti ensuite. Il a trouvé du travail chez Scania comme chauffeur de poids lourds. Ensuite Sol-Britt a eu un autre type avec qui ça n'a pas marché non plus. Et puis encore un autre. Celui-là buvait trop. Il ramenait ses copains de beuverie et ils faisaient la fête jusqu'à pas d'heure. Alors elle l'a viré. Il n'en faut pas plus pour se faire une réputation, ici. À l'école, les camarades de Matti ont commencé à lui dire que sa mère était une pute et qu'elle buvait.

– C'était vrai ?

– Oui. Elle buvait trop. Il y avait d'autres bonnes femmes qui picolaient autant qu'elle, mais les pires cas sociaux se sont mis à la regarder de haut. Celles qui s'étaient casées, surtout. C'est plus facile de vivre avec un connard quand on a décidé que ce serait pire sans lui. On se dit qu'on s'en sort mieux que d'autres. Et c'est plus facile de picoler avec bonne conscience quand on peut montrer du doigt quelqu'un qui boit plus que vous, Sol-Britt en l'occurrence. Lorsqu'elle allait en ville, après avoir bu un verre ou deux, elle était ivre et elle se mettait à faire n'importe quoi. Les autres arrivaient à se tenir, même quand elles étaient complètement cramées. Sol-Britt était le genre de fille que les hommes allaient voir quand ils étaient bourrés, quand ils s'étaient disputés avec leur femme ou qu'elle les avait fichus dehors. Ils allaient pleurnicher chez elle et elle leur offrait un café. Rien d'autre. Je le sais. Non pas que cela ait une quelconque importance, dans un sens comme dans l'autre, mais c'est la vérité. Ensuite, ils repartaient chez leur bonne femme ou chez le voisin ou chez un copain et se vantaient d'avoir couché avec elle. Alors que c'était des conneries. Ils prenaient leurs rêves pour la réalité. Voilà. Alors forcément, aux yeux des gens du village, elle passait pour une putain. Je ne comprends même pas pourquoi elle restait dans le coin. Je comprends encore moins ce qui t'a fait revenir ici. »

Rebecka se tourna vers la fenêtre. Est-ce qu'il s'était mis à neiger ? Quelques flocons isolés virevoltaient, avec l'air de ne pas savoir s'ils devaient tomber ou remonter.

Elle n'avait pas envie d'entendre tout ça. Pas envie d'entendre parler de ses parents, ni d'un Kurravaara qui n'était pas le sien.

J'ai moins de mal à prendre mes distances maintenant que j'ai grandi, songeait-elle. Je ne suis pas obligée de fréquenter ce genre de personnes. Quand j'étais petite et que je les avais dans ma classe, c'était impossible, je n'avais aucune chance de leur échapper.

« Est-ce que quelqu'un la menaçait ?

– Il y a des gamins du village qui embêtent Marcus. Ils prennent tous le même bus scolaire pour aller en ville, tu comprends. Un jour, Sol-Britt est allée les dénoncer au directeur de l'école et les parents étaient furieux. Contre elle. Parce qu'elle avait osé accuser leurs enfants. Sol-Britt n'en démordait pas et quand Louise et Nelle Niemi venaient gueuler devant chez elle, elle n'avait pas peur de leur dire sa façon de penser.

Alors elles se vengeaient en faisant des trucs pour lesquels elles ne risquaient pas d'avoir des ennuis avec la police. Comme se mettre pleins phares pour l'aveugler quand elles la croisaient sur la route. Et c'est vrai qu'elles l'appelaient "la putain" quand elles parlaient d'elle. Elles mimaient le mot quand elles la croisaient au supermarché. Et le pauvre Marcus la suppliait de ne rien dire et de ne pas réagir, parce que sinon ce serait encore pire. Les autres enfants le poussaient dans les congères chaque fois qu'il se trouvait sur le chemin. Ils lui piquaient ses affaires. L'année dernière, elle a dû lui acheter trois fois un nouveau cartable. Marcus disait qu'il l'avait perdu, alors qu'il faisait toujours attention à ses affaires. »

Maja sortit toute la vaisselle sale empilée dans l'évier et la posa sur l'égouttoir. Puis elle boucha l'évier et le remplit d'eau chaude, fit couler une giclée de liquide vaisselle et entreprit de replonger assiettes, couverts et verres dans l'eau mousseuse.

« Je ne sais pas pourquoi je te raconte tout ça. Les gens d'ici sont des imbéciles, mais ils ne l'ont pas tuée. »

Rebecka nota qu'elle faisait la vaisselle à l'ancienne, rinçant dans une bassine, pour économiser l'eau chaude.

« Où habite cette famille Niemi ?

– Dans la maison jaune au fond de la baie. Tu ne te souviens pas ? Cela dit, je te déconseille de te disputer avec eux et leur clique si tu as l'intention de rester vivre dans ce village. »

Rebecka sourit, amusée.

« Ce ne serait pas la première fois que je me fâcherais avec les gens. Je ne suis pas du genre à me laisser intimider. »

Maja Larsson sourit également. Un sourire fugitif qui disparut de ses lèvres aussi vite qu'il y était apparu, chassé par un autre sentiment, le chagrin peut-être, ou l'idée de la mort.

« Je suis au courant. J'ai lu l'histoire dans le journal et j'en ai entendu parler aussi. Les gens causent. C'est toi qui as tué ces deux pasteurs, à l'époque. Et ça s'est passé ici, dans la région ! »

Et quelque part en Suède, leurs enfants grandissent sans leur papa, par ma faute. Et ils me haïssent, songea Rebecka en baissant les yeux sur son calepin vierge.

« Il y a autre chose que vous voulez me raconter ? À propos de Sol-Britt. Comment était-elle, ces derniers temps ? Est-ce qu'elle vous a semblé inquiète pour une raison ou pour une autre ?

– Non… À vrai dire, je ne sais pas. Je ne l'aurais sans doute pas remarqué si ça avait été le cas. Pour l'instant, j'essaye de faire accepter un peu de nourriture à ma mère. Je passe tout mon temps à son chevet. Il n'y a pas si longtemps, elle arrivait encore à faire quelques petits travaux ménagers. Un peu de couture. Un peu de rangement. »

Elle regarda autour d'elle dans la pièce.

« Maintenant, on dirait un petit oiseau. Tu ressembles à ta mère, au fait. »

Rebecka se raidit intérieurement.

« Merci d'avoir pris le temps de répondre à mes questions », dit-elle d'une voix aimable, sans montrer ses sentiments.

Maja abandonna sa vaisselle et se tourna vers Rebecka qui eut l'impression qu'elle plongeait dans son âme.

« Ah, je vois, dit-elle. Tu as encore cette histoire en travers de la gorge ! Mais tu sais, ta mère n'était pas une méchante femme. Et ton père n'était pas une victime non plus. Si tu as envie d'en parler un jour, n'hésite pas à passer boire un café.

– Je ne comprends pas ce que vous voulez dire, répliqua Rebecka en se levant. Je vous tiens au courant au sujet de Marcus. »

Elle regarda l'heure. Il était temps pour elle de se rendre à l'autopsie.

Il faisait comme toujours un froid de canard dans la salle d'autopsie. Rebecka Martinsson et Anna-Maria Mella n'avaient pas enlevé leur parka. La faible odeur de chair en décomposition et l'odeur plus forte d'un détergent puissant étaient presque masquées par celle des cigarettes du légiste Pohjanen.

Ce dernier était assis sur son tabouret de travail, une cigarette entre les doigts d'une main et un dictaphone dans l'autre. Le tabouret en métal équipé de roulettes ressemblait à un squelette de fauteuil de bureau dont on aurait démonté le dossier. Anna-Maria devina qu'il devait se lever de moins en moins. Elle avait entendu dire qu'il avait arrêté de conduire l'année dernière. Ce qui était une bonne chose. Il devait présenter un danger mortel sur la route. Il était tellement fatigué à présent et elle savait qu'il passait la moitié de sa journée de travail couché sur le canapé de la salle de repos. Le cancer le rongeait chaque jour un peu plus. Brusquement, elle se sentit inexplicablement furieuse contre lui.

Sous sa blouse verte déboutonnée, le légiste portait un t-shirt à l'effigie de Madonna. L'image de la chanteuse athlétique avec son chapeau haut de forme et ses boucles blondes jurait cruellement avec sa peau livide et les cernes sombres, presque bleus autour de ses yeux.

Anna-Maria se demanda comment Madonna avait atterri sur le torse de Pohjanen. Il devait s'agir d'un cadeau. De sa fille, probablement. Ou de sa petite-fille, peut-être. Elle doutait fort que le vieux médecin sache qui elle était.

Sol-Britt Uusitalo était allongée sur la table en inox, au milieu de la pièce. Les gants de latex de Pohjanen gisaient, ensanglantés, à côté du corps éventré.

Un peu plus loin, l'assistante du légiste, Anna Granlund, ouvrait le crâne d'un autre cadavre. Le bruit de la scie circulaire tranchant l'os fit frissonner Anna-Maria. Elle fit un signe à Anna Granlund qui hocha la tête : j'arrive. Quelques secondes plus tard, elle avait fini. Elle éteignit la meuleuse, retira ses lunettes de protection et dit bonjour.

C'est elle qui fait tout, maintenant, songea Anna-Maria en regardant l'assistante. Tout sauf penser.

« Vous fumez toujours ici ? reprocha Rebecka à Pohjanen dès que le bruit de la scie s'arrêta. Vous allez finir par vous faire virer ! »

Pohjanen répondit par un « hé, hé » rocailleux. Tout le monde savait qu'il aurait pu prendre sa retraite anticipée pour cause de maladie depuis plusieurs années déjà. Il pouvait se permettre de faire tout ce qu'il voulait, du moment qu'il acceptait de travailler un jour de plus.

« Vous allez me griller ? coassa-t-il, amusé.

– On vous écoute ? intervint Anna-Maria avec un coup d'œil sur la morte.

– Ça va, on arrive ! » grogna le vieux légiste.

Il l'informa d'une main levée qu'exceptionnellement ils allaient oublier leur rituel qui consistait à ce qu'elle pose des questions avant qu'il soit prêt à lui répondre, à ce que lui s'énerve parce qu'elle venait le déranger au lieu de le laisser travailler en paix, à ce qu'elle tente de l'amadouer et qu'il se laisse amadouer.

« J'ai d'abord pensé à un pistolet à clous, dit-il. J'ai déjà vu ça deux fois par le passé. Les clous entrent et disparaissent sous la peau. Et la victime saigne très peu, comme c'est le cas ici. À condition bien sûr que l'un des premiers coups soit fatal. Mais il n'y avait pas de clous dans les plaies, alors... »

Il enfila une paire de gants de latex neuve et se saisit d'une barquette qui contenait un morceau de chair débité en tranches épaisses. Anna-Maria songea qu'il lui faudrait un bout de temps avant de manger à nouveau du bacon.

« Là, dit-il en montrant du doigt l'orifice, vous avez l'entrée dans l'épiderme. Vous pouvez constater à ces petites déchirures du derme et de la chair en dessous que la blessure est bénigne, la chair n'a pas été tranchée. Et maintenant, regardez ici. Les orifices d'entrée sont ronds. Et profonds.

– Une alêne ? demanda Anna-Maria.

– Pas exactement.

– Une broche de barbecue ? » suggéra Rebecka.

Pohjanen secoua la tête.

Il pointa l'index de sa main gauche et le pouce et l'index de sa main droite sur le corps de Sol-Britt en plusieurs endroits de façon à matérialiser trois plaies alignées.

« Ceinture d'Orion, ceinture d'Orion, ceinture d'Orion, répéta-t-il, désignant chaque fois une nouvelle série de perforations. On ne le distingue pas du premier coup à cause de l'important nombre de plaies.

– Alors c'est quoi ? demanda Anna-Maria.

– Une fourche », dit Rebecka.

Pohjanen lui lança un regard appréciateur.

« C'est ce que je crois aussi. »

Il souleva les mains de la morte.

« Aucune lésion défensive. Et vu le peu de sang, je pense que le premier coup l'a tuée. »

Rebecka fronça imperceptiblement les sourcils et Pohjanen expliqua :

« Si vous mourez et que votre cœur s'arrête, il cesse de pomper du sang dans votre organisme. Et si le sang n'est pas pompé, vous ne saignez pas. Jésus sur sa croix par exemple. Il est écrit dans la Bible que les soldats croisèrent les jambes des deux hommes qui furent crucifiés en même temps que lui, mais pas celles de Jésus car il était déjà mort. Il est écrit ensuite qu'ils plantèrent une lance dans son flanc et que du sang et de l'eau coulèrent de la plaie. Donc, il n'était pas encore mort et il a dû mourir à ce moment-là. J'ai discuté avec pas mal de théologiens à ce sujet. Ils aimeraient bien qu'il ait rendu l'âme au moment où il est censé l'avoir fait.

– Les hommes d'Église n'aiment pas beaucoup les gens comme vous, dit Anna-Maria pour faire plaisir au vieux médecin. Récemment, Marie Allen, du laboratoire Rudbeck, a prouvé que les crânes de sainte Brigitte et de sa fille Katarina, qui reposaient parmi les reliques de l'abbaye de Vadstena, n'avaient en fait aucun lien de parenté. »

Pohjanen coassa à nouveau, enchanté, avec un bruit très proche de celui d'une voiture qui ne veut pas démarrer.

« Et qu'il y avait près de deux siècles de différence entre les deux crânes, ajouta Anna-Maria.

– Pff ! commenta Pohjanen. Qu'on jette toutes ces vieilles carcasses aux chiens !

– Elle a l'air paisible, fit remarquer Rebecka, pour changer de sujet. Vous croyez qu'elle dormait ?

– Les morts ont toujours l'air paisibles, répliqua Pohjanen sèchement. Quelle que soit la douleur ressentie au moment du passage. Avant que la rigidité cadavérique intervienne, tous les muscles se détendent, y compris ceux du visage. »

Une lueur fugitive traversa les traits de Rebecka, que le légiste perçut aussitôt.

« Vous pensez à votre père ? lui demanda-t-il. Alors arrêtez tout de suite. Quelquefois on peut aussi avoir l'air paisible parce qu'on l'était. Jusqu'à preuve du contraire. Bon ! Revenons à nos moutons. Plusieurs des blessures peuvent avoir causé la mort. »

Il en désigna une entre le nombril et l'os pubien de Sol-Britt.

« Celle-là, par exemple, a perforé l'aorte. C'est l'artère que tranchaient les samouraïs quand ils se faisaient hara-kiri. J'ai également observé une hémorragie dans le ventricule et, si je voulais jouer aux devinettes, je dirais que ç'a été la première blessure. En examinant la plaie, j'y ai trouvé ce que je crois être des traces de rouille. J'en suis pratiquement sûr mais je peux envoyer un échantillon au laboratoire si vous le souhaitez.

– Un vieux trident, donc, conclut Rebecka.

– Je pense qu'il n'en existe pas de neufs, cela dit. Je ne sais même pas si on se sert encore de ce genre d'outil de nos jours.

– Et elle était couchée dans son lit…, poursuivit Anna-Maria.

– Cela ne fait aucun doute. Je ne vais pas la retourner, mais certaines blessures ont traversé le corps de part en part, ici, au-dessus de la clavicule, par exemple. Le rapport des experts fait état de trous correspondants dans le matelas.

– L'assassin se trouvait sur son lit, au-dessus d'elle, réfléchit Anna-Maria à haute voix. Ou à la rigueur à côté. Ça n'a pas dû être facile pour lui.

– Très difficile, même, confirma Pohjanen. Surtout pour traverser les os. Il y a quelque chose de dément dans un acte comme celui-là. Il faut que le corps soit plein d'adrénaline. Il devait être animé par une rage féroce, ou une sorte d'euphorie sadique. Le simple fait de ne pas s'arrêter, de continuer à frapper après que la victime est morte indique qu'on a affaire à un psychopathe.

– Nous allons évidemment appeler les hôpitaux psychiatriques pour vérifier s'ils n'ont pas perdu un malade », dit Anna-Maria.

Elle avait envie de s'arracher la langue. Pourquoi fallait-il toujours qu'elle parle sans réfléchir. Rebecka avait été internée en HP, tellement perturbée qu'on avait dû lui faire des électrochocs. Après le drame, elle avait eu des hallucinations et elle criait comme une folle. C'était le jour où Lars-Gunnar Vinsa s'était tiré un coup de carabine après avoir tué son fils. Anna-Maria n'avait jamais reparlé de tout cela avec Rebecka. C'était tellement invraisemblable. Elle ne savait même pas qu'on utilisait encore les électrochocs de nos jours. Elle croyait que cette méthode appartenait au passé de la psychiatrie. Comme dans *Vol au-dessus d'un nid de coucou.*

« Tiens, je ne vous entends plus, tout à coup », grinça Pohjanen.

Le téléphone d'Anna-Maria se mit à sonner. Elle bénit intérieurement Sven-Erik de lui offrir une échappatoire à cette atmosphère tendue.

« Je croyais que la conférence de presse devait avoir lieu demain matin, lui dit-il sans préambule.

– Je te le confirme, répliqua Anna-Maria.

– Ah. Alors je me demande pourquoi von Post est en train de discuter avec une bande de journalistes dans la salle de conférences. »

Anna-Maria retint le : « Qu'est-ce que c'est que ces conneries ? » qui lui brûlait les lèvres.

À la place elle dit :

« J'arrive », et raccrocha.

« Tu ne vas pas être contente », annonça-t-elle à Rebecka.

Comme on se retrouve, songeait le procureur von Post en regardant descendre de leurs voitures l'inspecteur Anna-Maria Mella et Rebecka Martinsson. Pauvres connes !

Rebecka Martinsson. Quelques années auparavant, elle était venue se mêler de son enquête préliminaire dans l'affaire du meurtre de Viktor Strandgård. Dès sa descente de l'avion, il avait vu qu'elle avait une haute idée d'elle-même. Brillante avocate du cabinet Meijer & Ditzinger. Comme si cela signifiait quelque chose. Son petit ami était associé dans le cabinet. Ce qui en disait long sur la manière dont elle avait décroché le job. Évidemment, les médias l'avaient adorée. Foutus journalistes ! Après que l'enquête avait été résolue, on n'avait plus vu qu'elle dans tous les journaux. Quant à lui, il était passé pour le crétin qui s'était trompé de coupable. Après ça, il pensait être débarrassé d'elle, mais non. Elle était venue s'installer dans la région et elle avait intégré le bureau du procureur. Elle et cette naine d'inspecteur Mella avaient résolu ensemble, par hasard, l'enquête sur le meurtre de Wilma Persson et Simon Kyrö. Ça avait été un véritable miracle que le meurtrier soit arrêté. Mais la presse – toujours ces foutus journalistes – l'avait comparée à Modesty Blaise.

Pendant ce temps-là, lui avait instruit des affaires de conduite en état d'ivresse, de pension alimentaire et de violences domestiques. Et un meurtre, quand même. Un type qui avait tué son frère dans une beuverie, un samedi soir.

Carl von Post était coincé au bureau du procureur de Laponie. Par leur faute. Celle de cette foutue Modesty Blaise et de cette femme inspecteur qui la suivait partout. À cause d'elles, il n'avait plus la moindre chance de décrocher un boulot dans un grand cabinet d'avocats à Stockholm. Mais désormais, les choses allaient changer. C'était son tour d'apparaître sous les projecteurs, son tour d'avoir son nom dans les journaux. Un meurtre aussi spectaculaire était exactement ce dont il avait besoin. Pour elle, ça ne changerait rien du tout. Il avait fait ce qu'il fallait pour qu'on lui confie l'affaire. Ces deux-là n'allaient pas la lui reprendre et elles ne tarderaient pas à le comprendre.

Carl von Post contempla l'assemblée des journalistes. Tous avaient le nez plongé dans leur iPhone, épluchant Twitter et Flash-back à la recherche de nouveaux éléments. Ils allumèrent leurs micros. *Expressen* et *Aftonbladet* avaient envoyé leurs correspondants habituels. Les reporters de NSD, des *Nouvelles du Net* et de *Norrbottens-Kuriren* faisaient le pied de grue dans le couloir, espérant alpaguer quelqu'un au passage. Les envoyés spéciaux de SVT et de TV4 se promenaient chacun avec leur grosse caméra à l'épaule. Il y avait aussi des journalistes qu'il ne connaissait pas et qui tous tentaient d'attirer son attention afin d'obtenir une interview exclusive après la conférence de presse.

« Cinq minutes », répondait-il en les invitant à prendre place sur les chaises alignées dans la salle de conférences avant de s'éclipser pour parler à Rebecka et à Anna-Maria à l'abri des oreilles indiscrètes.

Anna-Maria Mella s'avança à la rencontre de Carl von Post qui ralentit pour ne pas lui montrer qu'il était stressé. Mais c'était trop tard, elle l'avait vu trottiner vers la sortie à travers la porte vitrée. Rebecka resta en retrait.

« Bonjour, claironna von Post, tout sourire. C'est bien que vous soyez venues. Il paraît que vous êtes passées chez le légiste ? Je vous propose qu'on débriefe rapidement ce qu'il vous a dit, comme ça...

– Vous savez quoi, von Post ? Telle que vous me voyez, là, je suis à la limite de la rupture d'anévrisme, alors si vous pouviez trouver quelque chose à nous dire qui me permette de me calmer un peu...

– Je ne comprends pas.

– Vous ne comprenez pas ?! »

Les bras d'Anna-Maria s'envolèrent au-dessus de sa tête et ses mains vinrent se poser sur le sommet de son crâne comme pour l'empêcher d'exploser.

« Vous avez organisé une conférence de presse. Aujourd'hui. Ce que j'avais déjà fait, mais pour demain matin, huit heures. »

Von Post croisa les bras.

« Je suis désolé si les choses se sont un peu précipitées. J'aurais bien sûr dû vous prévenir qu'il y avait un changement. Je suis chargé de l'instruction de l'affaire et je me suis dit que plus tôt nous informerions la presse, mieux cela vaudrait. Vous savez comment ça se passe, sinon. Nous nous retrouvons avec des fuites dans nos propres rangs. Quelqu'un leur vend des informations. La presse ne recule devant rien pour augmenter ses tirages, n'est-ce pas ?

– Vous n'allez pas m'apprendre comment gérer les journalistes, quand même ? Chef d'instruction ! Vous ? Il doit y avoir une erreur ! C'est Rebecka qui instruit cette enquête ! »

Von Post regarda Rebecka qui les avait maintenant rejoints et se tenait à côté d'Anna-Maria.

« Il n'y a aucune erreur, dit-il froidement. Alf Björnfot m'a désigné pour m'en occuper. »

Alf Björnfot était procureur général. Quand Rebecka avait décidé de revenir vivre à Kiruna et de quitter le cabinet d'avocats pour lequel elle travaillait à Stockholm, c'était lui qui l'avait convaincue de rejoindre le bureau du procureur.

Anna-Maria ouvrit la bouche pour répondre qu'il n'aurait jamais fait une chose pareille, mais elle la referma. Carl von Post n'avait évidemment pas repris le dossier de sa propre initiative. Il n'était pas stupide. Enfin si, il l'était, mais pas dans ce sens-là.

Rebecka hochait la tête sans rien dire. Il y eut un petit moment de flottement que Carl von Post rompit :

« Comme vous étiez proche de la victime, Alf m'a demandé de reprendre l'affaire.

– Je ne la connaissais pas, riposta Rebecka.

– Peut-être, mais vous habitiez le même village. Tôt ou tard, au cours de l'instruction, vous seriez tombée sur quelqu'un que vous connaissiez. C'est trop sensible, vous comprenez ? Björnfot ne pouvait pas vous laisser vous occuper de cette enquête. Le risque de défaut de procédure était trop important. »

Il l'observa. Son visage ne trahissait aucune émotion.

Elle devait avoir subi un traumatisme et souffrir d'un léger retard mental, songea-t-il.

Rebecka veilla à garder un air impassible. L'effort lui faisait mal à la tête, mais elle était à peu près certaine de ne rien montrer des sentiments qui l'animaient. Ils l'avaient jetée comme une vieille chaussette. Et Alf n'avait même pas pris la peine de lui téléphoner pour le lui dire.

Ne leur montre pas que tu es blessée, se recommandait-elle.

Car c'était évidemment le bonus que Post attendait. Si elle se laissait aller à réagir, il se repaîtrait de son humiliation comme un charognard.

« Je crois qu'il s'inquiète un peu pour vous, Rebecka, poursuivit von Post d'une voix doucereuse. Vous avez été souffrante et une enquête de ce genre peut être épuisante. »

Il l'observait, la tête un peu penchée de côté.

Ne réponds pas, s'ordonna Rebecka.

Von Post soupira, renonça à la faire craquer et regarda l'heure sur son iPhone.

« Il faut commencer. Que vous a dit le légiste, en deux mots ?

– Je n'ai pas le temps. Je dois aller chercher les chiens », dit Rebecka.

Mais elle resta sur place.

« Il n'a rien dit. Il n'avait pas eu le temps de commencer », affirma Anna-Maria.

Les deux femmes croisèrent les bras simultanément. Et elles restèrent ainsi. Puis Rebecka baissa les siens, tourna les talons et s'en alla.

Von Post la suivit des yeux jusqu'à sa voiture et la regarda partir.

Voyez-vous ça.

Et d'une, se disait-il.

Il avait du mal à se retenir de sourire.

Plus qu'une. Et que la petite Mella ne s'avise pas de faire des siennes.

« Je n'ai pas de temps à perdre avec vos conneries, Mella, dit-il d'une voix sourde. Alors, soit vous me dites immédiatement ce qu'il vous a dit, soit vous dégagez de cette affaire. »

Anna-Maria lui jeta un regard incrédule.

« Je parle sérieusement, continua-t-il sans la quitter des yeux. Une inspectrice de police qui ne transmet pas les informations dont elle dispose à son chef d'instruction s'expose à de sérieux problèmes. Et je vous jure que je vous ferai muter à la circulation si j'apprends que c'est ce que vous êtes en train de faire. Figurez-vous que le commissaire divisionnaire du comté va régulièrement faire du ski à Riksgränsen et que c'est moi qui lui prête mon appartement. »

Il la regarda, les sourcils levés. Est-ce qu'elle voulait réellement jouer au plus fin avec lui ?

« Je vous ai dit qu'il n'avait rien de nouveau, répliqua Anna-Maria, rosissant légèrement. Elle a probablement été tuée avec une vieille fourche. Elle est morte très vite. L'assassin l'a frappée d'un nombre invraisemblable de coups de fourche.

– Très bien, dit von Post avec une petite tape sur l'épaule. Alors, en avant. Les journalistes nous attendent. »

« Il y a toujours autant de neige, ici ? »

Mademoiselle Elina Pettersson contemple Kiruna depuis le banc du cocher. Elle y est assise toute seule parce que le jeune homme qui conduit le traîneau a dû descendre pour tirer les chevaux essoufflés par l'effort.

« Non, dit-il. On en a toujours beaucoup, mais là, on vient d'avoir une tempête qui a duré trois jours. Et puis tout à coup, ce matin, le temps est devenu chaud et calme. Mademoiselle ferait aussi bien de s'y habituer tout de suite. C'est comme ça dans la montagne. Le temps peut changer d'un instant à l'autre. Au solstice d'été, l'année dernière, on était toute une bande de jeunes à aller danser à un bal à Jukkasjärvi. Le temps était doux et ensoleillé. Les feuilles commençaient tout juste à pousser. Et à huit heures du soir, il s'est tout à coup mis à neiger. »

Le jeune cocher sourit à ce souvenir.

La neige recouvre la ville comme un gros édredon duveteux. Les maisons sont habillées de longues robes blanches. Le vent a chassé la neige haut sur les murs. Des petits garçons déblayent énergiquement les toitures avec des grandes pelles.

Ils sont torse nu, avec de grosses bottes et des bonnets à oreilles.

« S'ils ne faisaient pas ça, les toits risqueraient de s'écrouler avec le dégel », explique son guide.

Les réverbères sont coiffés de bonnets de nuit, la montagne minière est enveloppée d'une douce couverture blanche et pourrait être n'importe quelle vieille montagne. Les branches des bouleaux s'inclinent sous leur charge immaculée et scintillante, formant une voûte de château de conte de fées. La lumière est éblouissante et Elina a du mal à garder les yeux ouverts. Est-ce ainsi que vient la cécité des neiges ?

« Mademoiselle doit attendre à l'école et on viendra la chercher, dit le guide. Je laisse ses bagages sur le traîneau. Je les lui apporterai plus tard à son domicile. »

Elle attend, toute seule dans la salle de classe. On est dimanche et l'école est déserte. Il y règne un étrange silence. De microscopiques grains de poussière dansent dans le rai de lumière entrant par la fenêtre.

Aux murs sont accrochés un grand tableau noir et de nombreuses planches éducatives avec des thèmes de la Bible, des cartes de géographie, des dessins de plantes et d'animaux. Elle s'imagine déjà en train de raconter à ses élèves les meilleures histoires de l'Ancien Testament. David et Goliath, bien sûr, Moïse dans son panier, la courageuse reine Esther. Elle se demande combien, parmi les plantes et les animaux figurant sur ces planches, survivraient dans un climat aussi septentrional. Les élèves feront des herbiers, évidemment, et apprendront tout ce qu'il y a à savoir sur la faune et la flore de la région. Il y a un harmonium dans un coin et une guitare.

Elle se demande combien de temps elle va devoir attendre. Car, à vrai dire, elle a très faim. Elle n'a rien mangé depuis qu'elle a terminé les sandwiches qu'elle avait emportés pour le voyage. Et elle se souvient avoir avalé le dernier vers deux heures de l'après-midi la veille. Il y a bientôt vingt-quatre heures.

Elle entend claquer la porte d'entrée et quelqu'un taper des pieds dans le couloir pour débarrasser ses souliers de la neige. Quelques secondes plus tard entre dans la classe une jeune femme de son âge. Non, plus jeune qu'elle, corrige Elina en la regardant plus attentivement. Elle a été trompée dans un premier temps par sa corpulence, sa poitrine opulente et ses fesses. Pour l'instant, on doit parler de rondeurs seyantes, mais bientôt la jeune fille deviendra une solide matrone. À part ça, elle est très mignonne. Elina se dit qu'elles se ressemblent un peu avec leur nez en trompette et leurs joues rondes. Sauf que la jeune femme est brune. Ses yeux bruns pétillent de curiosité et d'expectative. Elle regarde Elina comme si elle s'attendait à ce qu'elle lui annonce une bonne nouvelle.

« Mademoiselle Elina Pettersson ? »

La jeune femme lui tend une main rouge et ferme. Sa peau est sèche et ses ongles coupés très court. Une main de femme de peine.

Comme ma mère, songe Elina qui tout à coup a honte de sa main douce de demoiselle.

« Je suis Klara Andersson, la domestique du président-directeur général Lundbohm. Mais Mademoiselle peut m'appeler Flisan. C'est pas la peine de faire des manières alors qu'on va partager le même logement ! Venez ! »

Elle prend Elina par le bras et l'entraîne au soleil par les rues enneigées. Son pas est énergique et Elina doit presque courir pour la suivre. Flisan bavarde gaiement comme si elles se connaissaient depuis toujours.

« Il était grand temps, je trouve. Cent fois, j'ai dit à monsieur le directeur que je voulais avoir un endroit à moi. Jusqu'ici, j'ai dormi dans la chambre de bonne de la maison du patron. Mais avec tout ce monde qu'il reçoit chez lui ! Des artistes et des hommes d'affaires, des patrons d'exploitations minières et des aventuriers qui se mettent en tête de découvrir la montagne et qui se perdent et qu'il faut secourir. Il faut s'assurer qu'ils ont à boire et à manger et qu'ils ne manquent de rien – et ça peut être à n'importe quelle heure de la journée ou de la nuit. Monsieur le directeur a dû être pourri gâté par sa mère quand il était petit, moi je vous le dis. Et quand au milieu de la nuit, on peut enfin s'écrouler sur son lit en sachant que dans quelques petites heures il va falloir se lever à nouveau et trimer comme une esclave, les invités de monsieur le directeur rentrent ivres et viennent gratter à votre porte en gémissant. Beurk ! Tous ces vieux vicieux ! La chambre est fermée et le verrou mis, bien sûr, mais n'empêche qu'on n'ose pas s'endormir. Je ne parle pas du patron. Lui, il n'a jamais… enfin, en tout cas, maintenant, c'est terminé. Je vais enfin avoir mon chez-moi. »

Elle agite une clé sous le nez d'Elina.

« Je suppose que Mademoiselle est habituée à avoir son chez-soi, mais ici, à Kiruna, les logements sont rares. Alors il faut s'arranger à plusieurs. »

Elle presse amicalement le bras d'Elina.

« On va très bien s'entendre toutes les deux. Je l'ai su dès que j'ai vu Mademoiselle ! »

Le logement porte le nom de B12. Un diminutif pour bâtiment numéro douze. Il y a quatre étages et c'est une

Bläckhorn[1]. Elle ressemble à un gros cube et on ne devine la couleur verte des murs que dans les rares endroits où ils ne sont pas mangés par le givre et la neige. Flisan lui apprend que la toiture en tôle est rouge.

« Attendez de voir ça en été quand les toitures brillent au soleil de minuit ! C'est tellement joli ! »

Leur appartement consiste en une cuisine et une chambre à l'étage. Il n'y a aucun meuble. Un plancher brut.

« Regardez ! Il y a une cuisinière à bois ! s'exclame Flisan. Une vraie cuisinière avec un four ! »

Elle fait l'inspection de la cuisinière Husqvarna. Les anneaux en fonte sont entiers, le tiroir à cendres également et il y a même deux plaques pour le four.

Flisan se tourne vers sa nouvelle colocataire avec un grand sourire.

« On va pouvoir faire du pain tous les matins ! Et en vendre aux ouvriers. Et si on dort dans la cuisine, toutes les deux, on pourra louer la chambre. La journée, on relèvera les matelas et on y mettra une table pliante et deux chaises pour que vous puissiez lire et travailler, ou recevoir des élèves. Nos pensionnaires ne rentreront pas avant huit ou neuf heures du soir. Un peu plus tôt s'ils prennent leurs repas ici, ce qui mettrait encore un peu de sous dans la caisse. Mais rien qu'avec le petit-déjeuner, ils nous rapporteront huit couronnes par semaine. Sans compter la vente de pain. »

---

1. Les maisons *Bläckhorn*, conçues pour un mode de vie collectif, faisaient partie d'un programme d'habitations pour mineurs au début du vingtième siècle à Kiruna. Les quelques maisons de ce type existant encore sont aujourd'hui protégées et ont été déplacées lors de la délocalisation de la ville de Kiruna. *(Les notes sont de la traductrice.)*

Toutes ces histoires de pain et de petit-déjeuner et de dîner font tourner la tête à Elina. Elle doit s'asseoir sur le coffre à bois tellement elle est affamée. Flisan comprend aussitôt.

« Quelle idiote ! s'écrie-t-elle en prenant la tête d'Elina entre ses mains et en l'embrassant sur le front. J'aurais dû y penser tout de suite ! »

Elle ordonne à Elina de ne pas bouger jusqu'à ce qu'elle revienne. Promet de faire vite.

Tandis qu'elle attend Flisan, Elina sent le bonheur se répandre en elle. Elle a l'impression que le premier soleil de la fin de l'hiver coule dans ses veines comme un torrent doré. Elle s'est fait une amie. Une gentille amie indomptable et gaie. Une amie qui est partie à toute vitesse parce qu'elle, Elina, avait « besoin de se mettre quelque chose dans le ventre ».

Elle regarde autour d'elle dans la cuisine. La banquette convertible pourrait aller là. Il faudra mettre des tapis par terre et repeindre les murs. En blanc, évidemment. La décoration doit être simple et de bon goût, comme Ellen Key le préconise. Et cet été, elles mettront des pots de pélargoniums sur le rebord de la fenêtre.

Elle pense à toutes les soirées passées toute seule ces trois dernières années. Jamais plus.

Flisan revient. Elle a amené une fille avec elle, pour l'aider. Elles ont les bras chargés d'ustensiles de ménage : des tabliers, des seaux, des serpillières, du savon noir, une grosse marmite pour faire bouillir l'eau et des brosses en chiendent. Elle ouvre un paquet dans lequel elle a emballé des tartines pour Elina et de la viande de renne salée. Elle découpe en tranches fines le morceau de salaison presque noir.

« C'est un peu particulier quand on n'a pas l'habitude, mais après on ne peut plus s'en passer, tu vas voir. Oh, pardon, je peux vous tutoyer ? »

Elina sourit. Bien sûr.

« Il faut mâcher longtemps, c'est délicieux. Tu es en tenue de voyage, mais je vais m'occuper de nettoyer... »

Elina éclate de rire. Flisan croit-elle vraiment qu'elle est trop raffinée pour faire le ménage ? Les vêtements, ça se lave. Si elle veut bien lui prêter un tablier, elle va voir comment une fille de la ville se sert d'une serpillière et d'un balai-brosse !

Flisan rit à son tour et affirme qu'elle n'a encore rencontré personne qui lui arrive à la cheville quand il s'agit de nettoyer une maison. Les soubrettes n'auront qu'à s'occuper de Lundbohm ce soir. Elle a sorti un steak du congélateur et il n'attend pas d'invités pour le dîner. Elles peuvent travailler jusqu'à minuit, s'il le faut.

Et elles se lancent dans le ménage de leur nouvelle maison. Il y a juste une cuisine et une chambre et, avec l'aide de la fille, c'est vite terminé. Elles remplissent la marmite avec de la neige qu'elles vont chercher dans la cour et mettent à bouillir sur la cuisinière. Elles lessivent le plafond, les murs et les portes, récurent le plancher à quatre pattes avec une brosse en chiendent. La voisine du dessous leur rend visite pour leur signaler avec bonne humeur qu'il pleut dans son appartement et leur demander de se calmer un peu avec l'eau. Elles se dépêchent d'éponger le plancher à l'aide de plusieurs serpillières en changeant plusieurs fois l'eau du seau. Elles frottent les vitres avec du papier journal. Avec la vapeur qui monte du plancher et de la marmite, on se croirait dans un sauna. Elles ouvrent grand la fenêtre et l'air froid du dehors se mélange avec l'odeur de savon. Elles chantent à tue-tête, des psaumes, des chansons populaires qui parlent de femmes qui tuent leurs enfants, d'amour fatal et de petits miséreux mourant après une longue succession de malheurs.

Dans l'après-midi, deux jeunes gens apportent les meubles de Flisan, une banquette convertible exactement comme celle qu'Elina avait imaginée dans la cuisine, avec matelas, couvertures et oreillers, une petite table pliante, deux chaises à barreaux, une commode, une cuvette de toilette en faïence et son broc assorti, une grosse pile de tapis de chiffon et de nappes et deux malles remplies de toutes sortes d'objets.

Flisan et Elina sont assises sur le coffre à bois, une tasse de café à la main. Leurs muscles sont douloureux après tous ces efforts. La sueur séchée forme une fine couche de sel sur leur peau.

Mais l'une comme l'autre s'efforcent de faire bonne figure devant les déménageurs. Elles redressent la tête, dégagent les cheveux de leur visage, proposent du café et des biscuits et en deux temps, trois mouvements, les deux gars ont trouvé une large planche et empilé quelques morceaux de bois pour fabriquer un banc sur lequel leurs locataires pourront s'asseoir pour prendre leur petit-déjeuner. Banc qui pourra facilement être démonté et glissé sous la banquette lorsqu'il ne servira pas.

En partant, les deux jeunes gens croisent le cocher et un de ses camarades qui charrient dans l'escalier les valises d'Elina.

Ils parviennent à peine à monter la plus grosse. Ils soufflent et peinent et manquent basculer sous son poids. Les déménageurs leur proposent un coup de main.

« Qu'est-ce que tu as là-dedans ? » demande Flisan.

Tous se tournent vers Elina, curieux.

« Tu n'avais pas besoin d'apporter ton propre sac de minerai de fer, tu sais ? Il y a tout ce qu'il faut, ici.

– Ce sont des livres. »

Flisan ouvre des yeux comme des soucoupes.

« Des livres ! Dieu du ciel ! Mais où est-ce qu'on va les mettre ?

– Je pensais qu'on pourrait avoir une bibliothèque. »

Flisan regarde Elina comme si elle avait proposé qu'elles élèvent des tigres et des éléphants dans l'appartement. Une bibliothèque ! Mais il n'y a que les bourgeois qui ont ça chez eux !

Les deux déménageurs s'amusent beaucoup et promettent de revenir bientôt avec d'autres planches et des clous. Mais ils ont entendu parler des talents de cuisinière de Flisan et elle doit promettre un repas en échange. Elle acquiesce distraitement, incapable de détacher ses yeux de la valise.

Le procureur général Alf Björnfot regarda l'écran de son téléphone qui sonnait. Zut ! Rebecka Martinsson. Il aurait dû l'appeler. L'espace d'un instant, il envisagea de ne pas répondre. Mais il n'était pas lâche à ce point.

« Bonjour, Rebecka, répondit-il. Écoute, je suis…

– Tu avais l'intention de me prévenir quand ? le coupa-t-elle.

– Écoute, Rebecka… » Il inspira profondément. « … je n'ai pas vu la journée passer. Tu sais ce que c'est ? »

Ne pas s'excuser, se recommanda-t-il.

« Je t'écoute, Alf, dit-elle d'une voix qu'elle s'efforça de rendre menaçante. Car moi, je t'avoue que je ne sais pas quoi dire.

– Eh bien, c'est-à-dire que… Carl von Post est passé me voir au bureau et il m'a… disons… proposé… de reprendre l'enquête préliminaire. Elle habitait Kurravaara et toi aussi… Alors tu comprends bien que…

– Non, je ne comprends pas.

– Allons, Rebecka. Tout le monde se connaît dans un village ! Tôt ou tard, on se serait retrouvé avec un vice de fond.

– Mais cela ne pose aucun problème que j'instruise d'autres délits à Kurravaara ? Accidents de scooter, vols de moteurs hors-bord, cambriolages ?

– Il y a une très grosse couverture médiatique sur cette affaire. Et *ils* nous mangeront tout crus au moindre faux pas. Tu t'en doutes. »

Un lourd silence lui répondit.

« Allô ! dit-il finalement.

– Il est préférable que je me taise », rétorqua-t-elle.

Sa voix était triste. Il aurait préféré qu'elle soit fâchée.

« Qu'est-ce que j'aurais dû faire ? demanda-t-il.

– Me faire un peu confiance, peut-être ? Savoir que s'il y avait eu un conflit d'intérêts au cours de l'enquête, j'aurais passé la main. Comme dans n'importe quelle autre affaire. Tu sais que je ne me suis jamais laissé intimider par les journalistes. C'était mon meurtre. Tu m'as retirée de l'enquête sans même me donner un coup de fil. »

Il se passa la main sur le visage et s'efforça de rendre son soupir le moins audible possible. Mais ce fut un souffle de baleine bleue qui s'échappa de ses lèvres.

Pourquoi ne l'avait-il pas appelée ? Elle était de loin sa meilleure recrue. C'est lui qui était allé la chercher. Il sonda son cœur.

Von Post était venu le voir. Il lui avait dit : « C'est mon tour ! » Il lui avait présenté l'argument du vice de fond qui lui avait paru recevable sur le moment. Et puis, il lui avait avoué avec humilité qu'il avait des difficultés avec l'affaire de fraude fiscale sur laquelle il travaillait avec lui actuellement et il avait suggéré que Rebecka vienne lui donner un coup de main. « Un bon dossier en guise de lot de consolation. Personne ne connaît le droit fiscal comme elle », avait-il argué.

Et il avait dit oui. Mais pourquoi ne lui avait-il pas téléphoné tout de suite pour la prévenir ? Parce qu'au fond, il savait qu'il avait fait une bêtise ? Parce qu'il avait accepté pour éviter d'entrer en conflit avec von Post. En fait, il lui avait jeté un os à ronger. En se disant que Martinsson s'en ficherait. Égoïstement, il s'était dit qu'il aurait plaisir à travailler avec Rebecka sur ce dossier de fraude fiscale. Von Post était toujours tellement mécontent. Il avait pensé que… bref, il avait agi sans réfléchir.

« En tout cas, maintenant, c'est comme ça. »

Il se rendit compte qu'il avait parlé avec humeur. Essaya de changer de registre.

« Mais tu sais quoi ? Je travaille sur un dossier de fraude fiscale à Luleå pour lequel j'aurais besoin de l'avis de quelqu'un de compétent. Qu'est-ce que tu en dis ? »

Il regretta aussitôt sa proposition.

« Tu devrais avoir honte, répondit Rebecka lentement. Franchement, Alf, tu t'es entendu ? Ne compte pas sur moi pour ramasser tes bâtons merdeux. Mais en revanche, j'ai sept semaines de vacances à prendre. Alors, je vais les prendre. À partir d'aujourd'hui. Vous n'aurez qu'à me remplacer à mon audience de demain, von Post ou toi. Et je vous laisse vous occuper de tous mes dossiers en cours. Vous les trouverez sur mon bureau.

– Tu ne peux pas faire ça…

– Essaie de m'en empêcher ! le défia-t-elle. Si tu fais quoi que ce soit dans ce sens, je démissionne. »

Il se mit en colère.

« Cesse de te comporter comme une enfant.

– Je ne me comporte pas comme une enfant, riposta-t-elle, cinglante. Je suis adulte et furieuse. Et très déçue par toi.

Espèce de lâche. Qui eût cru que tu irais lécher le cul à un type comme von Post ? »

Il faillit s'étouffer. Littéralement. Ce fut comme si un étau se resserrait autour de sa poitrine.

« Mais… Alors ça… Je raccroche, Rebecka, aboya-t-il dans le téléphone. Appelle-moi quand tu seras calmée. »

Il abattit le téléphone sur la table d'un geste rageur. Resta quelques secondes à le regarder. Espérant qu'elle le rappellerait. Pour qu'il puisse lui dire sa façon de penser.

« Fais très attention ! » dit-il, un index menaçant pointé vers l'appareil.

Il s'assit et se mit à fourrager dans ses papiers, incapable de se souvenir de ce qu'il était en train de faire précédemment.

Pour qui se prenait-elle ? Comment osait-elle ?

Sa secrétaire entra pour lui demander le programme de la semaine. Quand ils eurent fini de le parcourir, une demi-heure s'était écoulée et sa colère avait disparu. Il s'épongea le front avec son mouchoir en coton et s'assit au bord de son bureau.

Il aurait presque aimé être encore en colère. L'accalmie amenait la réflexion et celle-ci lui tendait un miroir dans lequel il n'aimait pas ce qu'il voyait.

Il n'aurait pas dû céder à von Post. Il n'avait pas pris le temps de réfléchir. Il s'était contenté de dire : « Oui, oui, très bien. » Et maintenant il était coincé. Il ne pouvait pas revenir en arrière. Et il n'avait aucune envie que Rebecka soit fâchée contre lui.

« J'ai commis une erreur », reconnut-il à voix haute.

Il se pinça les narines et souffla longuement par la bouche.

« Et ce n'est pas la peine d'y voir un problème de discrimination sexuelle. »

Il est dix heures du soir. La première journée d'Elina à Kiruna touche à sa fin et Hjalmar Lundbohm vient lui rendre visite.

« J'ai vu de la lumière », dit-il pour s'excuser. Flisan fait la révérence et l'invite à entrer.

Elles se sont lavées avec l'eau qui restait dans la marmite. Flisan a fait griller du lard américain et préparé une sauce à l'oignon succulente pour remercier les deux garçons qui ont déjà fabriqué une bibliothèque pour la chambre. Il s'est passé tant de choses aujourd'hui qu'Elina en a presque le vertige. Elle a l'impression que cela fait une semaine qu'elle est descendue de ce train, honteuse d'elle-même parce que le directeur Lundbohm l'a plantée là après un bref au revoir.

À présent, elle regrette de ne pas avoir mis une plus jolie blouse. Mais elle ne pouvait pas deviner qu'il viendrait.

Monsieur Lundbohm n'est pas là sans raison, bien sûr. Il est venu informer Flisan qu'il a des invités pour dîner, le lendemain. Flisan a l'air surprise. Il est rare qu'il la prévienne quand il reçoit, sauf quand il s'agit de grandes réceptions avec beaucoup de monde, et encore, pas toujours. Elle fait une nouvelle révérence et regarde Elina d'un air interrogateur.

« Mademoiselle Pettersson a peut-être été habituée à habiter seule ? Malheureusement, à Kiruna, nous manquons de logements et on doit les partager », dit poliment monsieur le directeur Lundbohm comme Flisan plus tôt dans la journée.

Dieu fasse que je n'aie plus jamais à vivre seule, songe Elina, mais à voix haute, elle répond :

« Je suis sûre que je m'y habituerai très bien. Monsieur le directeur souhaite-t-il boire un café ? »

Monsieur le directeur en serait ravi si ces demoiselles n'ont rien de plus fort à lui offrir.

Et ils prennent le café dans des gobelets en bois, ce qui ne semble pas le déranger, remarque Elina. Il doit être le genre d'homme à pouvoir manger de la cuisine lapone dans une écuelle en bois un jour et dîner à la table d'un prince le jour suivant.

Il admire les tapis et les félicite d'avoir réussi à rendre l'appartement aussi confortable. Il s'assied sur la banquette de la cuisine et Flisan dit qu'elles vont poser du papier d'apprêt sur les murs et les peindre en blanc. La bibliothèque sera bleue, explique-t-elle fièrement.

« Que mettrez-vous dedans ?

– Des livres, évidemment ! »

Elle désigne la valise à Hjalmar Lundbohm.

« Notre nouvelle institutrice en a assez pour remplir toute une bibliothèque. »

Monsieur Lundbohm pose un long regard sur la nouvelle institutrice. Puis il demande respectueusement s'il peut voir les livres.

Elina a un peu peur, mais comment refuser ?

En même temps, elle veut lui montrer qui elle est.

À la vue d'autant de livres, Flisan doit s'asseoir pour surmonter le choc.

« C'est insensé ! s'exclame-t-elle. Tu les as tous lus ?

– Oui, répond Elina, une note de défi dans la voix. Il y en a même que j'ai lus plusieurs fois. »

Hjalmar Lundbohm sort un pince-nez de sa poche.

« Voyons cela », dit-il avec autorité. Flisan commence à sortir les livres, un par un, de la valise. Ils sont soigneusement emballés dans du papier de soie et séparés par des serviettes en lin. Flisan s'occupe des morceaux de papier de soie qu'elle replie et empile bien proprement. Hjalmar lit les titres à haute voix.

Elina ne bouge pas et se contente de les regarder faire. Tant de sentiments l'animent en ce moment. Tant de voix dans sa tête.

C'est juste de la fatigue, songe-t-elle, lorsque soudain elle sent une boule dans sa gorge et les larmes lui monter aux yeux.

Les voix. Celles des femmes de la ville où elle a grandi qui disent à sa mère que toute cette lecture va la rendre folle. Que c'est mauvais pour elle. Qu'il n'y a qu'une fainéante pour passer ses journées penchée au-dessus de livres et de cahiers. Leurs voix acides quand elles lui disent qu'elle ferait mieux d'aller aider sa mère à laver la vaisselle en lui arrachant son crayon. Celle de sa mère qui lui pose une main sur l'épaule et l'empêche de se lever. Qui lui rend son crayon. Qui dit que « la petite doit étudier. Aussi longtemps que j'aurai la force de me tenir debout, elle devra étudier ». Celle de sa propre institutrice à la table de la cuisine, parlant à sa mère. « Si vous permettez à Elina de faire des études, je paierai ce que cela coûtera. Je n'ai pas d'enfants moi-même dont je doive assurer l'éducation. »

Le président Lundbohm regarde ses livres, commente ceux qu'il a lus, l'interroge sur ceux qu'il n'a pas lus.

Elina raconte. Avec simplicité. Comment expliquer à un homme comme lui que les livres peuvent vous sauver la vie ? Lui qui a toujours eu à sa portée le théâtre, la littérature, les études et les voyages.

Elle a vite fait de ravaler ses larmes. Elle s'enthousiasme. Parle sans retenue. Les retrouvailles avec ses chers livres la remplissent de joie.

Elle est assise sur la banquette à côté de Hjalmar Lundbohm, une pile de livres sur les genoux. Malheureusement, il y a aussi un tas de livres empilés entre eux deux.

Elle possède également des livres pour enfants, *Huckleberry Finn* et *Tom Sawyer*, elle et monsieur Lundbohm ayant tous deux une préférence pour le premier. Elle a aussi *L'Île au trésor* et *L'Étrange Cas du Docteur Jekyll et Mr Hyde*, même si ce dernier livre n'est pas très recommandé pour les enfants, fait remarquer Elina avant de résumer l'histoire tandis que Flisan frémit d'une horreur délicieuse. Voyant son plaisir manifeste, Elina exhume de sa valise le *Frankenstein* de Mary Shelley et promet qu'elles le liront le soir à voix haute.

Hjalmar Lundbohm leur lit quelques extraits de *L'Appel de la forêt* et de *Croc-Blanc*. *Kim* de Rudyard Kipling est enveloppé dans un torchon en compagnie de *L'Offrande lyrique*, du poète indien et Prix Nobel Rabindranath Tagore.

Il y a des romans anglais et allemands et aussi Lagerlöf, Key et Strindberg.

Hjalmar Lundbohm et Elina se passent et se repassent les ouvrages. Pendant de courts instants, ils tiennent le même livre en même temps. Parfois elle se penche et lit un texte par-dessus son épaule. Il sent le savon.

Il s'est lavé, songe-t-elle. Est-ce qu'on fait cela avant de venir informer sa domestique qu'on reçoit des gens à dîner le lendemain ?

Flisan prépare une autre cafetière et fait miraculeusement apparaître un pain de sucre et quelques morceaux de ce fromage que les gens de la région trempent dans le café. Ils se délectent du café sucré et repêchent au fond du gobelet les morceaux de fromage qui grincent entre leurs dents.

Au fond de la valise, il reste encore quelques volumes, enveloppés dans du papier brun, avec une ficelle autour.

« Parce que ceux-là ne sont pas faits pour les yeux de n'importe quel employeur, lance Elina, la tête haute.

– Alors, nous allons voir ce que l'employeur que je suis est capable de supporter », riposte Lundbohm en riant et en dénouant la ficelle.

En premier apparaît *Le Porte-plume* de la féministe Elin Wägner.

« Wägner et Key…, dit-il.

– Oui, dit Elina. Et Stella Kleve, aussi. »

Chacun sait ce que l'autre pense. L'institutrice apprécie des auteurs qui considèrent que l'amour est plus important que le mariage.

C'est une femme qui achète des livres. C'est pour cela que ses chaussures sont si minables et sa cape si usée.

Il est pris d'une soudaine envie de lui offrir des vêtements. Une jolie blouse. Avec de la dentelle.

Dans le paquet suivant se cache le recueil de poèmes du poète maudit Gustav Fröding *Éclats et lambeaux*. Celui-là, plus que les autres, justifiait d'être enveloppé à l'abri des regards. Fröding avait été poursuivi pour sa poésie érotique.

Elina adore Fröding. Comment peut-on juger son écriture scandaleuse ? Alors qu'elle ne parle que de solitude, de soif d'amour et de sensualité. Quand elle était toute seule là-bas dans sa salle de classe, combien de fois n'a-t-elle pas fait appel à Fröding pour la consoler ? Il était toujours plus désespéré, plus rejeté qu'elle.

« Il n'est pas mort, vous savez ? » dit-elle.

Hjalmar Lundbohm ferme les yeux et il récite :

« Je me suis mis à boire
Du matin jusqu'au soir
À chercher… des lieux
Où je trouverais de l'alcool et des femmes. »

Un silence s'installe. Elina ne peut plus dire un mot. Un homme capable de citer Fröding de mémoire. Et qui le fait avec la retenue nécessaire, sans y mettre ni trop d'emphase ni trop de sentiment. Le texte parlait de lui-même. Il avait marqué une pause imperceptible entre « chercher » et « des lieux » et on aurait presque dit qu'il inventait, qu'il cherchait les mots, qu'il cherchait quelque chose, qu'il partageait sa quête d'un absolu susceptible de calmer la fièvre qui la prend parfois, son incapacité à tenir en place, sa solitude.

Hjalmar Lundbohm est assis, immobile, les yeux mi-clos comme s'il rêvait.

Je devrais l'embrasser, songe-t-elle, surprise de ce soudain élan de son cœur.

Elle se dit aussitôt que ce sont des bêtises. Elle vient tout juste de le rencontrer. Il est beaucoup plus vieux qu'elle. Et il est gros.

Mais quand elle voit ses lourdes paupières presque fermées et sa bouche qui il y a un instant se plissait de douleur tandis que de sa voix douce il laissait les mots d'un autre exprimer son manque, c'est un jeune homme qu'elle regarde, un tout jeune homme. Elle veut apprendre à le connaître. À tous ses âges. Elle veut tout savoir de lui. Elle l'embrassera. Il sera à elle.

« Mon Dieu ! s'exclame Flisan. "Chercher des lieux où il y a de l'alcool et des femmes !" C'est tout à fait mon Johan-Albin, ça. Avant de me rencontrer, bien sûr. Maintenant, il ne boit plus. Au fait, moi aussi j'ai des livres, vous savez ? »

Elle sort de ses malles sa contribution à la bibliothèque.

Hjalmar Lundbohm sort de son état de transe et rit de bon cœur en lisant des titres comme *Derrière les persiennes closes* et *La Saveur du péché*.

Il remonte son pince-nez, ouvre un livre au hasard et se met à lire :

« "Leopold l'enlaça doucement et laissa tomber sur ses seins les pétales d'une rose blanche. Ma chérie, murmura-t-il en plongeant son regard intense dans ses yeux levés vers lui. Et enfin, leurs lèvres s'unirent en un long baiser brûlant." »

À présent, c'est Flisan qui ferme les yeux et écoute avec la même ferveur que si elle était à l'église.

« Merveilleux ! » s'écrie-t-elle, lorsqu'il a terminé.

Hjalmar sourit, amusé.

« Je vois, dit Elina. Monsieur le directeur se moque de la littérature sentimentale ? Parce que j'ai également cet article en magasin, figurez-vous. »

Elle ouvre plusieurs paquets contenant des romans de gare à un quart de couronne ou à une couronne. Il y a des romans policiers sur les enquêtes de Sherlock Holmes et de Nick Carter et bien sûr des romans de Samuel August Duse, l'aventurier du Grand Nord, relatant les aventures du célèbre inspecteur Leo Carring. Il y a des romans d'aventures, des bluettes dans la taïga, des romans à suspense et des romans d'amour de la fameuse auteure suédoise Jenny Brun.

L'air de la pièce est maintenant chargé de robes de bal, d'héritages, d'empoisonnements, de paysannes qui deviennent des femmes du monde, de fantômes, de fumeurs d'opium, d'orpailleurs, de pirates, de profanateurs de tombes, d'amours déçus ou impossibles, de châteaux en Espagne, d'indiscrétions, de jalousies, de remords, de faiseuses d'anges, d'escrocs, de vengeances, de cheiks arabes, de séducteurs de jeunes filles, de mystérieux étrangers, d'erreurs judiciaires, d'hypnotiseurs, de poursuites en voiture, d'ours blancs, de tigres mangeurs d'hommes, de guérisseurs, d'assassins sans scrupules, d'îles désertes au milieu de l'océan Pacifique, d'expéditions polaires, de dangers, de désespoir et de *happy ends.*

Ils admirent les belles couvertures et lisent à haute voix les résumés au dos des livres.

« Que de pornographie dans la bibliothèque d'une jeune fille de bonne famille ! » s'exclame Lundbohm en souriant à Elina.

Elle baisse la tête et avoue avec un air faussement embarrassé qu'elle est irrémédiablement perdue.

C'est le moment que choisit Flisan pour bâiller haut et fort. Hjalmar Lundbohm est debout aussi vite que si elle avait sonné le clairon.

« Je viendrai bientôt inspecter le reste », déclare-t-il avec une autorité feinte en désignant les derniers paquets bruns au fond de la valise d'Elina.

Dehors, il s'est mis à neiger à gros flocons.

« Encore ! » soupire Flisan.

Monsieur le directeur prend congé. Flisan et Elina font

leur lit sur la banquette convertible. Elles se glissent sous la couette aussitôt leurs chemises de nuit enfilées.

« Tu m'as impressionnée ! Autant pour le ménage que pour la rigolade, chuchote Flisan à l'oreille d'Elina. Tu es un vrai cadeau. »

Elles s'endorment aussitôt.

Hjalmar Lundbohm rentre chez lui sous la neige. La ville est déserte. Il se sent étrangement euphorique. Il y a longtemps qu'il ne s'est pas autant amusé. Alors qu'il vient de passer la soirée avec sa bonne et la nouvelle institutrice.

Il lance son prénom dans la nuit. Comme un adolescent. Le son ne porte pas très loin. Les flocons qui dansent autour de lui étouffent le son de sa voix.

« Elina… »

Rebecka Martinsson frappa à la porte de Krister Eriksson. Il habitait une maison individuelle à la façade brune, comprenant quatre pièces, située dans la rue Hjortvägen. C'était gentil de sa part de s'occuper de Marcus. Elle se demandait comment ça s'était passé. Un concert d'aboiements retentit à l'intérieur quand elle arriva devant la porte.

Elle entra et s'accroupit pour dire bonjour aux chiens. Tintin, debout sur ses quatre pattes, très digne, se laissa gratter sous la gorge tout en grognant doucement à l'intention du jeune Roy pour lui apprendre à attendre son tour. Le Morveux était quantité négligeable à ses yeux et elle l'ignora purement et simplement. Il se tortillait en gémissant autour de Rebecka en essayant de lui lécher la figure. Sa maîtresse, sa merveilleuse maîtresse ! Mais où était-elle passée tout ce temps ? Vera vint la saluer et retourna aussitôt dans la cuisine. Rebecka la suivit. Krister était occupé à faire griller de fines tranches de viande de renne et la graisse éclaboussait partout autour de la poêle.

Marcus vint les rejoindre à quatre pattes, vêtu d'un sweat-shirt trop grand.

Tout neuf, se dit Rebecka.

Les cheveux blonds du gamin lui tombaient dans les yeux. Ses bras et ses jambes faisaient penser à des brindilles.

Tout était tellement plus difficile avec les enfants. À un adulte, on pouvait demander comment il allait. Compatir avec lui. Mais comment se comporte-t-on face à un enfant quand en plus il arrive à quatre pattes ?

« Salut, Marcus », dit-elle finalement.

Il se mit à aboyer furieusement en guise de réponse.

« Ah ! Mais je ne savais pas ! dit-elle en riant, s'adressant à Krister. Tu ne m'avais pas dit que tu avais un nouveau chien !

– Si, si ! C'est un chien perdu que Vera a trouvé dans la forêt. Pas vrai ?

– Whaff ! répondit Marcus, hochant la tête.

– Il n'a pas de nom encore, continua Krister. Tu as une idée ? »

Rebecka gratta Marcus sur la tête et lui caressa le dos.

Quelle chance, songea-t-elle. Je m'en sors bien mieux avec les chiens qu'avec les humains.

Le garçon repartit vers le séjour et revint avec une balle de tennis. Elle était trop grosse pour qu'il puisse la prendre entre les dents et il la tenait devant sa bouche d'une main.

« Bon chien. Va chercher. »

Elle lança la balle de tennis. Le Morveux et Marcus coururent après, ventre à terre.

Krister l'invita à dîner et elle accepta. Renne grillé à la compote d'airelles, purée de pommes de terre et sauce brune. Marcus mangea son dîner dans une gamelle posée par terre, Vera attendant à côté, espérant quelques restes.

Après le dîner, Marcus courut dans le jardin qui était bien clôturé et sécurisé par un système électronique Gunnebo. Krister mit le café en route. Pendant que l'eau glougloutait dans la cafetière, il commença à faire la vaisselle.

« Il se sent bien dans la niche, dehors, expliqua-t-il. Je me suis dit que s'il préfère être un chien parce que cela le rassure, autant le laisser faire.

– Tu as sûrement raison. Il y a une femme policier spécialisée dans les interrogatoires d'enfants qui doit venir demain de Umeå. Peut-être qu'elle pourra l'aider à se souvenir.

– Qui va s'occuper de lui ? Vous avez trouvé quelqu'un ?

– La cousine de sa grand-mère paternelle, Maja Larsson. Elle est justement à Kurravaara en ce moment parce que sa mère est à l'hôpital. Je lui donnerai ton numéro. »

Krister Eriksson acquiesça.

« Il peut rester ici, aussi. Un chien de plus ou de moins. Au fait, j'ai appris pour von Post. »

Rebecka écrasa quelques miettes de pain Wasa sur la table.

« Oui. Je me suis fait virer. Alf Björnfot lui a confié l'instruction.

– Tu sais pourquoi ?

– Il dit que c'est parce qu'il a peur qu'il y ait vice de fond à un moment donné, parce que la victime et moi habitons le même village. Mais moi je crois que von Post lui a mis la pression pour récupérer l'affaire. Et que Alf n'a pas... »

Elle termina sa phrase par un haussement d'épaules.

« Tu l'as appelé ?

– Brièvement. »

Elle laissa Krister poser un mug devant elle et le remplir avant d'ajouter :

« Je l'ai traité de lèche-cul. »

Il éclata de rire.

« Je suis fier de toi. Tu gardes le moral. »

Rebecka fit une grimace et souffla sur le café trop chaud.

« Je ne dois pas prendre ça comme une atteinte personnelle, dit-elle, s'efforçant de paraître raisonnable. J'ai essayé de voir les choses de son point de vue.

– Le point de vue du lèche-cul. »

Krister regardait Rebecka. Il était content d'avoir réussi à la mettre de bonne humeur. Il aurait voulu être toujours là pour faire ça. Lui remonter le moral quand elle était triste. Elle rit, la bouche ouverte. Il voyait sa langue. Ses lèvres rouges. Sans prévenir, des images lui envahirent l'esprit. Il dut tourner la tête et se concentrer sur le rangement des assiettes. Si seulement elle pouvait arrêter de remuer comme ça tout le temps. Et de secouer ses cheveux. Et de hausser les épaules en faisant bouger ses seins sous son pull-over.

« Je ne sais pas ce qui m'a pris. J'étais tellement en colère et c'est allé tellement vite. Maintenant, je... »

Elle secoua la tête, l'air à nouveau triste et abattu.

« C'est normal, je trouve, la consola Krister. Quand les gens vous traitent mal, on a tout à fait le droit d'être blessé et en colère.

– En tout cas, je ne me montrerai pas au bureau tant qu'ils travailleront sur cette enquête. Je vais en profiter pour prendre tous les congés qui me restent. »

Elle but quelques gorgées de café et pianota avec ses ongles sur son mug.

« Qu'est-ce qu'il lui est arrivé, tu crois ?

– Je ne sais pas, répondit Krister en baissant la voix, comme si Marcus pouvait l'entendre, bien qu'il fût toujours dehors. Cet acharnement dans les coups. Peut-être quelqu'un du village qui a pété les plombs. Sol-Britt était une paria. Les gens parlaient d'elle. Ça a pu donner des idées au genre de cinglés qui s'attaquent aux célébrités, ou aux femmes de mauvaise réputation.

– La culpabilité, marmonna Rebecka. Tout le village rejette et injurie Sol-Britt Uusitalo. Tout le monde la montre du doigt. Un jour, un malade psychotique en rupture de médicaments décompense. Il la tue à coups de fourche. Qui est responsable ? Le village ? Moi qui habite tout près et qui ai choisi de ne pas savoir ? De ne rien voir ? »

Krister Eriksson ne répondit pas. Rebecka regardait fixement le fond de sa tasse, comme si la clé de l'énigme s'y trouvait. Puis soudain elle sursauta, se souvint brusquement qu'elle avait promis de faire des courses pour Sivving. Merde ! Elle se secoua, se leva de table et remercia pour le repas.

Et puis elle partit. Emmenant le Morveux avec elle, mais laissant Vera pour faire plaisir à Marcus.

Krister Eriksson se retrouva seul dans la cuisine. Il se sentait un peu sens dessus dessous. Comme chaque fois qu'elle entrait dans son existence et qu'elle en ressortait. Il se demanda si le chien perdu aimerait un peu de glace pour le dessert.

Anna-Maria Mella mangeait une crêpe froide, seule dans sa cuisine. Les couverts étaient posés, inutiles, à côté de son assiette. Elle croquait dedans comme dans un sandwich sans avoir pris la peine de la réchauffer au micro-ondes. Robert et les enfants avaient dîné chez sa belle-sœur et elle était tranquille pour réfléchir.

Merde, songea-t-elle.

Elle posa les coudes sur la table, faisant dégouliner la confiture d'airelles sur la nappe en toile cirée. Elle essuya la tache et lécha son doigt.

Est-ce qu'elle aurait dû envoyer promener von Post, aujourd'hui, et se montrer loyale envers Rebecka ?

Elle réalisa qu'elle n'avait personne à qui poser la question.

Robert n'était pas une bonne idée. Elle savait d'avance ce qu'il lui répondrait : « Ce n'est pas toi, que je sache, qui as retiré l'enquête à Rebecka ? Pourquoi faudrait-il que tu jettes l'éponge sous prétexte qu'on l'a remplacée, elle ? Tu fais ton travail et puis c'est tout. Je ne vois pas où est le problème. »

Certaines personnes pouvaient demander conseil à leur mère. Pour elle, ça n'avait jamais été une option. En plus, ses parents étaient allés s'installer à Lombolo et elle ne leur rendait visite qu'une fois par mois. Il y avait longtemps qu'elle n'arrivait plus à convaincre Jenny et Petter de l'accompagner et ils ne voyaient pratiquement jamais leurs grands-parents. À vrai dire, sa mère n'était pas demandeuse. Elle n'aimait que les bébés, et encore, uniquement quand ils étaient faciles et gentils. Elle trouvait les enfants d'Anna-Maria compliqués et turbulents. Le frère d'Anna-Maria habitait Piteå. Leur mère parlait sans cesse de ses enfants à lui, qui étaient toujours en parfaite santé et tellement sages, calmes et intelligents. Quant au père d'Anna-Maria…

Elle soupira. Il faisait de la marche et s'intéressait à la météo. C'était sa vie. Elle s'était toujours demandé pourquoi ils avaient vendu la maison de son enfance où il avait le loisir de bricoler et de faire un peu de jardinage. À présent, tout ce qui lui restait, c'était ses éternelles promenades. Et quand Anna-Maria parlait de son travail, cela le mettait en colère.

Je n'ai pas d'amies non plus, se disait-elle tout en vidant le lave-vaisselle.

Mais est-ce vraiment de ma faute ? Elle agita une fourchette d'un geste menaçant avant de la ranger avec les autres dans le tiroir. J'ai un travail à plein temps et trois enfants. Quand aurais-je le temps de voir mes amies ? Ou le courage ? Et si j'en avais, il suffirait que je leur donne rendez-vous pour aller boire une bière au pub ou pour aller faire du sport pour que l'un des enfants tombe malade. Au bout d'un moment, les gens se lassent. C'est normal. Et ils trouvent quelqu'un d'autre pour les accompagner au cinéma.

Anna-Maria referma le lave-vaisselle et sortit un torchon du placard pour essuyer les casseroles.

La cuisine était agréable, à présent. Le torchon avait une

odeur légèrement moisie, certes, mais tout était rangé et propre. Si son mari et ses enfants allaient un peu plus souvent chez sa belle-sœur, elle passerait plus de temps chez elle à s'occuper de son intérieur.

Jenny entra dans la cuisine. Elle se fit couler un verre d'eau, prit une pomme et s'appuya à l'évier.

« Ça va ? lui demanda Anna-Maria.

– Ça va », répondit Jenny sur un ton qui signifiait que ce n'était pas l'heure où elle donnait audience.

Je pourrais demander conseil à ma fille, se dit Anna-Maria. Si j'osais.

Jenny serait déçue par sa mère. Elle trouverait qu'Anna-Maria aurait dû prendre position en voyant une collègue pour qui elle avait de l'amitié se faire rouler dans la farine.

Elle est tellement jeune, se défendit Anna-Maria intérieurement. À son âge tout est blanc ou noir. Ou alors c'est elle qui a raison. Elle a probablement raison.

Tout à coup, Jenny se tourna vers elle et lui demanda :

« Et toi, comment vas-tu ? Louise m'a écrit sur Facebook aujourd'hui qu'elle t'avait vue à la télé. »

Et brusquement, sans prévenir, elle vint prendre sa maman dans ses bras. La pomme dans une main et le verre dans l'autre.

« Toi, je crois que tu as besoin d'un gros câlin », murmura-t-elle, la bouche contre l'épaule d'Anna-Maria qui ne bougea plus d'un cil, éloignant autant qu'elle pouvait le torchon dont l'odeur de serpillière aurait pu faire fuir Jenny.

La vie allait tellement vite.

Il n'y a pas si longtemps, c'était Jenny qui était dans ses bras. Tétant son sein. Qui diable était cette grande jeune femme avec du maquillage sur les yeux et des jambes interminables ?

Si seulement on pouvait arrêter le temps, pria Anna-Maria en silence, fermant les yeux.

Mais le temps avait déjà repris sa marche implacable. Le téléphone sonna dans sa poche, Jenny l'abandonna et sortit de la cuisine.

C'était Fred Olsson.

« Le mobile de Sol-Britt Uusitalo », dit-il sans préambule.

Il parlait comme s'il avait la bouche pleine.

« J'ai regardé ce qu'il y avait dedans. J'ai même pu récupérer ses messages effacés. Je crois qu'il faut que tu voies ça. »

La silhouette noire de la ville se découpait sur un ciel de graphite. Au loin, on apercevait les vastes terrasses grises par lesquelles on entrait dans les mines de fer, le clocher squelettique de l'hôtel de ville, l'église triangulaire comme une cabane lapone.

On sonna à la porte de Krister Eriksson.

« Je suis Maja Larsson », dit la femme. Krister serra la main que lui tendait la visiteuse.

« La cousine de Sol-Britt Uusitalo, expliqua-t-elle. Je viens chercher Marcus. »

C'était une belle femme. Autour de la soixantaine, jugea Krister. Les cheveux noués en tresses argentées.

Il remarqua qu'elle ne réagissait pas à son apparence à lui. Certaines personnes fixaient intensément ses yeux en lui parlant pour ne pas être tentées de regarder sa peau brûlée et les petites moules qui lui tenaient lieu d'oreilles. Quand il détournait le regard ou qu'il était occupé à autre chose, la plupart des gens ne pouvaient pas s'empêcher de continuer à le regarder.

Il ne vit rien de ce genre chez Maja Larsson. Elle le regardait comme le faisaient sa sœur ou ceux qui le connaissaient si bien qu'ils ne remarquaient même plus sa différence.

« Vous voulez manger quelque chose ? lui proposa-t-il lorsqu'ils furent dans la cuisine. J'ai quelques restes du dîner, je peux passer une assiette au micro-ondes si vous voulez. »

Elle accepta poliment. Mangea. Elle semblait fatiguée. Pendant un instant, il crut qu'elle allait s'endormir à table.

Ses paupières se fermaient tout doucement, comme celles d'un enfant fatigué qui a longtemps lutté contre le sommeil.

« On m'a dit que votre maman était souffrante, dit-il. Je peux continuer à garder Marcus, vous savez. »

Elle eut l'air reconnaissante.

« On peut se relayer », suggéra-t-elle.

Après le dîner, ils se rendirent au chenil. Il faisait nuit, mais Marcus avait emporté des couvertures, une lampe de poche et des bandes dessinées. Vera était couchée près de lui. Quand Krister lui demanda de sortir, des aboiements furieux lui répondirent, et ce n'était pas la voix de Vera.

« C'est un chien perdu, expliqua Krister.

– Il mord ?

– Non, je crois qu'il est très gentil. »

Ils eurent beau l'appeler et essayer de l'attirer dehors par toutes sortes de promesses, rien n'y fit. Le chien perdu continua à grogner et à aboyer.

« Il ne me connaît pas, c'est normal, dit Maja tout bas. Il a l'air de se sentir en sécurité dans cette niche. Peut-être qu'il était là et qu'il a vu Sol-Britt se faire…

– Il vaut peut-être mieux qu'il reste ici, répondit Krister en chuchotant, lui aussi.

– Vous êtes sûr que cela ne vous dérange pas ? Merci. »

À haute voix, Maja ajouta :

« Vous m'avez dit qu'il était gentil, mais moi je crois que j'ai trop peur pour ramener ce chien perdu chez moi. Je reviendrai demain et peut-être qu'il me laissera le caresser ?

– Qu'est-ce que le chien perdu pense de ça ? dit Krister. Il est d'accord ? »

Un « Wouff ! » leur parvint du chenil.

Maja remercia pour le dîner. Krister répliqua que ça ne l'avait pas dérangé, puisqu'il en restait. Rebecka n'était pas une grosse mangeuse.

Elle lui fit un rapide sourire. Elle devait être du genre à savoir lire dans les pensées des gens, se dit-il.

Il se sentit percé à jour. Elle avait compris qu'il était content de pouvoir raconter que Rebecka était venue chez lui.

Elle s'en alla. Krister ne parvint pas à faire rentrer le chien perdu dans la maison. Alors il monta sa tente de survie dehors et il s'y installa pour dormir, avec Tintin et Roy qui n'en croyaient pas leur chance de pouvoir partager leur lit de chiens avec leur maître. Vera resta à l'intérieur de la niche avec Marcus, qui eut droit au sac de couchage d'hiver.

« Je ne sais pas comment on fera quand la neige sera là, dit Krister à Tintin. Mais on avisera. »

Fred Olsson prit place en face d'Anna-Maria Mella et lui tendit la copie d'un document. Il en donna une autre à von Post, assis nonchalamment sur le bureau de l'inspecteur Mella.

« Voici les messages supprimés que j'ai retrouvés dans le téléphone de la victime. J'ai surligné ceux qui me paraissaient présenter un intérêt. Il n'est pas impossible que nous puissions en trouver d'autres, mais pour ça, il faudra envoyer le portable à IBAS.

– C'est quoi IBAS ? demanda Anna-Maria, déplaçant son fauteuil de bureau pour voir Olsson parce que Post lui bouchait la vue.

– Une société spécialisée dans la récupération de données informatiques. Pendant la guerre en Irak quelqu'un a détruit un disque dur avec un fusil automatique FN FNC. Le disque était transpercé de trois balles en plein milieu. Les Amerloques l'ont envoyé à IBAS qui a réussi à sauver quatre-vingt-quinze pour cent des informations qui étaient dessus.

– Waouh !

– Oui. Sauf qu'il ne contenait rien d'intéressant. C'était juste un genre de simulateur de vol. Qui ne justifiait pas les trois cent mille dollars qu'ils avaient dû lâcher pour obtenir l'info.

– Parfait, dit von Post. Je suis très content d'avoir quelqu'un dans l'équipe qui s'y connaisse en informatique. Vous n'avez pas pensé à passer le concours de la police technique et scientifique ? »

Fred Olsson échangea un regard avec Anna-Maria. Ils étaient sur la même longueur d'onde. Puis il baissa les yeux sur sa copie, sans répondre à la question du procureur.

Anna-Maria se dit que si elle avait été un peu plus opportuniste, si elle avait eu de la repartie au lieu d'avaler des couleuvres et de se taire, elle travaillerait à la direction générale de la police, aujourd'hui. Ou, au moins, au commissariat de Luleå.

Sol-Britt avait écrit à quelqu'un des SMS qui disaient : « Viens, si tu as envie. » « Marcus dort. » « Je ne peux pas. Maja est là. » « Mmm, ça, je veux bien que tu me le fasses. » « Moi aussi. » « Je t'embrasse, bonne nuit. »

Quatre messages reçus retinrent tout particulièrement l'attention d'Anna-Maria : « Je peux passer ? » « Tu me manques ! Tu es toute seule ? » « Elle est complètement dingue, je peux venir chez toi ? » « On fait l'amour ? »

« Donc, Sol-Britt avait un amant. On sait qui a envoyé ces messages ? » s'enquit Anna-Maria.

Fred Olsson haussa les épaules.

« C'est un numéro Telia. Je l'ai cherché sur l'annuaire inversé. Mais c'est une carte prépayée. Sans abonnement. »

Il haussa à nouveau les épaules.

« Mais évidemment, on peut vérifier de quelle antenne relais le message est parti. Cela permettrait de savoir où se trouvait l'expéditeur dans un rayon de deux kilomètres. Si le SMS a été envoyé de Lombolo le soir, il est permis d'en déduire que l'expéditeur vit à Lombolo. S'il a été émis de la mine, la journée, c'est sans doute qu'il y travaille.

– Bravo, applaudit von Post. C'est du bon travail.

– Je crois, dit Fred Olsson, toujours en s'adressant à Anna-Maria, que Telia vend des séries de cartes prépayées à des revendeurs. Il devrait être possible de cette façon de savoir à qui la carte a été vendue et quand elle a été activée.

– Bien vu, peut-être qu'un commerçant se souviendra de quelque chose », dit Anna-Maria en hochant la tête.

Von Post était également de cet avis.

« Ces messages-là, dit Anna-Maria en montrant une nouvelle série de textos, ont été envoyés avant-hier, à sa cousine Maja Larsson. Il y en a un qui dit : “Je dois rompre avec lui, ça ne peut pas continuer comme ça.” »

Von Post se mit debout.

« Rebecka Martinsson a interrogé cette Maja Larsson, n'est-ce pas ?

– C'est exact, dut admettre Anna-Maria.

– Et elle n'a pas réussi à lui faire dire que la victime avait un amant ? Avec qui elle venait apparemment de rompre ! Elle a fait quoi là-bas ? Pris le café ? »

Sans doute, songea l'inspecteur Mella sombrement. On buvait beaucoup de café dans ce métier.

« On va la voir, ordonna von Post. Tout de suite ! »

Anna-Maria mit une demi-seconde à comprendre qu'il parlait de Maja Larsson, et non de Rebecka Martinsson.

« Qui souhaitez-vous envoyer là-bas, monsieur le procureur ? demanda-t-elle.

– Je tiens à lui parler moi-même. Mais vous pouvez m'accompagner, si vous voulez. »

Anna-Maria se leva. Il était un peu plus de onze heures du soir. Maja Larsson était sûrement couchée. Sortir les gens de leur lit pouvait les effrayer, voire les rendre agressifs. La police devenait l'ennemi.

Mais Sol-Britt Uusitalo avait une liaison et Maja Larsson était au courant de cette liaison.

C'est toujours quelqu'un qu'elles connaissent, songea Anna-Maria, tristement. Un homme proche d'elles. Un homme dont elles sont amoureuses.

« Je suis obligé de venir ? » demanda Fred Olsson, peu enthousiaste.

Pour sa deuxième journée à Kiruna, Elina Pettersson met son plus joli corsage et veut croire que c'est parce que c'est son premier jour d'école et qu'elle va faire la connaissance de ses élèves et des deux autres institutrices.

Pourtant c'est à monsieur Lundbohm qu'elle pense en se pinçant les joues pour y faire apparaître deux jolies roses fraîchement écloses et en se mordant les lèvres pour les faire rougir.

Mais le directeur ne se montre pas de toute la journée. Le soir non plus, malgré sa promesse de venir inspecter les livres encore enveloppés dans leur papier kraft.

Et il ne vient ni le jour d'après ni le suivant.

Il se passe presque deux semaines avant qu'elle le revoie.

Elina ne cesse de penser à lui. Elle voudrait s'en empêcher, mais elle n'y parvient pas.

Elle pense à lui en lisant *Huckleberry Finn* aux enfants, les faisant rire aux éclats, ou bien quand, envoûtés, ils l'écoutent lire *Le Voyage de l'ingénieur Andrée*, de Per Olof Sundman, sur la mystérieuse disparition du ballon de l'explorateur lors de son expédition polaire. Elle l'imagine qui entre par surprise dans sa classe et s'assied un instant avec les enfants pour l'écouter en disant : « Continuez, ne vous dérangez pas pour moi. »

Elle pense à lui quand elle marche dans la neige qui scintille au soleil, une foule de beaux ouvriers aux trousses lui proposant de porter ses livres et de lui offrir un café. Elle se prend à espérer le croiser à ce moment précis, pour qu'il voie qu'elle ne manque pas de soupirants, si c'est cela qu'il croit !

Elle pense à lui quand Flisan et elle éteignent la lumière électrique, le soir. Elle a le cœur serré de s'allonger à côté de Flisan dans le lit, même si elles sont bien, toutes les deux. Tout son corps brûle de manque et elle reste éveillée longtemps, le souffle tiède de Flisan sur sa peau comme des coups à la porte de son désir. Elle a faim de lui.

Elle essaye de se concentrer sur son travail. Les enfants ont autant de mal à apprendre ici que là-bas.

Elina lance sa prière à Ellen Key. Ellen, Ellen. Quand le sort de ces petits va-t-il enfin s'améliorer ?

Au moins, à Kiruna, l'assistance sociale veille à ce qu'ils aient des souliers aux pieds pour aller à l'école. La salle de classe pue la crasse, la laine humide et la peau de renne sure, mais elle ne sent pas l'étable. Et ici, elle a le droit d'ouvrir la fenêtre. Quand le soleil brille dehors, elle peut, sans qu'on lui en fasse le reproche, faire entrer de l'air frais dans la pièce.

Flisan leur a trouvé quatre locataires et a commencé à faire du pain le matin qu'elle vend aux ouvriers de la mine. Flisan n'est jamais fatiguée. Quand elle réveille Elina le matin avec un gobelet de café, la pâte est déjà en train de lever.

« Il n'est pas encore cinq heures et nous sommes déjà plus riches de cinq couronnes », dit-elle avec un rire joyeux. Et elles s'asseyent toutes les deux au bord du lit, pour boire le café chaud dans lequel elles trempent le pain de la veille.

Elina prend garde de ne pas poser trop de questions à Flisan sur ses journées. Mais elle sait ce que le directeur mange à chaque repas et, grâce à Dieu, il semble avoir le plus souvent des hommes à sa table.

N'avait-il donc rien ressenti ? se demande-t-elle. Est-elle la seule quand leurs mains se touchaient à avoir été traversée par un courant électrique chaud et vibrant ?

L'amour est comme un lasso. Au début, il s'enroule doucement autour de votre cou et à mesure qu'il s'éloigne, la corde se resserre.

S'il était tombé follement amoureux d'elle. S'il l'avait poursuivie de ses assiduités, elle n'aurait peut-être pas pensé à lui à chaque minute.

Ah, les hommes ! songe-t-elle, en colère. Pourquoi devrais-je m'intéresser à celui-là en particulier ? Il y a d'autres poissons dans l'océan après tout.

Presque deux semaines après leur soirée littéraire, il débarque dans sa salle de classe. Les élèves sont déjà rentrés chez eux et elle est surprise de le voir.

« Eh bien ! N'est-ce pas monsieur le directeur que voilà ! » s'exclame-t-elle, affichant un sourire réservé.

Le genre de sourire qu'on fait à un chef d'établissement, à un président de conseil d'école, à un directeur et au P-DG d'une exploitation minière.

Mais elle ne réussit pas à dire un mot de plus. Son cœur s'affole dans sa poitrine, bien qu'elle lui commande de se tenir tranquille. Hjalmar porte sous son bras un paquet brun rectangulaire.

« J'ai un cadeau pour vous, dit-il, lui tendant le paquet.

– Merci », répond-elle, renonçant aussitôt à son indifférence feinte.

Libérant son cœur, elle le laisse s'exprimer à travers le regard qu'elle pose sans pudeur sur son visiteur.

« Est-il bien prudent de l'ouvrir ici, ce cadeau ?

– Je vous le déconseille, réplique-t-il, souriant comme un petit garçon. Mais peut-être accepteriez-vous de venir l'ouvrir tranquillement chez moi en buvant un verre de porto ? »

Elle accepte volontiers et ils s'en vont côte à côte vers les bureaux de la compagnie minière. Chaque fois qu'ils s'effleurent par mégarde, elle se met à trembler. C'est à la limite du supportable.

La maison du directeur Lundbohm est une maison carrée, construite en bois et en pierre, à laquelle a récemment été ajouté un bâtiment.

« C'était une habitation assez modeste, au départ, explique-t-il. Mais je le souhaitais ainsi. Je voulais qu'elle se fonde dans le paysage. Et qu'elle ne jure pas avec les logements des ouvriers. »

Elle sait par ouï-dire que c'est un homme modeste. C'est la réputation qu'il a, à Kiruna. On dit du directeur qu'il se promène en chemise de flanelle rouge et qu'on le prend souvent pour n'importe quel ouvrier de la mine quand ces beaux messieurs de la ville viennent le voir. On dit qu'il fréquente les Samis et qu'il parle volontiers avec les gens dans les cafés. On dit aussi de lui qu'il est généreux. Sa maison fait penser à la fois à la ferme d'Anders Zorn et à Sundborn, la propriété de Carl Larsson à Uppsala, ce qui n'a rien d'étonnant puisque les deux peintres lui ont prodigué leurs conseils lors de sa construction.

Pour la modestie, il repassera ! songe-t-elle.

En réalité, c'est un snob, même s'il prétend ne pas s'attacher aux apparences. Mais c'est aussi ce qu'elle aime chez lui. Cette faiblesse de caractère le rend plus humain à ses yeux. Plus vulnérable.

Qui aime la perfection ? L'amour ne va pas sans le dévouement et le dévouement ne peut s'attacher qu'aux imperfections de l'être aimé, à ses blessures, à sa folie. L'amour veut combler les manques et la perfection n'a pas besoin d'être comblée. Une personne parfaite, on ne l'aime pas, on la vénère.

Il la fait entrer dans son bureau. Un feu brûle joyeusement dans la cheminée à foyer ouvert et une petite collation a été disposée sur une planche à découper, viande de renne fumée et magrets de tétras. Cela lui fait drôle de penser que c'est sa Flisan ou peut-être l'une des autres filles de cuisine qui a coupé ces tranches et apporté ce repas.

Ils mangent et il lui demande comment elle va. Voudrait connaître ses impressions sur ces premières semaines en Laponie.

Puis vient le moment de l'ouverture du paquet. Elle se bat un peu avec les ficelles, écarte le papier kraft et se retrouve avec entre les mains *L'Interprétation des rêves* de Sigmund Freud.

Oui, elle en a entendu parler. Nos rêves ne sont pas des messages de nos ancêtres ou de Dieu, ils sont l'expression de nos désirs les plus inavouables.

Elle sait qu'il a beaucoup d'adeptes. Et peut-être plus encore de détracteurs, qui n'ont pour lui que le mépris qu'on réserve à « ces sales juifs ».

Les désirs inavouables en question ont trait à la sexualité. Elle n'ose pas ouvrir le bouquin tant qu'il est près d'elle.

« Merci. Comment savez-vous que je lis l'allemand ?

– J'ai vu des ouvrages de Goethe dans votre valise. »

Ah oui, bien sûr. Elle se sent brûlante. Ça doit être à cause du foyer ouvert, se dit-elle. Et du vin.

Elle rit. Remercie à nouveau. Et dans un élan spontané, elle serre le livre contre son cœur.

« Vous voyez. Un désir inavouable », murmure-t-il en l'observant d'un air rêveur à travers ses paupières mi-closes.

Elle pose le livre sur le bureau.

C'est à moi de faire le premier pas, songe-t-elle, intrépide.

Elle s'approche de lui.

Je suis trop jeune. Trop jolie. Il n'osera jamais.

Elle noue les bras autour de son cou et l'embrasse.

Pendant une longue seconde, il ne réagit pas, juste assez longtemps pour qu'elle ait le temps de penser qu'elle s'est fourvoyée, qu'il ne veut pas d'elle.

Mais enfin, il l'enlace. Sa langue s'insinue dans sa bouche. Ils échangent un baiser haletant.

Elle est heureuse. Elle s'écarte un instant, le tient à bout de bras et éclate de rire. Elle rit mais elle a envie de pleurer. D'émotion. Parce qu'il la veut. Parce qu'ils veulent la même chose tous les deux. Et tout est beau et juste.

Ils se déshabillent mutuellement, dégagent la voie. Pour qu'arrive ce qui doit arriver, ils ouvrent boutons et ceintures. Lèvent les jupons et baissent les culottes.

Son index et son majeur sont déjà en elle. Elle est assise au bord de sa table de travail et pense quelque part dans un coin de sa tête qu'elle doit faire attention de ne pas renverser l'encrier sur sa robe parce qu'elle n'a pas les moyens d'en acheter une autre.

Très vite, la pensée prosaïque s'enfuit. Il la pénètre, il est plus performant qu'elle ne l'aurait cru.

Il ne la quitte pas des yeux un seul instant, ils font l'amour en se regardant. Ils s'aiment et il n'y a rien d'autre à dire.

C'est un bon amant. À telle enseigne qu'ensuite, alors qu'il repose le front contre son épaule, plein de gratitude, elle doit refouler la question qu'elle ne peut s'empêcher de se poser. Où a-t-il appris tout ça ? Avec qui ?

« Alors tu ne vas pas travailler demain ? »

Sivving étala de vieux journaux sur la table et tendit le cirage et un bas à Rebecka. Elle était venue lui apporter les courses qu'elle avait faites pour lui et il l'avait renvoyée chez elle chercher ses chaussures. « Si tu ne l'as pas fait au printemps, il est grand temps de graisser tes cuirs maintenant, lui avait-il déclaré. Il peut se mettre à neiger d'un jour à l'autre. Peut-être même demain ! Alors au boulot ! »

Et elle était allée chercher ses bottines d'hiver et ses bottes de chez Prada, alors qu'elle avait surtout envie de s'allonger sur son canapé devant la télé.

À présent, ils étaient assis dans la chaufferie de Sivving, chacun d'un côté de la table en formica en train de cirer des chaussures.

« Non, répondit-elle en lustrant le cuir à l'aide du bas nylon, ils se débrouilleront sans moi. Alf Björnfot ou von Post n'auront qu'à reprendre mes réquisitoires. »

Bella dormait sur la banquette, couchée sur le dos à côté de Rebecka, les pattes écartées et les oreilles retournées.

Le Morveux avait eu le droit d'emprunter le bois d'élan de

Bella qu'il rongeait frénétiquement aux pieds de Rebecka avec un bruit incessant de craquements et de grincements. C'était dur. Mais tellement bon. De temps en temps, il s'interrompait dans sa tâche et posait la tête sur la corne concave, l'air satisfait, comme sur un coussin.

« Parfait », dit Sivving, se levant lourdement pour aller chercher un pot d'une colle qui lui semblait adaptée pour recoller la semelle d'une chaussure qu'il venait de cirer et dont le bout bâillait comme une gueule ouverte. « Comme ça, tu vas pouvoir m'aider à rentrer le bois. »

Elle acquiesça. Au printemps, ils avaient empilé les bûches fraîchement coupées en un joli tas circulaire, l'écorce vers le haut pour qu'il sèche. Elle savait qu'il y avait au moins trois mètres cubes de bois à mettre sous abri, mais ça ne la dérangeait pas, au contraire, la fatigue physique lui ferait du bien. Et il n'y avait rien de meilleur que d'aller se coucher le soir les muscles douloureux et le dos las.

« Tu as mangé, au fait ? lui demanda-t-il.

– J'ai dîné chez Krister. »

Sivving eut l'air surpris, même s'il faisait de gros efforts pour le cacher.

« Il pourrait peut-être nous donner un coup de main pour le bois », dit-il d'un ton léger.

Il le ferait probablement avec plaisir, songea Rebecka.

Finalement, Krister et Sivving jouaient à être sa famille. Sivving avait sans cesse besoin d'aide pour une chose ou une autre. Krister venait de temps en temps pour réparer le robinet de l'évier ou déneiger devant sa porte ou faire fonctionner l'ordinateur. Ils invitaient Rebecka à dîner avec eux ou bien ils lui demandaient de rester avec les chiens pendant qu'ils allaient en ville acheter des joints ou de la super glue ou autre chose. Elle avait un peu l'impression que Sivving se prenait pour son vieux père.

Elle n'aimait pas ça. Il fallait que cela cesse. Ça ne plaisait pas à Måns, non plus. Quand il l'appelait et que Krister et Sivving étaient dans les parages, elle s'éloignait pour lui parler. Parfois, elle lui disait : « Sivving et moi sommes en train de faire ceci, ou de faire cela. » Elle ne mentionnait jamais Krister, mais Måns n'était pas dupe. « Et le policier venu de l'espace, demandait-il, il n'est pas là ? »

Elle ne savait pas pourquoi. Elle n'avait pourtant rien à cacher.

Enfin, pas grand-chose. Il lui arrivait de penser aux mains de Krister. À son corps musclé. Elle se disait souvent qu'il avait le don de la mettre de bonne humeur.

Elle s'aperçut tout à coup qu'elle avait laissé son téléphone dans la voiture. Måns avait peut-être essayé de l'appeler. Elle devrait aller le chercher. Plus tard. Avant, elle n'oubliait jamais son téléphone. Elle l'emportait avec elle aux toilettes, attendait constamment qu'il donne de ses nouvelles.

« Comment va Marcus ? s'enquit Sivving.

– Je ne sais pas. Il a joué à être un chien tout le temps que j'ai passé chez Krister. C'est bizarre, on dirait presque qu'il ne se rend pas compte de ce qui est arrivé.

– *Poika riepu*, soupira Sivving. Pauvre gamin. D'abord son père et puis sa grand-mère. Il n'a plus personne. Cette famille a vraiment la poisse.

– On dirait, oui », dit Rebecka, sentant quelque chose remuer en elle.

Comme une couleuvre dans un lac sans rides.

« Le papa de Sol-Britt, emporté par un ours !

– Les chasseurs ont dû avoir un sacré choc quand ils ont trouvé les restes de Frans Uusitalo dans la panse de l'ours. »

Il n'y a pas de hasard, songea Rebecka.

Du temps où elle travaillait comme notaire à Stockholm, elle avait rencontré un policier qui répétait sans cesse cette phrase. Il était mort maintenant. Mais elle n'avait jamais oublié cet adage.

Quand toute une famille est décimée…

Sauf que le vieux a été tué par un ours, se dit-elle en y réfléchissant. On ne peut pas parler de meurtre.

Mais on ne pouvait pas non plus écarter complètement l'idée. Il y avait tout de même un peu trop de morts violentes dans cette famille.

Sivving regardait briller ses bottes d'hiver avec la satisfaction que donne une bonne séance de cirage de chaussures.

« D'après ma mère, Frans Uusitalo était le fils naturel de Hjalmar Lundbohm », dit-il.

Rebecka arrêta de frotter.

« Ah bon ? Le P-DG de la mine ? Avec cette institutrice qui a été assassinée ?

– Ouaip, répondit Sivving. Il paraît qu'il en était très amoureux. Beaucoup pensaient qu'il allait l'épouser. Mais ça ne s'est pas fait.

– Parce qu'on l'a tuée.

– Peut-être. Mais je crois que leur histoire était déjà terminée à ce moment-là. Après sa mort, plus personne n'a jamais évoqué leur liaison. Je me souviens que ma mère s'est mordu la langue après me l'avoir racontée. Sol-Britt savait, mais elle n'en parlait pas. Elle me l'a juste rappelé un jour où elle était, disons, pas très objective, et surtout très en colère contre les hommes en général, et l'un d'eux en particulier. Même moi, j'en ai pris pour mon grade, alors que je n'étais même pas né à l'époque, ce que je n'ai pas manqué de lui signaler. »

Rebecka se représenta Hjalmar Lundbohm. Les portraits de l'homme qui avait bâti la ville de Kiruna et dirigé la mine entre 1900 et 1920 le montraient toujours comme un homme avec un fort embonpoint et des paupières tombantes. Il n'était pas beau.

« Il ne s'est jamais marié, je crois.

– Ce qui ne l'a pas empêché d'être un grand amateur de femmes. Selon la rumeur. »

Sivving posa un long regard sur Rebecka.

« Bon. Maintenant on va s'offrir un petit verre pour la route et tu vas aller te coucher. Tu as du bois à porter pour moi, demain. N'oublie pas. »

Rebecka promit.

L'hiver touche à sa fin. Le directeur Hjalmar Lundbohm et l'institutrice Elina Pettersson sont éperdument amoureux.

La neige de printemps soupire et coule. Les stalactites sont aussi longues que des flèches d'église. Les rues sont boueuses et glissantes de neige molle. Les arbres tremblent d'impatience. Dans les sous-bois, la neige a toujours plus d'un mètre d'épaisseur. Mais le soleil est déjà tiède. Plus personne n'aura froid avant longtemps. Le printemps béni ne tardera plus.

Ils font l'amour comme des fous. Se confient mutuellement qu'ils n'ont jamais connu un tel plaisir. Pensent que personne n'a jamais aimé comme eux. Se disent qu'ils sont faits l'un pour l'autre. Comparent leurs mains et les trouvent semblables.

Comme si nous étions frère et sœur, disent-ils en collant leurs paumes l'une contre l'autre. Ils voudraient rester dans le lit de Hjalmar pour l'éternité.

« Je vais verrouiller la porte de cette chambre et avaler la clé », la menace-t-il quand elle se lève aux aurores pour se glisser dehors sans être vue.

Et comme tous les amoureux, ils sont imprudents.

Le directeur envoie un jeune garçon porter un message à l'école.

Le gosse frappe à la porte de la classe et remet l'enveloppe à Elina.

Elle ne résiste pas à l'ouvrir et à la lire aussitôt, sous les yeux de ses élèves qui la voient rougir jusqu'aux oreilles.

« Mademoiselle, lui écrit son amant, sur le conseil de mon médecin, j'ai rempli mon caleçon de neige. En vain. »

Elle rédige sa réponse tandis que le coursier attend.

« Cher directeur Lundbohm, j'ai le regret de vous informer que je suis contrainte de donner la classe debout. Cela ne peut plus durer. »

Si quelqu'un trouve mon mot, il croira que nous manquons de chaises, pouffe-t-elle.

En mai, les nuits sont claires. Ils restent éveillés et parlent. Ils font l'amour et parlent. Et font l'amour à nouveau. Elle peut discuter de tout avec lui. Tout l'intéresse. Il est curieux et cultivé.

« Raconte-moi quelque chose, lui demande-t-elle. N'importe quoi. »

Et pendant ce temps, la perdrix des neiges court en éclatant de son rire lugubre, la chouette naine et l'épervière boréale hululent, le renard des montagnes pleure comme un enfant, guettant les campagnols sous la croûte de glace.

Parfois, ils ont faim et descendent dans la cuisine. Ils mangent des restes de magret de tétras, de l'omble arctique, des filets de renne en gelée, du fromage de tête, du pain blanc. Ils boivent du lait ou de la bière. L'amour, ça creuse.

Les habitants de Kiruna sont habitués à ne pas voir le directeur très souvent. Il voyage beaucoup. À Stockholm, la plupart du temps, mais aussi à l'étranger, en Allemagne, en Amérique et au Canada.

Par exemple, il ne passe jamais l'été à Kiruna. Il peut supporter, à la rigueur, la neige qui tombe parfois jusqu'au solstice d'été, mais les moustiques et autres fléaux suceurs de sang, ça, c'est une autre histoire.

Pourtant, en cet été 1914, il surprend ses administrés en passant toute la saison chaude à la compagnie minière. On met cela sur le compte de la guerre. L'archiduc François-Ferdinand et son épouse sont assassinés en pleine rue, le 28 juin, à Sarajevo. L'évènement déclenche toute une série de déclarations de guerre. C'est bon pour les affaires à la mine et le roi sans couronne de Laponie est d'excellente humeur.

C'est vrai que l'argent coule à flots, mais l'explication est beaucoup plus simple que cela : Hjalmar Lundbohm est amoureux.

Rebecka Martinsson rentrait chez elle dans le noir. Elle pensait à tout ce que Sivving lui avait raconté sur la famille de Sol-Britt. Le père emporté par un ours et dévoré. Le fils écrasé par un chauffard, la grand-mère paternelle, l'institutrice qui avait eu une liaison avec Hjalmar Lundbohm en personne, tuée elle aussi. Et enfin Sol-Britt, transpercée à mort à l'aide d'une fourche à foin.

Elle prit en passant son téléphone dans la voiture. Elle avait effectivement raté un appel de Måns et il lui avait envoyé un message : « Salut, c'est moi. Rappelle-moi, si tu as le temps. »

Rien d'autre.

Qu'est-ce qu'il avait voulu dire par : « Si tu as le temps » ? se demanda-t-elle, brusquement envahie par un sentiment de culpabilité et de colère, et par le besoin de se défendre contre une accusation qu'il nierait bien sûr avoir formulée.

Elle aurait pu faire une dissertation sur ce message.

À croire qu'il cherche à se venger, songeait-elle en montant l'escalier.

Le Morveux l'avait devancée. Il l'attendait devant la porte

en remuant la queue. Aussi heureux et impatient de rentrer qu'il l'était de sortir.

Mais se venger de quoi ? se demandait-elle en écoutant crépiter dans la cheminée de sa chambre le feu de bois de bouleau qu'elle venait d'allumer.

Elle se brossa les dents et se démaquilla. Le Morveux était déjà sur son lit.

Du fait qu'elle ne lui avait pas téléphoné. Du fait qu'elle ne répondait pas à ses appels. Elle se dit qu'elle devrait le rappeler. Mais aussi qu'elle ne le ferait pas. Son « Si tu as le temps » avait suffi à lui ôter toute envie de le faire.

Franchement, se dit-elle. Il n'aurait pas pu écrire : « Tu me manques » ?

Elle lui répondit par texto : « Fatiguée travaillé toute la soirée je me couche b.n. »

Elle effaça « b.n. » et écrivit « Bonne nuit ». Se demanda si elle devait écrire « Je t'aime » mais y renonça. Elle expédia le SMS et éteignit son portable. Débrancha la prise du téléphone fixe aussi.

Et ne mit pas son réveil. Demain, elle n'irait pas travailler. Par association d'idées, elle pensa à von Post et à son employeur, Alf Björnfot. Elle commettrait une faute professionnelle en ne se présentant pas à ses audiences, demain.

Ils n'ont qu'à se démerder, songea-t-elle, agacée.

Elle ferma les yeux. Mais le sommeil ne venait pas. Le Morveux eut trop chaud et il sauta du lit pour aller se coucher sous la table de la cuisine.

La famille de Sol-Britt. Un peu trop de malchance et de malheurs.

Au bout d'un moment, elle tendit la main vers son mobile, elle le ralluma et téléphona à Sivving.

« Comment l'accident est-il arrivé ?

– Hein ? répondit Sivving, à moitié endormi. Il y a eu un accident ?

– Le fils de Sol-Britt. Qui s'est fait renverser par une voiture. Comment est-ce arrivé ?

– Dieu du ciel, mais quelle heure est-il ? On n'en sait rien. Comme je te l'ai déjà dit, on n'a jamais retrouvé celui qui a fait ça. Un vrai salopard. Il l'a laissé crever au bord de la route. Il s'est passé un certain temps avant qu'on le découvre. Il était caché sous des buissons d'osiers. »

Il n'y a pas de hasard, songea Rebecka à nouveau.

« Écoute, ma petite fille. Tu vas aller te coucher maintenant et tu réfléchiras à tout ça demain. Bonne nuit ! »

Rebecka avait à peine réalisé que Sivving avait raccroché que son portable sonnait à nouveau. Elle décrocha machinalement.

C'était Måns.

« Bonsoir », dit-elle tendrement. Son agacement avait disparu, à présent.

« Salut », répondit-il avec une voix qui lui fit penser à une grosse couette bien chaude, à une bonne tasse de thé et à un massage de pieds.

Puis ils se turent tous les deux.

Qui devait commencer ? C'était comme si une réserve s'était installée entre eux : « Pas moi, en tout cas. » Une prudence : « Pourquoi est-ce que ce serait toujours moi ? » Une certaine peur aussi que l'autre soit moins vulnérable dans son amour.

Måns céda le premier.

« Comment va mon petit trésor ? J'ai vu les infos, aujourd'hui. Ce n'était pas quelqu'un que tu connaissais, au moins ? »

Il ne lui faisait pas de reproche parce qu'elle ne l'avait pas rappelé, se contentait de s'inquiéter pour elle.

« Disons que j'ai passé une journée… spéciale. Je ne sais même pas par où commencer.

– Raconte à ton papa.

– Tu es bête ! » gloussa-t-elle sur un ton de reproche feint.

Et elle lui raconta. Le meurtre, comment elle s'était fait débarquer de l'instruction, sa dispute avec Björnfot.

La dernière partie de son histoire le fit éclater de rire.

« Papa est fier de toi ! »

Måns ne dit pas qu'il n'en avait rien à foutre des dossiers qui s'empilaient sur la table d'un procureur au nord du Norrland. Il s'abstint.

Rebecka se radoucit. Elle savait qu'elle gagnerait trois fois plus d'argent qu'elle n'en gagnait maintenant si elle avait continué à travailler pour Måns chez Meijer & Ditzinger, l'un des plus gros cabinets d'avocats de Suède. Elle savait que Måns trouvait qu'elle gaspillait son talent comme substitut d'un obscur procureur au fin fond de la Laponie et qu'elle aurait aussi bien fait de se faire embaucher comme caissière au supermarché Ica. Elle savait surtout qu'il voulait qu'elle revienne vivre avec lui. Elle savait tout cela. Et elle lui savait gré de ne pas le lui dire.

« Je suis content, dit-il à la place de son ton le plus séducteur. Comme ça, tu vas pouvoir venir me rejoindre et attendre sagement dans mon lit que je rentre du boulot le soir. Cette relation va enfin commencer à ressembler à quelque chose… Je pourrais prendre des vacances, suggéra-t-il ensuite. Tu veux qu'on aille quelque part ? Dans les Caraïbes ? En Afrique du Sud ? J'ai un copain qui vend des super voyages à thèmes en Chine et en Inde, je peux l'appeler si tu veux ?

– Bonne idée », répondit Rebecka.

Elle n'avait envie d'aller nulle part. Mais elle n'avait pas la force de se disputer avec Måns. Une dispute par jour était amplement suffisante.

Elle connaissait Måns par cœur. Tout allait si vite avec lui. Il était capable de réserver un voyage pour les Caraïbes tout en parlant au téléphone avec elle. S'il appelait son copain, cela lui donnerait quelques minutes de répit. Elle sentit une boule à l'estomac. Elle était bonne pour faire sa valise. Sinon, attention, capitaine, gros temps à l'horizon. Une minute auparavant, elle était heureuse de l'avoir au bout du fil. Et maintenant, elle se sentait prise au piège.

« Je t'aime, Måns, dit-elle avec conviction, alors qu'à l'intérieur elle n'en était plus du tout sûre. Il faut que je dorme, maintenant. »

Je suis folle, songea-t-elle. Je suis amoureuse un instant et l'instant d'après, je ne pense plus qu'à m'enfuir. Comment fait-il pour me supporter ?

« Bonne nuit », répondit-il. Sa voix était différente à présent. Il ne lui dit pas qu'il l'aimait. Elle l'entendait penser : « Non, je ne le lui dirai pas. »

Ils raccrochèrent.

Måns Wenngren venait de terminer sa conversation avec Rebecka. Il se sentait fébrile et pas fatigué le moins du monde. S'il avait eu quelqu'un avec qui sortir, il serait allé au café Riche boire des vodkas Martini.

Il n'aurait pas dû l'appeler.

Il s'en voulait de la laisser prendre un tel pouvoir sur lui. Aimer cette femme était à peu près aussi facile que de retenir une poignée de sable fin entre ses doigts.

Foutues bonnes femmes, songea-t-il en regardant son reflet dans le miroir.

Qu'est-ce qu'il voyait ? Un homme qui plaisait aux femmes ou un vieux con ? Il se dit qu'il devrait aller prendre un verre au café Gubbe. S'asseoir au bar et reluquer les jolies femmes. En tout cas, il était hors de question qu'il reste tout seul chez lui à regarder *Mad Men* pour la énième fois.

Rebecka regarda son téléphone d'un air désolé.

À chaque jour suffit sa peine, disait l'Évangile. Un signal la prévint de l'arrivée d'un SMS. Elle pensa qu'il était de Måns, mais il était de Krister.

« Le chien perdu, Roy et, crois-moi si tu veux, Vera sont en train de se courir après dans la maison à rayer les parquets. Tintin a l'air de me dire que je devrais appeler la SPA pour tous les emmener. J'espère que le chien perdu se laissera bientôt apprivoiser. »

Sa tristesse s'envola aussitôt.

Elle imagina Vera, Marcus et Roy en train de se poursuivre autour de la table et Tintin regardant Krister d'un air de reproche.

Marcus s'amusait bien là-bas. Krister était un type sur qui on pouvait compter. Gentil, bon camarade de jeu, et…

Elle s'endormit, le téléphone à la main.

Le chef d'instruction Carl von Post et les inspecteurs Anna-Maria Mella, Sven-Erik Stålnacke, Fred Olsson et Tommy Rantakyrö partirent pour Kurravaara afin d'interroger Maja Larsson.

Carl von Post leur expliqua en route pourquoi il souhaitait qu'ils soient si nombreux. Il ne s'agissait pas d'intimider le témoin. Mais Maja Larsson ne devait pas s'imaginer qu'elle allait pouvoir dissimuler quelque chose à la police ou lui mentir une deuxième fois. C'est pour ça qu'ils devaient arriver en force et que l'interrogatoire devait avoir lieu chez elle.

Quel tissu de conneries, songeait Anna-Maria. Il voulait lui faire peur et il avait besoin d'un public. C'était du von Post tout craché. Ce type était un lâche et un bouffon.

Du genre à tirer la couverture à lui. À retourner sa veste et à quitter le navire au premier signe de naufrage. Quand il vous faisait un compliment, il fallait se méfier parce qu'on pouvait être sûr qu'il avait une idée derrière la tête. Et si on lui posait la question, elle était certaine qu'il se décrirait comme un philanthrope.

Il avait appris par cœur le prénom de ses enfants et lui demandait régulièrement de leurs nouvelles. Elle détestait répondre à ses questions hypocrites. Elle avait presque honte d'elle-même en s'entendant lui raconter les dernières prouesses à cheval de Jenny et les progrès de Petter à l'école.

À présent, il s'était mis en tête d'employer les quinze kilomètres du trajet jusqu'à Kurravaara pour donner à ses compagnons de voyage une leçon éclair de technique d'interrogatoire.

« Pour commencer, il est impératif d'instaurer un climat de confiance. Le témoin doit se sentir à l'aise avec la personne qui dirige l'enquête. »

Tu m'en diras tant, pensa Anna-Maria.

« Un bon enquêteur doit savoir tout lire chez la personne interrogée, y compris son langage corporel. »

Quelqu'un se racla la gorge sur la banquette arrière. Sven-Erik Stålnacke se moucha.

« Un dialogue ouvert. C'est ce que nous devons obtenir. Ce vers quoi nous devons tendre. Nous ne poserons aucune question directe. Nous nous bornerons à mener une conversation à bâtons rompus. C'est ainsi qu'un policier expérimenté arrive à ses fins. »

Cette fois, ce fut Fred qui sembla avoir avalé quelque chose de travers.

Heureusement qu'il fait sombre et qu'on n'y voit rien dans cette voiture, songea Anna-Maria. Elle aussi eut brusquement un chat dans la gorge.

Maja Larsson ouvrit la porte, les bras pleins de linge. Ses innombrables nattes tombant en cascade sur ses épaules.

Elle est d'une beauté exaspérante, se dit Anna-Maria Mella sur qui aucun homme ne s'était retourné depuis un demi-siècle que sa mère l'avait mise au monde.

Et elle n'avait pas l'air effrayée du tout par le procureur et sa clique.

« Vous en avez pour longtemps ? demanda-t-elle d'une voix lasse. Cela vous ennuie si je mets une machine en route avant ?

– Euh », hésita von Post, mais elle lui avait déjà tourné le dos et mis le cap sur la salle de bains.

Quelques minutes plus tard, ils entendirent le bruit de l'eau dans la machine à laver.

Anna-Maria remarqua l'air agacé de von Post en les voyant retirer leurs chaussures dans l'entrée.

Il doit trouver que ça fait plouc de se promener en chaussettes, se dit Anna-Maria. Chez les gens de la haute, ils ont toujours quelqu'un pour nettoyer derrière eux, sans doute.

« Örjan ! appela Maja Larsson du pied de l'escalier. La police est là ! »

Un homme d'une soixantaine d'années apparut au sommet de l'escalier. Anna-Maria remarqua surtout ses cheveux. Et aussi qu'on ne lisait aucune inquiétude chez lui non plus.

« Qu'est-ce que t'as foutu ? T'as pillé la banque nationale ou quoi ? »

Maja haussa les épaules.

La confiance et le dialogue ouvert venaient d'en prendre un coup. Anna-Maria aurait voulu disparaître dans un trou de souris, tellement elle avait honte.

Ses collègues et elle suivirent von Post en traînant les pieds. La procession mit du temps à arriver dans la cuisine, chacun laissant passer les autres, espérant arriver le dernier et être obligé d'attendre dehors. Une classe de cancres.

Arrivés enfin à destination, ils se regardèrent, incrédules. Maja Larsson et von Post s'étaient assis de part et d'autre d'un dictaphone posé sur la table.

Je ne peux pas me joindre à eux, songea Anna-Maria. C'est tout simplement trop près. Comment peut-on avoir une cuisine aussi petite ? Elle décida finalement de rester près de ses collègues qui s'étaient postés en rang d'oignons, le long du plan de travail, se balançant d'un pied sur l'autre, se raclant la gorge, examinant les franges du tapis, sans savoir que faire de leurs mains.

« Alors, Maja Larsson, commença von Post d'une voix forte et claire, quand Rebecka Martinsson est venue vous voir, vous avez omis de lui dire que votre cousine Sol-Britt avait une liaison. Pouvez-vous nous en parler, maintenant ? »

Maja Larsson se tut quelques secondes qui semblèrent une éternité. Puis elle alluma une cigarette dont elle tira deux longues bouffées avant de répondre :

« Je croyais que c'était elle qui dirigeait cette affaire ?

– Plus maintenant. Quant à moi, je croyais que vous auriez envie de coopérer avec nous. Votre cousine a été assassinée. Je ne sais pas ce que vous en pensez mais, personnellement, je trouve bizarre que vous ne vouliez pas aider la police à retrouver son meurtrier. »

Dieu nous vienne en aide ! songea Anna-Maria.

« Vous avez l'air très jeune, lança Maja Larsson. Quel âge avez-vous ?

– Cinquante-cinq ans. Nous essayons juste de faire notre travail, ici, d'accord ? »

Von Post se pencha en avant et frappa violemment le plateau de la table devant Maja qui recula instinctivement.

« Avec qui Sol-Britt avait-elle une liaison ?

– Vous avez l'air plus jeune. Beaucoup plus jeune. »

Maja se mit à observer le visage de son interlocuteur sous

tous les angles, avec des mouvements de tête en avant, en arrière et de côté.

« Vous n'avez pas fait de lifting. Ce sont des injections de Botox, c'est ça ? »

Von Post retira sa main. Tourna un bref regard vers les policiers.

« Pas du tout, et de toute façon...

– Il n'y a pas de mal à ça. Se préoccuper de son apparence, je veux dire. Je ne vois pas pourquoi un homme... Surtout un homme qui se soucie de son image dans les médias. Vous avez des ongles magnifiques. Moi aussi si j'avais les moyens, j'irais me faire faire des manucures. »

Von Post ouvrit la bouche et la referma. Puis il demanda :

« Pourquoi avez-vous menti ?

– J'ai menti ?

– Vous n'avez pas dit que Sol-Britt avait un amant. Car je suppose que Rebecka Martinsson vous a posé la question ? »

Anna-Maria prit une longue inspiration discrète. Elle venait de comprendre à quoi jouait von Post. Il voulait que Maja Larsson dise devant témoins qu'elle n'avait pas menti parce que Rebecka ne lui avait jamais posé la question. Il voulait prouver l'incompétence de Rebecka. Il voulait que cet interrogatoire soit enregistré et transcrit de façon à ce qu'il apparaisse clairement dans un procès-verbal que Rebecka avait commis une faute.

Maja Larsson se taisait.

« Beurk », dit-elle enfin.

Carl von Post leva les sourcils d'un air interrogateur.

« Vous avez une drôle de mentalité, vous ! Ma cousine est morte. Elle a été transpercée de coups de fourche. Et vous,

vous ne pensez qu'à devenir célèbre et à mettre votre consœur dans la merde. Vous voudriez que je dise... »

Elle se tourna vers Anna-Maria et ses collègues.

« Ça m'intéresserait de savoir comment il a fait pour faire débarquer Rebecka Martinsson de l'enquête ! »

Personne ne voulut éclairer sa lanterne. Von Post se cala au fond de sa chaise et croisa les bras sur sa poitrine. Une façon de montrer qu'il lui en fallait plus pour l'énerver. Qu'il avait tout son temps. Qu'ils pouvaient rester là jusqu'au lever du soleil, si elle voulait.

« Il porte des vêtements de luxe. Je ne veux même pas connaître le prix des pompes que Monsieur ne daigne même pas retirer pour venir piétiner les tapis tissés par ma grand-mère. Ce n'est pas avec un salaire de procureur que vous pouvez vous payer tout ça. J'en déduis que vous avez une épouse qui gagne plus que vous. Et évidemment, ça ne doit pas vous faire plaisir. Je suppose que vous la battez ou bien que vous sautez une collègue de bureau juste parce que vous haïssez votre femme et que vous êtes foutument en rogne contre l'injustice de la vie. »

Le silence était si pesant que le tic-tac de l'horloge faisait un bruit assourdissant. Il était de notoriété publique que la femme de von Post travaillait à la banque et qu'elle gagnait beaucoup plus que lui. Tout le monde savait aussi qu'il estimait disposer d'un droit de cuissage sur les jeunes substituts, les notaires et quelques femmes témoins à l'occasion. Fred se mit à examiner un bouton de sa veste et Sven-Erik à tripoter sa moustache.

Maja Larsson avait planté les crocs dans la chair de von Post et elle ne le lâcherait plus.

« Je suis prête à parier n'importe quoi que votre père faisait le même métier que vous. Mais qu'il a mieux réussi. Il est magistrat ? Docteur en médecine, peut-être ? »

Von Post pâlit de colère. Son père était juge.

« Vous refusez de répondre à mes questions ?

– Je ne sais pas avec qui elle avait une liaison, d'accord ? On ne se connaissait pas spécialement bien. Je sais seulement qu'il y avait quelqu'un.

– Elle vous a envoyé un texto…

– Dans lequel elle disait qu'elle allait rompre. Je n'en ai parlé à personne. Il y avait assez de ragots comme ça. Je ne sais rien de plus. Vous allez m'arrêter parce que je vous ai énervé ?

– Vous ne m'avez pas énervé, répliqua von Post, d'une voix un peu lasse à présent.

– Parfait, alors peut-être allez-vous vous en aller et me ficher la paix maintenant ? J'ai une mère malade à nourrir demain matin. Elle n'arrive presque plus à avaler. Ça prend une éternité. Le personnel hospitalier n'a pas le temps de la faire manger. »

Ils étaient si pressés de partir qu'ils se bousculèrent pour monter en voiture. Mais ils n'étaient pas sortis de la cour que Sven-Erik Stålnacke s'écriait :

« Attendez. Il faut absolument que j'aille aux toilettes, ça urge ! Arrêtez-vous ou je vais faire dans mon pantalon ! »

Il sauta de la voiture et retourna vers la maison à petites foulées.

Ses collègues virent dans le rétroviseur que Maja lui ouvrait la porte et le laissait sur le seuil un petit moment avant de s'effacer et de le laisser entrer.

Sven-Erik s'assit sur l'abattant. Il n'avait aucun besoin pressant. Au bout de deux minutes, il tira la chasse une première fois puis une deuxième. Il se lava les mains et sortit de la salle de bains. Maja Larsson et son compagnon étaient assis à la table de la cuisine. Il fit un bref salut de la tête à l'intention de l'homme puis il dit à Maja Larsson :

« Vous ne vous étiez pas trompée. »

Elle haussa les épaules pour dire qu'elle s'en fichait et écrasa sa cigarette dans le couvercle d'un pot de confiture, jeta le mégot dans le pot et referma le couvercle.

« Il a fait retirer l'affaire à Rebecka Martinsson. Et aucun d'entre nous n'a eu son mot à dire. Et au fait, désolé pour tout ça... »

Il fit un geste englobant l'ensemble de la cuisine.

« Je voulais vous dire aussi que nous allons retrouver le coupable. »

Elle eut un petit rictus, puis détourna la tête.

« Je vous remercie de m'avoir laissé utiliser vos toilettes. C'est dingue. D'abord on est constipé pendant une semaine et puis d'un coup... Bon, je m'en vais.

– Attendez. »

Elle dit sans le regarder :

« Elle voyait un type du village. Un homme marié. Vous savez comment c'est, quelquefois, on n'a pas trop envie de parler à la police. Après, les gosses du village viennent caillasser vos fenêtres. Vous allez me prendre pour un corbeau, j'imagine ? Franchement, quelle importance de savoir avec qui elle s'envoyait en l'air ? Elle est morte. Cela ne la ramènera pas. Et ce connard qui veut se servir de sa mort pour faire carrière. Si je vous le dis, bientôt on lira le nom du gars dans le journal. Je trouve ça dégueulasse.

– C'était qui ?

– Je ne connais pas son nom. Je sais juste qu'il travaille

en ville. Qu'il habite Kurravaara et qu'il a une femme et des enfants. »

« On a cru que tu étais tombé dans le trou ! Tu en as mis un temps, plaisanta Tommy Rantakyrö quand Sven-Erik remonta dans la voiture.

– Désolé, répliqua Sven-Erik en se débattant avec sa ceinture. Mais c'était un beau bébé de trois kilos. Mon Dieu. Ça faisait une semaine que la tuyauterie était complètement bouchée. Et puis voilà que ça arrive maintenant. Ça fait vraiment du bien, tu vois. C'est tout juste si je n'ai pas envie de le baptiser, ce petit bonhomme. »

Carl von Post démarra sur les chapeaux de roues, faisant crépiter les gravillons sous le châssis de la voiture.

Anna-Maria regarda Sven-Erik du coin de l'œil. Il croisa son regard avec un minuscule hochement de tête.

Krister Eriksson était seul dans sa cuisine, sa boîte de tabac à la main.

« J'arrête, déclara-t-il s'adressant aux instances supérieures de l'univers. C'est fini. Je ne chiquerai plus. »

Il jeta la boîte dans la poubelle. Referma résolument le sac et le porta dans le container, derrière le garage.

Marcus était à l'intérieur de la maison et il avait du mal à se calmer. Il courait à quatre pattes par terre, jouant avec les chiens, infatigable. Krister avait décidé de le laisser se défouler. C'était souvent au moment d'aller se coucher que la peur et l'angoisse se manifestaient chez les enfants ; chez les adultes aussi d'ailleurs. Demain, il n'aurait qu'à dormir tant qu'il voudrait.

Ce ne fut que vers onze heures du soir que le chien perdu vint annoncer à Krister qu'il était fatigué.

Ils se brossèrent les dents, même si les autres chiens, eux, n'étaient pas obligés de le faire. Mais ensuite le chien perdu refusa obstinément de se coucher dans un lit, sous une couette.

« Le chien perdu veut dormir dans la niche », expliqua-t-il.

Et Krister dut à nouveau monter sa tente de survie devant

le chenil et ils se glissèrent tous les deux dans la grande niche en emportant la lampe de poche. Vera, Tintin et Roy vinrent s'allonger autour d'eux, enchantés de cette compagnie inattendue et des lanières de peau de renne que Krister avait posées par terre pour eux. Une rassurante odeur de chien et de peau de renne flottait dans le chenil.

Krister lut *Le Petit Prince* à Marcus, éclairant les images avec la torche.

« Tu vois, le petit prince apprivoise un renard. Comme moi je t'ai apprivoisé.

« "Ma vie est monotone, dit le renard. Je chasse les poules, et les hommes me chassent. Toutes les poules se ressemblent et tous les hommes se ressemblent. Je m'ennuie donc un peu. Mais, si tu m'apprivoises, ma vie sera comme ensoleillée. Je connaîtrai un bruit de pas qui sera différent de tous les autres. Les autres pas me font rentrer sous terre. Le tien m'appellera hors du terrier, comme une musique [...]."

– Je peux voir le renard ? » demanda Marcus.

Krister tourna une page du livre et Marcus caressa doucement l'image.

« Continue à lire.

– "[...] Tu vois, là-bas, les champs de blé ? dit le renard. Je ne mange pas de pain. Le blé pour moi est inutile. Les champs de blé ne me rappellent rien. Et ça, c'est triste ! Mais tu as des cheveux couleur d'or [...]."

– Toi, tu n'as pas de cheveux, dit Marcus.

– Non, c'est vrai, mais toi tu en as plein », dit Krister, lâchant le livre d'une main pour passer la main dans la tignasse blonde du petit garçon.

Ne t'attache surtout pas ! Krister rappela son cœur à l'ordre. Il reprit sa lecture.

« "[…] Mais tu as des cheveux couleur d'or. Alors ce sera merveilleux quand tu m'auras apprivoisé ! Le blé, qui est doré, me fera souvenir de toi. Et j'aimerai le bruit du vent dans le blé…" »

Marcus tourna lui-même en arrière les pages du livre pour revoir l'image du renard. Puis il revint à celle où Krister en était resté.

« "Le renard se tut et regarda longtemps le petit prince :

– S'il te plaît… apprivoise-moi ! dit-il.

– Je veux bien, répondit le petit prince, mais je n'ai pas beaucoup de temps. J'ai des amis à découvrir et beaucoup de choses à connaître.

– On ne connaît que les choses que l'on apprivoise, dit le renard. Les hommes n'ont plus le temps de rien connaître. Ils achètent des choses toutes faites chez les marchands. Mais comme il n'existe point de marchands d'amis, les hommes n'ont plus d'amis. Si tu veux un ami, apprivoise-moi !" »

Krister sentait Marcus devenir plus lourd contre lui.

« Tu dors ?

– Non, répondit le petit garçon, la voix épaisse de sommeil. Lis encore. Le chien perdu voudrait que tu lui parles encore du renard.

"– Que faut-il faire ? dit le petit prince.

– Il faut être très patient, répondit le renard. Tu t'assoiras d'abord un peu loin de moi, comme ça, dans l'herbe. Je te regarderai du coin de l'œil et tu ne diras rien. Le langage est source de malentendus. Mais, chaque jour, tu pourras t'asseoir un peu plus près[1]…" »

---

1. Antoine de Saint-Exupéry, *Le Petit Prince*, Folio Junior, Gallimard Jeunesse, 2007.

Marcus commençait à s'assoupir. Son souffle devint profond. Quand Krister l'allongea et qu'il remonta le sac de couchage sous son menton, il marmonna :

« Et ensuite ?

– Et ensuite, le renard vint confier son secret au petit prince, murmura Krister. Mais nous lirons ça demain. Je vais aller dormir dans la tente qui est juste là, dehors. Vera va rester dormir avec toi. Tu n'auras qu'à venir me rejoindre si tu te réveilles au milieu de la nuit, d'accord ?

– D'accord, dit Marcus, à moitié endormi. Tu sais, le renard est pareil que le chien perdu. »

Krister resta dans la niche jusqu'à ce que le petit garçon ait sombré dans le sommeil. Puis il sortit à quatre pattes. Un froid glacial montait du sol. La nuit était noire et le ciel constellé d'étoiles.

Tu te trompes, petit bonhomme, songeait-il. C'est moi le renard.

Lundi 24 octobre

DANS TOUS LES RÊVES que fit Rebecka cette nuit-là grondait une colère sourde qui finit par la réveiller. Elle constata sur son portable qu'il était cinq heures du matin. C'était tôt, mais au moins, ce n'était pas le milieu de la nuit.

Après tout, je peux me réveiller à l'heure que je veux, se dit-elle. Et même faire une sieste dans la matinée. Je reste à la maison et ils peuvent tous aller se faire voir.

Alf Björnfot. Il lui avait pris son enquête et l'avait confiée à von Post.

Qu'est-ce qu'il croyait ? Qu'elle allait ravaler sa fierté, lécher ses plaies en silence et s'occuper bien gentiment de son fichu dossier de fraude fiscale ? Pour qui la prenait-il ?

Je n'y retournerai jamais, songea-t-elle.

Le Morveux somnolait au pied de son lit. Il se réveilla en la sentant bouger et remua la queue. Il était toujours de bonne humeur au réveil. Elle ferait aussi bien de se lever et d'allumer le poêle.

Le chien bondit vers la porte et demanda à aller faire pipi.

« D'accord, d'accord », lui dit-elle en enfilant ses chaussures.

Dehors, l'obscurité avait cette profondeur qu'elle réserve à la fin de l'automne, peu avant l'arrivée des premières neiges. Ce noir qui absorbait la pâle lueur de la lune et les lumières électriques des maisons du village où les gens continuaient de vivre leur vie, comme si de rien n'était. Au bord de la rivière, silencieuse et tranquille, les bateaux et les embarcadères avaient déjà été sortis de l'eau en prévision de la glace qui pouvait tout figer d'un jour à l'autre, à présent.

Le Morveux disparut dans la nuit. Rebecka l'attendit dans le faible halo de la lampe de sa terrasse. Elle sentait son corps vibrer d'impatience et avait une terrible envie de fumer.

Que vais-je faire de ma vie ? se demandait-elle. Où vais-je aller ?

Soudain, le chien se mit à aboyer. Ou plutôt à grogner. Un grognement de peur, de défense, de mise en garde. Elle l'entendait aller et venir, tourner en rond. Puis une voix perça l'obscurité :

« Salut, Rebecka. Ce n'est que moi. Maja. » Une lampe de poche s'alluma du côté de la grange.

« Bonjour petit chien. Je t'ai fait peur ? Ne t'inquiète pas, je ne suis pas dangereuse. »

Le Morveux continua d'aboyer et de tourner autour de la visiteuse jusqu'à ce que Rebecka le rappelle. Ils avancèrent ensemble vers le faisceau de la torche. Au fond de la gorge du jeune chien grondait encore une inquiétude sourde. Il ne faisait pas confiance aux étrangers qui venaient fouiner la nuit sur son territoire.

« Ce n'est que moi », répéta Maja Larsson en dirigeant la lampe vers son propre visage, lui donnant un air fantomatique avec des cernes sombres sous les yeux et un teint livide.

Puis elle baissa la torche qui éclaira à ses pieds un important nombre de mégots. Une odeur de tabac froid se mélangeait au parfum automnal des végétaux en décomposition.

Depuis combien de temps est-elle là ? se demanda Rebecka.

« Excuse-moi, dit Maja. Je ne voulais pas vous faire peur. »

Elle gratta la tête du chien et le laissa lui lécher les mains.

« C'est de ma faute ? C'est à cause de moi qu'ils t'ont enlevé l'enquête ? »

Rebecka secoua la tête. Comprit que l'autre ne pouvait pas la voir dans le noir.

« Non », dit-elle.

Maja éteignit sa lampe, la fourra dans sa poche et alluma une énième cigarette.

« J'ai beaucoup pensé à toi », poursuivit-elle.

Elle avait une voix grave et rauque, au sens agréable du terme. Une voix nocturne qui allait bien avec l'obscurité.

Le Morveux s'était éloigné. Elle l'entendait courir dans le noir et renifler à droite, à gauche.

« Et à ta mère, aussi. C'était comme si elle m'accompagnait partout où j'allais. Même dans mes rêves. Alors, je n'ai pas pu m'empêcher de venir ici pour attendre que tu te réveilles. Je me suis dit que tu te levais tôt pour faire sortir les chiens. Je voulais m'excuser de ne pas t'avoir dit que Sol-Britt avait une aventure. Je ne sais pas qui était le gars, mais j'aurais dû t'en parler quand même. Je crois que je n'avais pas très envie de me mêler de cette affaire.

– Ça n'a pas d'importance. Ils m'auraient retiré l'enquête de toute façon.

– Ce procureur est un connard. Il se fout complètement de savoir qui a tué Sol-Britt. Tout ce qui l'intéresse…

– Je sais.

– Ta mère…

– Écoutez, la coupa Rebecka d'une voix douloureuse. Je sais que cela part d'un bon sentiment, mais je préfère ne pas entendre parler d'elle. »

Elle dut s'interrompre parce qu'elle avait une boule dans la gorge.

Qu'est-ce qui m'arrive ? se demanda-t-elle.

« Je vais te parler d'elle quand même, répliqua Maja doucement. Écoute-moi cinq minutes et ensuite je te laisserai tranquille. Et peut-être qu'elle aussi voudra bien me laisser tranquille. »

Rebecka se tut.

« Je sais ce que les gens du village disent de ta mère. Ils disent qu'elle est venue de la ville, toute jolie et élégante. Qu'elle a séduit ton père. Puis qu'elle s'est lassée de lui et qu'elle est retournée vivre à Kiruna en t'emmenant avec elle. Ils disent que c'est sa faute s'il s'est mis à boire. Je suis sûre que c'est l'histoire que tu as entendue. Et aussi que, plus tard, elle t'a ramenée et t'a abandonnée ici pour suivre un nouvel amoureux dans l'île d'Åland avec qui elle a fait un autre enfant, avant de se tuer en voiture.

– Pas tout à fait, riposta Rebecka, agressive. Elle s'est fait écraser sur la route… Elle n'était pas dans la voiture… Elle était sortie…

– Avec ton petit frère, je sais. Il était dans son couffin.

– Lui, je ne le connaissais pas, alors…

– Laisse-moi te dire une chose. Avant qu'il rencontre ta mère, les gens disaient déjà de ton père qu'il était trop gentil. Mais la vérité, c'est que c'était un faible. Et ce n'est pas la même chose, tu vois. Par exemple, il travaillait de temps en temps pour un transporteur de Gällivare. Parfois, au lieu de lui donner de l'argent, on le laissait se servir dans les outils qu'il était censé livrer chez des clients. Des outils qui n'appartenaient pas à la société de transport, tu comprends ? Mikko le savait très bien. Son employeur ouvrait la caisse et il le regardait voler les outils. Ton père détestait ça. Mais il n'avait pas le courage de refuser. En guise de salaire, il est même arrivé qu'on lui refile des épaves de voitures qu'il pourrait bricoler pour les revendre. Sauf qu'il n'était pas mécanicien et que du coup, il s'est retrouvé avec deux vieilles 2 CV en train de pourrir dans la cour de ta grand-mère. Tout cela ne plaisait pas à ta grand-mère, mais elle, c'était pareil, elle n'était forte que dans sa propre maison. Sortie de chez elle, elle n'osait plus rien dire. On le payait aussi quelquefois en gasoil. Le chauffeur le touchait au prix hors taxes, mais il payait ton père en carburant au prix à la pompe. Les cotisations sociales et les points retraite, je ne t'en parle même pas. Ton père n'a jamais été déclaré, bien sûr. »

Maja alluma une nouvelle cigarette avec la braise de la précédente. Elles entendaient le Morveux creuser comme un possédé du côté de la grange et japper d'excitation. Un campagnol, sans doute. Parti depuis belle lurette. Mais la trace olfactive était encore présente et totalement irrésistible pour le jeune chien.

« Après ça, il a travaillé chez Sven Vajstedt, reprit Maja. Sven avait une pelle mécanique. Ils se sont associés et ton père a fait un emprunt à la banque pour acheter un Dumper, un petit camion avec une benne basculante. C'était Sven qui avait la tchatche et qui décrochait les marchés. D'une façon ou d'une autre, ils se sont retrouvés au bout d'un moment à partager tous les frais, mais étrangement les bénéfices semblaient s'arrêter en chemin, dans la poche de Sven. Ta mère a mis fin à tout ça. Elle a sorti ton père et son Dumper de l'entreprise de Sven et il a commencé à rouler pour son propre compte. Elle faisait les factures et n'acceptait que des règlements en cash. Elle lui trouvait des commandes, aussi. Mais l'entreprise appartenait à ton père et à ta grand-mère et tout l'argent était réinvesti dans la ferme. C'était l'époque des premiers voyages en charter. Ta mère avait envie de voyager. Mais pas question. Partir à l'étranger ? Mais pour quoi faire, grands dieux ! »

Rebecka l'écoutait en silence, sans bouger. Maja se mit à rire.

« Ta maman aimait danser. D'ailleurs, ils s'étaient rencontrés à un bal. Mais ensuite, il ne l'a plus jamais emmenée danser. Quant à la légende qui veut qu'il se soit mis à boire après qu'elle l'a quitté, elle n'est pas tout à fait vraie. Il buvait déjà beaucoup avant.

– Je ne comprends pas ce que vous me voulez », dit Rebecka, la gorge nouée.

Le Morveux vint les rejoindre et s'assit près de Rebecka avec un gros soupir.

Il voulait son petit-déjeuner, à présent.

Maja écrasa sa cigarette avec le pied.

« Je voulais juste te dire tout ça. En ce moment, je m'occupe de ma mère qui est mourante. Parfois, j'ai simplement envie que ça se termine le plus vite possible, pour pouvoir quitter son chevet et partir de Kurravaara. Les gens ont souvent de bonnes raisons d'être en colère. Et tu as des raisons d'être en colère. Mais la vie passe trop vite. Salut. »

Elle repartit comme un élan qui disparaît tranquillement dans l'obscurité. Rebecka n'eut pas le temps de répondre. Elle n'en aurait pas été capable de toute façon.

Qu'est-ce qui m'arrive ? songea-t-elle à nouveau. J'en avais fini avec tout ça. Je dois vraiment être folle. Pourquoi suis-je revenue vivre ici ?

Elle voyait constamment son père dans cette maison. L'endroit où il enlevait ses chaussures avant d'entrer. Et sa mère assise à la table de la cuisine penchée au-dessus de *Allers*, son magazine féminin. Sa grand-mère toujours en train de vaquer à une tâche ou à une autre, de nourrir ou d'abreuver un animal ou un enfant, un commis qui faisait sa pause, un voisin qui passait boire un café.

Si seulement quelqu'un pouvait me serrer dans ses bras, maintenant. Le temps que ça passe.

Elle pourrait téléphoner à Måns. Mais à quoi bon ? Elle n'était même pas en état de parler. Si c'était pour pleurnicher !

Et puis qu'est-ce que cela changerait ? Tous ceux qui comptaient avaient disparu.

Elle alla chercher son téléphone. Elle avait un message. Il était de Krister.

« Appelle-moi dès que tu auras ce message, disait-il. Il s'agit de Marcus. »

En ce samedi 8 août, le directeur Lundbohm reçoit autour d'un festin d'écrevisses. Les crustacés sont arrivés vivants du marché d'Östermalm, à Stockholm, dans des caisses remplies de glace et de sciure. Grâce à Elina, Flisan est capable à présent de consulter le livre de cuisine *Hemmets Kokbok* pour lire la recette. Avec l'aide des filles de cuisine, elle jette les écrevisses vivantes dans une grande marmite en cuivre pleine d'eau bouillante et les regarde mourir d'une mort atroce, virant à l'écarlate parmi les brins d'aneth. Puis elle les dispose dans de grands plats sur un lit de glace pilée.

Elina fait partie des convives. Elle s'est offert pour l'occasion une rose samie montée en broche et un long sautoir qui lui ont été expédiés par la poste.

Le directeur a invité tous ceux qui œuvrent pour le bien de la ville. Ils doivent être encouragés et distingués. Il prononce un discours de bienvenue et les appelle « mes amis ». Le roi a déclaré il y a moins d'une semaine que la Suède adopterait une totale neutralité et la population a cessé de se rassembler le soir dans les rues pour s'informer, propager des rumeurs et exiger des actes. Beaucoup affirment que la guerre ne durera pas et que Kiruna, comme tout le royaume neutre de Suède, a de l'argent à gagner en attendant qu'elle se termine, comme ce fut le cas au moment de la guerre de Crimée. Une trentaine de personnes dînent, coude à coude autour de la grande table de la salle à manger. Il y a les représentants du conseil d'administration de l'école et ceux des services sociaux. Il y a le directeur des chemins de fer pour le tronçon du Nord qui discute avec l'apothicaire de la ruée insensée de la population sur les denrées de première nécessité, les aliments fumés et salés, les conserves et les biscuits. Et évidemment sur la farine. En particulier sur la farine. Même pendant la grande grève, on n'avait pas observé semblable frénésie.

Björnfot, le commissaire de police du district, est là avec sa triste épouse dont la haine pour Kiruna grandit jour après jour comme une tumeur monstrueuse. Elina tente d'engager une conversation avec elle, mais doit vite y renoncer.

Le garde champêtre, qui a la réputation d'être un homme à femmes, plaisante avec Elina toute la soirée et lance des têtes et des carapaces d'écrevisses à son chien qui finit par vomir sur le tapis en peau d'ours du directeur.

Le doyen des Samis, Johan Tuuri, s'exclame, jovial, qu'il n'a jamais rien mangé d'aussi bon, agite des pinces de crustacé et improvise un petit spectacle de marionnettes dont les protagonistes ne sont autres que deux belles écrevisses.

Le vicaire avale un verre de schnaps après l'autre tandis que le pasteur se plaint de brûlures d'estomac et ne boit que de la bière.

Le médecin du district a l'air épuisé et menace de s'endormir sur sa chaise, mais après son cinquième verre d'eau-de-vie, il semble soudain ressuscité et se révèle être un grand amateur de chansons paillardes.

Les ingénieurs ont du mal à parler d'autre chose que de la mine et leur obsession du minerai semble s'aggraver en proportion de leur consommation d'alcool.

Quelques hommes d'affaires et le président d'une société de transport ont également été conviés à la réception.

Les musiciens de l'orchestre municipal chargé d'animer la soirée sont invités à boire un dernier coup dans la cuisine avant de partir en titubant dans la nuit.

Fasth, le régisseur général de la mine, bras droit de Hjalmar Lundbohm, fait un discours en l'honneur de son P-DG. À ce stade, son chapeau de fête a glissé sur sa nuque et sa serviette bariolée flotte dans la glace fondue du plat d'écrevisses.

Fasth est un homme corpulent. La bonne chère et les alcools forts ont façonné son corps comme son esprit. Il ne sourit jamais. Sa tête et son torse ressemblent à des boules posées l'une sur l'autre. Il n'est pas déprimé comme l'épouse du préfet, ni las et désabusé comme le médecin du district. Non, le directeur général est aussi sinistre que le creux de l'hiver avec ses crissements, ses craquements et son immobilité. Il est dur comme le fer de la mine. Il méprise en secret la faiblesse du préfet et du directeur Lundbohm. Lui n'a aucun mal à faire marcher les gens au pas. Il n'a pas peur d'expulser, de licencier, d'affamer, d'humilier. La terreur dans les yeux des pauvres gens le laisse froid.

Malgré sa petite taille, il a de la force. Peu de gens seraient capables de le battre au bras de fer. Parmi les convives de ce soir, seuls le préfet et le garde champêtre pourraient éventuellement y prétendre.

Il débite son discours de remerciement tout en se disant que c'est grâce à lui si le directeur est à la place où il est aujourd'hui.

Cet imbécile qui se targue d'être un philanthrope et un humaniste, ce mondain qui fréquente des barbouilleurs, des homosexuels et des femmes avec du poil sur la poitrine comme Lagerlöf et Key, que le diable les emporte.

Et puis tous ces voyages. Pendant que le directeur sillonne le monde et prend du bon temps, Fasth, lui, fait fonctionner la ville, surveille les ouvriers, fait en sorte que chacun reste à sa place. Et que le minerai soit extrait.

Et cette petite effrontée d'institutrice assise en face de lui à table. Il reluque sa poitrine et sa taille tout en parlant. C'est une belle petite garce, ça. Mis à part ces idées qu'elle a dans la tête. Elle aussi, il aurait vite fait de la remettre à sa place, s'il en avait l'opportunité. Il a vu l'institutrice et le directeur échanger des regards au cours du dîner. Ah la coquine ! Il se demande ce qui l'intéresse chez lui, à part l'argent, évidemment. Dès demain, il vérifiera quels sont ses appointements.

Flisan envoie les filles débarrasser la table, puis elle fait servir la tarte aux pommes chaude avec de la crème fouettée. Il n'y a pas de pommiers dans ces régions septentrionales et les fruits sont également arrivés chez le directeur dans des caisses en bois, chaque pomme enveloppée individuellement dans un morceau de papier journal.

Flisan observe depuis le pas de la porte la façon dont le régisseur général Fasth regarde Elina. Un regard torve, caché sous des paupières mi-closes. La bouche entrouverte. Mais derrière cette mollesse apparente, on sent le prédateur. Le grand brochet, l'été dans les roseaux, prêt à attaquer.

En posant le dessert devant son amie, elle lui glisse à l'oreille :

« Trouve une excuse pour sortir de table. Et viens me rejoindre dans la cuisine. »

Elle veut conseiller à Elina de rentrer directement chez elles. Elle sait qu'il faut se méfier du superintendant Fasth. En plus, ce soir, il a trop bu. C'est un homme dangereux pour les femmes.

Elina ne vient pas dans la cuisine. L'eau-de-vie l'a rendue euphorique et bavarde. Elle n'a peut-être pas entendu ce que Flisan lui disait car la compagnie est très bruyante à présent.

Il est l'heure de servir le cognac au salon et la majorité des femmes en profitent pour rentrer chez elles. Mais Elina reste. Fasth dit à peine au revoir à son épouse lorsqu'elle remercie le directeur pour cette amusante soirée avant de partir. Elle ne prend pas la peine d'essayer de convaincre son mari de l'accompagner. Peut-être est-elle contente d'être débarrassée de lui, soulagée à l'idée qu'il puisse calmer ses pulsions mâles ailleurs qu'entre ses cuisses.

Flisan fait la vaisselle et court dans tous les sens avec des torchons et des plateaux afin d'avoir fini son travail au moment où les derniers invités prendront congé.

Elle n'a pas tout à fait terminé quand ils remercient leur hôte sur le pas de la porte. Au moment où Elina s'en va, Flisan est occupée à ramasser les verres à cognac et les assiettes de friandises qu'elle doit encore laver et ranger avant de pouvoir s'en aller.

Flisan voit le régisseur général Fasth prendre Elina par le bras et promettre au directeur qu'il veillera personnellement à la raccompagner.

Une fois sorti, il lui agrippe le bras avec autorité et l'entraîne avec lui sans que personne n'ait eu le temps de dire ouf.

Elina sent le malaise l'envahir, son bras est pris dans un étau et le superintendant Fasth ne semble pas se rendre compte qu'il marche au pas de charge et la fait trébucher.

Les belles nuits claires de l'été sont passées et elle est seule avec cet homme qui pue l'alcool et la traîne derrière lui.

Dans la rue Iggesundsgatan, alors qu'ils viennent de passer l'épicerie Silfverbrand, il la pousse brusquement dans une cour. Il y fait aussi sombre que dans un four, une lune pâle éclaire vaguement une série de tonneaux et de charrettes à bras, une carriole et quelques caisses vides.

Fasth la pousse contre le mur d'une remise à bois.

« Tout doux, halète-t-il parce qu'elle commence à se débattre. Elle ne va pas faire la difficile avec moi tout de même... »

Il ferme violemment les doigts sur sa poitrine.

« Allez ! Pas de manières. Elle ouvre déjà ses cuisses à Lundbohm et probablement à un tas d'autres... »

La bouche humide de Fasth se promène sur son visage qu'elle s'efforce de détourner. Sa main tord son sein plus fort. Il l'écrase de tout son poids contre la paroi.

« Quand elle aura goûté à un homme, un vrai, elle n'ira plus jamais voir ailleurs. »

Il lui saisit le menton et colle ses lèvres sur les siennes, forçant le passage de sa grosse langue.

Alors elle le mord de toutes ses forces et le sang du régisseur Fasth explose dans sa bouche.

Il pousse un juron et la main qui enserrait le sein d'Elina à le broyer vole à ses lèvres ensanglantées.

Elle reprend son souffle et hurle à pleins poumons :

« Lâchez-moi ! »

Elle a crié si fort qu'elle a dû réveiller tout le quartier.

Son cri lui donne une force insoupçonnée et elle parvient à repousser son agresseur.

L'homme est ivre et c'est sans doute ce qui permet à Elina de se dégager avant qu'il ait retrouvé son équilibre.

Elle sort de la cour comme une poule poursuivie par le renard, l'entend crier dans son dos :

« Ça, tu vas me le payer, petite garce ! »

Krister Eriksson se réveilla de bonne heure. Il avait froid dans la tente parce qu'il avait prêté son sac de couchage d'hiver à Marcus, le chien perdu, et dormi dans son sac de couchage d'été. Tintin était collée à lui. Elle se réveilla en le sentant s'étirer et lui lécha la figure. Il faisait vraiment trop froid. Il fallait qu'il se lève.

Et puis, il avait envie de chiquer.

Roy était couché à ses pieds. Aussitôt qu'ils le sentirent bouger, les deux chiens bondirent sur leurs pattes et se mirent à tourner en rond dans la petite tente. Dès qu'il eut remonté la fermeture éclair, ils se ruèrent à travers l'étroite ouverture et filèrent faire leur pipi du matin au bout du jardin.

Krister passa la tête dehors. Il fut soulagé de voir que la première neige n'était pas encore tombée. Il sortit à quatre pattes et alla jeter un coup d'œil dans la niche. Roy et Tintin avaient entrepris de faire le tour de la maison, le nez collé au sol.

C'était une niche toute simple, sans chauffage, qu'il avait fabriquée lui-même, en une journée. La porte consistait en trois bandes de caoutchouc épais qui n'empêchaient pas le froid d'entrer mais qui coupaient du vent. Le système avait l'avantage de permettre aux chiens d'entrer et de sortir à leur guise.

Il écarta le rideau de caoutchouc. Marcus dormait tranquillement, Vera blottie contre lui. Il n'avait sûrement pas froid. Il était allongé sur une peau de renne et Krister avait étalé une couverture par-dessus le sac de couchage.

Il avait réveillé Vera. Elle se glissa dehors aussitôt.

« Je n'y peux rien », expliqua-t-il, honteux, aux chiens, en plongeant dans le container dont il sortit le sac-poubelle qu'il y avait jeté la veille et en fouillant dans les ordures pour retrouver sa boîte à tabac souillée. « Oui, je sais, c'est indigne ! »

Les chiens le suivirent à l'intérieur de la maison, réclamant leur petit-déjeuner. Krister cala une bonne dose de tabac sous sa lèvre inférieure et mit son café en route bien qu'il ne soit que cinq heures moins le quart.

Il prit dans le congélateur un sachet de mûres arctiques de l'année, espérant que Marcus les aimait. Par précaution, il prit aussi un sachet de myrtilles. S'il faisait des crêpes, une petite confiture de baies serait la bienvenue. Il pourrait proposer à Sivving et à Rebecka de venir les manger avec eux.

Si on ne vient pas chercher Marcus d'ici là, se rappela-t-il.

Il fit sa gymnastique, quelques abdominaux, des pompes, une série de squats et des étirements. Puis il régla ses factures et passa l'aspirateur dans toute la maison. Il était obligé de le faire tous les matins à cause des chiens qui laissaient des poils partout.

Vera gratta à la porte pour sortir. Krister regarda l'heure, il aurait préféré laisser dormir le gamin tout son saoul. S'il la laissait faire, la chienne allait probablement le réveiller. D'un autre côté, si on lui avait donné le choix, ce serait sans doute comme ça que Marcus aimerait être réveillé.

Roy et Tintin étaient allés se coucher sur le canapé du salon. Ils n'avaient visiblement l'intention d'aller nulle part.

Vera remuait la queue en le regardant. On aurait dit qu'elle avait tout compris. Que cette chienne qui avait vu son maître se faire tuer savait ce que ce petit garçon avait traversé. Qu'elle s'était chargée de l'aider à s'en sortir.

« Et moi, j'ai besoin de ton aide », dit Krister à la chienne en lui ouvrant la porte.

Il alla se poster devant la fenêtre de la cuisine d'où il pouvait voir la niche. Vera apparut à l'angle de la maison et se dirigea tout droit vers le chenil.

Elle s'arrêta devant.

Pourquoi est-ce qu'elle n'entre pas ? se demanda Krister.

La chienne poussa un aboiement. Aigu et alarmé. Puis elle entra la tête dans la niche et la ressortit aussitôt. Aboya à nouveau.

Il y avait quelque chose d'anormal ! Krister se précipita dans le jardin en chaussettes. Il tomba à genoux devant la niche et écarta les bandes en caoutchouc.

Marcus dormait toujours, mais juste derrière le rideau brûlait un récipient de Pyrogel.

L'estomac de Krister se tordit de peur. Du gel combustible ! Mais où le gamin avait-il trouvé ça ?

Il s'empressa de porter la barquette dehors et de la retourner dans l'herbe humide. La flamme s'éteignit avec un grésillement. Il retourna dans la niche et en sortit Marcus, avec sac de couchage, couverture et tout.

Il secoua le petit garçon encore endormi.

« Marcus ! Marcus ! Réveille-toi ! »

D'horribles pensées se bousculaient dans sa tête. Et s'il s'était retourné dans son sommeil et que le sac de couchage avait pris feu…

Il ne supportait pas d'aller au bout de cette pensée. Lui-même avait été gravement brûlé. Il était à peine plus âgé que Marcus quand l'accident était arrivé.

Pourquoi ne s'était-il pas réveillé ? Allumer du feu dans un espace restreint pouvait être fatal. Il était bien placé pour le savoir. Beaucoup de campeurs mouraient de cette façon, chaque année. Ils allumaient des bougies dans leur caravane ou leur tente, faisaient des grillades sur un camping-gaz à l'intérieur et glissaient lentement dans la mort, asphyxiés par le monoxyde de carbone.

« Marcus ! »

L'enfant était tout mou dans ses bras. Puis tout à coup, il ouvrit les yeux et le regarda sans rien dire.

Krister fut si rassuré qu'il faillit fondre en larmes. Il était content d'avoir avec lui Vera, qui s'était tranquillement mise à lécher Marcus pour lui dire bonjour. Marcus essayait en vain de la lécher à son tour.

« On ne doit pas allumer de feu dans une tente, dit Krister sévèrement. C'est dangereux. On peut s'asphyxier ou brûler vif ! Où as-tu trouvé cette boîte ? »

Marcus le regarda d'un air surpris.

« Ouah !

– Je te parle de ça ! »

Krister brandit sous le nez de Marcus la boîte de Pyrogel. Le petit garçon secoua la tête.

Krister eut la chair de poule, tout à coup. Il regarda autour de lui.

Au même instant, un jeune homme inconnu apparut. Ses

cheveux étaient rassemblés en une queue-de-cheval et ses yeux cachés derrière des lunettes noires d'inspiration sixties. Il portait une chemise blanche et une veste trop légère pour la saison. Une fille de son âge trottinait derrière lui. Elle était habillée d'un sweat à capuche et d'un jean baggy. Le genre de fille à vivre dans un squat et à envoyer des pierres sur la police montée, songea Krister. Instinctivement, il serra Marcus contre lui. Puis il le posa par terre, toujours enfermé dans son sac de couchage.

« Krister Eriksson ! s'écria le jeune homme. Puis-je vous demander pourquoi vous faites dormir Marcus dans la niche de vos chiens ? Est-ce parce qu'il menace votre sécurité ? Craignez-vous de le laisser dormir sous votre toit ?

– Hein ? »

La fille avait sorti un appareil d'un sac qu'elle portait en bandoulière et s'était mise à faire des tas de photos.

Des journalistes.

« Sortez de ma propriété ! » aboya-t-il, pointant un index menaçant vers eux tout en dissimulant le visage de Marcus contre sa poitrine.

L'homme et la femme s'arrêtèrent exactement à la boîte aux lettres. Ils connaissaient la loi mais aussi leurs droits et il fallait plus qu'un policier avec une tête d'extraterrestre pour les faire fuir. La femme continua à mitrailler pendant que l'homme bombardait Krister de questions.

« Est-ce qu'il est dangereux ? Vous croyez que c'est lui qui a tué sa grand-mère ? C'est vrai qu'il doit être interrogé aujourd'hui par une psychologue de la police judiciaire ? »

Krister tremblait de rage contenue.

« Vous êtes complètement dingues ou quoi ? Foutez le camp de chez moi, immédiatement ! »

Il reprit Marcus dans ses bras. Appela Vera qui tournait, insouciante, autour des deux intrus.

« Ici ! J'ai dit ici ! »

Rebecka ne pouvait donc pas apprendre à cette chienne les ordres les plus élémentaires !

Marcus gigotait entre ses bras. Il n'avait aucune envie qu'on le porte. Il se mit à aboyer sur les journalistes pendant que Krister le portait jusqu'à la maison.

« Ouah ! Ouah ! »

Carl von Post avait mal dormi. Il avait rêvé qu'il serrait un câble métallique autour du cou de sa femme jusqu'à ce qu'elle soit toute bleue et gonflée comme un ballon de baudruche prêt à exploser. Le fil était entré dans la chair du cou et le sang commençait à perler. Il s'était réveillé en sursaut, pas certain de ne pas avoir hurlé et réveillé tout le voisinage.

Il ne comprenait pas pourquoi il faisait des rêves aussi étranges. Il avait dû manger quelque chose qu'il avait mal digéré. Ou alors, il était en train de tomber malade. En tout cas, il était sûr que cela n'avait rien à voir avec ce que cette femme, la cousine de la victime, avait dit à propos de son père et de son épouse. Cette hypothèse était tout à fait exclue. Maja Larsson était un personnage sans importance.

Carl von Post passa la tête dans le bureau de Rebecka Martinsson. Alf Björnfot, assis dans son fauteuil, était occupé à parcourir la pile des cas à plaider ce jour-là. Dix actes de procédure simple, représentant chacun une demi-heure de réquisitoire, s'empilaient sur la table de travail de la jeune procureure.

Merveilleux ! songeait von Post, sentant le malaise du réveil se dissiper.

Rebecka Martinsson avait mieux réagi, ou plutôt, elle avait beaucoup plus mal réagi qu'il n'osait l'espérer. Elle avait fait une scène digne de la pire des hystériques, elle avait insulté son supérieur et elle n'était pas venue travailler.

Bref, non seulement il avait repris son enquête, mais Rebecka passait pour une emmerdeuse, une lâcheuse et une folle furieuse. Il devait se retenir pour ne pas jubiler et garder une expression sombre et soucieuse.

« Beaucoup de travail ? » demanda-t-il, l'air grave.

Alf Björnfot lui lança un regard agacé.

« C'est ennuyeux qu'elle l'ait aussi mal pris, continua von Post qui retrouvait le sentiment d'euphorie qu'il avait enfant la veille de Noël. Je trouve inadmissible de sa part de laisser tout en plan et de vous obliger à faire toute la route depuis Luleå pour faire son travail… »

Son supérieur le coupa avec un haussement d'épaules.

« Elle a tellement bien préparé ses dossiers que je pourrais envoyer un robot à ma place. Elle a noté noir sur blanc tous les détails de chaque affaire, rédigé une liste de questions et même écrit une ébauche de réquisitoire. Je n'ai plus qu'à survoler les actes avant d'entrer dans la salle d'audience. »

Le mécanisme s'enraya dans la tête de von Post. Les chants de Noël se turent. Il aurait évidemment dû jeter un coup d'œil à ces dossiers. Jeter ces réquisitoires à la corbeille et mélanger les pièces dans les chemises.

« Je trouve son attitude inacceptable ! s'exclama-t-il. Elle a commis une grave faute professionnelle en ne se présentant pas à son poste ce matin. C'est un motif de licenciement. N'importe qui aurait au moins eu droit à un avertissement. »

Il fut très fier d'avoir réussi à suggérer de manière aussi subtile qu'on verrait comme du favoritisme de la part du procureur qu'il ne donne pas un avertissement à Martinsson. Et pour licencier les gens, il fallait d'abord leur donner un avertissement. Björnfot ne renverrait pas Rebecka. Il était trop lâche. Mais ce ne serait sans doute pas nécessaire. Von Post était prêt à parier qu'un simple avertissement la ferait démissionner.

« Je l'ai autorisée à prendre des vacances, répliqua Björnfot, sèchement. Et en ce qui me concerne, j'espère sincèrement qu'elle va me pardonner et qu'elle ne me donnera pas sa démission. Le cabinet Meyer & Ditzinger serait sans doute heureux de lui proposer une place d'associée si elle acceptait de retourner travailler là-bas. »

Von Post remarqua que son chef était un peu pâle. Souffrant. Malade.

« Dites-moi si je peux faire quelque chose », dit-il avec un sourire hypocrite.

Fred Olsson et Anna-Maria Mella apparurent dans le couloir à cet instant, les joues roses et très excités.

En apercevant von Post, leur humeur retomba aussitôt.

Von Post leur fit signe d'entrer.

« On ne va pas tarder à mettre la main sur lui », annonça Fred Olsson en tendant un papier à von Post.

Ils saluèrent Alf Björnfot d'une poignée de main sans chaleur. Anna-Maria le regarda d'un air dur. Alf prit note de leur attitude avec une certaine gêne.

« J'ai épluché les messages que Sol-Britt Uusitalo a reçus de son mystérieux ami, dit Fred. La dernière carte de téléphone a été activée il y a deux semaines. Les textos envoyés pendant la journée viennent d'une antenne située à Kiruna et les SMS expédiés le soir d'une antenne à Kurravaara. Samedi, il lui a envoyé un message en provenance d'Abisko.

– Elle a été tuée dans la nuit de samedi à dimanche, rappela von Post.

– Il n'y a qu'une heure de trajet entre Abisko et Kurravaara, répliqua Fred Olsson.

– La cousine de Sol-Britt Uusitalo, Maja Larsson, a révélé à Sven-Erik que Sol-Britt avait une liaison avec un homme marié et père de famille habitant Kurravaara », intervint Anna-Maria. Elle évitait toujours de regarder von Post en face. « Je peux me renseigner auprès de Sivving, le voisin de Rebecka. Il connaît bien le village. Il pourra nous dire si cela lui dit quelque chose. Un type qui aurait un chalet, ou quelque chose comme ça, du côté d'Abisko.

– Oui, faites ça, répondit Björnfot. Dès que possible. »

Il adressa un sourire hésitant à Anna-Maria mais elle l'ignora, tourna les talons et s'éloigna pour téléphoner.

Un peu de tension entre eux ne pouvait pas faire de mal, songea von Post, enchanté. Avec un peu de chance, la naine allait faire une crise d'hystérie, elle aussi. Ce serait trop beau !

Björnfot se tourna vers Fred Olsson.

« Vous avez pu savoir où la carte avait été achetée ?

– Oui, chez Be-We, le magasin de proximité.

– Allez-y et demandez-leur la liste des habitants de Kurravaara qui achètent ce genre de cartes prépayées chez eux », dit Björnfot.

Il se leva et mit sa veste pour aller mener les réquisitoires de Rebecka, se battre au nom de la société contre les gens qui urinent sur la place publique, conduisent des motos sans mettre de casque, contre les voleurs à l'étalage, les conducteurs en état d'ébriété et les pyromanes.

Dans cette région, tout le monde savait ce que faisait son voisin.

Dans le bureau, tout le monde s'était tu. Dans le corridor, on entendait Anna-Maria qui disait « oui » et « hum » et « merci, mais il faut que je... ». Elle dut répéter les mêmes « oui » et les mêmes « hum » plusieurs fois avant de réussir à raccrocher.

Tous avaient les yeux braqués sur elle lorsqu'elle revint.

Allez accouche, songeait von Post.

« Il s'appelle Jocke Häggroth, leur annonça Anna-Maria. Je n'avais jamais entendu son nom auparavant. Un type sans histoire, d'après Sivving. Une femme et deux enfants en âge d'aller à l'école. Il est soudeur chez Nybergs Mekanika et d'après Sivving, son frère possèderait une cabane de pêche sur le lac de Träsket, près d'Abisko. Il connaît deux autres personnes qui ont des cabanes dans ce coin, pour pêcher sous la glace. Ils ont des enfants aussi mais adultes. J'ai noté leurs noms. Tore Mäki. Sam Wahlund.

– Je suppose qu'en ce moment, les cabanes de pêche sont à terre ? dit von Post.

– Imprimez les photos des passeports des trois avant d'aller interroger les employés chez Be-We, dit Björnfot. Ils reconnaîtront peut-être l'un d'entre eux. Et si c'est le cas, nous le ferons venir pour l'interroger. »

Anna-Maria acquiesça.

« On l'a. C'est allé vite. »

Presque trop vite, se disait von Post. Mais quand même, c'était du bon travail !

Il allait pouvoir réunir une conférence de presse dès cet après-midi. Entrer dans la salle. S'asseoir à la tribune. Il faudrait qu'il soigne l'introduction : « Je n'ai repris l'instruction de cette affaire que depuis hier et j'ai bien fait, puisqu'il semble que le résultat soit déjà là. » Non, pas *il semble que*, « puisque le résultat est là ». Plus percutant.

Il espérait que le coupable était effectivement le père de famille. C'était le genre d'histoires dont la presse était friande parce qu'elles faisaient vendre.

Le téléphone d'Anna-Maria sonna. Le nom de Krister Eriksson s'affichait à l'écran. Elle prit l'appel.

« Oui... oui... Quoi ? Qu'est-ce que tu dis ? »

« Elle doit avoir un souci avec ses enfants », chuchota Alf Björnfot à l'intention de von Post et de Fred Olsson.

À nouveau, le silence se fit dans le bureau tandis qu'Anna-Maria écoutait son interlocuteur.

Elle raccrocha. Le téléphone au bout du bras, elle regarda Alf Björnfot d'un air grave.

« C'était Krister Eriksson, dit-elle enfin. On a essayé d'assassiner Marcus. »

« Rebecka m'a conseillé de passer. »

Krister s'était rendu au commissariat. Marcus jouait au chien perdu avec Vera dans le couloir pendant que Krister, Anna-Maria et von Post conféraient à voix basse dans le bureau de cette dernière.

« Je ne comprends même pas pourquoi vous avez appelé Rebecka Martinsson en premier, renâcla von Post. C'est moi qui dirige cette enquête.

– Quoi qu'il en soit, voici la boîte de pâte combustible, répliqua Krister, leur tendant l'objet dans un sac en papier. Je me suis dit que vous pourriez peut-être relever des empreintes.

– C'est sûrement le gamin qui a apporté ça dans la niche et qui l'a allumé, riposta von Post, acceptant le sac à contre-cœur.

– Je n'ai pas de pâte combustible chez moi et je ne vois pas comment il se la serait procurée ailleurs. Et où sont passées les allumettes ? Je vous assure que quelqu'un a mis ce truc dans la niche pendant que j'étais dans la maison.

– Quelle idée aussi… laisser ce gosse dormir dans une niche ! lui reprocha von Post, acide. Dans une demi-heure, l'histoire sera dans tous les journaux. "La police de Kiruna garde un petit garçon traumatisé dans la niche des chiens." »

Krister Eriksson ne releva pas.

« Cela prouve en tout cas que le gamin a vu quelque chose, commenta Anna-Maria en prenant le sac en papier des mains de von Post. Sinon, pourquoi quelqu'un aurait-il voulu le tuer ? C'est très important, ce qui s'est passé ! Je dois aller chercher la spécialiste des interrogatoires d'enfants à l'aéroport de Umeå à treize heures vingt.

– Parfait, dit von Post en essuyant ses mains moites sur les jambes de son pantalon. Vous pouvez continuer à vous occuper de lui jusque-là ? » demanda-t-il à Krister Eriksson avec un geste vague en direction du couloir où, il y a un instant encore, Marcus tournait sur lui-même comme un chien qui pourchasse sa queue.

Krister acquiesça.

Il prit congé de ses collègues et sortit dans le corridor. Vera et Marcus avaient disparu. Une légère inquiétude lui vrilla l'estomac et il accéléra le pas. Le petit garçon s'était caché sous la table dans l'un des bureaux voisins. Vera, elle, s'était couchée sur le tapis.

Krister s'accroupit.

« Salut, dit-il d'une voix douce. Comment ça va ? »

Marcus ne répondit pas. Et il refusa de le regarder dans les yeux.

« Comment va le chien perdu ? insista Krister, doucement. Est-ce qu'il a faim ? Ou soif ?

– Le chien perdu a très peur, dit Marcus en chuchotant. Il s'est caché.

– Ah bon ? » murmura Krister en priant Dieu de lui prêter

l'intelligence et la diplomatie nécessaires. « Pourquoi le chien perdu a-t-il aussi peur ?

– Parce que toute sa famille de chiens est morte. Des chasseurs sont venus les tuer et creuser des trous pour qu'ils tombent dedans et qu'ils s'empalent. Ils avaient mis d'autres pièges aussi, et…

– Et ? »

Marcus se tut.

« D'accord, dit Krister au bout d'un moment. Est-ce qu'il y a un endroit où le chien perdu se sentirait en sécurité ? »

Marcus hocha la tête.

« Avec Vera et toi, il n'a pas trop peur.

– Alors heureusement que je suis là, dit Krister en s'approchant encore un peu plus. Est-ce que tu crois que le chien perdu voudrait venir avec moi ? »

Le petit garçon lui tendit les bras.

Que faire ? se demandait Krister en le soulevant. Marcus s'accrocha à son cou et Krister se leva.

Que faire de ce petit bonhomme qui n'avait plus un seul adulte dans sa vie ? Il chassa de sa tête la colère qu'il ressentait à l'égard de la mère de Marcus qui refusait de s'occuper de son fils. Je ne sais rien d'elle, après tout ! se sermonna-t-il. Cela ne sert à rien que je me mette en colère.

Il s'assit dans le fauteuil du bureau, Marcus sur ses genoux. Au bout de quelques secondes, il sentit que sa cuisse était mouillée. Il y avait une tache humide sur le tapis en dessous du bureau.

« Pardon, dit Marcus.

– Ça n'a pas d'importance. » Krister déglutit, bouleversé. « Ce sont des choses qui arrivent. Allez, viens là. Tu peux t'appuyer contre moi, si tu veux. On va rester assis comme ça un petit peu. Ensuite, on ira te chercher des vêtements secs. Je vais te porter jusqu'à la voiture, si tu es d'accord. »

Krister posa sa joue sur les cheveux de Marcus.

N'aie pas peur, petit chien perdu, je suis là, songeait-il. Je vais veiller sur toi.

« Tu es très fort ! Tu peux me porter, chuchota Marcus tout près de son oreille. Et les chasseurs ne me verront pas.

– Non, les chasseurs ne verront rien du tout. »

Krister sentit ses yeux s'embuer.

« Je te promets de te protéger. Tu n'as pas besoin d'avoir peur. Parce que je suis très très fort. »

À la table de sa cuisine, Rebecka Martinsson faisait des gribouillis au dos d'une enveloppe prise dans une pile de courrier à trier. Elle venait de parler à Krister au téléphone. Il était convaincu que ce n'était pas Marcus qui était allé chercher la barquette de combustible et qui l'avait allumée.

« Tu sais pourquoi j'en suis sûr ? Parce que c'est une évidence. Où Marcus aurait-il trouvé le gel et une boîte d'allumettes ? Et surtout, je l'avais enveloppé bien serré dans une couverture après qu'il s'était endormi. Un petit gars de son âge ne serait pas arrivé à se remettre dans son sac de couchage et à se border tout seul. Quand je l'ai sorti de la niche ce matin, il était exactement emmitouflé comme hier soir. »

Il n'y a pas de hasard, songea Rebecka. Sa mort serait passée pour un accident. Un de plus.

Elle gribouillait au dos de l'enveloppe, dessinait des cercles, écrivait des noms, traçait des croix sur les morts.

Hjalmar Lundbohm était le grand-père paternel de Sol-Britt. Sa grand-mère paternelle, l'institutrice, avait été victime d'un meurtre. Le père de Sol-Britt avait été emporté par un ours il y a quelques mois. Elle-même venait d'être assassinée.

Son fils s'était fait renverser il y a trois ans par un chauffard qui s'était enfui. Et à présent, quelqu'un semblait avoir tenté de tuer son petit-fils, Marcus.

La première chose qui venait à l'esprit était que celui qui avait tué Sol-Britt savait que le gamin avait vu quelque chose et que, pour l'instant, il n'avait rien dit à personne. Sinon, on en aurait parlé. La mort du père de Sol-Britt et l'accident de la route de son fils n'avaient sans doute rien à voir avec son assassinat. Pourquoi ces évènements seraient-ils liés ?

Les gens meurent, se dit-elle. Tôt ou tard.

Rebecka posa le doigt sur le cercle dans lequel elle avait inscrit le nom du fils de Sol-Britt.

Je vais quand même essayer d'en savoir un peu plus sur cet accident de la route et ce délit de fuite.

On est en octobre 1914. La guerre réclame des tonnes de fer et d'acier. Un froid automnal mordant s'installe sur la montagne Les feuilles des bouleaux nains dansent dans la lumière comme des pièces d'or et les tourbières se teintent de rouge.

Sa journée d'école terminée, Elina part rejoindre Hjalmar Lundbohm. Il a été longtemps en voyage, mais à présent, il est de retour à Kiruna. Elle doit se contrôler pour ne pas se mettre à courir dans Iggesundsgatan.

Il lui a tellement manqué. Il ne lui a pas écrit une seule fois pendant son absence. Le cœur des hommes fonctionne étrangement, songe-t-elle.

Elle s'aperçoit tout à coup qu'elle a oublié son cardigan dans la classe. Quelle tête en l'air je suis ! se dit-elle.

Deux êtres cherchent l'amour. Le trouvent. Se perdent. S'aiment. S'anéantissent dans le processus amoureux. Elle a du mal à supporter l'idée qui lui vient ensuite. Qu'il ait pu rencontrer quelqu'un d'autre. Qu'il se soit lassé de son amour. Qu'il se soit couché un soir et réveillé le matin suivant en se rendant compte qu'elle ne lui convenait plus et qu'il avait faim de quelqu'un d'autre.

Ce n'est pas forcément ce qui est arrivé, se rassure-t-elle. Il peut y avoir des tas d'autres explications à son silence.

Le monde entier est en train de s'armer. Le directeur Hjalmar Lundbohm exporte du minerai de fer aux USA et au Canada et, bien sûr, au plus gros fabricant d'armes en Europe, les usines Krupp, en Allemagne. La Suède est neutre et elle vend à n'importe qui, du moment qu'on paye. Il travaille probablement nuit et jour. Il est absent depuis le 14 août.

Ce jour-là, les cloches de l'église sonnaient depuis l'aube, comme dans toutes les autres villes de Suède. C'était comme un défi avant la guerre, une façon de claironner que la Suède était prête à se défendre contre l'ennemi, si besoin était. Les sirènes de la mine avaient retenti à intervalles réguliers toute la journée. Plusieurs appelés étaient montés à bord du train en même temps que Lundbohm. Les pleurs des femmes et des enfants se mêlaient au tintamarre des cloches et au hurlement des sirènes. Elina était à la gare pour lui dire au revoir. Il était de très bonne humeur. Il l'avait prévenue qu'il serait sûrement absent très longtemps. En lisant la tristesse dans ses yeux, il avait promis de lui écrire. Il le lui avait promis.

Et pas une ligne. Au début, elle s'était dit que cela n'avait rien d'étonnant. Certains qualifiaient déjà cette guerre de guerre mondiale. Ensuite, elle s'était dit que s'il l'aimait vraiment, si elle lui manquait, il ne pourrait pas résister à l'envie de lui écrire, quitte à le faire la nuit, au lieu de dormir. Et pour finir, elle s'était dit qu'il pouvait aller au diable. Non, mais, pour qui se prenait-il ? Et pourquoi devrait-elle… ? Il y avait d'autres poissons dans l'océan. Il ne se passait pas un jour sans qu'on dépose une lettre devant la porte de l'appartement qu'elle partageait avec Flisan. Quelque soupirant l'invitant à prendre un café ou à l'accompagner faire une promenade.

La prochaine fois qu'il reviendrait à Kiruna, elle jurait qu'il la verrait au bras d'un autre ! Et s'il voulait la voir, elle serait occupée avec des devoirs à corriger et il n'aurait qu'à attendre qu'elle ait fini.

Elle a tout fait pour l'oublier, lu des tas de livres, évidemment. Mais elle s'est aussi inscrite dans toutes sortes d'associations. Flisan lui demande tout le temps de lui faire la lecture. « Lis-moi quelque chose, je ferai la vaisselle ! » propose-t-elle. Elina a même accompagné Flisan à son club des gens de maison et à une réunion de l'Armée du Salut où elles ont écouté un concert de cordes.

Flisan aime la compagnie. Son fiancé, Johan-Albin, la vénère, mais il ne l'accompagne jamais à l'église, ni à son club des gens de maison. Il y a tout de même des limites à ce qu'il est prêt à faire pour elle, comme il dit.

Toutes les bonnes résolutions d'Elina ont fondu comme neige au soleil aussitôt qu'elle a appris le retour de Hjalmar et elle court vers lui à présent, oubliant son cardigan.

C'est exactement comme dans les Écritures. Elle est la femme du Cantique des cantiques. Celle qui erre dans la ville à la recherche de son bien-aimé malgré les gardes qui la maltraitent et la moquent. « Il faut que je me lève, je ferai le tour de la ville par les rues et les places, je chercherai partout celui que mon cœur aime. » Et elle répète encore et encore : « Je suis malade d'amour. »

C'est comme ça. C'est l'amour. Une maladie qui court dans vos veines.

Elle ralentit en approchant de la demeure de Hjalmar Lundbohm. Son sang s'accélère quand elle l'aperçoit. Comme la truite saumonée juste avant de bondir, un frémissement lui traverse le corps tout entier. L'amour, ce traître qui l'habite et bat en elle comme un deuxième cœur. Puis vient une autre forme de tremblement, la peur, cette fois, car le régisseur général Fasth est là qui parle avec le directeur. Elle n'a pas revu Fasth depuis la soirée des écrevisses chez Hjalmar. Elle a raconté sa mésaventure à Flisan qui l'a mise en garde : « Tiens-toi à l'écart de ce type, c'est tout ce que je peux te dire, il est dangereux. » À quelques pas des deux hommes, Johansson, le responsable de la crèche, attend son tour pour parler au directeur Lundbohm.

C'est Fasth qui l'aperçoit en premier parce que Hjalmar lui tourne le dos. Elle avance vers le groupe d'hommes d'un pas aussi tranquille que possible et ce n'est qu'au moment d'arriver à leur hauteur qu'elle les salue en inclinant légèrement la tête.

Lundbohm s'exclame : « Mademoiselle Pettersson ! » Et les trois messieurs portent simultanément la main à leur chapeau, enfin, pas Johansson qui en guise de couvre-chef ne porte qu'un bonnet tricoté qu'il fait mine de retirer. Mais à ce moment-là, elle les a déjà dépassés, le cœur malade d'amour et de terreur.

Et à présent, elle doit se contenir pour ne pas s'enfuir en courant.

Ne courez pas, dit-elle sévèrement à ses jambes, sentant les regards dans son dos. Ne courez pas. Ne courez pas.

Les yeux du superintendant Fasth vont du directeur à Elina. Ah ! C'est donc à cela qu'elle joue, la coquine. Elle vient faire sa belle devant lui comme une grue à demi dévêtue pour lui montrer sa taille fine et sa poitrine généreuse. Et puis cette luxuriante chevelure blonde. Quant au directeur, il… il ne lui accorde pas un regard. Il attend que Fasth reprenne ce qu'il était en train de dire. Leur petite aventure serait-elle terminée ? La voie est libre, alors ? Quand le loup et l'ours ont fini leur repas, c'est au tour du corbeau et du renard de festoyer.

Cours, petit lapin, songe le régisseur général Fasth en suivant des yeux l'ondulation des fesses et la courbe des reins. J'arrive.

Dans la soirée, un jeune coursier apporte un billet à Elina.

« Ma chérie, dit le message. Tu es passée tellement vite que je n'ai pas eu le temps de te saluer comme il faut. Peut-être cette guerre t'a-t-elle éloignée de moi ? Peut-être tes sentiments ont-ils tiédi et peut-être as-tu trouvé quelqu'un d'autre pendant mon absence ? Si c'est le cas, je voudrais quand même rester ton ami et en tant que tel t'inviter à dîner ce soir. Est-ce que tu es libre ? Est-ce que tu en as envie ? Affectueusement. Ton Hjalmar. »

Elle ne voit que ces deux mots merveilleux : « Ma chérie ». Elle les relit encore et encore. Elle se précipite chez lui. C'est comme ça. Elle est follement amoureuse. Avant d'avoir eu le temps d'attaquer le dessert, ils sont déjà au lit.

Elle ne dit ni : Est-ce que tu m'aimes ? Ni : Est-ce que tu tiens à moi ? Ni : Qu'allons-nous devenir ?

Mais elle le regarde. Il dort comme si on l'avait assommé d'un coup de massue. Si au moins ils avaient bavardé un peu comme ils en avaient l'habitude. Si seulement il lui avait murmuré qu'il l'aimait avant de s'endormir comme un enfant entre ses bras. Mais non, il lui tourne le dos et s'endort. Elle se lève et va laver le sperme qui coule entre ses cuisses. Puis elle retourne dans le lit. Le regarde encore, incapable de s'endormir.

Ses pensées sont comme du sable de gravière. Elle a l'impression de respirer du sable. Bientôt, elle n'est plus qu'un gros tas de sable gris. Il ne l'aime pas. Elle n'est rien pour lui.

Alors, elle se rhabille et rentre chez elle dans la nuit. Il ne se réveille pas.

La glace recouvre le lac Luossajärvi. En cette nuit froide, elle s'épaissit presque à vue d'œil. Elle craque et grince. Les Lapons ont un nom pour cela, *Jåmidit*, la glace qui chante, gronde, alors que personne ne marche dessus.

Sur le chemin du retour, la glace chante aux oreilles d'Elina, elle pleure, gémit et craque.

« J'en suis quasiment sûre, répondit Marianne Aspehult, la caissière de chez Be-We, pointant du doigt la photo d'identité de Jocke Häggroth. Non, en fait, j'en suis certaine. Il fait souvent ses courses ici. En revanche, je ne me souviens pas s'il a acheté une carte de téléphone. »

Anna-Maria Mella regarda autour d'elle. C'était une petite boutique très mignonne dans laquelle elle n'avait jamais mis les pieds alors qu'elle existait depuis une éternité.

Marianne Aspehult regarda les photos de deux autres hommes qui, selon Sivving, possédaient des cabanes de pêche sur glace dans la région d'Abisko.

« Il est possible que ces deux-là fassent aussi leurs courses ici de temps en temps, mais je n'en mettrais pas ma main à couper. À vrai dire, je ne crois pas les avoir déjà vus. »

Anna-Maria hocha la tête.

« Merci, dit-elle.

– Excusez-moi de vous poser la question, dit Marianne Aspehult. Est-ce que cela concerne le meurtre à Kurravaara ? »

Anna-Maria secoua la tête, l'air désolée.

« Je comprends. Vous n'avez pas le droit de me répondre.

Prenez une friandise, proposa l'épicière. Ou le journal, si vous voulez. »

Les gens sont tellement gentils, songea Anna-Maria en quittant la boutique. Serviables et sympathiques. La plupart d'entre eux seraient incapables de tuer leur prochain.

Elle téléphona à von Post. Il était temps de convoquer Jocke Häggroth pour l'interroger.

Rebecka Martinsson se rendit à Jukkasjärvi. Matti, le fils de Sol-Britt, travaillait à la fabrique de glace pas loin de l'Hôtel de Glace.

C'était là qu'on découpait les blocs dont on se servait pour reconstruire l'hôtel chaque année, là que les artistes venaient chercher les morceaux de glace dans lesquels ils sculptaient leurs œuvres et là encore qu'on modelait des pièces sur commande avec un outillage spécial. On y fabriquait des verres en glace, des assiettes en glace et un tas d'autres objets destinés à équiper les infrastructures de l'hôtel, l'hiver suivant.

C'était une usine comme les autres, le bruit était le même, grincements de scies et hurlement des forets des perceuses. La seule différence était la température ambiante.

J'aurais dû prendre ma doudoune, se reprocha-t-elle.

Elle demanda à parler à Hannes Jarlsson, l'homme qui avait retrouvé Matti Uusitalo après qu'il s'était fait renverser. Elle avait lu dans le rapport assez succinct de l'affaire qu'ils étaient collègues.

Jarlsson travaillait à une petite scie qui débitait et ponçait des cristaux de glace de cinq centimètres de long.

Il éteignit sa machine et retira ses lunettes de protection et son casque antibruit en voyant approcher Rebecka.

« Ces petits bouts de glace vont servir à façonner une couronne en cristal. En ce moment, nous fabriquons toutes les pièces détachées avec le stock de glace dont nous disposons. Ensuite, sculpteurs et décorateurs s'occuperont des finitions. Puis nous n'aurons plus qu'à attendre l'hiver pour construire l'hôtel lui-même. Quand le travail est fini, en général, je pars faire la saison de ski à Björkis. »

Hannes Jarlsson avait une barbe noire et courte et il était encore très bronzé. Il avait l'air costaud, malgré un corps maigre et noueux. Il contemplait Rebecka avec un intérêt non dissimulé.

Un aventurier, se dit Rebecka. Il doit conduire des traîneaux à chiens et descendre des rivières en canoë-kayak. Le genre de type qui ne tient pas en place.

« On peut aller parler ailleurs, si vous voulez, dit-il avec un signe de tête signifiant qu'il avait remarqué qu'elle avait froid. Ça tombe bien, j'allais justement prendre ma pause. »

« C'était une véritable tragédie, dit-il quand ils furent installés au réfectoire avec chacun son mug de café. Il y a trois ans, maintenant, que Matti s'est fait écraser. Marcus n'avait que quatre ans. Si Sol-Britt n'avait pas été là… Et voilà qu'elle aussi… la fatalité continue… Comment va-t-il ?

– Je ne sais pas », répondit Rebecka. Elle souffla sur son café et poursuivit : « C'est un policier qui s'occupe de lui. Vous et le fils de Sol-Britt étiez des collègues de travail, n'est-ce pas ?

– Oui, c'est ça.

– Pouvez-vous me raconter… le jour où Matti… c'est vous qui l'avez retrouvé, je crois ?

– Euh, oui. Mais je croyais que vous enquêtiez sur la mort de Sol-Britt. »

Rebecka attendit patiemment sans relever sa question.

« Je ne sais pas quoi vous dire. Il est mort en faisant son jogging. Trois fois par semaine, il courait de Kurra jusqu'en ville. Il venait se doucher et se changer chez moi. À l'époque, j'habitais Kiruna. Ensuite, on revenait ensemble à Jukkasjärvi avec ma voiture, et le soir, il courait à nouveau, de chez moi à chez lui.

– Est-ce qu'il faisait ça à jour fixe ?

– Oui ! Le lundi, le jeudi et le vendredi. »

Rebecka hocha la tête, l'encourageant à poursuivre.

« Que vous dire de plus ? C'est arrivé un jeudi. On avait une livraison à préparer pour un glacier de Copenhague et ce n'était pas le jour pour arriver en retard. Je me suis impatienté en ne le voyant pas venir et j'ai téléphoné chez lui. C'est Sol-Britt qui m'a répondu. Évidemment, elle s'est inquiétée parce qu'il y avait belle lurette qu'il était parti et qu'il aurait dû être arrivé depuis longtemps. J'ai téléphoné au boulot et prévenu que je serais en retard et j'ai fait la route jusqu'à Kurravaara. Il n'y avait aucune trace de lui nulle part. Alors, j'ai refait la route en sens inverse et cette fois, je l'ai vu, parce que je roulais du côté où il était. Couché dans les buissons. C'était le printemps et les feuilles étaient encore petites. Si ça avait été l'été, je ne l'aurais probablement pas retrouvé. Il avait été projeté assez loin de la route. Pourquoi est-ce que cela vous intéresse ?

– Je ne sais pas. Il y a quelque chose qui me dérange dans cette histoire. » Rebecka s'essaya à un petit rire d'autodérision. « Mais je fais erreur, sans doute.

– Je ne crois pas que vous fassiez erreur… Moi aussi, j'ai

trouvé bizarre qu'il se fasse renverser comme ça. Sur une ligne droite. Avec une visibilité parfaite. En plein jour. Malgré les bandes réfléchissantes de sa veste de sécurité. Mais bien sûr, il y a des gens qui conduisent bourrés, ou sous médocs, et il y en a qui s'endorment au volant. Mais ils ne sont pas nombreux à prendre cette route-là à six heures et demie du matin et on sait qui ils sont. J'avais demandé à vos collègues s'ils allaient interroger les réguliers. Ils m'ont répondu qu'ils le feraient quand ils auraient un suspect. Je crois qu'ils ne l'ont jamais fait. Affaire classée. Accident de la route sans tiers identifié. »

Il se leva pour leur chercher un autre café.

« J'ai fait ma propre enquête à Kurravaara. Évidemment, j'étais sous le choc parce que c'est moi qui l'avais trouvé, mais surtout je n'arrivais pas à comprendre. J'ai pris deux jours de congé. Göran, mon patron, me les a donnés en me disant que je n'avais pas besoin de prendre un congé maladie. On était tous bouleversés. Et puis, on pensait au gamin. Pauvre gosse. Tout le monde savait que Sol-Britt… »

Il fit mine de soulever un verre et bascula la tête en arrière.

« … Et personne ne pensait qu'elle serait capable de s'occuper de lui. Sa mère, en tout cas, ne voulait rien avoir à faire avec lui. Matti s'était engueulé violemment avec elle. Il pensait qu'elle voudrait voir son fils de temps en temps, une semaine pendant les vacances d'été, au moins. Mais même pas. Elle a carrément fait une croix sur le gamin. Son propre gosse. Mais Sol-Britt s'est reprise en main comme elle a pu. Après que j'ai parlé avec la police et que j'ai compris qu'ils ne feraient aucun effort pour… bref, j'ai pris ma voiture et je suis allé traîner à Kurravaara. J'ai interrogé un type que je connaissais là-bas, parce que je savais qu'il partait travailler de bonne heure et qu'il lui arrivait parfois de prendre le volant alors qu'il n'était pas en état de conduire. J'ai inspecté au moins une dizaine de voitures à la recherche d'une bosse suspecte ou parce qu'elles venaient d'être lavées…

– Et ?

– Rien. Je ne sais pas pourquoi j'ai fait ça. Par acquit de conscience, je pense. »

Rebecka ne fit pas de commentaire. Ils se turent pendant un moment.

Et si ce n'était pas un accident ? se disait Rebecka Martinsson. Tout le monde savait qu'il courait trois matins par semaine sur ce trajet-là. Si j'avais voulu l'assassiner, c'est exactement comme ça que je l'aurais fait. C'était une bonne façon d'éviter la curiosité de la police. Quand tout le monde est persuadé qu'il s'agit d'un accident de la route, la police ne consacre pas des semaines à une enquête.

« Ho ! dit soudain Hannes, agitant la main devant le visage de Rebecka. Vous êtes encore là ? » Il sourit.

« Oui, répliqua-t-elle, lui rendant son sourire. Merci de m'avoir consacré un peu de votre temps. Et merci pour le café.

– Si j'ai pu vous être utile !

– Je n'en sais rien », répondit-elle, haussant les épaules.

Elle se leva.

« Vous étiez au courant qu'il était de la famille de Hjalmar Lundbohm ? dit-il, essayant de retenir l'attention de Rebecka quelques minutes supplémentaires. C'était son arrière-grand-père.

– On me l'a dit, oui. Et aussi que l'institutrice avec qui Hjalmar Lundbohm a eu un enfant, son arrière-grand-mère donc, a été assassinée.

– Ah bon ? Vous en savez plus que moi. Dites… il y a une

soirée *Surströmming* au pub vendredi. Leurs harengs fermentés sont incontournables. Il y aura les collègues et quelques amis. Et de la bonne musique *live*. Ça vous dirait de venir ?

– Je ne vais pas pouvoir, s'excusa Rebecka, mon petit ami vient me voir ce week-end. »

Et le pire, malheureusement, c'est qu'il risque de le faire, songea-t-elle.

Rebecka monta dans sa voiture et tourna le bouton de la radio jusqu'à ce qu'elle tombe sur *While My Guitar Gently Weeps* des Beatles. Au moment où elle montait le son, Anna-Maria l'appela sur son portable. Rebecka baissa le volume et répondit.

« Je crois qu'on a notre homme, annonça Anna-Maria, légèrement essoufflée. Le type qui couchait avec Sol-Britt Uusitalo. Je voulais juste te mettre au courant. On est en route pour une perquisition de son domicile et tout le tremblement.

– Tant mieux », dit Rebecka.

Elle lui avait répondu sur un ton désagréable, elle s'en rendait compte.

Ce n'est pas de sa faute, songea-t-elle.

« Comment l'avez-vous retrouvé ? » demanda-t-elle pour faire amende honorable.

« En traçant les appels de son téléphone à carte, on est remontés jusqu'à la boutique où il a acheté celle-ci, Be-We. Et on a pu voir qu'il l'utilisait la journée à Kiruna et le soir à Kurravaara.

– Alors, il habite Kurravaara ? dit Rebecka.

– Oui. Il s'appelle Jocke Häggroth. Tu le connais ?

– Pas du tout. Je ne connais presque personne à Kurravaara. »

Elles se turent. L'une comme l'autre avaient décidé de ne pas exprimer leur colère. Et l'une et l'autre se demandaient si elles allaient dire à quel point elles étaient désolées, mais s'abstinrent.

« Nous pensions aller le voir sur son lieu de travail, poursuivit Anna-Maria au bout d'un moment. Mais Sven-Erik a appelé et on lui a répondu qu'il était chez lui, malade.

– Malade, tu parles ! Il est chez lui, complètement terrifié.

– Probablement. Mais en tout cas, on va l'arrêter.

– Bonne chance, dit Rebecka. Et juste pour que tu l'apprennes par moi et pas par quelqu'un d'autre : j'enquête un peu sur cette histoire de délit de fuite. Ce prétendu accident dans lequel le fils de Sol-Britt a été tué.

– D'accord... »

Anna-Maria sembla vouloir dire autre chose, mais elle en resta là.

« Merci d'avoir appelé, dit Rebecka au bout d'un moment.

– C'est normal... enfin, je t'en prie. »

While My Guitar Gently Weeps touchait à sa fin.

J'ai bien le droit de m'occuper un petit peu, songeait Rebecka.

Elle regarda par la fenêtre les bouleaux nains tendant leurs bras maigres vers le ciel d'un bleu limpide. Quelques feuilles jaunes et rouges s'accrochaient encore aux branches. Un vol d'oiseaux d'un noir de jais décolla et se déroula sur la toile bleue du ciel.

Rebecka composa le numéro du médecin légiste, Lars Pohjanen.

La Ford Escort d'Anna-Maria descendait vers le village à la vitesse d'une boule de flipper. Sven-Erik Stålnacke, Fred Olsson et Tommy Rantakyrö se cramponnaient aux sièges. Ils étaient en route pour appréhender Jocke Häggroth à son domicile de Kurravaara. Le suspect habitait un peu en dehors du village, un lieu-dit appelé Lähenperä.

Anna-Maria roulait à tombeau ouvert et ses collègues échangeaient des regards inquiets.

« Et s'il vient quelqu'un en sens inverse ? » dit Sven-Erik. Elle ne sembla pas l'avoir entendu.

« Et les enfants ? » hasarda Tommy Rantakyrö.

Elle n'avait donc pas le moindre instinct maternel ? Qui s'occuperait de ses enfants si elle se tuait en voiture ?

Le procureur Carl von Post était à la traîne dans sa Mercedes CLK.

« Ils ont six et dix ans, répondit Anna-Maria qui pensait qu'il parlait des enfants de Jocke Häggroth. Jocke a quinze ans de moins que n'avait Sol-Britt, mais c'est vrai que cela n'empêche rien. Les gens sont vraiment bizarres, vous ne trouvez pas ? »

Personne ne fit de commentaire, ils étaient trop occupés à se tenir dans les virages.

« Même si je voulais, je n'aurais tout simplement pas le temps d'avoir une aventure extraconjugale. C'est déjà compliqué de trouver un moment pour le faire avec son régulier ! »

« Essayons de nous rappeler que ce n'est pas forcément lui qui l'a fait, d'accord ? » dit-elle un peu plus tard en s'arrêtant dans l'allée gravillonnée devant la maison. Les trois autres appuyèrent instinctivement et inutilement sur une pédale de frein imaginaire.

C'était une maison bardée de voliges peintes en rouge de Falun. Le bâtiment principal était flanqué d'une grange et d'une étable. Sur la plage, en contrebas, on apercevait une forge en rondins.

Jocke avait hérité de la ferme de ses parents, mais à la mort de ceux-ci, sa femme et lui avaient fait abattre plusieurs parcelles de forêt et ils avaient loti et vendu la terre.

Ce n'était pas l'argent qui manquait, d'après ce qui se disait dans le village.

Ce fut l'épouse qui vint leur ouvrir la porte. Ses cheveux blond décoloré avec des racines noires étaient rassemblés en un chignon approximatif et elle était en pantalon de jogging. Elle avait les yeux très maquillés et son t-shirt large et très court laissait apparaître des tatouages de toutes sortes, des roses, des salamandres, des motifs tribaux et diverses inscriptions en alphabet runique.

« Jocke est malade, dit-elle à Anna-Maria en regardant par-dessus l'épaule de l'inspectrice les trois autres policiers en train de s'extraire en titubant de la voiture. Qu'est-ce que vous lui voulez ? »

Von Post entra dans la cour au même moment et alla se garer le plus loin possible de la Ford Escort. Il descendit de sa voiture, défroissa son long manteau et retira un grain de poussière invisible de son écharpe écossaise.

« Il va devoir venir quand même, déclara Anna-Maria. Et vous allez mettre des chaussures et une veste et attendre dans la cour, car nous allons perquisitionner la maison.

– On va arrêter les conneries, là, s'insurgea la femme. Vous vous prenez pour qui ? »

N'empêche qu'elle décrocha quand même une parka du portemanteau et enfila une paire de baskets en criant à son mari de rappliquer fissa.

On aurait dit un mort-vivant. Il était pâle, mal rasé. Il avait les yeux injectés de sang et des cernes noirs. Il n'eut pas de réaction particulière en voyant les policiers. En tout cas, il n'avait pas l'air surpris.

« Nous aimerions que vous veniez avec nous, dit Anna-Maria. Y a-t-il quelqu'un d'autre dans la maison ?

– Non », rétorqua la femme.

Son regard allait de l'un à l'autre des individus en train de se disperser sur sa propriété. Tommy Rantakyrö entra dans la grange, Fred Olsson dans le garage.

« Les gosses sont à l'école. Quelqu'un pourrait-il me dire ce qui se passe ?

– Votre mari avait une liaison avec Sol-Britt Uusitalo, lança von Post. Nous l'emmenons pour lui poser quelques questions et nous allons fouiller les lieux. »

L'épouse éclata d'un petit rire sarcastique avant de s'exclamer :

« C'est quoi, ces conneries, bordel ?… Vous mentez ! »

Elle se tourna vers son mari.

« Dis-moi qu'ils mentent. »

Jocke Häggroth baissa les yeux.

« Vous voulez prendre une veste ? » proposa Anna-Maria au prévenu. Le diable emporte von Post. Pourquoi dire ça comme ça ? Et à ce moment-là ?

« Dis-moi qu'ils mentent ! » hurla la femme, hors d'elle.

Il y eut quelques secondes de flottement. Puis elle se mit à lui marteler la poitrine.

« Regarde-moi, espèce de salaud ! Et dis-moi qu'ils mentent ! Ou au moins, dis quelque chose ! »

Jocke Häggroth leva le bras pour se protéger le visage.

« Il faut que je mette des chaussures », dit-il.

Sa femme le regarda avec mépris. Elle porta la main à sa bouche.

« Putain, je vais vomir. C'est dégueulasse. Tu me dégoûtes… Avec cette bonne femme, en plus ! Beurk. Quelle horreur. J'arrive pas à le croire. »

Anna-Maria alla chercher la plus grande paire de chaussures qu'elle trouva dans le vestibule et les posa devant les pieds de Jocke Häggroth.

Il les enfila et descendit les marches de la terrasse avec précaution. Anna-Maria se tenait prête à le rattraper s'il s'écroulait dans l'escalier.

« Pardon », dit-il sans se retourner.

La femme renversa une chaise sur la terrasse.

« Pardon ? brailla-t-elle. Tu oses me demander pardon ? »

Elle saisit un pot en terre cuite posé à l'envers sur sa soucoupe qui devait leur servir de cendrier et le jeta dans le dos de son mari.

Il trébucha, fit un pas en avant pour ne pas perdre l'équilibre. Sven-Erik posa une main sur son dos et le guida vers la voiture.

« Calmez-vous, recommanda Anna-Maria à la femme en furie. Sinon nous allons devoir…

– Me calmer ? Vous allez voir comment je vais me calmer ! » s'écria-t-elle.

Elle se lança à la poursuite de son mari qui s'apprêtait à monter dans la voiture dont Sven-Erik Stålnacke tenait la porte. Elle l'attrapa par-derrière. Se jeta sur lui, lui griffa le visage. Quand Sven-Erik essaya de la retenir, elle resta accrochée aux vêtements de son mari et refusa de les lâcher.

Jocke Häggroth s'efforçait de se protéger la figure.

« Bande de salopards ! cracha-t-elle quand Anna-Maria et Sven-Erik réussirent enfin à lui faire lâcher prise. Je vais te tuer, putain… Lâchez-moi ! Lâchez-moi, je vous dis !

– Du calme, lui ordonna Sven-Erik. Je vous lâcherai quand vous serez calmée. Vous n'avez pas envie d'être chez vous quand vos enfants rentreront de l'école ? Vous pensez un peu à eux ? »

Elle cessa instantanément de crier. Devint toute molle entre leurs mains.

« Ça va aller ? » lui demanda Anna-Maria.

La femme acquiesça.

Elle resta les bras ballants et, juste avant qu'Anna-Maria referme la porte sur lui, elle l'entendit dire à son mari :

« Tu ne remettras plus jamais les pieds ici, tu m'entends ? Plus jamais. »

Ensuite, elle se dirigea au pas de charge vers la Mercedes de von Post qu'il avait garée à côté d'une brouette.

Avant que quiconque ait eu le temps de réagir, elle avait soulevé la brouette au-dessus de sa tête et l'avait lancée sur la peinture métallisée du capot où elle atterrit à grand fracas.

Après quoi, elle s'enfuit dans les bois.

Ils la laissèrent courir. Von Post leva les bras, catastrophé. Il se pencha sur le capot de sa voiture comme s'il allait pouvoir le guérir par imposition des mains et enfin, il cria, la voix si tendue qu'elle se brisa :

« Rattrapez-la ! Bon Dieu !

– Une autre fois, répliqua Sven-Erik. Vous avez votre témoin, et une carrosserie, ça se répare. Pour le moment, on va s'occuper de cette perquisition. »

Il n'avait pas fini sa phrase que Tommy Rantakyrö attirait leur attention par un sifflement et un geste de la main. Quand ses collègues furent tous tournés vers lui, il retourna dans la grange. Il ressortit en brandissant une fourche à trois dents.

Von Post se releva du capot de sa chère automobile.

Le cœur d'Anna-Maria s'accéléra. Une fourche à l'ancienne. La plupart des fourches à foin avaient deux ou quatre dents.

C'est lui, songea-t-elle. Nous venons d'arrêter le meurtrier.

Elle se retourna et croisa le regard de Jocke Häggroth. Ses yeux étaient dénués d'expression. Ils glissèrent sur elle et se tournèrent vers Tommy Rantakyrö avec sa fourche.

Quelle brute, songea Anna-Maria Mella en voyant Jocke croiser les bras sur sa poitrine, se caler au fond de la banquette et regarder froidement devant lui.

Rebecka Martinsson et le médecin légiste Lars Pohjanen fumaient une cigarette dans le canapé décati de la salle de repos du personnel de la morgue. Pohjanen avait le souffle court. On aurait dit que ses poumons essayaient de respirer à fond sans y parvenir.

Parfois, il était pris d'une quinte de toux irrépressible. Alors, il tirait de sa poche un mouchoir roulé en boule et il le pressait contre sa bouche. Quand la quinte s'arrêtait enfin, il examinait le contenu du mouchoir avant de le fourrer à nouveau dans sa poche.

« Merci, dit-il d'une voix rocailleuse.

– Ce sont vos cigarettes.

– Merci de me tenir compagnie, je veux dire. Plus personne ne veut fumer avec moi. Ils trouvent cela profondément amoral. »

Rebecka sourit.

« Je le fais parce que j'ai besoin que vous me rendiez un service. »

Pohjanen éclata de rire, enchanté. Il lui tendit son mégot que Rebecka écrasa dans le cendrier. Le légiste se cala au fond du sofa et chaussa ses lunettes qu'il gardait au bout d'une cordelette suspendue à son cou.

« Alors l'homme tué par un ours...

– Mangé par un ours. Frans Uusitalo.

– Le père de Sol-Britt Uusitalo.

– C'est ça. Il a été porté disparu en juin. En septembre, des chasseurs ont abattu un ours. Dans l'estomac de l'ours, on a découvert un bout de main humaine. Alors l'équipe de chasse a appelé du renfort pour explorer la zone. Et on l'a retrouvé. La main était juste une mise en bouche. Ce n'est pas moi qui ai fait l'autopsie. Je crois que je m'en serais souvenu. J'imagine que mes confrères d'Umeå ont dû s'en charger.

– Il ne devait pas rester grand-chose à autopsier. »

Les yeux de Pohjanen s'étrécirent. Le mouchoir vola à son visage. Il éructa et cracha dedans.

« Hrrr ! Qu'est-ce que vous cherchez, Martinsson ?

– Je ne sais pas, c'est juste une intuition. J'ai l'impression que l'autopsie a pu être bâclée, qu'on est parti du principe qu'il était mort de mort naturelle dans la forêt et que l'ours l'a trouvé, ou bien que l'ours l'a emporté et mangé et qu'on n'a pas cherché plus loin... Je voudrais que vous alliez voir ça... de plus près.

– Encore une de vos intuitions ! » renâcla Pohjanen.

Martinsson et ses intuitions ! soupirait Pohjanen. Cela dit, il était arrivé par le passé que certaines d'entre elles tombent juste. Un an et demi auparavant, elle avait rêvé d'une jeune fille noyée. Et elle lui avait demandé d'analyser les poumons de la victime. C'est comme ça qu'on avait découvert qu'elle n'était pas morte dans la rivière dans laquelle on l'avait trouvée et aussi que ce n'était pas un accident.

Une intuition, répéta-t-il pour lui-même, remontant ses lunettes sur son front et les faisant retomber à nouveau sur son nez. Le mot est galvaudé.

Plus de quatre-vingt-dix pour cent de l'intelligence de l'homme, sa créativité et sa capacité à analyser une situation sont de l'ordre de l'inconscient. Et ce que les gens appellent intuition n'est la plupart du temps que le résultat d'un processus intellectuel qu'ils ignoraient avoir suivi.

Et elle va vite, songea-t-il. Y compris en rêve.

« Et bien sûr vous voudriez que je le fasse sans… »

Il fit un geste circulaire de la main qui signifiait que toute formalité et toute ingérence administratives étaient exclues.

Elle acquiesça.

« Officiellement, je ne devrais même pas être en train de travailler. Et je vais probablement me faire virer demain. »

Pohjanen éclata d'un rire bref et rocailleux.

« J'en ai entendu parler. Il y a toujours des drames autour de vous, Martinsson ! Malheureusement, je ne peux pas vous aider. Ça fait déjà deux mois qu'on l'a retrouvé et à l'heure qu'il est, il a été enterré ou incinéré.

– Vous pourriez appeler Umeå et obtenir des informations auprès de celui qui l'a autopsié ! Entre collègues, il ne va pas vous refuser ça. »

Rebecka sortit son téléphone de sa poche et le tendit à Pohjanen qui le regarda en clignant des yeux.

« Évidemment, il faut que ce soit toutes affaires cessantes. Le mot patience ne fait pas partie de votre vocabulaire à vous, les filles de Kiruna. Je suis d'ailleurs surpris que Mella ne soit pas encore venue m'arracher des mains le rapport d'autopsie de Sol-Britt Uusitalo.

– Ils ont trouvé le gars avec qui elle avait une aventure. Ils sont allés le chercher à Kurravaara pour l'interroger.

– Je vois. D'accord, je vais faire ça pour vous. Même si mes jeunes collègues n'aiment pas beaucoup voir un vieux singe comme moi les interroger sur leur travail. Ça les rend nerveux. Mais allons-y. En échange, je vais vous demander quelque chose.

– Oui, quoi ?

– Invitez-moi à déjeuner.

– Bien sûr. Où est-ce que vous voulez manger ?

– Chez vous, bien sûr. Je mange au restaurant tout le temps. J'ai envie de manger de la cuisine maison. Et vous n'avez rien d'important à faire aujourd'hui, si ? Vous avez bien le temps de cuisiner pour un vieux profanateur de tombes ? » Il prit le téléphone des mains de Rebecka, le tourna et le retourna avant de le lui rendre. « Encore un de ces téléphones tactiles auxquels on ne comprend rien ! Je vais vous laisser faire le numéro, alors.

– Avec plaisir. Et après je vous emmène. Quand devez-vous être de retour ? »

Le confrère d'Umeå n'était pas joignable. Pohjanen avait laissé le numéro de Rebecka et demandé à être rappelé aussitôt que possible. Ils étaient maintenant en route pour Kurravaara.

« Bof ! Demain.

– Alors tout va bien », dit Rebecka.

Ils arrêtèrent la voiture devant sa maison en fibrociment.

Pohjanen s'extirpa avec difficulté de l'habitacle, s'appuya contre le capot et alluma une cigarette.

« Vous êtes drôlement bien ici », lança-t-il en admirant le fleuve, bleu comme un diamant dans l'air frais de l'automne.

Rebecka, qui avait momentanément disparu à l'intérieur de

la maison, revint, une canne à pêche à l'épaule et une vieille chaise sous le bras.

« Écrasez cette cigarette et venez avec moi. On descend à la rivière. »

Lorsqu'ils furent sur la berge, elle déposa sa veste dans l'herbe gelée et entreprit de monter le leurre.

« Si on n'attrape rien, j'ai des tranches de renne au congélateur.

– Si j'étais plus jeune, je vous demanderais de m'épouser », dit Pohjanen.

Il s'était écroulé sur la chaise en bois et avait déjà allumé une nouvelle cigarette. Il ferma les yeux, le visage offert au soleil rasant qui jetait sur la rivière, les arbres et les maisons de la rive opposée une lumière rosée.

Rebecka alla chercher une couverture dans sa voiture et elle la posa sur les genoux de son invité. Le Morveux s'était couché à ses pieds avec un soupir d'ennui.

Pohjanen avait emporté avec lui un sac de courses très usagé dans lequel il avait rassemblé ses affaires. Un pull-over de rechange, des cigarettes, quelques chemises cartonnées et des feuilles de papier machine. Il fourragea quelques instants dans le sac et en sortit une flasque.

« Vous en prenez une petite goutte avec moi ? »

Rebecka pouffa, surprise.

« Qu'est-ce que c'est ? De l'eau-de-vie que vous distillez vous-même ?

– Gagné !

– Oh là là ! s'exclama-t-elle en roulant des yeux.

– Il n'y a pas de oh là là qui tienne. Goûtez-moi ça, vous m'en direz des nouvelles ! »

Elle rentra sa ligne, remonta vers la maison, entra dans la

remise à bois et en ressortit avec sa propre flasque et deux gobelets en plastique.

Pohjanen ne cacha pas son étonnement.

« Bon Dieu, Rebecka Martinsson ! Vous êtes procureure ! Ne me dites pas que vous distillez aussi ? »

Elle secoua la tête et il n'insista pas. Ils trinquèrent.

Rebecka lui fit compliment de son schnaps. Pohjanen expliqua que le secret consistait à le diluer puis à l'exposer à des ultrasons pour briser les molécules d'eau afin qu'elles se mélangent à l'éthanol.

Il essuya son verre et complimenta à son tour l'alcool maison de Rebecka qui se lança dans une explication sur l'importance de maintenir la bonne température, tant dans la phase de bouillage que pendant le refroidissement dans la colonne de distillation.

Pohjanen acquiesça et tendit son gobelet.

Au moment où le téléphone sonna, un poisson mordit à l'hameçon de Rebecka. Le temps que le vieux légiste finisse sa communication avec son jeune confrère d'Umeå, elle avait pêché trois perches et une truite.

Si le médecin légiste d'Umeå fut contrarié qu'on lui pose des questions sur une autopsie qu'il avait pratiquée, il n'en laissa rien paraître. Et il leur donna même… un os à ronger.

La demande venait tout de même de Lars Pohjanen en personne. Il n'y avait pas un médecin légiste dans tout le royaume qui ne se mettrait en quatre pour l'aider, quelle que soit sa requête.

« Je me souviens parfaitement de lui, vous vous en doutez. Attendez une seconde, je vais chercher le rapport sur le PC… On l'a enterré il y a un mois. Mais il me reste un fémur, si cela vous intéresse. Je vous explique… le vieux avait plus de quatre-vingt-dix ans mais il était frais comme un gardon. Quand il a fallu l'identifier, la police n'a réussi à mettre la main sur aucune radio. La victime n'avait jamais mis les pieds dans un hôpital de toute sa vie. Et ça faisait vingt ans qu'il n'avait plus de dents, alors forcément, le panoramique dentaire ne servait pas à grand-chose. J'ai donc scié un morceau de fémur pour faire une recherche ADN. L'os était abîmé et la blessure m'a semblé bizarre alors je l'ai gardé au congélateur après en avoir envoyé un morceau au laboratoire central de médecine légale.

– Quel genre de blessure était-ce ?

– Je ne sais pas au juste. Elle pouvait avoir été faite par l'ours. Voulez-vous que je vous envoie le fémur ?

– Oui, ce serait très aimable à vous. Et, au fait, ce n'est pas la peine de faire de rapport.

– Je vois. Ah ! Je pense à quelque chose. Je ne sais pas si ça peut vous intéresser. L'autre jour, une espèce de simplet qui faisait partie de l'équipe de chasse qui a découvert les restes du vieux nous a appelés pour nous dire qu'il avait trouvé sa chemise quelques semaines plus tard et nous demander s'il devait nous l'apporter. Je lui ai dit de la donner à la police. Que ça les occuperait. Ils sont tellement nuls, de toute façon. »

Pohjanen et son confrère d'Umeå éclatèrent de rire. On aurait dit deux corbeaux arrogants au sommet d'un sapin.

Rebecka, chaussée de ses jolies bottes, en équilibre sur une pierre au milieu de la rivière, se retourna vers le bruit incongru. Le Morveux leva la tête et se mit à aboyer.

« C'est quand même étrange, dit Rebecka à Pohjanen en portant à ses lèvres son quatrième ou son cinquième gobelet d'eau-de-vie, autant de morts violentes au sein d'une même famille. » Elle but une gorgée et pointa le gobelet en direction de la cuisinière. « C'est comme ça qu'on fait cuire les pommes de terre grenailles. On les met dans l'eau froide et au moment où elle va bouillir, on retire la casserole du feu et on la laisse reposer une demi-heure. Sinon, les pommes de terre se délitent. C'est fragile ces petites choses-là. »

Elle posa son gobelet sur la table et écouta grésiller le beurre dans la poêle en fonte. Elle déposa le poisson dans la matière grasse et empoigna le manche de la casserole de pommes de terre.

« Ce que moi je trouve étrange, répliqua Pohjanen avec une diction laissant à penser qu'il avait quelque peine à contrôler sa langue à l'intérieur de sa bouche, c'est que vous ne soyez pas mariée depuis longtemps. »

Rebecka hocha vigoureusement la tête et alla vider dans l'évier l'eau des patates. Elle ajouta du sel, du poivre concassé et de la gelée de groseilles dans la sauce aux morilles pendant que Pohjanen se traînait jusqu'au frigo pour y chercher deux bières.

« Vous allez devoir prendre un taxi pour rentrer, fit remarquer Rebecka. Ou rester dormir sur le canapé. »

Ils se mirent à table, l'un en face de l'autre.

« Mais il faut me promettre, si vous dormez là, de ne pas mourir cette nuit. »

Pohjanen remplit le verre de schnaps de Rebecka. Sa flasque était vide mais celle de la jeune femme était encore à moitié pleine. Il acquiesça.

« Cette chemise… », dit-il, écrasant ses pommes de terre dans la sauce avec sa fourchette.

Il ne prit pas la peine de les éplucher, et elle non plus.

« … il faut qu'on aille la voir de plus près. Je me demande si la police l'a gardée. »

Tous les poissons avaient été consommés. Pohjanen était encore en train d'engouffrer des pommes de terre avec de la sauce quand Rebecka se décida à appeler Sonja au central pour lui demander de se renseigner sur la chemise retrouvée dans la forêt. Lorsqu'elle rappela, Pohjanen avait fini de manger. Ils allèrent s'installer devant la cheminée avec leurs bières. Le schnaps était resté sur la table.

« Qu'est-ce qui vous arrive ? Vous avez une drôle de voix, demanda Sonja. Vous avez pleuré ?

– Non, non, tout va bien », assura Rebecka.

Je crois qu'il est temps d'aller faire un café bien fort, songea-t-elle.

Sonja informa Rebecka que ce n'était apparemment pas un membre de l'équipe de chasse qui avait trouvé la chemise, mais un habitant de Lainio qui était tombé dessus en ramassant des baies. Après qu'on avait abattu l'ours et trouvé le corps de Frans Uusitalo dans cette forêt, au mois de septembre, un tas de badauds étaient venus se promener dans le secteur. C'était l'un d'entre eux qui avait découvert la chemise et qui l'avait apportée à la police.

« Et vous… nous l'avons ? demanda Rebecka.

– Non, répondit Sonja. Qu'est-ce que nous aurions fait de cette vieille loque répugnante ? Beurk. Mais j'ai le nom du ramasseur de baies, si vous voulez. Je peux vous l'envoyer par SMS.

– Ce serait top !

– Vous êtes sûre que vous allez bien ? Vous avez attrapé un rhume, ou quoi ? »

Pohjanen et Rebecka jouèrent à pierre-feuille-ciseaux pour décider qui allait téléphoner au ramasseur de baies. Ce qui leur prit un peu de temps parce qu'ils n'arrivaient pas à se mettre d'accord pour savoir s'il fallait montrer en disant trois, ou après l'avoir dit. Parfois Pohjanen montrait sa main avant même que Rebecka ait commencé à compter. Et quand elle comptait en finnois, il oubliait complètement de la montrer.

En fin de compte, ce fut Rebecka qui passa le coup de fil pendant que Pohjanen lançait une balle de tennis au Morveux à l'intérieur de la maison, faisant voler les chaises et les tapis de tous les côtés.

« C'était excitant d'aller voir l'endroit où ça s'était passé, expliqua l'homme. Et j'en ai profité pour ramasser quelques airelles dans une tourbière, pas loin. Rien que l'année dernière, j'ai cueilli pour quatorze mille couronnes d'airelles rouges et de canneberges. »

Il se tut, comprenant tout à coup qu'il parlait à une représentante des forces de l'ordre et qu'il n'avait pas déclaré ce petit complément de revenus. Oups !

« Vous rigolez ! J'ai du mal à vous croire. Enfin, si c'est vrai, bravo ! s'exclama Martinsson. Et donc, vous avez trouvé la chemise ?

– Oui, répondit le chasseur de baies avec un soupir de soulagement en se félicitant d'être tombé sur une magistrate de bonne composition. J'avais apporté des sacs en plastique pour les fruits. J'ai ramassé la chemise avec un bâton et je l'ai mise dans un sac. J'ai appelé la police pour leur demander s'ils la voulaient, mais ils n'étaient pas intéressés. Ils m'ont dit de la donner au médecin légiste. Je vous jure, c'était un vrai parcours du combattant. Quand j'ai eu le légiste, il m'a renvoyé vers la police. Tous des amateurs, si je peux me permettre. »

Il se tut à nouveau.

« Enfin, c'est mon avis, ajouta-t-il, avec une note de provocation dans la voix.

– Vous ne l'avez pas gardée, je suppose ?

– Bien sûr que je l'ai gardée, claironna le chasseur de baies, triomphant. La police et le médecin légiste savent que j'ai cette chemise. J'ai toujours pensé qu'un jour ou l'autre quelqu'un serait fichu de venir me la réclamer. Et alors là, gare à moi si je ne suis pas capable de la produire. J'ai pas raison ? Elle est dans un sac, au fond de mon garage. Elle puait tellement que mes chiens devenaient à moitié fous. »

Rebecka se leva, titubante.

« N'y touchez pas. Je vais venir la chercher maintenant. »

Comment se protège-t-on des hommes ? Comment se protège-t-on d'un homme comme le régisseur général Fasth ? C'est un prédateur, un loup. Et la seule façon d'échapper aux loups, c'est de rester dans la horde. Aussitôt qu'on est seul, on devient une proie facile.

Elina n'ose plus faire le chemin de l'école toute seule. Tous les jours, elle demande à un élève, fille ou garçon, de l'accompagner et de porter ses livres jusque chez elle et Fasth ne la trouve jamais seule dans la salle de classe ou dans les rues après la sortie. Le matin, elle fait la même chose. Un jour, en rentrant à l'appartement, elle tombe sur Fasth au pied de l'escalier. Depuis combien de temps est-il là à l'attendre ? Il a ouvert une lettre qui lui était adressée et que quelqu'un avait laissée sous son paillasson. Sans vergogne, il la lit avant de la lui tendre. Elle ne peut pas empêcher sa main de trembler en lui prenant la page manuscrite. Elle voit tout de suite qu'il ne s'agit pas d'un message de Hjalmar Lundbohm. Ses yeux tombent brièvement sur les premières lignes : « Mademoiselle Pettersson, vous ne me connaissez pas, mais… »

« Mademoiselle Pettersson ! la salue-t-il. Décidément, il faut faire la queue pour vous voir. » Il se tourne vers le jeune garçon qui l'accompagne.

« Allez, rentre chez toi », lui dit-il.

Elina attrape la main du petit garçon et refuse de la lâcher.

« Arvid n'ira nulle part, dit-elle. Il doit travailler sa lecture à haute voix. » Elle passe devant le superintendant Fasth, tenant fermement par la main l'élève terrorisé. Elle se précipite dans l'escalier et Fasth a juste le temps de lui donner une tape sur les fesses.

« Un jour, je vous aurai, mademoiselle », l'entend-elle lancer dans son dos. Et il insiste bien sur le « mademoiselle », articulant soigneusement pour le faire sonner comme « petite traînée sans mari ».

« Maaaademoiselle Pettersson. »

L'interrogatoire de Jocke Häggroth eut lieu à quatre heures et quart le lundi 24 octobre. Dehors le ciel s'était couvert et il avait commencé à neiger. De gros flocons qui prenaient leur temps dans le crépuscule bleu marine.

Sven-Erik Stålnacke menait l'interrogatoire, Carl von Post et Anna-Maria Mella étaient les deux témoins.

« Laissez Sven-Erik conduire l'interrogatoire, avait conseillé le procureur Alf Björnfot à Carl von Post. Les gens se confient facilement à lui. »

Il était assis en ce moment en face de Jocke Häggroth. Tous deux étaient en chemise écossaise. Sven-Erik grattait son impressionnante moustache.

« Vous vous sentez bien ? On peut commencer ? »

Jocke Häggroth ne répondit pas, se contenta de pousser un soupir. Le bout de la langue pointant entre ses lèvres, l'inspecteur Stålnacke alluma le dictaphone après quelques petites manipulations consistant à vérifier les piles et à tester le son. Il se cala confortablement sur sa chaise. Grogna et souffla un peu, pencha la tête sur le côté et fit quelques mouvements pour assouplir sa nuque.

On dirait un ours, songea Anna-Maria en regardant son collègue.

« Commençons par le commencement, dit Sven-Erik. Vous voulez me raconter un peu ? Votre histoire avec Sol-Britt. Comment vous êtes-vous rencontrés ? »

Jocke Häggroth baissa les yeux et se mit à parler en regardant ses mains :

« C'était au printemps dernier. Jenny et moi nous étions disputés. J'étais probablement saoul. Pas énormément, mais… Enfin, bref, je suis allé la voir. Je ne la connaissais pas vraiment, en fait. On se disait bonjour quand on se croisait, c'est tout. Mais je ne pouvais pas aller me réfugier chez des amis, les gens causent. Je ne pouvais pas non plus prendre la voiture, j'avais quand même trop d'alcool dans le sang pour ça. Alors je suis sorti et j'ai marché. Je ne savais pas où aller. J'avais vachement froid en plus. Je n'avais pas pris ma veste. Tout à coup, je me suis retrouvé devant chez elle. Par hasard. »

Il leva les yeux vers Sven-Erik.

« Je ne l'ai pas tuée. »

Merde, se dit Anna-Maria.

« Une question à la fois, dit Sven-Erik. Vous êtes arrivé devant chez elle et ensuite, que s'est-il passé ?

– Nous avons parlé. Rien d'autre. Je crois que j'ai essayé… Elle avait une réputation, vous comprenez.

– Quelle réputation ?

– On disait qu'elle couchait… avec n'importe qui. Les gens disent tellement de saloperies. »

Il souffla. Puis respira profondément. Comme s'il manquait d'air.

« Aaaah, se plaignit-il en se tenant la mâchoire.

– Et ensuite ? l'encouragea Sven-Erik.

– Ensuite… J'en sais rien, putain. La fois d'après… on a couché ensemble. Et puis on a continué à le faire de temps en temps. C'était juste pour le sexe… rien d'autre. Je ne l'ai pas tuée. Je ne sais pas… Je n'ai aucune idée de qui a fait ça. »

Il soufflait comme un élan mâle en rut, à présent. Se tenait le menton. Il était devenu pâle comme un linge.

« Aaaah…, gémit-il. Putain, j'ai mal. »

Anna-Maria et von Post se regardèrent. Sven-Erik garda les yeux fixés sur Häggroth.

« Ça va ?

– Non, putain. »

Sa main se posa sur sa gorge puis sur sa poitrine. Il se pencha en avant.

« Essayez de respirer calmement, camarade, dit Sven-Erik. Où est-ce que vous avez mal ?

– Au visage, là. » Il s'agrippa les joues et le nez. « Oh merde ! Oh merde ! Merde ! J'ai mal, putain ! »

Il posa l'autre main sur la table comme s'il devait y prendre appui.

La seconde d'après, il tombait de la chaise et s'écroulait, face contre terre.

Anna-Maria Mella et Carl von Post bondirent sur leurs pieds.

« Qu'est-ce que vous avez foutu ? » hurla von Post à Sven-Erik Stålnacke.

Jocke Häggroth était trempé de sueur.

« Qu'on appelle une ambulance, ordonna le procureur von Post. Il ne faut pas qu'il meure ! Vite, une ambulance ! On doit l'inculper, bon Dieu ! »

Carl von Post traversa le couloir de l'hôpital au pas de charge. Il était fou de rage. Il savait qu'il aurait dû mener lui-même cet interrogatoire. Il ne devrait jamais écouter les autres. Il fallait qu'il trouve un moyen d'imposer son autorité dans ce foutu commissariat.

Il jeta un coup d'œil derrière lui à Anna-Maria qui trottinait pour essayer de le suivre. Il ouvrait les portes, passait et les laissait sans vergogne se refermer au nez de l'inspectrice.

Les nabots devraient être interdits par la loi. On devrait voter des décrets pour éliminer les gnomes, les nains et autres trolls.

« Qui tue une femme et la traite de salope en écrivant sur le mur de sa chambre ? s'interrogea-t-il à haute voix en appuyant rageusement sur le bouton de l'ascenseur, comme si ça pouvait le faire arriver plus vite. Le petit ami ou l'amant ! C'est le b.a.-ba du meurtre quand la victime est une femme. Elle l'a plaqué ! Jocke Häggroth l'a mal pris. Il a noyé son chagrin jusqu'à ne plus savoir ce qu'il faisait. Et il a pris la fourche pour en finir avec elle une bonne fois pour toutes. Et ensuite, il est retourné se terrer en titubant dans sa ferme minable, il a jeté l'outil dans sa grange et il est allé se coucher. C'est comme ça que ça s'est passé. Le scénario est parfaitement plausible. C'est toujours plus ou moins comme ça que ça se passe. »

Ils sortirent de l'ascenseur. Mon Dieu ce qu'il pouvait détester les hôpitaux. Une barre fixée au mur tout le long du corridor. Une pauvre chaise posée devant chaque porte close. Un lit d'hôpital sur roues. Des murs décorés de pseudo-œuvres d'art placées légèrement plus haut que les panneaux indiquant les sorties de secours. Un sol recouvert de linoléum vert lisse dans lequel se reflètent les néons du plafond.

Ils étaient arrivés devant le service de soins intensifs. La porte était fermée à clé et von Post pressa le bouton de la sonnette avec insistance.

Elle commence à avoir peur, se dit le procureur en jetant un coup d'œil à Anna-Maria Mella. Il y a une boule d'angoisse dans ce ventre flasque de femme qui a enfanté trop souvent.

Jocke Häggroth était l'archétype du tueur de femmes. Même si sa façon d'opérer ne manquait pas d'inventivité. Au lieu de jeter sa victime contre le premier mur venu ou de la poignarder avec un couteau de cuisine, il avait fait preuve d'originalité.

Tous des petites natures. Surtout ce Sven-Erik Stålnacke. Le pauvre type était au bord des larmes quand l'ambulance était venue chercher Häggroth.

Et il avait de quoi pleurer, en effet. Ce gros plein de soupe allait en prendre pour son grade si Häggroth leur claquait dans les pattes. Et Mella aussi !

Carl von Post se balançait sur ses talons, l'index toujours fermement appuyé sur la sonnette. Dieu soit loué, il n'avait aucune part de responsabilité dans cette catastrophe.

Par respect pour leur longue expérience, il était resté un spectateur passif pendant toute la scène et n'avait pas dit le moindre foutu mot !

Heureusement qu'il n'avait pas conduit cet interrogatoire, en fin de compte.

En revanche, il trouverait très ennuyeux que Häggroth meure sans avoir avoué. L'enquête serait tout simplement terminée. Et ces hyènes de journalistes se jetteraient sur eux. Les méthodes de la police seraient remises en question. Les conditions d'arrestation du suspect feraient la une des journaux.

Il était entouré d'imbéciles qui travaillaient contre lui et n'avaient même pas réussi à contrôler la bonne femme de Häggroth. Comment pouvaient-ils l'avoir laissée vandaliser sa voiture et s'enfuir dans les bois ensuite ? Comment une telle catastrophe avait-elle pu se produire ?

Le médecin de l'unité de soins intensifs refusa au procureur et à la police d'approcher son patient.

Elle se campa devant la porte de la chambre dans l'attitude d'un garde-frontière soviétique. Passa une main dans ses cheveux courts et bruns, remonta ses lunettes d'aviateur qui avaient glissé sur son nez. Elle les informa que Jocke Häggroth avait repris connaissance et qu'il avait vraisemblablement fait un infarctus. Elle parla de « morphine », « d'arythmie cardiaque », « d'oxygène » et de « bêtabloquants » et conclut en expliquant que le patient ne devait pas être exposé au moindre stress.

Gouine, constata von Post, déprimé. Avec ce genre de fille, sourire charmeur et voix virile ne lui seraient d'aucune utilité.

Compétente aussi, admit-il après que le médecin lui avait

répliqué que oui, elle avait parfaitement entendu ce que lui disait le procureur, c'est-à-dire que son patient était soupçonné d'avoir brutalement assassiné une femme, que non, elle n'était nullement indifférente à cette information, mais qu'elle n'avait pas l'intention pour autant de mettre la vie de son patient en danger et qu'ils pourraient continuer à l'interroger lorsque son état serait stabilisé. Et que non, elle n'était pas en mesure de leur dire quand ce serait le cas.

Elle les toisa, le dossier de Jocke Häggroth sous le bras. Le sommet de son crâne atteignait à peine le menton de von Post. Son insigne brûlait les yeux du procureur comme un rayon laser.

« Je voudrais parler à votre chef de service », annonça von Post tout à coup.

Cela ne le mena pas à grand-chose. Son supérieur était à Luleå et il répondit au procureur par téléphone qu'il n'avait aucune raison de mettre en doute le jugement de sa consœur si elle affirmait que le patient était dans un état critique.

Il n'y avait plus qu'à retourner au commissariat. Il se demanda comment on pouvait s'attendre à ce qu'il fasse du bon travail policier alors que tout le monde semblait ligué contre lui.

Le destin continua de s'acharner contre von Post. La femme inspecteur de police de Umeå prétendument spécialisée dans les interrogatoires d'enfants avait l'air de quelqu'un qui n'a pour fonction que de gaspiller l'argent du contribuable.

Elle était habillée en civil, d'une robe en lin faite de plusieurs couches superposées. Son épaisse tignasse grise était attachée au sommet de sa tête avec une grosse épingle. Elle avait autour du cou une lanière en cuir au bout de laquelle pendait un gros bijou en argent et en bois dont Post supposa qu'il avait pour but de sublimer la déesse en elle.

En la voyant, le procureur songea que lui aussi allait bientôt avoir besoin d'oxygène, de bêtabloquants et de morphine.

Seuls les meilleurs éléments entraient dans la magistrature. Les meilleurs des meilleurs devenaient procureurs ou juges. Mais apparemment, n'importe qui pouvait entrer dans la police.

« Comment ça, il ne vous a rien dit du tout ? s'exclama-t-il.

– Il ne se souvient de rien, répondit-elle. Il est probable qu'il ait vu ou entendu quelque chose de réellement effrayant. Il y a des trous dans son récit qui le laissent penser. Qu'est-ce qui l'a réveillé ? Comment est-il arrivé dans cette cabane en pleine forêt ? Pourquoi est-il sorti par la fenêtre ?

– Je suis au courant de ce que vous appelez ses "trous", dit von Post, faisant un effort pour ne pas s'énerver. C'est à cause d'eux que vous êtes là, figurez-vous. Mais nom de Dieu, il doit tout de même y avoir moyen d'accéder à la mémoire de ce gamin ? Par l'hypnose ou autre chose ! Cela n'est pas votre métier ? Sinon j'aimerais bien savoir pourquoi on vous a fait venir jusqu'ici et pourquoi on vous paye ?

– Mon métier consiste à parler avec l'enfant. C'est ce que j'ai fait. Mais il refuse d'évoquer la nuit du meurtre. Il ne le peut pas. Ou bien il ne le veut pas. Et on ne va certainement pas le mettre sous hypnose.

– Quand est-ce que nous allons pouvoir lui poser des questions, alors ?

– Vous pouvez lui poser toutes les questions que vous voulez. Mais si vous voulez savoir ce qu'il a vu, il faut en premier lieu faire en sorte qu'il se sente en sécurité. Je pense à ce policier qui s'est occupé de lui jusqu'à maintenant, ce Krister

Eriksson. Le gamin dit qu'il habite chez lui et qu'il joue à être un chien. Eriksson m'a dit qu'il pouvait le garder encore un peu. Ce serait parfait. Le gosse n'a personne d'autre, je crois. Plus il se sentira rassuré, plus on a de chances qu'il parle un jour. Tout ne reviendra pas forcément d'un seul coup. Il se rappellera des détails, ici et là. Les choses ne viendront pas quand on s'y attendra, et encore moins parce qu'on lui parlera de ce qui s'est passé. Au contraire, elles viendront par petites touches dans des moments où il sera en train de faire tout à fait autre chose.

– Merveilleux ! s'exclama von Post. On a payé pour apprendre qu'on va devoir patienter. Formidable ! Extraordinaire ! Mais vous savez ce que je trouverais vraiment fantastique, moi ? Ce serait d'avoir affaire à des gens qui font le travail pour lequel on les paye. »

La policière ouvrit la bouche, puis la referma. Elle sortit son téléphone d'une poche dissimulée entre les nombreux plis de sa robe et consulta l'écran.

« J'ai un avion à prendre, dit-elle en regardant la neige qui tombait dehors. Il vaut mieux que je parte de bonne heure, le trajet risque de prendre un peu de temps. Anna-Maria a proposé de me conduire à l'aéroport. »

Von Post ne fit aucun commentaire. À quoi bon ?

Pitié, mon Dieu ! Envoyez-moi une personne normale qui comprenne ce qu'on lui dit, songeait-il.

« Pas très sympathique, ce procureur, fit remarquer sa collègue de Umeå à Anna-Maria durant le trajet.

– *Hänen ej ole ko pistää takaisin ja nussia uuesti*, répondit Anna-Maria Mella, les dents serrées.

– Je ne comprends pas le finnois, dit l'autre. Qu'est-ce que ça veut dire ?

– Euh... juste qu'il n'est pas très sympathique. Qu'est-ce qu'il tombe, dites donc ! Je me demande si la neige va tenir. »

Les essuie-glaces allaient et venaient sur le pare-brise. Les phares se reflétaient dans chaque flocon. C'était comme de foncer tout droit dans un mur blanc. On n'y voyait pas à deux mètres.

Il neige. On est le 14 avril 1915 et les flocons tombent dru d'un ciel gris et hivernal. Hjalmar Lundbohm reçoit du beau monde. Il s'agit de l'épouse de Carl Larsson, Karin, et de ses amis : Zorn, l'architecte Ferdinand Boberg et sa femme, le sculpteur Christian Eriksson et le peintre Ossian Elgström.

Carl Larsson n'est jamais venu à Kiruna. Karin, en revanche, fait le voyage régulièrement en compagnie de divers artistes et écrivains. Les voyages à Kiruna sont si dépaysants.

Le directeur Lundbohm a organisé pour ses invités une course de rennes. Ils suivent la course, assis dans des traîneaux lapons avec des bonnets traditionnels sur la tête. Le temps pourrait être plus clément, le directeur espérait pouvoir leur offrir un lumineux soleil de fin d'hiver au-dessus de sa ville enneigée, mais même Hjalmar Lundbohm ne peut pas décider de la météo.

La journée est une réussite. Les rennes courent le long de la rue Bromsgatan, le public crie et encourage ses favoris à la tête ornée de majestueuses ramures.

Johan Tuuri et quelques autres Samis sont là pour aider. De temps à autre ils doivent courir avec les rennes pour les renvoyer dans la bonne direction.

C'est le renne de Karin Larsson qui remporte la course. Elle rit si fort que les larmes coulent sur son visage et le photographe Borg Mesch l'immortalise, ravissante, le bonnet de travers et un Sami jeune et fier à ses côtés. Le renne appartient à la famille du jeune homme et il a couru à ski à côté de l'animal tout au long de la course.

Anders Zorn est tombé de son traîneau et il gagne de manière impromptue le prix du bonhomme de neige du jour.

Ils sont tous si excités qu'ils s'échauffent, crient et font un vacarme terrible. Ils se pourchassent et se bousculent sur la partie damée de la route. Aussitôt qu'ils s'en écartent, ils s'enfoncent jusqu'à la taille. Sur le chemin de la maison, ils entament une bataille de boules de neige, mais il gèle et la neige ne colle pas assez. Alors ils se jettent des poignées de neige poudreuse et, très vite, ils sont blancs des pieds à la tête.

Le directeur Lundbohm a tout lieu de se féliciter de cette journée tandis qu'ils se rendent chez lui pour boire un bon grog, se changer et déjeuner.

Malgré tout, quelque chose le ronge. Il ne peut s'empêcher de penser que, s'il peut partager du bon temps avec ces gens un jour, il ne pourra pas forcément renouveler l'expérience le jour suivant.

Car il n'est pas des leurs et il le sait. Les gais lurons qui sont en route pour sa maison en ce moment sont ravis de sa compagnie aujourd'hui, mais ils ne l'inviteront jamais aux réceptions qui comptent vraiment.

Par exemple, les Zorn ont organisé une fête chez eux pour la Saint-Sylvestre l'année dernière sans qu'il y soit convié. Quand ils se retrouvent l'été sur l'île de Bullerö, dans l'archipel de Skärgården, ils ne lui proposent jamais de se joindre à eux.

Il regarde Karin Larsson qui rit et prend Emma Zorn par le

bras. Ah, s'il était marié à une femme comme elle ! Conviviale, artiste, amusante, gentille et bien née…

Et alors même que cette idée lui traverse l'esprit, leur petit groupe croise Elina et Flisan.

Hjalmar contemple Elina et il a comme un choc. Quel accoutrement !

Il a honte. Honte de son apparence, mais honte aussi de ne pas lui avoir donné de ses nouvelles depuis longtemps. Il a eu tant à faire. À cause de la guerre, il a dû aller au Canada et aux USA ainsi qu'en Allemagne pour faire des affaires avec la société Krupp. Il faut du talent et de la diplomatie pour gérer autant d'intérêts contradictoires. Il fait en sorte que les bateaux qui transportent le minerai aux États-Unis reviennent avec du lard américain pour les ouvriers de Kiruna. Il a tenu bon contre le gouvernement suédois quand celui-ci a voulu confisquer les transports de denrées comestibles au profit des forces d'intervention rapide. Il n'a pas eu beaucoup de temps pour elle. Ils se sont vus brièvement chaque fois qu'il était de passage à Kiruna mais il ne lui a consacré qu'une partie de ses loisirs. Quelques soirées, quelques nuits, mais à vrai dire, c'était de sommeil qu'il avait le plus besoin.

Flisan et Elina sont parties en forêt chercher du bois. Il faut faire vite avant que le temps se réchauffe et que les sentiers ne deviennent impraticables.

Elles portent leurs plus mauvais habits. Elina a emprunté une veste en cuir tanné à l'un de leurs locataires. Elle lui arrive presque jusqu'aux genoux. Elle s'est mis un foulard sur la tête, noué sous le menton comme une vieille paysanne. Flisan porte un pull-over en laine qui tombe en lambeaux.

Elles ont coupé des bûches assez petites pour tenir dans

le poêle et elles sont couvertes de sciure. Les ourlets de leur jupe sont raidis et alourdis de neige collée.

Elles tirent comme deux bêtes de somme le traîneau chargé de bois.

Elina aperçoit l'élégante compagnie et voudrait disparaître sous terre.

Flisan fait une révérence.

« Bien le bonjour, mademoiselle Flisan, s'exclame l'architecte Boberg qui a une mémoire extraordinaire pour les noms et les visages. Nous cuisinerez-vous votre fabuleux filet de renne fumé ce soir ?

– Ah, Monsieur s'en souvient ! » répond Flisan en riant.

Elle n'est nullement gênée par la façon dont elles sont habillées, toutes les deux. Il n'y a qu'Elina qui souhaiterait mourir sur l'heure.

Et Hjalmar qui fait comme s'il ne l'avait pas vue.

Flisan les informe que ce soir, ils devront se passer de ses talents de cuisinière.

« Car figurez-vous que c'est mon jour de congé et le directeur a réservé repas et personnel de service auprès du restaurant Östermalms Källaren à Stockholm. Soyez sans crainte, vous ferez un gueuleton de première classe.

– On dirait que vous profitez de votre jour de congé pour travailler dur », remarque Boberg.

Flisan explique qu'elles sont allées faire du bois pour elles-mêmes, mais pas seulement. Quitte à y aller, elles en ont ramassé aussi pour leurs voisins et comptent bien empocher sept couronnes pour leur peine.

Elina rougit jusqu'aux oreilles.

« Je suis anéanti, plaisante Boberg. Vais-je réellement devoir me passer de votre adorable présence ce soir ? Va-t-on m'obliger à manger de la cuisine de Stockholm alors que j'ai fait tout ce chemin pour venir ici ? Si je vous supplie, viendrez-vous juste pour nous préparer votre fameux fromage blanc à la gelée de plaquebières pour le dessert ?

– Vous pouvez supplier jusqu'au retour du Messie avec une horde de disciples, j'irai quand même danser avec mon fiancé, ce soir. »

Tout le monde s'esclaffe hormis Elina et Hjalmar Lundbohm, mais personne ne s'en aperçoit.

« Salut, les filles ! » lance Anders Zorn qui a reçu de la neige dans l'encolure de sa veste. Il commence à avoir hâte de boire le grog promis par son hôte.

Le groupe se remet en route, Karin Larsson et Emma Zorn agitent la main pour dire au revoir à Elina et à Flisan comme si elles étaient de petits enfants. Elina entend Karin Larsson dire : « Quel phénomène ! » et l'un des hommes fait un commentaire qu'elle n'entend pas mais qui amuse tout le monde.

Elina a honte et elle est furieuse. La colère décuple ses forces et la fin du trajet avec le lourd traîneau de bois est vite parcourue. Elle en veut à Flisan, aussi, sans trop savoir pourquoi.

Quand Flisan lui demande quelle mouche la pique, elle répond :

« Il aurait au moins pu me présenter.

– Comme quoi ? » réplique Flisan.

Elle n'est pas du genre à juger les gens et elle ne le lui dit pas, mais elle trouve qu'Elina est une idiote d'avoir entrepris une liaison avec un rupin comme Hjalmar Lundbohm. Pour sa part, elle avait toujours évité les hommes qui avaient trop ou pas assez d'argent. Et elle avait fini par choisir un ouvrier, du même milieu qu'elle. Un type qui savait se tenir en dehors des problèmes et qui ne se saoulait pas. Quelqu'un avec qui elle pouvait faire des projets d'avenir. Le directeur est très bien – comme patron ! Mais cette histoire va se finir dans les larmes, Flisan serait prête à le parier.

Elles se taisent pendant tout le chemin du retour. Le soir, Flisan va danser avec son Johan-Albin, mais elle a du mal à s'amuser.

Les invités du directeur repartent et il ne contacte pas Elina.

Flisan tente d'entraîner son amie à une réunion de prières chez les baptistes et à une conférence sur la phrénologie donnée par Borg Mesch à la maison du peuple, mais Elina n'a pas le cœur de l'accompagner.

« Tu ne peux pas passer ton temps à lire », lui dit Flisan, sincèrement inquiète pour elle.

Au bout de quatre jours, un garçon de courses apporte à Elina un billet du directeur dans lequel il ne lui dit pas qu'il a envie de la voir. Il l'informe seulement en quelques mots qu'il doit déjà repartir. Il écrit qu'elle lui manque. Mais cela ne suffit pas à lui remonter le moral. Il n'emploie aucun des mots d'amour qu'il lui réservait avant, « mon petit lapin », « chaton », « renardeau ». Juste : « Tu me manques. » Mais si c'était vrai, il aurait cherché à la voir. C'est malheureusement d'une logique implacable.

Et à quoi cela l'avance-t-il qu'il y ait des centaines de jeunes gens à Kiruna ? Elle s'est perdue. C'est une autre Elina qui continue à donner la classe chaque jour, qui rit et parle et se comporte comme elle est supposée le faire.

La véritable Elina lit *Jane Eyre* et *Les Hauts du Hurlevent*. Et elle pleure dès qu'il n'y a personne pour la voir.

Au mois de mai, il est de retour. À nouveau, il lui fait parvenir un petit mot. Toujours la même chanson. Elle lui manque et il veut qu'ils se voient. Mille fois, elle s'est imaginé lui répondre que c'était hors de question. Mais elle ne peut rien contre ce cœur qui la trahit. D'une manière ou d'une autre, elle parvient à se convaincre. À admettre que le revoir est la meilleure chose à faire. Elle se lave les cheveux. Talque son corps. Repasse sa plus jolie blouse.

Elle tombe dans ses bras à la seconde où elle le voit et il n'y a plus d'hier et plus de demain. Elle ne veut plus se faire du souci. Seulement sentir sa peau contre la sienne. Et il a aussi faim d'elle qu'elle a faim de lui. Leur amour est fort comme au premier jour.

« Tu m'en veux ? » lui demande-t-il alors qu'elle est couchée au creux de son épaule. Il a allumé un cigare. Elle le prend entre ses doigts. Aspire une bouffée.

« Non, pourquoi devrais-je t'en vouloir ?

– J'aurais dû te présenter à mes amis, dit-il. Mais j'ai été pris de court. Je ne m'attendais pas à te croiser dans la rue, par hasard. »

Dans sa tête se bousculent des phrases comme : « Tu aurais pu m'inviter à passer la journée avec vous », et : « Qu'est-ce que je suis pour toi, au juste ? » Mais elle les garde pour elle, n'a pas envie de se disputer avec lui, seulement de s'endormir, tranquillement, dans ses bras.

Au milieu de la nuit, elle se réveille avec une faim de loup. Elle descend dans la cuisine et entre dans le garde-manger. Elle dévore deux œufs durs, un bol de fromage blanc, deux tartines, de la truite saumonée et des boulettes de viande qui sont restées du repas de la veille.

Enfin, elle décroche une grosse poêle en fonte du plafond, s'assied sur un tabouret et lèche la graisse restée dans le fond noir de la poêle.

Il était presque trois heures de l'après-midi. Il commençait à faire nuit. Et il neigeait dru. Pas un temps à prendre la route. Mais Rebecka et le médecin légiste Pohjanen tenaient beaucoup à se rendre à Lainio pour récupérer la chemise.

Pohjanen proposa à Rebecka de prendre le volant, arguant que cela faisait au moins deux ans qu'il n'avait pas conduit et que cela l'amuserait. Rebecka lui expliqua le plus sérieusement du monde que, sachant que pour l'instant il avait du mal à se lever de sa chaise sans aide, la conduite automobile était hors de question.

Ils finirent par se mettre d'accord pour appeler un taxi. C'était évidemment une opération coûteuse mais en y réfléchissant… à quoi, au fait ?… Ils téléphonèrent donc pour le commander. Pohjanen s'engagea à payer la course sur ses deniers personnels si Rebecka lui promettait de cuisiner à nouveau pour lui quand ils reviendraient.

Le taxi arriva. Le trajet prit une bonne heure.

Le chauffeur les déposa devant la porte, mais le peu de temps qu'ils passèrent dehors suffit à les tremper jusqu'aux os. La neige collait à leurs cheveux et s'insinuait dans le col de leurs vestes, elle s'accrochait à leurs cils et entrait dans leurs yeux quand ils clignaient des paupières. Lorsque le maître des lieux vint leur ouvrir, ils ressemblaient à deux bonshommes de neige sans domicile fixe. Ils refusèrent poliment le café qui leur fut proposé et le ramasseur de baies s'en fut chercher le sac en plastique contenant la chemise. Il leur fit cadeau d'un deuxième sac à nouer autour pour éviter les odeurs dans le taxi. Ils le remercièrent chaleureusement et repartirent en sens inverse.

« Ça doit être drôlement important ce que vous avez là-dedans, dit le chauffeur avec un coup d'œil méfiant dans son rétroviseur sur le sac en plastique soigneusement fermé. Ça fait un long voyage aller-retour. Surtout par un temps pareil. »

Mais il avait parlé dans le vide. Rebecka et Pohjanen dormaient à poings fermés sur la banquette arrière. Et ils ne se réveillèrent pas avant l'arrivée à Kurravaara.

Pohjanen tendit sa carte Visa au chauffeur de taxi.

Ils avaient tous deux une faim de loup. Le Morveux leur fit la fête avant d'aller se coucher devant la cheminée.

Rebecka fit des boulettes de farine qu'ils mangèrent avec du beurre fondu, de la ventrèche grillée et de la gelée d'airelles. Ils burent du lait.

Ensuite, ils étalèrent des journaux sur la table de la cuisine et ressortirent les flasques d'eau-de-vie afin de prendre des forces pour accomplir la tâche qu'ils s'étaient fixée : faire dire ce qu'elle savait à la répugnante loque qu'avait portée Frans Uusitalo avant de mourir.

Pendant ce temps-là, à Lainio, le ramasseur de baies était pris de remords. Il avait gardé cette chemise pendant des mois au fond de son garage. Il avait dit à tous les policiers qui avaient bien voulu l'écouter qu'il l'avait trouvée. Et qu'est-ce qu'il venait de faire ? Il avait laissé une femme et un homme venus de nulle part emporter le vêtement déchiré et ensanglanté et repartir dans le taxi qui les avait amenés. La femme titubant sur ses bottes à hauts talons et le vieux croulant à l'article de la mort puaient l'alcool à plein nez, comme s'ils venaient de faire la tournée des bars. Comment pouvait-il être sûr qu'elle était réellement procureure et lui médecin légiste ? Ils ne lui avaient fait voir aucun papier d'identité, ni rien de ce genre.

Si ces ivrognes venaient à égarer la chemise, c'est lui qui se retrouverait dans la mouise. Il se dit qu'il avait fait une connerie.

Il lui fallut presque deux heures, mais il finit par s'extraire de son fauteuil télé pour appeler la police de Kiruna.

Une femme lui répondit d'une voix chantante avec un accent finlandais.

Il lui expliqua qu'il voulait au moins un reçu pour la chemise. C'était la moindre des choses, non ?

Au standard, Sonja transféra son appel sur le poste de Carl von Post.

On est à la fin du mois de mai 1915. Mademoiselle Elina Pettersson revient de l'auditorium où l'on vient de donner une projection du film d'Isaac Grünewald, réservé aux adultes, dans lequel il danse le one-step.

Nombreux sont ceux qui dénigrent le one-step, le jugeant choquant et répugnant, et qui l'accusent de dénaturer la danse, une activité qui se doit de rester l'expression saine et naturelle de la joie de vivre. Les mêmes esprits chagrins conseillent à toute personne ayant la responsabilité d'enfants et désireuse de les cultiver et de leur inculquer une éducation distinguée, y compris dans le domaine du divertissement, de bannir résolument cette gymnastique obscène du cercle familial.

Isaac Grünewald leur répond par le biais cinématographique, défendant ardemment son propos en dansant devant la caméra avec sa propre épouse. C'est la danse de la jeunesse, dit-il. Tout comme le tango. Et toute chose nouvelle est d'abord perçue comme indécente et inesthétique. Qu'y a-t-il de plus indécent en effet que l'art moderne ? questionne-t-il.

C'est d'un pas dansant, qu'il soit one-step ou autre chose, qu'Elina marche dans les rues de la ville. C'est le dégel et le sol ne parvient pas à absorber toute l'eau générée par la fonte des neiges. Les rues sont des torrents de boue.

Les nuits sont encore fraîches. Il est plus facile de circuler le matin, où on peut marcher sur la boue gelée et entendre la glace craquer sous ses pas. La journée, le soleil brûle comme un lance-flammes. On a beau faire sécher ses souliers, remplis de paille et de papier journal, le soir dans la cuisine, ils sont encore humides le matin. L'ourlet de sa robe est toujours souillé. Leurs locataires puent le fumier et ils ramènent tellement de saleté dans l'appartement que Flisan s'arrache les cheveux.

En général, Elina fait en sorte de ne pas rentrer seule, mais ce soir, personne n'allait dans la même direction qu'elle et elle s'était sentie un peu stupide à l'idée de demander à quelqu'un de l'accompagner. Elle se dit que la nuit est claire et qu'elle n'a qu'un court trajet à faire. Et puis, il n'y a que Flisan qui soit au courant de l'épisode désagréable qu'elle a eu à subir après le dîner chez Hjalmar. On risque de causer. Et ce genre d'histoires se retourne toujours contre vous. Surtout quand il s'agit d'un homme aussi puissant que le superintendant Fasth.

Alors qu'elle atteint le cimetière, elle entend un pas rapide derrière elle.

Quand elle se retourne, il est déjà arrivé à sa hauteur. Une onde de terreur lui parcourt l'échine.

La rue est déserte. Il n'y a qu'elle et lui. Elle accélère le pas. Marche dans les flaques sans ralentir et sans se soucier ni de sa robe ni de ses chaussures.

« Maaaademoiselle Pettersson, lui dit-il. Où courez-vous si vite ? »

Il pose la main sur sa taille et lui dit que maintenant elle va devoir être un peu plus gentille avec lui. Aurait-elle oublié que c'est lui qui paye son salaire ?

Elle bredouille que ça doit être la compagnie et le directeur Lundbohm.

Mais non, elle se trompe. Lundbohm n'a pas de temps à perdre avec ce genre de détails, lui explique-t-il. Surtout pas en ce moment. Il a justement eu le directeur au téléphone ce matin, et il avait l'air de bien s'amuser avec sa nouvelle amie, à Stockholm. Elle ne croyait tout de même pas qu'elle représentait quelque chose pour lui ?! Non, bien sûr que non. Et puis d'ailleurs, elle était l'une de ces femmes émancipées, n'est-ce pas ? Dans le cas où cela la démangerait en l'absence du directeur, il était prêt à se dévouer, si elle voulait.

Il lui agrippe le poignet, l'oblige à s'arrêter, guide de force sa main jusqu'à la protubérance dans son pantalon. Son visage est aussi rouge qu'un steak de renne.

« Elle la sent bien, hein ? souffle-t-il. Si elle est sage, elle va avoir le droit de... »

Au même instant quelqu'un se met à crier :

« Hep ! Vous là-bas ! »

Dieu soit loué, c'est le fiancé de Flisan et l'un de ses camarades qui passaient par là. Ils pressent le pas vers Elina qui est aussi figée que si elle avait le pied pris dans un piège à ours. Fasth ne lui a toujours pas lâché le poignet. Ses doigts ont la force d'un étau.

« Qu'est-ce qui se passe, ici ? » demande Johan-Albin lorsqu'ils arrivent à leur hauteur.

Elina est incapable de proférer un mot et c'est Fasth qui répond.

« Allez-vous-en, gamins ! dit-il sans quitter Elina des yeux. Mademoiselle Pettersson et moi-même devisons agréablement. Fichez-moi le camp », leur répète-t-il en voyant qu'ils ne bougent pas.

Les deux jeunes gens font un pas supplémentaire vers le régisseur général.

« Fichez le camp vous-même, Fasth, lui dit le fiancé de Flisan. Et je ne vous le dirai qu'une seule fois. Ensuite, ce seront mes poings qui se chargeront de vous le faire comprendre. »

Fasth lâche le poignet d'Elina.

« Très bien, occupez-vous-en vous-même ! Il paraît qu'elle a la chatte qui la démange. Elle me suppliait de la soulager quand vous êtes arrivés. »

Puis il s'en va, sans se presser.

Les deux hommes et Elina restent figés, sans rien dire. Ce n'est que lorsque le superintendant Fasth est hors de portée de voix que Johan-Albin dit :

« Ne pleure pas, Elina. Nous allons te raccompagner.

– Merci, répond-elle, d'une toute petite voix.

– Ne me remercie pas. J'ai un compte à régler avec les patrons qui se croient tout permis. »

En chemin, il raconte son histoire à ses compagnons. Elina la connaît déjà pour l'avoir entendue de la bouche de Flisan, mais elle ne le lui dit pas. Elle ne veut pas qu'il croie que sa fiancée s'est montrée indiscrète. Les hommes ont parfois du mal à comprendre que les femmes se disent tout. À propos d'elles-mêmes et de ceux qu'elles aiment.

Il leur parle d'abord de ses parents qui étaient de pauvres paysans de la région d'Överkalix.

« Mon père savait s'y prendre avec les animaux. Il connaissait toutes les herbes médicinales pour soigner les maladies du bétail. Celles des humains aussi, mais on évitait de le crier sur les toits. Il pouvait arrêter une hémorragie, par exemple.

C'était lui qu'on venait chercher pour un accouchement difficile. Ah, ça, il savait les faire sortir, les veaux, les poulains, les bébés. Hé, Heikki, donne-moi un coup de main, on va la porter au-dessus de cette grosse flaque. Je me demande quand ils vont se décider à creuser des digues correctes ici ? C'est chaque année la même misère au moment de la fonte des neiges. Bon, quelquefois, il ne les sortait pas en entier. Quand les veaux étaient trop gros ou qu'ils étaient dans une position impossible. Le plus dur, c'était lorsqu'il devait découper le petit à l'intérieur de la vache pour le sortir sans faire de mal à la mère. Mais il fallait bien. Pour une famille, perdre une bête pouvait signifier la faillite. C'était les seules occasions où il lui arrivait de boire… Après ces… »

Il secoue la tête.

« On lui donnait de l'eau-de-vie pour sa peine. Il allait se réfugier dans une grange quelque part et il s'asseyait dans le foin pour boire jusqu'à perdre connaissance. Et on ne le revoyait que lorsqu'il était à nouveau sobre.

– *Voi Helvetti !* commente Heikki en finnois. Merde alors !

– Mais qu'est-ce que ton histoire a à voir avec les patrons ? » demande Elina, timidement.

Elle le sait très bien, mais elle le dit pour l'aider à reprendre le fil de son récit.

Il y avait dans la région un régisseur, un Allemand, dont le rôle était de superviser le travail des paysans. L'homme avait un faible pour les jeunes Lapones.

« Tu ne le sais peut-être pas, Elina, commence Johan-Albin, mais Charles XII de Suède avait recruté des mercenaires allemands dans son armée. Après la guerre, ils ne purent pas retourner chez eux en Allemagne, puisqu'ils s'étaient battus contre leurs compatriotes, alors ils sont venus s'installer ici pour y faire ce qu'ils faisaient le mieux. Ils devenaient bourreaux ou régisseurs. Et leurs fils devinrent bourreaux et régisseurs après eux. Et les fils de leurs fils… Quoi qu'il en soit, ces jeunes Lapones de onze ou douze ans n'étaient que des petites filles et quand elles tombaient enceintes, leurs corps n'étaient pas prêts à mettre au monde des enfants. Alors on appelait mon père. Il y en eut deux qu'il ne réussit pas à sauver et elles moururent en couches. Après la mort de la deuxième… »

Ils sont arrivés devant l'immeuble où Elina habite avec Flisan. Elina les invite à monter. Il faut de toute façon préparer le repas pour les locataires, il y en aura bien assez pour deux bouches de plus. C'est le moins qu'elle puisse faire pour les remercier.

Flisan rentre peu après. Elle a un seau de poissons à la main. Ce soir, ils dîneront de lotte bouillie.

Ils racontent à Flisan ce qui est arrivé à Elina. Elle les écoute tout en tranchant la tête des lottes, en les pelant et en les éviscérant comme si c'était Fasth qui était couché là, sur la planche à découper.

Johan-Albin reprend son récit à propos du régisseur de son enfance :

« Quand la deuxième fille est morte, mon père en a eu assez. Il a coincé le régisseur un soir de printemps et il l'a castré comme on castre un cheval. À part qu'il l'a assommé et cloué à la porte d'une grange en enfonçant des pointes dans ses vêtements avant de s'occuper de son cas. Il lui a incisé le scrotum, a retourné les sacs comme des chaussettes et il l'a amputé de ses deux testicules. »

Johan-Albin serre le poing et, pendant quelques instants, il a du mal à poursuivre. Flisan le regarde, les mains rouges du sang des poissons, l'air d'avoir envie de le prendre dans ses bras.

« Le régisseur a survécu. Mon père a été condamné à cinq ans de prison. Il est mort de tuberculose dans son cachot au bout de deux ans. Maman ne pouvait pas s'occuper toute seule de ses enfants. Nous étions cinq. Moi, j'avais six ans. On a tous été placés aux enchères des pauvres, c'est-à-dire qu'on est partis dans les familles qui acceptaient de nous prendre en charge pour une somme des plus modiques. J'ai atterri dans une famille de charbonniers finlandais. Mais je n'ai tenu qu'un an. Je me suis sauvé. J'ai suivi la construction du chemin de fer. Commencé comme porteur de clous pour la pose des traverses. J'apportais des seaux de clous tordus aux forgerons et je rapportais des clous droits aux cheminots. Je ne suis jamais allé à l'école, ni rien. Et un jour, je suis arrivé ici. Tout ça pour dire que je n'aime pas les régisseurs. »

Ils mangent leur repas en silence. La misère est un animal tapi dans les bois autour de la compagnie minière, prêt à dévorer celui ou celle qui perd un bras, un mari, sa vertu.

La vertu. Évidemment, c'est de cela qu'il s'agit. Elina sent les bouchées de nourriture gonfler dans sa bouche, mais elle ne l'avouera pas. Même pas à elle-même.

Carl von Post écumait de rage.

« Je suis furieux », hurla-t-il aux oreilles de Sonja du standard.

Il finit par tirer les vers du nez à la standardiste et par apprendre qu'en plus d'avoir récupéré une chemise ayant appartenu à Frans Uusitalo, le père de Sol-Britt Uusitalo, l'homme qui avait été emporté par un ours et dévoré, Rebecka avait également demandé à Sonja de sortir des archives le rapport sur l'accident de la route ayant coûté la vie au fils de Sol-Britt Uusitalo.

« Il y en a marre ! » s'écria-t-il en se précipitant chez Alf Björnfot qui rédigeait des jugements dans le bureau de Rebecka après les audiences de la journée.

« Cette… Rebecka Martinsson ! Elle se mêle de mon enquête ! »

Alf Björnfot baissa ses lunettes sur son nez et jeta un bref coup d'œil à Carl von Post. Puis il les remonta et il relut le texte qu'il venait d'écrire pendant que le procureur von Post dressait d'une voix forte et en termes choisis son réquisitoire contre sa consœur.

« Le problème relève désormais de la direction du personnel au bureau du procureur général du royaume. Elle doit être mutée !

– Excusez-moi, Post, mais si j'ai bien compris ce que vous venez de me dire, répliqua Alf Björnfot avec douceur, ce n'est pas de votre enquête qu'elle se mêle. Elle se borne à s'intéresser à deux accidents dont les victimes s'avèrent être de la famille de votre victime…

– Oui et ça ne me convient pas, rugit von Post. Cette fois, vous ne pourrez pas la couvrir et vous le savez parfaitement. Le procureur du royaume devrait… »

Alf Björnfot leva les mains en un geste de reddition.

« Je vais lui parler. »

Von Post ne lui répondit même pas. La fureur lui avait paralysé les neurones.

Mais une chose était sûre, lui aussi allait dire deux mots à Rebecka. Voire plus.

Rebecka Martinsson et Lars Pohjanen avaient enfilé des gants de latex très fins et entrepris de reconstituer le puzzle de la chemise pour s'apercevoir qu'il ne manquait que la moitié d'un bras et une partie du dos.

« Sacrées griffes ! s'exclama le légiste avec admiration en examinant les déchirures. On croirait qu'elle a été découpée avec une paire de ciseaux particulièrement tranchants. »

Il souleva un morceau du devant de la chemise et l'inspecta à la lumière de la lampe. Il était brun de terre et de sang et, au milieu du fragment, on voyait un trou parfaitement net.

« Qu'est-ce que c'est, à ton avis ? »

Martinsson se pencha pour l'examiner de plus près.

« Je n'en sais rien, répondit-elle, sentant son cœur s'accélérer. Tu as une idée ?

– Ma foi, je crois que c'est un orifice d'entrée de balle. Voilà ce que je crois. Et je crois aussi que nous devons l'envoyer au laboratoire et leur demander de chercher des traces de poudre et de métal.

– L'ours ne l'a pas tué. Il l'a seulement mangé. »

Pohjanen lui lança un regard qu'elle eut du mal à interpréter.

« Toi et tes intuitions, soupira-t-il en secouant la tête. Je suis…

– Rond comme une queue de pelle, dit Rebecka, terminant sa phrase. Allons au sauna, qu'est-ce que tu en dis ? »

C'était le grand-père paternel de Rebecka qui avait bâti ce sauna au bord de la rivière avec ses frères. Il était peint en rouge de Falun, avait une petite véranda avec deux bancs permettant chacun de s'y asseoir à deux. Ensuite, on entrait dans une pièce avec une cheminée où on laissait ses vêtements avant d'entrer dans la salle de bains avec seaux, louches en bois et cuvette de toilette en faïence. Enfin, on arrivait dans le saint des saints, le sauna lui-même, évidemment chauffé au bois, avec sa fenêtre donnant sur la rivière.

Rebecka et Lars Pohjanen avaient tous deux grandi dans des régions où les femmes et les hommes allaient au sauna ensemble sans fausse pudeur. Dans un sauna, on n'avait pas honte d'un corps usé, marqué par l'âge ou les maternités. Dans un sauna, un corps jeune et beau avec des rondeurs aux bons endroits, doux comme un pétale de fleur, n'avait pas à craindre les regards indiscrets.

Rebecka alla chercher l'eau et alluma le feu pendant que

Pohjanen ronronnait d'aise, buvait de la bière et réchauffait son corps frêle devant l'âtre.

Puis ils entrèrent dans le sauna. Rebecka supportait bien la chaleur et elle monta sur la banquette supérieure. La sueur coulait dans leurs yeux, l'eau grésillait et tressautait sur les pierres de lave, la vapeur s'élevait vers le plafond.

Leur conversation fut celle qu'ont la plupart des gens quand ils sont dans un sauna : il aurait fallu des branches de bouleau pour se fouetter et activer la circulation, mais ce n'était pas facile à trouver en cette saison parce qu'elles devaient avoir des feuilles. Le sauna était la seule façon de se sentir réellement propre, il n'y avait rien de plus répugnant que de patauger dans sa propre saleté au fond d'une baignoire. Ils comparèrent le hammam et le sauna et évoquèrent les anciens qui supportaient la chaleur d'un vrai sauna, digne de ce nom, partagèrent les souvenirs des saunas de leur enfance et s'accordèrent à penser que les saunas électriques étaient une invention du diable.

Ils se grattaient et examinaient les peaux grisâtres restées sous leurs ongles. Ils rentraient la tête dans leur cou et gémissaient de bien-être ou de douleur quand Rebecka versait de l'eau sur les pierres et qu'un nuage de vapeur brûlante touchait leur peau. Rebecka soufflait sur sa main et s'étonnait comme chaque fois de la chaleur de son haleine sur sa peau.

Elle sortit à deux reprises, marchant dans le noir et la neige fraîche pour se tremper dans la rivière glacée. Pohjanen s'abstint mais se dit prêt à se tremper dans un trou creusé dans la glace s'il venait à quelqu'un l'idée de l'inviter à un bain de Noël. Le Morveux, qui était tranquillement couché devant la cheminée, accompagna sa maîtresse dehors et il aboya furieusement contre Rebecka et la neige qui lui rentrait dans le nez avant de sauter finalement dans la rivière avec elle.

« Je ne comprendrai jamais rien aux chiens, dit Pohjanen quand Rebecka revint se mettre au chaud, suivie de près par le Morveux. Pourquoi faut-il toujours qu'ils se secouent juste à côté d'un humain ? »

Leur séance de sauna terminée, ils remontèrent, parfaitement relaxés, vers la maison.

Rebecka marchait derrière et regardait le dos émacié du légiste.

J'espère que tu seras encore là à Noël pour te baigner, songeait-elle. Essaye de tenir jusque-là, s'il te plaît.

À l'instant où Pohjanen mettait la main sur la poignée de la porte d'entrée, la voiture de Carl von Post entra dans la cour.

Il en descendit en bras de chemise. Pointa un doigt accusateur vers Rebecka et se mit à hurler :

« Vous êtes cuite, Martinsson ! »

Rebecka ne réagit pas. Le regarda, les bras ballants. La neige se posant peu à peu comme un bonnet sur ses cheveux humides. Pohjanen se colla contre le mur, mais le porche n'offrait pas beaucoup de protection.

« Vous croyez que je ne sais pas ce que vous êtes en train de faire ? brailla von Post. Vous savez que nous avons arrêté le meurtrier, mais que si nous n'avons pas de preuves tangibles nous risquons de devoir le relâcher à cause de la présomption d'innocence. Et vous êtes en train de saboter volontairement mon instruction en inventant d'autres mobiles…

– Je n'invente rien du tout…

– Fermez-la ! S'il y a le moindre soupçon que quelqu'un est en train d'assassiner toute la famille, le fils, le vieux paternel et maintenant la fille, je n'ai aucune chance de faire tomber Jocke

Häggroth et vous le savez. Vous cherchez un nouveau mobile et vous voulez détourner l'attention sur un nouveau suspect juste pour me voir échouer. Vous allez laisser un coupable dans la nature rien que pour m'empêcher de résoudre cette enquête. C'est tellement… délirant. Vous êtes folle, Martinsson. »

Il leva à nouveau un index menaçant.

Pohjanen fit un pas peu assuré vers le procureur von Post.

« Calmez-vous, camarade. Venez boire un coup à l'intérieur et on va vous montrer ce qu'on a découvert. Il n'y a pas de secret. »

Rebecka et von Post regardèrent le vieux légiste comme s'il venait de leur proposer un mariage arrangé ou de leur donner le *la* pour chanter l'hymne national tous en chœur.

« Je n'arrive pas à le croire ! s'étrangla von Post. Vous êtes vraiment en train de vous foutre de ma gueule ! Mais je vous jure, Martinsson, que vous ignorez à qui vous avez affaire. Je connais personnellement la directrice du personnel au bureau du procureur général et je vais de ce pas lui faire savoir que vous représentez un risque pour cette enquête. Et un risque pour vous-même. Tout le monde sait que vous sortez de l'asile. Dans ce contexte sensible, vous êtes en train de craquer à nouveau et j'ai peur que vous ne soyez tentée d'user de manière abusive des moyens de coercition dont nous disposons en tant que magistrats. La DRH n'aura pas d'autre choix que de vous soumettre aux tests psychologiques auxquels vous êtes déjà habituée, si mes renseignements sont exacts. Une expérience humiliante s'il en est. Et ensuite, vous serez mutée dans un endroit où vous ne pourrez pas faire de bêtises. Dans le service public. Au bureau des contraventions ou des attributions de permis de détention d'armes à feu. »

Il s'interrompit. Écarlate. Aussi essoufflé que s'il venait de gravir une montagne au pas de course.

Le Morveux s'approcha de lui en remuant la queue et déposa une pigne à ses pieds. C'était son rôle dans la meute. Détourner l'attention. Dénicher une pomme de pin et proposer un jeu amusant quand il y avait de la bagarre dans l'air. Le rôle du bouffon. Inoffensif.

Von Post regarda la pigne d'un air haineux. Il agita la main pour chasser le chien qui se contenta de ramasser la pomme de pin, de venir la poser un peu plus près de lui et de le regarder, les oreilles dressées, d'un air de dire : « Comment peux-tu résister à une proposition aussi alléchante ? » Pohjanen lâcha un bruit de vieux moteur. Seuls les gens qui le connaissaient auraient pu savoir que c'était un rire.

« Vous êtes aussi givrés l'un que l'autre ! » grogna le procureur von Post.

Il remonta dans sa voiture sans brosser la neige de ses vêtements et partit.

« Quel numéro, celui-là ! » coassa Pohjanen quand von Post eut disparu.

Il ouvrit sa main et laissa le Morveux y déposer la pigne qu'il lança aussi loin qu'il put.

« Un psychopathe certifié ! Je ne sais pas comment on va s'en sortir avec des types comme lui pour lutter contre la criminalité dans ce pays. »

Rebecka suivit des yeux le Morveux qui fonçait ventre à terre pour chercher la pomme de pin.

Elle pensait à Carl von Post. Il avait regardé le chien comme s'il voulait le tuer.

« Le chien, dit-elle à Pohjanen quand ils furent à nouveau installés dans la cuisine et qu'elle eut remis du bois dans la cheminée. Le chien de Sol-Britt Uusitalo. Dans le rapport d'Anna-Maria, il est écrit que Marcus n'a répondu à aucune question concernant la nuit du meurtre. On aurait dit qu'il ne comprenait pas de quoi elle parlait. En revanche, il a dit que leur chien avait disparu. »

Avec quelque difficulté, elle sortit son téléphone de sa poche et appela Sivving. Il répondit si vite qu'on aurait cru qu'il attendait son appel. Elle fut prise d'un léger remords. Elle aurait dû l'inviter au sauna avec eux.

« Dis-moi, Sivving, Sol-Britt avait un chien, n'est-ce pas ? Tu sais quand elle l'a perdu ?

– Oui. Je me souviens qu'elle avait collé des affichettes un peu partout. Il y a quoi, un mois, peut-être ? Je t'ai dit qu'il fallait tenir Vera attachée ! Il y a des cinglés qui écrasent les chiens juste pour s'amuser.

– Merci. Je te rappelle.

– Tu as bu ? Je te trouve bizarre.

– Mais non. »

Elle s'empressa de raccrocher avant que Sivving ait le temps de lui poser d'autres questions.

« Il a disparu il y a un mois, dit-elle à Pohjanen. Si j'avais l'intention d'entrer chez quelqu'un pour le tuer, je m'assurerais d'abord qu'il n'y a pas de chien dans la maison. »

Pohjanen hocha la tête.

« Absolument. Les voleurs qui entrent chez les gens pendant leur sommeil visitent parfois toutes les maisons dans une même rue, mais ils évitent toujours celles où ils savent qu'il y a un chien.

– Donc, si c'est Jocke Häggroth qui l'a fait, je dis bien *si* c'est lui, son crime était prémédité. »

Le lendemain de sa mésaventure avec le superintendant Fasth, Elina rentre à la maison vers trois heures de l'après-midi. Flisan et Johan-Albin sont assis à la table de la cuisine. Les locataires ne sont pas encore rentrés de leur travail. Johan-Albin a la tête baissée et Flisan lui tient les mains. Elle lance à Elina un regard grave. Johan-Albin garde les yeux baissés.

« Qu'est-ce qu'il y a ? demande Elina. Qu'est-il arrivé ? »

Johan-Albin secoue brièvement la tête mais Flisan raconte.

« C'est Fasth. Il a renvoyé Johan-Albin.

– Il ne m'a pas renvoyé, corrige son fiancé.

– Non, il n'a pas osé à cause du syndicat. Les gens sont mécontents, la révolte gronde en ce moment. Et Johan-Albin est populaire. Fasth l'a déplacé. Tu sais qu'il était chargeur ? Il gagnait six couronnes de l'heure. Fasth l'a mis à la broyeuse où il n'en gagnera plus que trois ! À peine de quoi survivre ! Et nous qui essayions de faire des économies pour l'avenir.

– C'est un travail de superviseur. Ça ne paye pas parce qu'il n'y a rien à faire. Il suffit de surveiller et de faire quelques réglages si nécessaire. Quant à Heikki, il se retrouve à nettoyer les latrines des bungalows de repos. »

Elina n'ose même plus entrer dans la cuisine. Elle reste figée sur le pas de la porte.

La broyeuse ! Cette machine infernale qui sert à réduire le minerai en petits morceaux. C'est le pire travail de toute la mine. Les hommes perdent l'ouïe à cause du bruit assourdissant de l'énorme cylindre qui broie les pierres avant de les recracher dans les wagons de minerai qui attendent en dessous. La poussière leur noircit les poumons. Le danger est permanent. Les hommes travaillent avec des barres de fer dont ils se servent pour dégager les blocs qui ont du mal à passer dans le cylindre. La barre peut se coincer et entraîner l'ouvrier dans la machine, où il est déchiqueté en quelques secondes.

« Je suis désolée. C'est ma faute. »

Johan-Albin secoue la tête à nouveau, mais ni lui ni Flisan ne la contredisent.

Flisan, toujours de bonne humeur, a l'air soucieux. Soudain elle tourne vers Elina, l'air déterminée.

« Il faut que tu ailles voir le directeur Lundbohm. »

Elina pâlit.

Flisan se lève et la rejoint. Elle arrange son écharpe autour de son cou et lui caresse la joue.

« Vous avez des choses à vous dire… de toute façon. Je me trompe ? » dit-elle à voix basse, laissant ses yeux glisser sur la poitrine et le ventre de son amie.

Elina hoche la tête sans rien dire. Évidemment. Comment deux femmes qui dorment dans le même lit pourraient-elles garder longtemps cachées ce genre de choses ?

« Il n'y a pas à se mettre martel en tête, ni à réfléchir pendant cent sept ans. Il est chez lui. Tu vas lui dire et puis c'est tout. »

Qu'est-ce que je vais faire ? se demandait Rebecka Martinsson.

Pohjanen et le Morveux étaient endormis sur le canapé. Le feu s'était éteint et les dernières braises rougeoyaient dans l'obscurité.

Von Post avait réussi à lui faire peur. Vraiment peur. Rebecka ne supportait pas l'idée de devoir se soumettre à de nouveaux tests psychologiques. De se retrouver sous le regard gentiment inquisiteur de quelque expert médiocre en train de lui demander, la tête légèrement penchée : « Comment allez-vous, Rebecka ? » en présence d'un pauvre délégué du syndicat censé être de son côté. Jamais. Elle préférait encore donner sa démission dès le lendemain.

Et après ? Que ferait-elle de sa vie ? Tout le monde semblait croire qu'elle pourrait reprendre sa place chez Meijer & Ditzinger. Y compris Måns.

J'en mourrais si je devais retourner là-bas, songea-t-elle.

La simple évocation du quotidien dans un cabinet d'avocats. Le stress des assistants juristes, les rivalités entre associés, les avocats avec enfants qui devenaient fous en essayant de mener de front une vie de famille et une carrière. Ils étaient tous tellement malheureux. Mais seules les apparences comptaient. Et l'argent, bien sûr.

Je veux rester vivre ici, se dit-elle avec une détermination sauvage.

Soudain, elle fut prise d'une envie irrépressible de parler à quelqu'un. Cela la surprit elle-même. Mais avec qui pouvait-elle parler de ce genre de choses ? Elle avait gardé une amie, à Stockholm, Maria Taube. Mais Maria serait bientôt associée. Elle s'efforçait de rentrer dans le moule. Elle non plus n'arrivait pas à comprendre pourquoi Rebecka gaspillait son talent au bureau du procureur au fin fond de la Laponie.

Rebecka enfila sa veste et descendit l'escalier. Le Morveux se réveilla et insista pour l'accompagner.

Elle partit à vélo rendre visite à Maja Larsson. Il ne neigeait plus mais il fallait appuyer fort sur les pédales pour avancer tant le tapis neigeux était épais. Elle dérapait de temps en temps, mais parvenait tout de même à avancer.

Le Morveux courait dans tous les sens. Heureux de pouvoir jouer dans toute cette blancheur.

Mademoiselle Elina Pettersson attend dans le bureau de Hjalmar Lundbohm et rassemble son courage. Il appelle cette pièce son fumoir. Elle l'a toujours aimée. Elle sent le cigare et le feu de cheminée quand il fait froid dehors.

Une domestique vient justement de remettre du bois dans l'âtre et bientôt le feu craque, crépite et flambe joyeusement. Une nuée d'étincelles monte dans le conduit.

La cheminée a été dessinée par le célèbre sculpteur Christian Eriksson qui est un bon ami de Hjalmar. Deux oursons grimpent sur l'un des piliers en grès et sur l'autre une maman ourse joue avec ses petits. Un triptyque en fonte représentant l'intérieur d'une tente lapone orne le foyer. Au centre figure un couple de Samis et sur les deux plaques latérales, des enfants qui jouent et un chien gardant un troupeau de rennes.

Elina sait que lorsque le feu commencera à s'éteindre et qu'il ne restera que des braises, on aura l'impression que les images prennent vie. Hjalmar et elle ont passé de nombreuses heures devant le feu à s'imaginer que ce tableau les représentait, eux et leurs enfants, et plaisanté sur le fait que Hjalmar avait beaucoup maigri. Elle se souvient qu'un jour, il avait pris un air grave et dit que c'était ainsi qu'il voulait vivre, comme les peuples premiers, libre. Et elle avait parlé de son amour pour la liberté qui était la raison pour laquelle elle était devenue institutrice. Pour être autonome. Ne dépendre de personne.

Elle se souvient que l'une de leurs premières nuits passées ensemble, il lui avait demandé ce qu'elle pensait du mariage et qu'elle lui avait répondu : jamais !

La liberté est facile quand l'amour est fort.

Mais cette liberté, à présent, elle n'en veut plus. Elle veut qu'il mette un genou à terre devant elle. Ou simplement qu'il lui dise : « Tu ne trouves pas qu'on devrait... »

Son regard se promène sur les boiseries qui habillent les murs jusqu'à mi-hauteur et sur la tapisserie de Jukkasjärvi ornant la partie supérieure. Elle regarde les meubles en acajou ciré, la table aux pieds tournés, les chaises à hauts dossiers. C'est une pièce magnifique. Ses amis artistes l'ont aidé à la décorer. Elle semble sans prétention de prime abord, mais Elina sait ce qu'il en est.

Une peau d'ours blanc est étalée sur le plancher à côté d'une peau d'ours brun. Il n'y a pas très longtemps, elle était allongée sur ces peaux. Aujourd'hui, elle est assise sur la banquette contre le mur, le dos bien droit, comme si elle avait été envoyée par quelque association pour demander humblement une subvention au directeur de la mine.

Elle veut vivre dans cette maison comme son épouse. Elle veut qu'il l'emmène dans ses voyages. Elle et le petit, car elle sait déjà que c'est un garçon. Elle veut voir l'Amérique et le Canada. Et quand elle ne l'accompagnera pas, elle veut rester ici et attendre son retour, se languir de lui, s'asseoir à sa table de travail pour lui écrire de longues lettres pendant que les enfants jouent dans l'escalier et que Flisan chante dans la cuisine. Elle veut tout cela. Elle le veut plus que tout.

Mais elle est fière aussi. Elle ne l'obligera à rien. Si au lieu de la demander en mariage il lui demande combien elle veut ? Que fera-t-elle ? Quand elle arrive à ce point de leur conversation imaginaire, son cerveau s'arrête.

Hjalmar Lundbohm entre dans le bureau. Il la prie de l'excuser de l'avoir fait attendre. L'embrasse. Sur le front !

Il s'assied, pas à côté d'elle mais sur une chaise près de la bibliothèque. Il la regarde dans les yeux, mais très vite, son regard s'échappe pour aller lire l'heure sur la comtoise dans l'angle de la pièce.

Le cœur d'Elina est lourd comme une pierre qui s'enfonce dans l'eau noire d'un étang en hiver.

Elle lui demande s'il a beaucoup de travail et il répond oui, énormément. L'objet de sa visite est comme une troisième personne silencieuse assise entre eux.

Il se met à parler de la LKAB qui est devenue le principal fournisseur d'acier de toute l'Europe en guerre. Cela représente beaucoup de voyages. Beaucoup d'affaires à traiter. Et les nombreux articles dans les journaux sur la situation politique de Kiruna lui compliquent la vie. Les agitateurs sont encore très remontés après le référendum de 1909. Les habitants de Kiruna veulent que leur collectivité devienne un bourg, une ville marchande afin que la commune perçoive une taxe professionnelle de la compagnie minière et que cet impôt puisse servir à améliorer les infrastructures. Mais la direction de la compagnie minière veut garder le statut de commune. Ce qui signifie que la société continue de payer des impôts à l'endroit où elle a son siège social, c'est-à-dire à Stockholm. En 1909, il y avait eu ce référendum. Le vote était organisé selon un barème proportionnel où les citoyens qui gagnaient le plus d'argent avaient le plus de voix. Lundbohm, par exemple, avait le maximum de voix qu'on puisse avoir, cent, tandis qu'un simple ouvrier n'en avait qu'une.

Lundbohm avait voté comme le souhaitaient ces messieurs de Stockholm. Ses ingénieurs et les habitants de Kiruna avaient voté comme leur patron. Et Kiruna était restée une commune.

Le débat subsiste depuis cette époque et il est plus enflammé que jamais.

« On m'accuse d'être un traître », se plaint-il à Elina, outré, et Elina le console en lui affirmant que les habitants de Kiruna savent très bien au fond qu'il est l'ami du peuple.

Cependant, l'ambiance de la ville est survoltée, comme on peut s'y attendre dans une ville en pleine croissance où il y a tant de dysfonctionnements. Il y a des manifestations à tous les coins de rue. Les femmes, qui n'ont pas le droit de vote, se réunissent pour soulever le problème de la distribution d'eau. Elles demandent, d'une voix très audible, pourquoi il n'y a que douze puits dans la commune alors qu'il y a vingt-quatre débits de bière.

Elina prend son élan. Elle a peur qu'il s'excuse tout à coup et la plante là sous prétexte que le devoir l'appelle. Peur de laisser passer cette chance de lui parler.

« Tu me manques quand tu t'en vas, dit-elle en s'efforçant de garder un ton léger.

– Toi aussi », répond-il.

En lui donnant une petite tape sur le dos de la main !

« Mais tu sais que je suis un être inconstant », ajoute-t-il.

Et elle acquiesce, parce que ce n'est pas la première fois qu'il le lui dit.

Il est inconstant. Le contraire de ce qui s'appelle un homme stable. Elle se souvient de la première fois qu'elle l'a écouté parler de lui-même, la tête au creux de son épaule. Cette nuit-là, ses mots l'avaient remplie de joie. « Je suis incapable, disait-il, à l'inverse de la plupart des gens, de vivre selon des règles préétablies. »

Hjalmar lui explique à nouveau quel genre d'homme il est. Et elle s'oblige à hocher la tête et à sourire.

Parfois, il travaille sans relâche. Parfois, il devient paresseux et ne travaille que par à-coups. Parfois, il se soumet au jeu des convenances, rend visite à ses amis et va aux réceptions auxquelles il est convié, il répond aux lettres qu'il reçoit et en écrit à son tour. À d'autres moments, il vit tel un ermite, refuse les invitations, néglige sa correspondance indéfiniment. C'est ainsi qu'il est fait. Il ne sera jamais comme les autres. Il a besoin de voyager, pas seulement pour le travail, mais parce que de temps en temps, le nomade en lui l'appelle.

Elle contemple le bout de ses souliers pendant qu'il discourt. Il n'y a pas si longtemps, elle était dans ses bras, elle l'embrassait et elle lui disait : « Je t'en prie, ne deviens jamais comme les autres. » Tout le reste de l'humanité lui paraissait fade et ennuyeux. Hjalmar et elle étaient deux torches brillantes dans la nuit.

Maintenant, songe-t-elle, je suis comme tout le monde. Je suis devenue une femme comme les autres.

« Et nous, Hjalmar ? lui demande-t-elle enfin.

– Que veux-tu dire ?

– T'arrive-t-il d'imaginer un avenir ?… »

Elle ne termine pas sa phrase, se contente d'un haussement d'épaules.

Il se sent poussé dans ses retranchements. Elle le voit à son attitude. Mais il faut qu'elle sache, à présent.

« Je te croyais un esprit libre ? Je pensais que tu étais satisfaite de la nature de notre relation, répond-il. Je suis un vieil homme, voyons, tu ne veux pas de moi ! » ajoute-t-il.

Mais il semble assez clair que celui qui ne veut pas de l'autre n'est pas celui qu'on croit.

Elina rassemble son courage.

« Il y a eu des conséquences. »

Il reste un long moment sans rien dire. Et durant cet odieux silence, elle sait qu'elle devrait se lever et partir. Car s'il l'aimait encore, il n'hésiterait pas, il n'aurait pas besoin d'un temps de réflexion. Il la prendrait dans ses bras.

Il passe la main sur son visage.

« Je me dois de te poser la question », commence-t-il.

Et elle songe : Non ! Oh non ! Pas ça ! Il n'a pas le droit de me demander ça.

« Es-tu certaine qu'il est de moi ? »

Elle se lève avec raideur. Elle ignore si elle devrait pleurer ou se mettre en colère. La honte la pince partout de ses doigts de mégère. Ce sont les bonnes femmes de son ancienne vie qui la pincent. Qui tirent sur son joli corsage avec leurs doigts crochus. Qui chuchotent entre elles au-dessus du cercueil de sa mère qu'Elina l'a laissée se tuer à la tâche pour lui permettre de « faire des études ». Ces femmes de son passé qui parlaient des filles qui sont devenues folles à force de lire des livres et ont fini à l'hôpital psychiatrique.

Comment a-t-elle pu croire qu'elle en avait fini avec ces sorcières ? Émancipée, ha ! L'émancipation, c'est bon pour les filles bien nées. Les mots de Strindberg lui viennent à l'esprit. Ceux de Jean dans *Mademoiselle Julie* : « Ah ! Je sens la main de ce paysan qui pèse sur mon épaule. »

Son passé de paysanne ne la lâche pas.

Et Hjalmar a vu la petite paysanne en elle. Et il n'en veut pas. Il a l'air tellement gêné. Il souffle comme un animal en cage.

« Je vais partir, Hjalmar, dit-elle, d'un ton aussi froid que possible. Mais avant, il y a une dernière chose dont je voudrais te parler. »

Elle raconte à Hjalmar que le fiancé de Flisan a été déplacé. Elle affirme qu'il s'agit d'une injustice mais ne mentionne pas le superintendant Fasth. C'est tout simplement au-dessus de ses forces, elle a trop honte. Trop peur qu'il pense que c'est Fasth qui l'a mise enceinte.

Hjalmar répond que l'organisation et la répartition du travail ne sont pas de son ressort. Et que même si Fasth est parfois un homme dur, il n'est jamais injuste.

Elle hoche la tête et se dirige vers la porte. Il n'y a plus rien à dire. Il n'essaye pas de la retenir. C'est la dernière fois qu'ils se verront. Mais ils l'ignorent encore. Elina s'enfuit le plus vite possible pour qu'il ne la voie pas pleurer.

Hjalmar la regarde partir en se disant que s'il avait été son seul amant, elle le lui aurait dit.

Elina rentre chez elle en se demandant ce qu'elle va faire. Qu'est-ce que je vais faire ?

Maja Larsson n'était pas encore couchée. Rebecka appuya son vélo contre la véranda délabrée, jeta un coup d'œil par la fenêtre de la cuisine et vit Maja assise en face de son compagnon.

Ils auraient pu être frère et sœur, songea Rebecka en observant leurs profils de part et d'autre de la table. Maja avec ses cheveux blancs noués en un nombre incalculable de tresses, lui avec son énorme tignasse de la même couleur qui lui tombait dans les yeux de temps en temps.

Elle alla frapper à la porte. Après un petit moment d'hésitation, Maja lui cria d'entrer. Elle était maintenant seule dans la cuisine.

« Rebecka ! s'écria Maja en l'invitant d'un geste à venir s'asseoir. C'est gentil de nous rendre visite ! Et tu as amené ton chien ? Quelle bonne idée !

– Je suis désolée, j'espère que ce n'est pas moi qui ai fait fuir votre ami ? Comment s'appelle-t-il ?

– Oh, il ne faut pas faire attention à Örjan. Il est un peu timide. Tu veux un café ? Ou une bière, peut-être ? »

Rebecka déclina d'un signe de tête et prit place à table.

« Je voulais m'excuser d'avoir réagi comme ça quand vous m'avez parlé de ma mère et tout ça. C'est juste que je suis un peu… je ne sais pas.

– Je comprends. Mieux que tu ne le penses, dit Maja en prenant une cigarette dans son paquet.

– Comment va la votre, à propos ?

– Ma petite maman. Je voudrais qu'elle attende que je cesse de prendre mes désirs pour des réalités pour partir.

– Je ne comprends pas ?

– Pfff, c'est pathétique. J'ai bientôt soixante ans, tu sais ? Mais là-dedans… »

Elle pointa un index vengeur sur sa poitrine en regardant intensément Rebecka dans les yeux.

« … Il y a encore une petite fille qui rêve de l'entendre dire une chose avant qu'il ne soit trop tard.

– Vous aimeriez l'entendre dire quoi ?

– Oh, rien d'extraordinaire ! "Pardon", peut-être. Ou : "Je t'aime et je suis fière de toi." Ou bien : "Je sais que ça n'a pas été facile." Enfin, tu vois ce que je veux dire. C'est idiot. Elle m'a abandonnée quand j'avais douze ans pour emménager avec un gars qui lui a dit : "Pas de gamin." Dieu sait si je lui ai promis que je serais sage. Mais elle… »

Maja agita une main en l'air au-dessus de sa tête au lieu de finir sa phrase.

« J'ai dû aller vivre avec la sœur de mon père et son mari. C'était un type… spécial. Il collait les bibelots sur les rebords des fenêtres et sur la table basse pour qu'ils restent toujours à la même place. Je suppose qu'ils avaient négocié une pension avec maman pour s'occuper de moi. Ma mère a passé toute sa vie à rechercher l'amour des hommes. Et moi… bon…

évidemment, je suis vieille maintenant, mais les hommes m'ont toujours couru après. Alors qu'ils ne m'intéressaient pas. »

Elle sourit mais son sourire ressemblait plutôt à une grimace.

« Et lui, qu'est-ce qu'il fait là, alors ? s'enquit Rebecka en levant les yeux vers le plafond et le premier étage.

– Örjan ? Oh, il est venu un jour relever mon compteur d'eau. Et il est resté. Comme un chien perdu sans collier. »

Elle gratta le Morveux sous le museau.

« Il a compris que je ne crois pas au grand amour, dit-elle. Mais c'est bien d'avoir de la compagnie. Et il est fataliste. Il aurait aimé qu'on vive dans la même maison et qu'on passe tout notre temps ensemble, mais il a cessé d'espérer. Il me prend comme je suis. Il n'espère pas me changer. Il est satisfait comme ça. Gentil. Tranquille. Ce sont des qualités qu'on ne sait pas assez apprécier chez un homme. »

Rebecka rit de bon cœur.

« Pourquoi tu ris ? lui demanda Maja en allumant une nouvelle cigarette avec la braise de la précédente.

– Je ris à cause de mon petit ami, ou je ne sais pas exactement comment l'appeler. Satisfait, gentil et tranquille sont des adjectifs qui arrivent très loin dans l'ordre de ses qualités. »

Maja haussa les épaules.

« Ce qui est important pour moi n'est pas obligé de l'être pour toi. »

Rebecka pensa à Måns. À son agacement quand il venait la voir à Kiruna. À son éternelle insatisfaction. Il faisait « un froid de gueux » ou bien c'était « infesté de moustiques ». L'hiver était trop sombre et l'été, il faisait si clair qu'il n'arrivait pas à dormir. Les chiens étaient trop boueux et trop agités. L'endroit trop désert et trop calme. Les gens étaient trop bêtes et l'eau de la rivière trop froide.

Elle avait toujours l'impression de devoir lui trouver des occupations quand il était là. Être là ne lui suffisait pas.

« Je devrais surtout arrêter d'espérer qu'il change, dit Rebecka.

– Il faut renoncer à l'espoir, acquiesça Maja Larsson. Par contre, vouloir, c'est tout à fait différent. Comme ce que je te disais tout à l'heure à propos de ma mère. Je *veux* qu'elle fasse toutes ces choses : qu'elle me prenne la main, qu'elle me dise qu'elle m'aime. Mais je dois renoncer à l'espérer. Car cela n'arrivera jamais. Et quand je cesserai de l'espérer, je serai libre, enfin.

– Combien de temps lui reste-t-il ? Je ne sais même pas ce qu'elle a.

– Elle peut s'en aller d'un jour à l'autre. Elle a un cancer du foie. Et des métastases partout. On la nourrit avec une sonde, mais elle n'urine presque plus. Ses reins ne fonctionnent pas. Et quand on en est là... Bon, moi j'ai besoin de boire une bière, maintenant. Tu es sûre que tu ne veux rien ? »

Rebecka refusa poliment et Maja se leva pour aller chercher une canette dans le réfrigérateur. Elle l'ouvrit et but une longue gorgée de bière sans prendre la peine de la verser dans un verre.

Elles restèrent un moment sans rien dire.

« Ma mère aussi est partie avec un nouveau type », dit Rebecka.

Elle se rendit compte qu'elle avait dit cela d'une voix dure.

« Mais c'est moi qui ai refusé d'aller vivre avec eux. Elle m'envoyait des cartes postales. "Le pommier est en fleur." "Ton petit frère est adorable." Mais jamais elle ne m'a écrit que je lui manquais ou simplement demandé comment j'allais. C'est vrai, je n'y avais pas pensé. C'est de continuer d'espérer qui m'a fait le plus mal.

– C'est ce qu'il y a de plus difficile, dit Maja en regardant son reflet dans la vitre sombre. Accepter les choses et les êtres comme ils sont. Garder ses sentiments pour soi. Qu'on soit triste, effrayé ou en colère. Et accepter de se sentir heureux et insouciant parfois, quand tout va bien.

– Oui. Il faudrait que je rentre chez moi, maintenant. Ne serait-ce que pour que votre pauvre copain puisse sortir de sa cachette. »

Maja Larsson ne fit aucun commentaire. Elle rit d'un petit rire las et sans joie. Elle prit une bouffée de sa cigarette. Rebecka avait du mal à s'extraire du silence qui avait empli la cuisine.

Les défuntes, les mères, les grands-mères, toutes vinrent s'asseoir sur les chaises vides autour de la table.

Depuis le premier étage plongé dans le noir, le compagnon de Maja Larsson regarda Rebecka Martinsson sortir de la maison et reprendre son vélo.

Son sale clébard tournait autour du compost en reniflant. Il entendit sa maîtresse le rappeler :

« Allez viens ! Allez, Morveux, viens maintenant ! »

Le chien s'était mis à gratter et à creuser. Finalement, elle posa son vélo par terre et alla chercher le chien. Elle dut le tirer par son collier.

L'homme continua longtemps à regarder le compost tandis que Rebecka s'éloignait sur la route avec le chien en laisse.

Fiche le camp, songeait l'homme. Sinon, toi aussi, tu vas finir là-dedans.

« Quatre-vingt-dix-huit, quatre-vingt-dix-neuf, cent. J'arrive ! »

Krister Eriksson et Marcus jouaient à cache-cache. C'était au tour de Krister de chercher et il tournait partout au rez-de-chaussée, ouvrant les portes des placards en s'écriant : « Haha ! », pour dire aussitôt après d'une voix déçue : « Eh non, il n'est pas là non plus. »

Il entendit distinctement au premier étage la voix de l'enfant disant : « Va-t'en, Vera, tu gâches tout. »

Tout en continuant à faire semblant de chercher Marcus, il envoya un SMS à Rebecka Martinsson.

« On joue à cache-cache, et toi ? »

Il se moqua un peu de lui-même et de ce besoin qu'il avait de se montrer sous son meilleur jour aux yeux de Rebecka. Il lui était arrivé de faire de la pâtisserie, juste pour pouvoir lui envoyer un SMS disant : « Je fais des cakes aux fruits confits, c'est toujours bien d'en avoir à la maison. Et toi ? »

Il découvrit Marcus dans la salle de bains.

« Comment fais-tu pour te faire aussi petit ? lui demanda-t-il, admiratif, en aidant le gamin à s'extirper du panier à linge.

– Encore ! s'exclama Marcus. On va se cacher dehors, maintenant ? »

Krister jeta un coup d'œil par la fenêtre. Il faisait nuit. Et il était tard. Une belle couche de neige toute fraîche recouvrait le paysage. La lune léchait les branches alourdies de sa langue d'argent.

« Pas longtemps, alors. Tu n'as pas oublié que tu voulais aller à l'école demain. »

Ils jouèrent encore à cache-cache pendant un petit moment, mais il n'y avait pas tellement de bonnes cachettes. Ils essayèrent de lancer des boules de neige aux chiens, mais la neige était trop froide. Il fallait la faire fondre entre ses mains pour qu'elle veuille bien coller et ils eurent rapidement trop froid aux doigts. Les chiens n'en revenaient pas que leur maître passe autant de temps à jouer avec eux.

Soudain, les poils de Tintin se dressèrent sur son échine. Elle se mit à grogner. Montra les dents, baissa la tête. Krister l'observait, surpris.

« Qu'est-ce qui t'arrive ? »

La chienne aboya en direction des arbres, le long de la piste cyclable.

« Attends-moi là », recommanda Krister à Marcus qui voulait qu'ils s'allongent pour faire des anges dans la neige.

À présent, tous les chiens s'étaient précipités vers la clôture en poussant des aboiements furieux, comme s'ils avaient obéi à un ordre.

« Hé ! lança Krister dans l'obscurité. Il y a quelqu'un ? »

Personne ne répondit. Les chiens revinrent auprès de leur maître.

« Allez viens, dit Krister en prenant Marcus dans ses bras. Il est temps de rentrer.

– Mais on doit faire des anges, protesta l'enfant.

– Demain, mon petit chien perdu. Pour l'instant, je voudrais que tu me rendes un très grand service. Tu veux bien m'aider à donner à manger à Vera, Tintin et Roy ? »

Quand ils furent tous à l'intérieur, il ferma à clé la porte d'entrée et baissa les stores. Quelqu'un était venu les espionner, tapi dans le noir, entre les arbres.

Un journaliste, probablement, tenta-t-il de se convaincre.

Il se dit qu'il devrait rapporter son arme de service à la maison. Et se ficher du règlement.

Quelqu'un avait mis cette boîte de Pyrogel allumée dans la niche.

On avait attrapé le meurtrier. Il était à l'hôpital.

C'était sûrement un journaliste, se répéta-t-il en remplissant d'eau sa boîte à tabac à chiquer sous le robinet de la cuisine et en la jetant dans la poubelle sous l'évier. Terminé, il n'y toucherait plus.

« Cette nuit, tout le monde va dormir dans la maison, annonça Krister à Marcus. Et tu sais pourquoi ?

– Non.

– Parce que j'ai décidé que tous les chiens auront le droit de dormir dans mon lit. Et c'est ce qu'ils préfèrent au monde.

– Le chien perdu aussi voudrait dormir dans ton lit », dit Marcus.

Krister eut toutes les peines du monde à convaincre les trois chiens de monter se coucher sur le lit. Ils le regardaient, la tête penchée sur le côté, et il lisait dans leurs yeux noirs ce qu'ils étaient en train de se dire.

Non, non, non. On ne peut pas faire ça. On va être punis. Le lit est un endroit interdit.

Finalement, ils acceptèrent avec prudence. Et se mirent vite d'accord. Voilà une chose à laquelle ils ne devraient pas avoir trop de mal à s'habituer.

Des années d'éducation à refaire, songea Krister en s'endormant, la tête de Marcus au creux de son épaule.

Mardi 25 octobre

KRISTER ERIKSSON SE RÉVEILLA avant la sonnerie du réveil. Il tendit le bras pour attraper l'ordinateur posé par terre à côté du lit. Les journaux en ligne *Aftonbladet* et *Dagens Nyheter* avaient tous deux publié l'information selon laquelle la police de Kiruna faisait dormir un enfant traumatisé dans une niche.

Aucun ne prenait la peine de mentionner que Krister avait dormi dans une tente à côté.

Il se leva et descendit à la cuisine, ouvrit la porte du placard sous l'évier et récupéra sa boîte à tabac dans la poubelle. Il regarda son contenu avec regret.

Foutus journalistes ! Et quelle idée il avait eue de verser de l'eau sur son tabac ? Il vida soigneusement le contenu de la boîte sur un morceau d'essuie-tout qu'il posa dans le micro-ondes. Après trente secondes à la plus haute puissance, le tabac à chiquer était à nouveau utilisable, même si sa qualité laissait à désirer.

« Tu ne me dénonceras pas, recommanda-t-il à la chienne Vera qui l'avait suivi, pensant que c'était l'heure du petit-déjeuner. Sinon, elle ne me laissera jamais l'embrasser. »

Aux alentours de midi, un technicien du laboratoire de médecine légale de Kiruna appela pour annoncer qu'il y avait du sang séché sur la fourche et qu'il s'agissait de celui de Sol-Britt Uusitalo.

« Parfait, s'écria von Post, enthousiaste. Et Jocke Häggroth ? »

Le technicien répondit qu'ils n'avaient trouvé ni empreintes ni cheveux correspondant au suspect. Il restait la possibilité d'une trace ADN mais cela prendrait un peu plus longtemps. Le sang était plus facile à détecter. Et puis, il avait été bien conservé grâce au froid.

Il affirma au procureur que l'affaire était considérée comme une priorité et mit fin à la communication.

C'est maintenant, songeait von Post en avalant d'une traite son café devenu froid, avant de se rendre tout droit à l'hôpital. Et si quelqu'un se met sur mon chemin, je le tue.

La première à se mettre sur le chemin du procureur von Post fut le médecin qui l'accueillit à l'hôpital. Le patient était toujours dans un état critique. Carl von Post s'approcha d'elle à pas mesurés et alla lui parler en tâchant de maîtriser sa voix. Les infirmières passaient près d'eux sans faire de bruit, avec leurs sabots à semelles de caoutchouc ou leurs sandales Birkenstock. Il remarqua qu'elles étaient toutes incroyablement jeunes.

Conformément à la procédure, un policier en uniforme surveillait la porte de la chambre de Häggroth. Il suivit leur conversation avec intérêt.

Von Post expliqua la situation à la praticienne. Il lui dit

qu'il disposait désormais de preuves lui permettant d'obtenir les aveux de son patient. Puis il joua la carte émotionnelle.

« Nous avons un petit garçon de sept ans qui vient de perdre le seul adulte qui lui restait dans l'existence. »

Il lui raconta que le pauvre Marcus avait probablement assisté à cet assassinat d'une extrême brutalité, mais qu'il avait préféré refouler l'épisode.

« Je me refuse, dit von Post d'un ton vibrant, à l'obliger à se souvenir de choses qu'il a décidé d'oublier. Avec tout le respect que je vous dois, je préfère mettre en péril la santé d'un meurtrier. »

La fonctionnaire l'écoutait sans rien dire.

« Et personnellement, je pense que Häggroth doit avoir un énorme poids sur la conscience. Il était son amant, vous comprenez ? Il se sentira mieux quand il aura avoué son crime. Je ne suis pas psychologue, mais je suis convaincu d'avoir raison. »

Enfin, il passa aux menaces déguisées.

« Comme vous l'avez sans doute remarqué, l'affaire fait la une des journaux. »

La femme médecin acquiesça.

« Je sais. Des journalistes ont tenté d'entrer ici. Il y en a même un qui m'a proposé de l'argent.

– Ils ne tarderont pas à découvrir que votre patient est l'homme qui a tué Sol-Britt Uusitalo… et s'ils apprennent que nous n'avons pas eu le droit de l'interroger… »

Ils vont vous manger toute crue, petite madame, poursuivit-il pour lui-même. Et je me ferai une joie de vous servir à ces vautours sur un plateau.

Il fit un geste d'impuissance pour dire que si les choses

devaient en arriver là, il ne serait pas en son pouvoir de la protéger.

« Donnez-moi un quart d'heure, supplia-t-il. Vous pouvez entrer avec moi dans la chambre et m'interrompre quand bon vous semblera. Je vous serais même reconnaissant d'être à mes côtés. Je me sentirais plus tranquille.

– OK, dit-elle. Un quart d'heure. Et j'assiste à l'interrogatoire. »

Jocke Häggroth occupait une chambre individuelle au deuxième étage, ils pourraient parler sans être dérangés.

Von Post approcha une chaise et s'assit au chevet du suspect. Dehors, le soleil étincelait sur la ville enneigée. Il se tourna un instant vers le médecin qui était resté debout en retrait, les yeux fixés sur les moniteurs de contrôle pour surveiller les constantes de son patient.

Häggroth n'était pas beau à voir dans sa chemise d'hôpital peu seyante, pâle comme la mort, le cheveu rare et gras collé sur son crâne. Ses jambes étaient dissimulées sous une couverture en microfibre et il portait autour du poignet un bracelet d'identification en plastique. Une perfusion reliait son bras à un goutte-à-goutte.

Von Post alluma son dictaphone et il le posa sur ses genoux.

« Ce n'est pas moi, dit Häggroth, d'une voix morne… J'ai…

– C'est ça, le coupa von Post. Le problème, c'est que la fourche que nous avons trouvée dans votre hangar était couverte du sang de Sol-Britt Uusitalo. »

Von Post se dit qu'il devrait lui poser d'autres questions du genre : « Qu'est-ce qui vous est passé par la tête ? » « Pourquoi n'avez-vous pas jeté la fourche dans le fleuve ? » « Comment peut-on être aussi stupide ? »

Il n'osait pas vérifier les moniteurs. Espérait juste que les courbes de tension et de fréquence cardiaque allaient se tenir tranquilles. Il attendit un instant puis il se pencha et chuchota dans l'oreille de Häggroth :

« Je sais que tu as laissé des traces quelque part et nous allons les trouver. C'est juste une question de temps. Des empreintes, un cheveu, une goutte de sueur, une fibre de tissu provenant de ton pantalon. Il suffira de presque rien… »

Il frotta son pouce et son index l'un contre l'autre.

« … Un atome d'ADN. Tu comprends ce que je veux dire ? » Puis il se redressa et ajouta à voix haute : « Alors vous feriez mieux de parler. Je suis sûr que cela vous ferait du bien.

– Vous bluffez, murmura Häggroth. Je ne connaissais même pas l'existence de cette fourche, elle devait appartenir à mon grand-père… »

Il se mordit la lèvre. Détourna la tête. Ce ne fut que lorsque son corps se mit à tressauter que von Post comprit qu'il pleurait.

« Allons, allons », le consola-t-il maladroitement.

Pourvu qu'il ne commence pas à faire son cinéma et que le médecin ne s'en mêle pas.

« Je pense à mes enfants, gémit Häggroth.

– Oui, répliqua von Post. Je comprends. »

Ses sanglots reprirent de plus belle et la femme médecin se racla la gorge.

« Il faut qu'il se repose, maintenant », dit-elle.

Von Post jura intérieurement et stoppa l'enregistrement.

« C'est moi », déclara tout à coup Häggroth.

Von Post remit aussitôt le magnétophone en route.

« Pardon ? Qu'est-ce que vous avez dit ?

– C'est moi qui l'ai tuée. »

Puis il laissa échapper une longue plainte et le médecin arriva aussitôt à son chevet.

« Ça suffit, maintenant. Vous allez devoir reprendre cet interrogatoire à un autre moment. »

Von Post quitta la chambre en apesanteur, il sortit de l'hôpital flottant sur un nuage, s'envola vers les cimes enneigées, vers le ciel d'un bleu glacé.

Je vais organiser une conférence de presse, jubilait-il intérieurement. Ça y est, on l'a eu. Et c'est moi qui lui ai soutiré des aveux.

Carl von Post prit la rue Hjalmar-Lundbohm en direction du commissariat de police. Kiruna était une jolie ville quand elle était couverte de neige fraîche.

La montagne des scories recrachées par la mine se transformait en une montagne en terrasses vêtue de blanc. Les maisons jaunes, comme on nommait les bâtiments en bois construits jadis pour loger les mineurs, semblaient tout droit sorties d'un roman d'Astrid Lindgren.

Il jeta un rapide coup d'œil dans le miroir de courtoisie avant de descendre de voiture. Il avait déjà préparé quelques phrases courtes et percutantes. Ce serait une magnifique conférence de presse.

Martinsson pouvait reprendre son poste, à présent. Cadeau, ma belle. Amuse-toi à instruire des affaires de conduite en état d'ivresse et d'excès de vitesse. Parce que moi, j'ai mieux à faire.

Il se rappelait la première fois où il l'avait rencontrée. À l'époque, elle était encore une des avocates montantes du cabinet Meijer & Ditzinger à Stockholm. Son manteau devait valoir l'équivalent d'un mois de son salaire de procureur. Maintenant, elle semblait bien partie pour finir ses jours toute seule au milieu de nulle part, dans la vieille bicoque de sa grand-mère, bouffée par ses chiens.

Dans le corridor du commissariat, il tomba sur Anna-Maria Mella, Sven-Erik Stålnacke, Tommy Rantakyrö et Fred Olsson. Il vit tout de suite à leur regard que quelque chose n'allait pas. Ils avaient l'air catastrophés.

« Où est votre portable, monsieur le procureur ? lui demanda Anna-Maria Mella.

– Hein ? Euh… je l'ai éteint. Et j'ai oublié de le rallumer. J'étais à l'hôpital en train de…

– Nous sommes au courant. Ils viennent de nous appeler. Häggroth s'est défenestré. »

L'estomac de von Post se noua d'effroi.

Il s'en est sorti, se persuada-t-il. Sa chambre n'était qu'au deuxième étage. Mais à voir la tête que faisaient ses collègues, il y avait fort à parier que non.

« Comment va-t-il ? » demanda-t-il, à tout hasard.

Tous regardèrent le bout de leurs chaussures. Puis ils levèrent les yeux vers lui.

« Il a atterri la tête la première sur l'asphalte juste devant la porte des urgences », répondit l'inspecteur Mella.

Flisan et Elina sont couchées, côte à côte, sur le lit-banquette dans la cuisine. Bien que le soleil ne se couche jamais et qu'il fasse aussi clair qu'en plein jour, c'est le milieu de la nuit.

Elles se parlent en chuchotant. Les pensionnaires ronflent et pètent dans la chambre. Elina pleure toutes les larmes de son corps.

« Tu ne connais pas quelqu'un, demande-t-elle à son amie. Quelqu'un qui pourrait m'en débarrasser ? »

Le cœur de Flisan saigne en l'entendant parler de la sorte. Son Dieu n'aime pas qu'elle et Johan-Albin couchent ensemble. Elle en est sûre. Elle pense que le Christ partage dans les grandes lignes ses idées, prendre soin de son foyer, ne pas gaspiller sa paye, faire montre de justice, de compassion. Et surtout, ne pas tuer.

« On va s'en sortir, promet-elle tout bas à Elina. On pourrait partir de Kiruna, toi, moi et Johan-Albin. On pourrait adopter ton enfant, si tu veux. Tu continuerais à travailler comme institutrice. Et on habiterait tous les quatre ensemble. Ou alors, tu serais sa maman. Et on t'aiderait à l'élever. Il y a d'autres métiers que l'enseignement, tu sais. »

Elle serre Elina contre elle et lui murmure que ça va aller, que tout va s'arranger.

Et Elina l'écoute. Elle ne fait pas disparaître l'enfant qui grandit en elle. Elle n'en a pas la force. Elle cache sa situation jusqu'à la fin du mois de juillet. Pendant les vacances d'été, elle n'a pas de salaire de toute façon.

En août, elle est informée, comme elle s'y attendait, que la municipalité a engagé une nouvelle institutrice pour prendre sa place.

Elle donne un coup de main à Flisan qui travaille comme une forcenée tout cet été et l'automne suivant. Pas tellement chez le directeur, puisque Hjalmar Lundbohm est en voyage. Flisan exerce un dur métier. Elle empèse les draps et coupe le bois. C'est elle qui insiste pour qu'Elina l'accompagne. Elle lui confie les tâches les moins fatigantes. Et Elina lui fait la lecture !

Pendant que Flisan repasse les nappes ou change les rideaux pour les femmes des ingénieurs, Elina lui lit *Oliver Twist* de Dickens et *Emma* de Jane Austen.

Flisan et ses filles trouvent ses histoires si captivantes qu'elles pourraient travailler toute la journée en oubliant de manger. Et Elina lit tellement bien ! On se croirait au théâtre.

Les livres soulagent un peu la peine d'Elina. Pendant qu'elle lit, elle ne pense ni à Hjalmar ni à l'avenir.

L'enfant lui donne des coups de pied et appuie la tête si fort contre sa cage thoracique qu'elle doit se tenir les côtes. Si fort que son ventre est gondolé de bosses.

Les femmes d'ingénieur et les autres institutrices ne lui disent plus bonjour. Mais les habitants de Kiruna sont tous très jeunes, les femmes d'ouvrier se font constamment engrosser. Les gros ventres ne manquent pas et celles qui les portent ne sont pas toutes mariées. Alors, elle a quand même des gens à saluer dans la rue et à qui parler. Elle assiste à des réunions politiques et à des conférences et elle peut même se rendre avec Flisan aux réunions de l'Armée du Salut pour écouter des concerts de cordes sans qu'on la regarde de travers.

« Nous allons trouver une solution », dit Elina à l'enfant dans son ventre.

Flisan la soutient de son indéfectible bonne humeur.

« Je suis capable de travailler comme trois personnes, tu le sais ? » dit-elle.

Et elle rit. Même quand Elina sombre dans le désespoir et que Johan-Albin rentre du travail les oreilles en sang à cause du broyeur. Elle rit. Et son rire chasse l'ombre du régisseur général de la mine.

Le 3 novembre, Elina Pettersson accouche dans leur cuisine d'un petit garçon. La sage-femme lui claque les fesses et prononce les formules consacrées : « Un magnifique bébé », et : « Il est aussi joli que sa mère. »

Ils ont décidé qu'il s'appellerait Frans. Et Elina pense en son for intérieur que sur le registre de l'église, elle fera écrire Frans Olof. À cause de Hjalmar Lundbohm qui s'appelle Olof de son deuxième prénom. Les anges comprendront. Ils savent ce qui compte vraiment et ne s'encombrent pas de l'odieux nom de « bâtard ».

Il était 17 h 50. La conférence de presse allait commencer. L'odeur du sang faisait déjà saliver les journalistes.

Von Post faisait les cent pas dans le couloir en marmonnant : « Nous ne sommes pour rien dans ce qui vient de se passer. »

Pourquoi « nous » ? grommelait Anna-Maria en son for intérieur. Ce n'est pas nous qui l'avons interrogé à l'hôpital.

Elle appela Rebecka Martinsson.

« C'est un drame épouvantable, lui dit-elle. Tellement inutile. Son plus jeune a l'âge de mon Gustav.

– Oui », répondit Rebecka.

Puis elle lui parla de la chemise.

« Pohjanen l'a envoyée au laboratoire. Tu dois quand même admettre que c'est bizarre. On la tue à coups de fourche, son fils a été renversé par une voiture et tué trois ans auparavant, son père a vraisemblablement été abattu d'un coup de fusil, Marcus… »

Elle s'interrompit.

« … Enfin, je ne t'apprends rien.

– En ce qui concerne son père, c'est peut-être un chasseur

ivre qui a paniqué, répliqua Anna-Maria. Ce ne serait pas la première fois. En admettant qu'il soit vraiment mort par balle. Et l'ours l'aurait simplement déterré.

– Hum, rétorqua Rebecka.

– Häggroth a avoué, Rebecka. C'est un drame qu'il ait sauté, mais il est coupable. Et il n'avait aucun mobile pour tuer le père, ni pour écraser le fils. Parfois, les choses sont juste le fait du hasard.

– Oui, je sais.

– La conférence de presse va commencer. Je t'avoue que je préférerais rester planquée ici jusqu'à ce que ce soit terminé.

– Pourquoi, tu es où ?

– Aux toilettes. Allez, salut, il faut que j'y aille. »

Rebecka Martinsson raccrocha. Elle finit son café devenu froid en lisant un SMS qu'elle avait reçu de Krister.

« On joue à cache-cache, disait-il. Et toi ? »

Se cacher. Quelle bonne idée.

Elle posa le téléphone sur la table.

Elle se les imaginait tous les trois. Krister et Marcus. Krister cherchant. Marcus se cachant. Anna-Maria planquée dans les toilettes.

Chez Sol-Britt, ils avaient trouvé tous les placards grands ouverts. Quelqu'un avait essayé de retrouver Marcus, évidemment. Quelqu'un s'était dit qu'il avait dû se cacher.

« Il y a quelque chose qui ne colle pas, dit-elle au Morveux assis à ses pieds, un regard suppliant levé vers sa tartine. Ils ont sûrement raison. Mais je n'arrive pas à comprendre pourquoi Jocke Häggroth s'en serait pris à toute la famille. » Elle gratta le Morveux derrière les oreilles. « Qu'est-ce que tu veux ? Je ne viens pas de te nourrir il y a à peine dix minutes ? »

Je ne crois pas, répond le Morveux. Ou je ne m'en souviens pas. En tout cas je te jure que je suis tenaillé par la faim.

Måns Wenngren était assis à son bureau au cabinet Meijer & Ditzinger.

Il était le seul associé à se trouver encore dans les murs. Mais dans les bureaux des assistants, les lampes du labeur brillaient toujours. De temps à autre, l'un d'eux foulait sans bruit les tapis anciens du corridor pour aller chercher du café ou de l'eau.

Une assistante vint lui poser une question depuis le seuil de son bureau. Il remarqua qu'elle s'était donné la peine de remettre du gloss avant de quitter son poste. Il se demanda distraitement s'il devrait l'inviter à dîner et envoyer Rebecka au diable.

Le problème étant qu'aujourd'hui, en faisant ce genre de chose, un patron risquait plus que d'essuyer un refus. Il s'exposait au ridicule. Et à ce que la jeune femme aille voir une de ses collègues et lui dise d'un ton délicieusement outré : « Non mais tu te rends compte ? Qu'est-ce qu'il s'imagine ? »

Måns regardait sur son ordinateur la conférence de presse à Kiruna.

Quels cons ! Comment avaient-ils pu laisser le suspect se défenestrer ? Tirer sa révérence après avoir fait des aveux !

Il sortit le Macallan du dernier tiroir de son bureau et but une gorgée, à la bouteille. Puis il éjecta de leur emballage deux comprimés d'aspirine et les avala.

Carl von Post répondait aux questions des journalistes.

Måns pointa vers lui un doigt menaçant.

« Tu n'as rien à faire là, salopard. C'est la place de ma petite amie. »

« Nous avons des aveux et un décès regrettable, annonça von Post. D'un point de vue policier, l'enquête est terminée. »

Plusieurs appareils photo furent brandis à bout de bras pour obtenir un bon cliché, des mains se levèrent et des questions fusèrent sans attendre.

« Il n'était pas sous surveillance ? Comment une chose pareille a-t-elle pu arriver ?

– Il était évidemment surveillé. »

Von Post fit une longue pause avant de reprendre. Il serra si fort la mâchoire que les muscles de son cou se crispèrent.

« Mais je vous rappelle que l'homme se trouvait dans un hôpital… »

Il les laissa intégrer l'information avant de poursuivre en regardant droit dans l'objectif de la plus grosse caméra :

« Un assassin s'est donné la mort. C'est une tragédie. Mais nous allons devoir l'accepter. Nos pensées vont à sa famille. Mais, et je vous demande de bien écouter ce que je vais vous dire, parce que c'est important : autant que je sache, les médecins qui le suivaient n'avaient pas observé chez lui de tendance suicidaire. »

Joli ! songea Måns. « Un assassin s'est donné la mort. »

« Comment était-il surveillé ?

– Comme un homme en état d'arrestation. Ses médecins ne l'ont pas jugé suicidaire et nous n'avions aucune raison de mettre en doute leur diagnostic. »

Il est vraiment fort, se dit Måns Wenngren. Il a réussi à renvoyer la faute sur l'hôpital en deux coups de cuillère à pot.

C'était tout juste si on ne voyait pas les journalistes tourner la tête dans une autre direction comme s'ils avaient soudain flairé une autre piste.

« Pauvre médecin, j'espère pour elle qu'elle a les reins solides », soupira l'avocat.

Le procureur continuait à faire son numéro. Måns alla se verser un whisky.

Von Post expliqua que le meurtrier avait une liaison avec la victime. Qu'on avait découvert le sang de Sol-Britt sur une fourche retrouvée sur la propriété de Häggroth.

Ce type a décidé de se tirer une balle dans le pied ou il a tout oublié de ce qu'il a appris à l'école de la magistrature ? se gaussa l'avocat Wenngren. Il le traite de meurtrier alors qu'il n'a pas eu le temps d'être jugé. Que fait-il de la présomption d'innocence ? Je croyais que la Suède était encore un État de droit ? Apparemment, je fais erreur.

Måns tripota son iPhone. Il en avait marre d'écouter ces conneries.

Il vérifia sa messagerie bien que son écran ne lui signalât aucun nouveau message. Il consulta son journal d'appels bien que son téléphone ne lui ait signalé aucun appel manqué. Il contrôla sa boîte mail pour se rendre compte que Rebecka ne lui en avait pas envoyé.

Puis, sans réfléchir, il appela Madelene, sa première épouse.

Il était en train de se dire que ce n'était pas une bonne idée quand elle décrocha.

Elle ne se montra pas aussi désagréable qu'il aurait pu le craindre.

Le temps faisait son œuvre. Elle n'avait peut-être pas envie de le haïr indéfiniment.

« Comment ça va ? dit-il.

– Måns ! s'exclama-t-elle avec plus de chaleur qu'il n'en méritait de sa part. C'est vraiment toi ? Que me vaut le plaisir ? »

Une assistante passa devant son bureau. Elle avait son manteau sur le dos et un gros dossier dans les bras. Elle agita la main et articula un bonsoir silencieux.

Il lui fit signe de fermer sa porte, ce qu'elle fit.

« Qu'est-ce qui nous est arrivé, au juste ? Tu sais, toi, pourquoi on a divorcé ? » demanda-t-il.

Au bout de la ligne Madelene inspira profondément.

« À quoi bon revenir là-dessus ? dit-elle doucement. Dis-moi plutôt comment tu vas.

– Je n'ai pas bu, je suis juste…

– C'est à cause de Rebecka ? J'ai vu qu'ils avaient arrêté le coupable, là-haut, dans le Grand Nord, et qu'il s'était suicidé. Mais ce n'était pas elle qui s'occupait de l'instruction, si j'ai bien compris ?

– Non, c'est ce con de procureur avec qui elle bosse. Je ne comprends même pas comment elle peut travailler avec un type pareil. »

Il baissa les yeux sur son verre. Il ne voulait pas boire tant qu'il était au téléphone avec Madelene. Elle s'en rendrait compte aussitôt. L'habitude.

« Je voudrais arriver à quelque chose avec Rebecka, dit-il. J'aimerais l'épouser. Je n'ai jamais ressenti cela pour personne, à part toi. Mais tout est tellement compliqué. Pourquoi faut-il que ce soit toujours aussi compliqué ? »

Il l'entendit soupirer en guise de réponse.

« Je n'ai plus autant la bougeotte, tu vois ce que je veux dire ? J'ai envie qu'elle vienne vivre avec moi. J'ai envie qu'on vieillisse ensemble et qu'elle…

– Et ? » demanda sa première femme patiemment.

Il nota avec une certaine gratitude qu'elle avait omis de commenter le fait que lui et Rebecka avaient peu de chances de vieillir ensemble, étant donné qu'elle était beaucoup plus jeune que lui.

« Mais je n'ai qu'à l'envoyer se faire foutre, après tout ! s'exclama-t-il, brusquement en colère.

– Oui, c'est en général ce que tu fais.

– Pardon, répliqua-t-il, sans la moindre trace d'ironie.

– Hein ?

– Pardon, Made. Pour tout ce que tu as dû endurer. Et malgré tout cela, tu n'as jamais cessé d'être une mère exemplaire. Si tu n'avais pas… je n'aurais eu aucun contact avec mes enfants.

– Tout va bien, Måns, répondit-elle lentement.

– Ils sont OK, n'est-ce pas ? Ils ont l'air de bien s'en sortir.

– Ils sont super, Måns.

– Bon, allez, salut ! » dit-il tout à coup.

Et il raccrocha sans lui laisser le temps de répondre.

Madelene Ekströmer, ex-épouse Wenngren, raccrocha le téléphone.

Son ex-mari avait mis fin à la communication comme d'habitude. Brusquement et sans prévenir. Elle avait mis des années à s'y habituer.

Elle alla rejoindre son nouveau mari qui sirotait son apéritif dans le canapé du salon, les fox-terriers de la famille couchés à ses pieds.

« Måns ? demanda-t-il sans quitter la télé des yeux.

– Tu sais quoi ? dit-elle, l'embrassant sur le front pour lui signifier que c'était à lui qu'elle appartenait. Il m'a fait des excuses. Je te jure. Je me demande si je n'ai pas rêvé. Je crois que j'ai besoin de boire un verre.

– Eh ben merde, alors ! s'exclama son mari. Il a un cancer ou quoi ? »

Anna-Maria Mella souffrait le martyre aux côtés de von Post durant la conférence de presse. Elle se sentait sale et avait un terrible mal de tête.

Alors c'était pour une enquête pareille qu'elle s'était montrée déloyale ?

Elle aurait dû l'envoyer au diable. Elle aurait dû leur dire d'aller se faire foutre à ce petit procureur mondain quand lui et le premier procureur de district avaient volé l'affaire à Rebecka.

Alf Björnfot se tenait contre le mur, au fond de la salle, la mine renfrognée. Elle essaya de se convaincre que c'était de sa faute. Après tout, c'était lui qui avait pris la décision.

Ce qui ne changeait rien au fait qu'elle aurait dû réagir différemment.

« Un assassin s'est donné la mort. » Von Post avait réussi à placer trois fois la formule au cours de son discours et des réponses aux journalistes qui avaient suivi. Demain, il pouvait être sûr qu'elle serait reprise dans au moins un tabloïd.

Et ce pauvre médecin hospitalier. Les journalistes s'en étaient immédiatement pris à elle. Anna-Maria les avait vus commencer à pianoter sur leurs claviers aussitôt que Post avait insinué que l'hôpital était en cause.

Un sentiment de désespoir l'envahit. Les méchants devaient être punis. On devait se sentir heureux quand on parvenait à en arrêter un. C'était une compensation pour les crimes impunis, les criminels qui étaient passés à travers les mailles du filet, le manque de ressources, de temps, les femmes battues, les affaires abandonnées, classées, archivées.

Mais de là à les pousser au suicide ! Cela laissait tout de même un goût amer.

Post la Peste palabrait toujours. L'enquête avait été menée de manière efficace et professionnelle, selon lui. Ah oui, vraiment ? Première nouvelle !

Au fond de la salle, derrière les journalistes et les photographes, une porte s'ouvrit sur Sonja, la standardiste. Ses lunettes à monture bleue pendaient au bout d'un cordon tressé rouge. Ses cheveux étaient remontés en chignon sur sa tête avec une grosse barrette et son chemisier était impeccablement repassé, comme chaque jour.

Elle chuchota longuement à l'oreille d'Alf Björnfot. À mesure qu'elle parlait, les sourcils du procureur général montaient plus haut sur son front. Il lui chuchota quelque chose à son tour. Elle haussa les épaules et lui glissa à nouveau quelques mots à l'oreille. Puis tous deux se tournèrent vers Anna-Maria.

Alf Björnfot se redressa, lui fit un signe, jetant la tête en arrière pour lui demander de les rejoindre.

Elle remua imperceptiblement la sienne de droite à gauche. Impossible.

Il acquiesça lentement, avec un regard qui signifiait que c'était un ordre.

« Excusez-moi », marmonna Anna-Maria en se levant.

Elle sentit le regard en coin que lui jeta von Post.

Je t'emmerde, espèce de procureur de salon, songea-t-elle en quittant la salle en compagnie d'Alf Björnfot et de Sonja du standard.

« Qu'est-ce qui se passe ? leur demanda-t-elle.

– Eh bien, commença Sonja avec son suédois chantant teinté de finnois. Cela m'ennuie de vous déranger. Mais je me suis dit que ça ne pouvait pas attendre. »

Elle fit entrer Anna-Maria et le procureur de district dans la salle d'interrogatoire et s'en alla.

Les fesses posées au bord de la table, un homme d'environ trente-cinq ans les attendait.

Il était vêtu d'une épaisse veste en duvet sur un sweat à capuche, d'un pantalon militaire vert provenant d'un surplus américain et d'une paire de baskets. Il avait sur la tête un bonnet tricoté main. Ses poils au menton devraient attendre encore quelques jours pour mériter l'appellation de barbe. Sa présence avait quelque chose d'insolite dans cette pièce meublée de manière spartiate avec sa petite table de conférences et ses chaises habillées du tissu bleu dont on recouvre le mobilier dans la fonction publique. Il avait les yeux aussi rouges qu'un lapin albinos et la couperose d'un ivrogne.

Encore un simple d'esprit qui vient s'accuser de quelque crime imaginaire, jugea Anna-Maria.

Il posa sur eux un regard qui rappela à Anna-Maria les quelques fois où, dans l'exercice de ses fonctions, elle avait dû annoncer un décès à des proches.

« Vous êtes des policiers ? » s'enquit-il.

Aussitôt qu'il eut ouvert la bouche, Anna-Maria comprit qu'ils n'avaient pas affaire à un cinglé. L'homme était juste très imbibé. Anna-Maria se présenta et elle présenta également Alf Björnfot.

« Je viens de rentrer et d'apprendre la nouvelle, dit le visiteur. Mon nom est Mange Utsi. Jocke Häggroth est mon ami. Était mon ami, je veux dire. Et il n'a pas tué Sol-Britt Uusitalo.

– Ah bon ? répliqua Anna-Maria.

– Je n'y comprends rien. Il paraît qu'il a avoué et tout ça, mais… c'est n'importe quoi. Il ne peut pas l'avoir fait parce qu'il a passé tout le week-end avec moi. »

Von Post était campé devant Mange Utsi, les bras croisés, la mâchoire serrée et l'air sceptique. La conférence s'était passée aussi bien que possible. Et voilà que débarquait cet énergumène. Il regarda le pauvre hère, la mine incrédule.

« Vous mentez ! dit-il, et dans sa voix, il y avait presque une prière.

– Est-ce que je pourrais avoir un café ? demanda Mange Utsi, regardant d'un air découragé les autres policiers. Jocke est mort, nom de Dieu ! »

Anna-Maria Mella, Fred Olsson et Tommy Rantakyrö suivaient leur dialogue, appuyés contre le mur. Sven-Erik n'était pas là. Quand ils avaient reçu le coup de fil de l'hôpital leur annonçant que Jocke Häggroth avait sauté, il avait pris sa veste et il était parti sans un mot. Ce matin, il s'était fait porter pâle.

« Vous avez des témoins pour étayer vos dires ? demanda von Post.

– Je croyais que c'était moi le témoin, soupira Utsi. Je veux bien un Coca aussi, mendia-t-il à Tommy Rantakyrö qui lui avait apporté le café demandé.

– Mais puisqu'il a avoué, insista von Post. Pourquoi aurait-il avoué un crime qu'il n'a pas commis ? »

Mange Utsi haussa les épaules.

« Répétez à monsieur le procureur ce que vous m'avez dit tout à l'heure, l'encouragea Anna-Maria.

– On est partis samedi matin dans le chalet de son frère à Abisko. Et… bon, bref, on a beaucoup picolé. Vous savez ce que c'est. De temps en temps, on a besoin de se vider la tête. »

Les trois collègues échangèrent un regard. Ils avaient pensé la même chose : il ne devait pas rester grand-chose à vider.

« Jocke est rentré chez lui dimanche soir, tard. Moi je viens d'arriver. Et j'ai appris la nouvelle. Je vous jure qu'on n'est pas sortis du sauna samedi soir. Il n'aurait pas pu conduire, même s'il l'avait voulu. Mon voisin était là aussi. Je ne suis pas le seul à pouvoir témoigner.

– Je dois vous poser la question, dit Anna-Maria. Comment s'entendait-il avec sa femme ? »

Mange Utsi cligna des yeux comme s'il avait du papier de verre sous les paupières. Il secoua la tête avec un regard vers Anna-Maria, comme pour s'excuser.

« Je suis seulement venu pour vous dire que ce n'est pas lui.

– Tout va se savoir de toute façon, continua Anna-Maria, doucement. Allez, Mange, dites-nous ce que vous savez, vous vous sentirez mieux après. »

Tommy Rantakyrö revint avec le Coca. Mange Utsi prit la canette avec gratitude et la vida à longues gorgées. Il rota, s'excusa et dit après un long silence :

« Elle le battait. »

Les policiers échangèrent à nouveau un regard.

« Souvent ? Violemment ? se renseigna Anna-Maria.

– Je n'en sais rien. Il n'aimait pas en parler. Alors on n'en parlait pas. De temps en temps, quand il avait des hématomes, il rigolait et il disait qu'elle y était allée un peu fort avec la poêle à frire. »

Mange Utsi baissa les yeux et fit une grimace.

« C'est le genre de choses qu'on préfère ne pas savoir. On peut en plaisanter. Mais quand on le voyait à poil… Il était toujours couvert de taches jaunes qui ressemblaient à d'anciens bleus.

– Vous la connaissez ?

– Mouais…

– Et vous étiez au courant qu'il avait une liaison avec Sol-Britt Uusitalo ?

– Ben oui. Je lui servais d'alibi de temps en temps. Mais…

– Mais ?

– Il disait qu'il ne pourrait jamais quitter Jenny, même s'il le voulait. À cause des gamins et aussi parce que…

– Parce que quoi ?

– Parce qu'elle le tuerait. C'était ce qu'il disait. »

Lui ou Sol-Britt, pensa Anna-Maria en regardant ses deux collègues qui avaient visiblement eu la même idée.

« Comment croyez-vous qu'elle réagirait si elle apprenait qu'il la trompait ?

– Elle ne serait pas contente, répondit Mange Utsi. Pas contente du tout.

– Allez la chercher, ordonna von Post. Et si quelqu'un pipe mot à la presse, je vous préviens que… »

Il acheva sa phrase en regardant chacune des personnes présentes dans la pièce l'une après l'autre avant d'écraser de son poing droit un objet invisible censé se trouver dans le creux de sa main gauche.

Aller chercher Jenny Häggroth se révéla une tâche aussi dangereuse que de plonger la main dans une fosse aux serpents.

Une femme aux yeux bouffis ouvrit la porte et se présenta comme sa sœur. Elle appela Jenny.

Qu'est-ce que c'est que ce métier ? songeait Anna-Maria Mella, évitant de regarder les chaussures d'enfant mouillées et les petites doudounes suspendues dans l'entrée. Fabriquer des orphelins et aller chercher des familles de réfugiés pour les expulser. Merde ! Je crois que je commence à détester ce job.

Ses collègues, Fred Olsson et Tommy Rantakyrö, assuraient les arrières d'Anna-Maria, prêts à intervenir. Personne n'avait ouvert la bouche pendant tout le trajet jusqu'à Kurravaara.

Tommy Rantakyrö mit une main sur sa nuque, se gratta énergiquement le cuir chevelu.

Reste tranquille, songea Anna-Maria, agacée.

Jenny arriva à la porte, le cheveu gras, en pantalon de jogging et sweat à capuche, les yeux plissés par la haine.

« Je suis désolée, tenta Anna-Maria. Mais vous allez devoir venir avec nous.

– Pour que vous me jetiez par la fenêtre, moi aussi ?

– Jenny, il faut que vous compreniez…

– Vous ! hurla Jenny d'une voix si forte que sa sœur et les policiers sursautèrent. Je ne vous autorise même pas à prononcer mon nom ! Vous avez compris, putains de flics ! Vous êtes tous des ripoux, vous me dégoûtez, tous autant que vous êtes. »

Sans les quitter des yeux, elle envoya son poing dans le miroir du vestibule qui éclata. Plusieurs débris se répandirent sur le sol.

Les policiers regardèrent la main en sang, effarés.

« Jenny ! s'écria sa sœur.

– Ta gueule ! » beugla Jenny.

Puis elle cria, tournée vers le premier étage :

« Les enfants ! Venez ici, tout de suite ! »

Deux garçons apparurent dans l'escalier. Le plus vieux portait un bonnet, bien qu'il soit à l'intérieur, un t-shirt trop grand et un jean qui lui arrivait au milieu des fesses. Le plus jeune portait également un t-shirt immense et un jean informe et il avait une manette de console à la main. Il essaya de saisir la main de son grand frère, mais l'autre la lui arracha.

« Tenez ! dit Jenny Häggroth, tendant ses mains ensanglantées. Mettez-moi des menottes. Allez-y. Devant mes enfants. Regardez, les enfants ! Ce sont ces salauds qui ont tué votre papa.

– Pourquoi est-ce que vous ne vous contentez pas de nous suivre, dit Anna-Maria. Et de vous calmer.

– Me calmer ? Tu vas voir comment je vais me calmer, pétasse », rugit Jenny Häggroth en avançant brusquement sur Anna-Maria.

L'inspecteur Mella eut tout juste le temps de lever les mains pour protéger son visage avant que Jenny se jette sur elle, lui attrape les cheveux d'une main et se mette à lui taper dessus avec l'autre. Elle tenta de l'atteindre au visage, mais fut arrêtée par les avant-bras d'Anna-Maria. Elle essaya alors de pousser la tête de l'inspecteur Mella vers le miroir brisé. Les enfants et sa sœur se mirent à crier.

Tommy et Fred se précipitèrent sur Jenny et la ceinturèrent pour permettre à Anna-Maria de se dégager. Jenny crachait et donnait des coups de pied. Elle réussit à dégager une main et griffa Fred Olsson au visage.

« Mon œil ! Putain ! » hurla-t-il en portant les deux mains à son visage.

Tommy Rantakyrö gifla Jenny, il la plaqua au sol et lui retourna les bras dans le dos.

Anna-Maria l'aida à lui passer les menottes et ils la traînèrent hors de la maison alors qu'elle, sa sœur et ses enfants braillaient toujours.

Fred Olsson montra son œil à Tommy.

« Il est encore là », le rassura son collègue, bougon, tout en massant sa main droite.

Fred Olsson alla s'asseoir au volant.

« Eh ! C'est ma voiture !

– Oh, je t'en prie, Mella, rugit Fred. Monte dans cette voiture et ferme-la. La dernière chose dont nous ayons besoin est que tu nous envoies tous dans le décor. »

Ils partirent enfin. Et ils furent aussi muets qu'à l'aller.

À l'inverse de Jenny Häggroth. Elle n'arrêta pas de les injurier jusqu'au commissariat. Elle les traita de tous les noms d'oiseaux. Elle menaça de les poursuivre en justice, de les tuer et de se venger. Ils avaient intérêt à faire gaffe.

Personne ne se donna la peine de la faire taire. Anna-Maria l'examinait du coin de l'œil. Elle avait une trace rouge sur la joue après le coup que lui avait administré Tommy et il allait falloir soigner la coupure qu'elle s'était faite à la main.

Quand Jenny rencontra von Post, elle ne manqua pas de lui faire savoir ce qu'elle pensait de lui et cela avait beaucoup à voir avec sa déviance sexuelle. Puis tout à coup, elle dit d'une voix étonnamment calme :

« Je ne dirai pas un mot avant d'avoir vu un avocat. Et c'est Silbersky que je veux. »

Ils l'enfermèrent dans une cellule et Carl von Post promit d'essayer de satisfaire sa demande.

« Elle est tout de même suspectée de meurtre, dit-il, appuyé contre le mur du couloir. Et après ce qui s'est passé aujourd'hui, on n'a plus droit à l'erreur. Et à ce propos, qu'est-ce que vous lui avez fait ?

– Disons qu'elle a montré quelque résistance lors de son arrestation, expliqua Anna-Maria avec un coup d'œil vers Fred qui saignait toujours de l'arcade sourcilière. Et encore, c'est un euphémisme.

– Vous étiez trois, dit von Post d'une voix lasse. Contre une femme seule. On est dans la merde, inutile de vous le dire. »

Il consulta sa montre.

« Faites ce que vous voulez. Mais on ne peut pas l'interroger avant qu'elle soit représentée. Si Silbersky est libre, il faut lui faire prendre le premier avion demain matin. On se retrouve ici demain à huit heures. »

Il s'éloigna d'un pas furieux.

« Je ne sais pas ce que vous avez prévu, annonça Anna-Maria Mella à ses collègues, mais moi je vais aller boire une bière chez Landström. »

Ils s'assirent au fond du pub et burent une première bière en silence. Ils sentaient les regards des autres consommateurs. Tout le monde était déjà au courant. Un chanteur assez talentueux enchaînait des titres de Cornelis Vreeswij dans un coin de la pièce. Quelques verres plus tard, les aspérités de cette éprouvante journée commencèrent à s'éroder. Ils commandèrent des steaks, des harengs avec de la purée de pommes de terre et du pain Wasa.

Anna-Maria se détendait peu à peu. L'ivresse lui faisait du bien et l'affection de ses collègues aussi. Une affection qui allait grandissant au rythme de leur alcoolémie.

« Tu es de loin la meilleure patronne que j'aie jamais eue, disait Tommy Rantakyrö.

– La seule qu'il ait eue, mais quand même, fit remarquer Fred Olsson en levant son verre.

– La meilleure qui soit, insista Rantakyrö avec un regard de chien battu.

– Arrête, elle va prendre la grosse tête ! » plaisanta Fred.

Mais il redevint grave aussitôt.

« Je suis sincèrement désolé de ce qui est arrivé tout à l'heure, Mella. Elle m'a vraiment énervé.

– Ne t'inquiète pas, le rassura-t-elle. Je crois que c'est la pire journée de ma vie. Je plains les gosses.

– Pauvres de nous, surtout, dit Rantakyrö. Quand Silbersky va voir ses ecchymoses, il va conseiller à sa cliente de porter plainte. Je vais être accusé de sévices corporels et de faute professionnelle. Je vais me faire virer.

– Si seulement Martinsson avait été là, dit Fred Olsson. Elle ne se laisse pas impressionner par ces foutus avocats. Et ils ne lui font pas peur. Alors que ce connard de von Post n'hésitera pas à nous jeter aux loups, du moment qu'il sauve sa peau.

– Tu ne perdras pas ton job », promit Anna-Maria.

Tommy tituba jusqu'au bar.

Anna-Maria et Fred Olsson écoutèrent le troubadour qui avait attaqué la fameuse chanson *Lettre de colonie.*

« Tout ça n'a aucun sens, marmonna Fred Olsson, songeur.

– Aucun, approuva Anna-Maria.

– Elle le battait. Il s'accuse du meurtre et il se suicide ensuite. »

Tommy revint avec le cocktail favori d'Anna-Maria et une tequila avec du citron et du sel pour lui-même.

« Tu connais mon péché mignon, Tommy ! s'exclama Anna-Maria. C'est comme des bonbons acidulés mais en mieux. »

Tommy lécha le sel, avala l'alcool d'une traite et mordit dans le morceau de citron.

« Alors, qu'èchque vous ch'en dites ? s'enquit-il, faisant le singe, le quartier de citron entre les dents. Vous la croyez capable d'achachiner quelqu'un à coups de fourche ? »

Anna-Maria rigola.

Fred Olsson s'étouffa dans sa bière qui ressortit par son nez.

Et le fou rire les prit. Les larmes leur dégoulinaient sur les joues. Les conversations s'interrompirent et ils devinrent le point de mire du pub tout entier. Pour finir, Fred pleurait de rire. Tommy Rantakyrö se tenait le ventre. Ils réussirent à reprendre leur sérieux un court instant et repartirent de plus belle.

Ils rirent jusqu'à avoir mal à la mâchoire.

Autour d'eux les gens échangeaient des regards. Mais ils ne pouvaient plus s'arrêter.

Anna-Maria Mella rentra seule chez elle. Elle était contente de voir la neige fraîche scintiller dans le noir. Mais il fallait plus que de la neige pour la rendre heureuse, ce soir. Son mari et ses enfants lui manquaient. Elle pensa aux pauvres gamins de Jenny et de Jocke Häggroth. À Jenny qui avait appelé ses fils pour leur montrer ses mains ensanglantées et la police en train de la menotter.

Elle est capable de l'avoir fait, songea Anna-Maria. Mais qu'est-ce que j'en sais, au fond ?

L'hiver s'abat sur la ville avec fureur. La tempête pousse la neige contre les murs des maisons, fouette les pauvres malheureux contraints de s'aventurer dans la rue, leur lacère le visage, les fauche en marche et les jette au sol.

Il ne sert à rien de déblayer, les congères se reforment aussitôt. Il faut avancer sans s'arrêter et on ne voit pas où on va.

Les habitants de Kiruna font du feu dans les cheminées à faire craquer la charpente. Certains brûlent leurs meubles quand ils n'ont plus de bois. L'eau suinte sur les murs des plus mauvais logis. On ose à peine ouvrir sa porte de peur de faire entrer la neige et de voir le vent arracher le panneau de ses gonds. Les fenêtres sont obstruées par la glace et la neige.

Frans Olof a deux semaines et Elina n'a pas mis le nez dehors depuis sa naissance.

Et puis soudain, le soir du 18 novembre, c'est fini. Le monstre qui hurlait dehors se tait brusquement. Le vent se couche, épuisé, et s'endort. La ville repose, blanche et immobile. La lune s'élève, jaune, immense.

Elina couche son enfant dans la luge qui leur sert à transporter le bois. Elle a besoin d'exercice.

On voit déjà d'étroits chemins creusés par les gens qui ont enfin pu sortir de chez eux. On dirait des traces de souris dans l'épais manteau neigeux. Des enfants jouent avec un chien. Frans Olof dort dans la luge.

Elle marche, perdue dans ses pensées, et s'aperçoit tout à coup qu'elle est arrivée devant l'école.

Cela lui fait un pincement au cœur de songer aux enfants et à ce métier qu'elle n'exercera plus. Elle se demande si elle manque à ses élèves ou si la nouvelle institutrice a déjà pris sa place dans leurs cœurs. Elle est curieuse de savoir si la salle de classe est comme avant ou si la nouvelle a tout modifié.

À Kiruna, les portes ne sont jamais fermées à clé. Elle se dit qu'elle pourrait peut-être jeter un petit coup d'œil à l'intérieur. Cela ne fait de mal à personne.

Elle sort le petit garçon bien emmitouflé de son landau de fortune et entre dans l'école. Les fenêtres sont encore à moitié obstruées de neige, mais la lune éclaire assez par la partie supérieure pour que bientôt ses yeux s'habituent et qu'elle puisse y voir.

Presque rien n'a changé. Elle en conclut aussitôt que sa remplaçante est une pauvre créature sans imagination. Quand elle est arrivée ici, elle a fait un millier de petites modifications dès la première semaine.

Elle commence à avoir chaud. Elle dépose le bébé endormi derrière l'harmonium et déboutonne son manteau d'hiver. Alors qu'elle vient de le poser sur le bureau, elle entend la porte d'entrée s'ouvrir et se refermer.

Son sang se glace en entendant la voix reconnaissable entre toutes.

« Maaademoiseeeelle Pettersson ! »

Son visage est dans l'ombre lorsqu'il apparaît sur le seuil de la porte.

« La voilà. À peine remise de ses couches, elle court déjà les rues comme une chienne en chaleur. Cela ne m'étonne pas. »

Lorsqu'elle voit qu'il verrouille soigneusement la porte de la classe de l'intérieur et glisse la clé dans sa poche, elle est incapable de bouger.

Elle ne pense qu'à son enfant. Pourvu qu'il ne se réveille pas.

S'il le voit, il me tuera et il laissera le bébé mourir de froid dans la neige, songe-t-elle.

Et elle sait qu'elle a raison.

Il souffle comme une bête en refermant ses mains puissantes autour des poignets d'Elina.

Elle détourne le visage mais il lui attrape le menton et colle sa bouche de force sur la sienne.

« Si tu me mords, je te tue », grogne-t-il.

Il déchire sa blouse et la couche sur le bureau. Empoigne sa poitrine gonflée de lait si violemment qu'elle laisse échapper un gémissement de douleur.

Cela semble l'exciter qu'elle ne crie pas, qu'elle ne pleure pas et qu'elle ne cherche pas à se défendre.

Il lui assène un coup de poing dans la figure.

Elle n'a même pas mal. Elle sent seulement le liquide chaud coulant sur son visage et le goût du sang dans sa bouche.

Elle comprend que cet homme veut la tuer. Qu'il va le faire. Qu'il la hait. Qu'il ressent à son égard une colère infinie, et que cette colère, elle l'a elle-même provoquée par sa jeunesse, sa beauté, sa relation avec Hjalmar.

Il lui arrache sa culotte et sort sa verge. Elle a encore la vulve déchirée après l'accouchement. Il la pénètre.

« Tu aimes ça, hein, putain ! C'est ça que tu veux ! Pas vrai ? » Il la gifle. Lui cogne la tête contre le bureau. Lui arrache les cheveux par mèches entières.

Le sang coule de son nez dans sa gorge.

Ses coups de boutoir deviennent de plus en plus violents, de plus en plus rapides et il grogne de plus en plus fort.

Sa poigne de fer se resserre autour de sa gorge. Elle se débat, impuissante. Ses bras sont si faibles.

La lune et les étoiles traversent le plafond et illuminent la salle de classe d'une lumière brûlante.

Le petit garçon dort comme un ange. Quand il se réveillera et qu'il pleurera dans une heure, il n'y aura plus personne dans la salle de classe, à part sa mère, morte, couchée sur le bureau.

Mercredi 26 octobre

LE TEMPS CHANGEA et se mit au beau. La neige sur les trottoirs devint collante et sale. Un ciel gris s'abattit sur la misère du décor.

Jenny Häggroth était couchée sur la banquette de sa cellule, les yeux rivés au plafond. Lors de son interrogatoire, elle avait invité la police à aller se faire foutre. D'ailleurs, leur avait-elle expliqué, si elle avait su que Jocke la trompait, ce n'est pas Sol-Britt qu'elle aurait assassinée, mais lui.

Leif Silbersky l'avait laissée parler. Il n'avait pratiquement rien dit pendant l'interrogatoire. Il se réservait pour plus tard.

Ensuite, l'avocat-vedette avait réuni sa cour devant la presse. Pour cette réunion, il avait choisi l'hôtel Ferrum.

Alf Björnfot était resté un peu à l'écart. Il était là pour prendre la défense du remplaçant autoproclamé de Rebecka Martinsson et il écouta sans rien dire le procureur von Post se plaindre de ses collègues, des avocats, des suspects et des journalistes. Les médias ne parlaient que de « la terrible bavure de la police », « des malheureux orphelins » et de « l'innocent accusé à tort qui s'était donné la mort ! ».

Le temps était pourri, cette enquête était pourrie, une vraie chienlit.

À huit heures du matin, Krister Eriksson déposa Marcus à l'école.

« Je vais rester ici jusqu'à ce que tu ressortes », annonça-t-il.

Par la vitre de sa voiture, il regarda Marcus traverser la cour ventre à terre. Trois garçons plus grands s'étaient aussitôt lancés à sa poursuite, mais Marcus réussit à atteindre le bâtiment avant que les garçons le rattrapent.

Problème, songea Krister.

Deux filles passèrent à côté de la voiture et il baissa sa vitre.

« Hé ! Excusez-moi ! les appela-t-il. N'ayez pas peur. J'ai juste été victime d'un accident domestique quand j'étais petit. Est-ce que l'une d'entre vous connaît Marcus Uusitalo ? Il est en CP. »

Les filles restèrent prudemment à distance, mais oui, elles savaient qui il était. Qu'est-ce qu'il lui voulait ?

« Sa grand-mère a été assassinée, dit l'une d'elles.

– Je sais, répliqua Krister. Je travaille pour la police. Ce sont mes chiens policiers qui sont dans la cage, à l'arrière. Vera, la chienne qui est à l'avant, est une simple civile. Je voulais juste vous demander si vous aviez vu quelqu'un embêter Marcus, ici, à l'école. »

Les filles hésitèrent un instant avant de répondre :

« Oui, Hampus et Willy et d'autres garçons de CE2. Mais ne leur dites pas que nous vous l'avons dit.

– Qu'est-ce qu'ils lui font ?

– Ils le bousculent et ils lui donnent des coups de pied. Et puis, ils lui disent des trucs. Ils prennent aussi l'argent des autres élèves s'ils en ont. Une fois, ils ont obligé Marcus à manger du sable.

– Qui est leur chef ?

– Willy.

– C'est quoi son nom de famille ?

– Niemi. Vous allez le mettre en prison ?

– Non. »

Mais j'aimerais bien, songea Krister en démarrant.

La famille a un caveau familial dans la région de Katrineholm. Les parents d'Elina et son jeune frère y sont déjà enterrés.

Flisan dit adieu au cercueil à la gare. C'est l'une des journées les plus froides de l'hiver. La neige crisse et grince. Dans tous les endroits où la chaleur corporelle s'échappe des vêtements, du givre se forme. Sur les cils, sur l'écharpe à l'endroit de la bouche, aux poignets des manteaux.

Quand les hommes hissent le cercueil dans le fourgon de marchandises, Flisan pleure. L'air froid lui déchire la poitrine. Ses larmes se transforment en glaçons sur ses joues. Johan-Albin doit la soutenir pour ne pas qu'elle s'écroule.

Il n'y a pas beaucoup de monde sur le quai, il y a déjà eu une cérémonie à l'Armée du Salut plus tôt dans la semaine. Il n'y avait pas assez de place pour tout le monde. Le meurtre brutal de l'institutrice a répandu la peine et l'abattement sur la ville de Kiruna. On en a parlé jusque dans les journaux nationaux.

Ils referment la porte du fourgon mais Flisan ne veut pas repartir. Elle pleure et pleure sans s'arrêter. Ses pieds sont glacés et ils lui font mal.

« Allez, ma fille, je te ramène à la maison », dit finalement Johan-Albin.

Et il l'oblige à venir avec lui. Arrivés chez elle, ils tombent sur la valise d'Elina, ses livres et ses vêtements, lavés, repassés, empesés et pliés au point qu'ils ont l'air neufs et les sanglots de Flisan reprennent de plus belle.

Mais quand Johan-Albin lui a fait du café avec des biscottes et qu'une petite fille de douze ans arrive de chez la nourrice avec le petit Frans, elle arrête de pleurer.

Flisan le prend dans ses bras. Il la regarde dans les yeux et serre sa petite main autour de son doigt.

« Je crois que je vais le garder, dit-elle à Johan-Albin. Elina a une sœur, mais elle ne peut pas s'occuper de lui. »

Johan l'écoute. Trempe un biscuit dans le café brûlant.

« Il n'a que moi au monde, poursuit-elle. Si tu veux rompre nos fiançailles, je ne t'en voudrai pas. Tu ne t'es jamais engagé à élever un enfant qui n'était pas le tien. Et tu sais que je saurai me débrouiller toute seule. »

Elle lui sourit. Courageuse.

Johan-Albin pose sa timbale en fer-blanc et se lève. Flisan retient son souffle. Est-ce qu'il va s'en aller, à présent ?

Au contraire, il vient s'asseoir à ses côtés sur la banquette de la cuisine et prend Flisan et le bébé dans ses bras.

« Je ne te quitterai jamais, dit-il. Même si tu devais apporter une chiée de gosses avec toi dans ta corbeille de mariée. Bien sûr que tu es capable de t'en sortir toute seule. Mais moi, je suis incapable de vivre sans toi, ma Flisan. »

Elle ne peut s'empêcher de pleurer à nouveau, mais elle rit en même temps. Et Johan-Albin essuie discrètement une larme. C'est un orphelin, lui aussi, vendu aux enchères des pauvres. Beaucoup de choses remontent à la surface.

Ils n'ont pas entendu les pas dans l'escalier et sursautent tous les deux en entendant frapper à la porte.

Entre dans la cuisine Blenda Mänpää, servante au domicile du superintendant Fasth. Elle a l'air grave. Elle refuse le café qu'on lui offre.

« Je dois te parler, dit-elle à Flisan. D'Elina. Et de Fasth. »

Le temps était gris et triste. Rebecka remplit pour la troisième fois son mug de café matinal et jeta un coup d'œil lugubre par la fenêtre sur ce qui aurait dû être un paysage hivernal. Le Morveux se mit à aboyer. Un instant plus tard, elle entendit des pas dans l'escalier.

C'était Alf Björnfot.

Rebecka sentit une bouffée de colère l'envahir.

« On peut parler ? » dit-il.

Elle haussa les épaules et le fit entrer. Ils s'assirent à la table de la cuisine. Le Morveux sauta sur les genoux du procureur de district.

« Tu te prends pour un chien de canapé ? lui demanda Björnfot. Écoute, Rebecka, ma femme prétend que je ne sais pas m'excuser. Mais c'est quand même pour ça que je suis là. Je voudrais te demander pardon de t'avoir retiré cette affaire. Mais tu connais von Post. Ça fait des années qu'il se plaint de tout et qu'il passe son temps à faire la gueule. Cette enquête-là, il la voulait vraiment. Alors je la lui ai donnée, sans prendre le temps de réfléchir. Pensant, ou espérant peut-être que cela te serait égal. »

Rebecka dut admettre à sa grande surprise que sa frustration et son ressentiment avaient disparu.

« Je t'emmerde, dit-elle sur un ton qui signifiait qu'elle lui avait pardonné. Tu veux un café ?

– Il n'y a plus qu'à espérer qu'on trouve des traces ADN de Jenny Häggroth sur la fourche, soupira le procureur général après avoir dégusté café et petits gâteaux au bicarbonate. Mais ça ne suffira peut-être même pas à la faire tomber.

– Non. N'importe qui peut avoir pris cette fourche dans cette grange. Et il serait normal d'y trouver les empreintes de Jenny Häggroth. Elle peut parfaitement l'avoir utilisée. Ce qu'il faudrait, c'est trouver ses empreintes chez Sol-Britt Uusitalo. Au fait, von Post s'est mis dans la tête que j'essaye de saboter son enquête.

– Je suis au courant. J'ai parlé avec Pohjanen. Je sais ce que vous avez fabriqué, tous les deux. Et il est un fait que le père de Sol-Britt a été tué d'un coup de carabine. Le laboratoire a confirmé que c'était une balle qui avait endommagé l'os que vous avez déterré… du frigo de l'institut de médecine légale de Umeå !

– C'était un coup de chance. Il y a un orifice d'entrée de balle sur la chemise aussi. Il te l'a dit ?

– Oui. Le père de Sol-Britt n'a pas été emporté par un ours, apparemment. On a abandonné son cadavre dans la forêt et il a été dévoré ensuite. »

Rebecka secoua la tête, incrédule.

« Tout cela paraît tellement incroyable. En admettant que quelqu'un veuille tuer systématiquement toute la famille. Qui pourrait leur en vouloir à ce point ? Sol-Britt Uusitalo n'avait pas beaucoup d'amis, c'est vrai, mais on ne la haïssait pas. On la méprisait, plutôt.

« Je vais faire comme si je n'avais pas vu que le chien est sur tes genoux, Alf, et que tu lui donnes à manger. Ou alors, mon petit Morveux, tu vas partir chez monsieur Björnfot, où tu pourras t'installer sur un beau canapé et te faire servir tes tartines sur un plateau, qu'en dis-tu ?

– Je lui en ai juste donné un, ce n'est rien du tout !

– Tu rigoles ! Tu lui en donnerais dix que pour lui ce ne serait rien.

– Peut-être avons-nous affaire à quelqu'un qui en veut aux descendants de Hjalmar Lundbohm, suggéra Alf Björnfot en essayant de boire une gorgée de café malgré le chien qui gigotait pour trouver une position plus confortable et lui labourait la cuisse avec sa grosse patte pour qu'il continue à le caresser. Tu savais bien sûr que Frans Uusitalo était le fils de Hjalmar Lundbohm ?

– Oui, Sivving est au courant de tous les potins de la région. Mais qui pourrait haïr Lundbohm à ce point ? Ça aussi, c'est invraisemblable.

– Je n'en sais rien. Il y a des cinglés partout. Et Hjalmar Lundbohm n'était pas non plus un saint, contrairement à ce que croit la majorité des gens. Par exemple, il paraîtrait que c'est un certain Venetpalo, un artificier de la mine, qui a découvert le filon de Tuolluvaara. Il serait venu en informer Hjalmar Lundbohm qui se serait empressé d'aller obtenir le permis exclusif de recherche et de mettre la concession à son nom. Il en aurait ensuite confié l'exploitation à une compagnie minière privée dont il était également P-DG. Venetpalo n'en a rien tiré du tout. On serait contrarié à moins, il me semble.

– Où as-tu eu connaissance de tout cela ?

– Mon arrière-grand-père paternel était commissaire de police à Kiruna au début du vingtième siècle. Alors évidemment, il y a pas mal d'histoires qui ont circulé dans la famille. Je me souviens, en outre, d'un article à propos de la mine de Tuolluvaara signé par un dénommé Venetpalo qui a été publié par le NSD il y a quelques années. L'auteur m'avait semblé assez virulent sur le sujet. Comme s'il avait vraiment des comptes à régler. En tout cas, c'est la réflexion que je me suis faite, à l'époque.

– Je sais de quoi tu parles. Les vieilles rancunes sont tenaces et se transmettent de génération en génération. Je peux aller interroger ce Venetpalo, si tu veux. La piste est un peu mince. Mais je n'ai rien d'autre à faire. »

Björnfot posa sur Rebecka un regard désolé.

« Tu n'as pas l'intention de revenir travailler ?

– Si. Dans six semaines, dit-elle. À condition que Post soit reparti à Luleå. »

Deux femmes emmitouflées se présentent au commissariat de Kiruna. Sous la couche de neige et les châles se cachent Flisan Andersson, la gouvernante du directeur Lundbohm, et Blenda Mänpää, servante chez le superintendant Fasth.

Le commissaire divisionnaire Björnfot est penché au-dessus de son bureau, occupé à consigner les événements de la semaine dans un registre. Faire des rapports et des procès-verbaux ne fait pas partie de ses attributions favorites, mais aujourd'hui le temps s'y prête. Dehors, la neige tombe dru dans l'éclairage des réverbères.

C'est un homme puissant, aux épaules larges. Son ventre force le respect et ses mains sont comme des battoirs. Une force de la nature doublée d'un talent pour la diplomatie, voilà le profil que recherche la compagnie minière chez ceux qu'elle paye pour représenter la loi. Un homme capable de maîtriser les fauteurs de troubles. Car ils sont nombreux dans cette ville. Socialistes, communistes, agitateurs et syndicalistes. Même les religieux sèment la pagaille. Laestadiens et prédicateurs, toujours à la limite du fanatisme et de la folie. Et puis les jeunes, cheminots et mineurs, des mômes pour la plupart, venus de tous les coins du pays. Loin de papa et maman, dépensant leur paye en alcool, avec le résultat auquel on peut s'attendre.

Aujourd'hui, la cellule est vide. Quand il fait aussi froid, les gens boivent chez eux et ne se battent pas dans la rue.

Jamais le commissaire n'a tant souhaité qu'il y ait quelqu'un dans cette cellule. Huit jours ont passé depuis le meurtre de l'institutrice Elina Pettersson et personne n'a rien vu. Personne ne sait rien.

Le gardien l'a trouvée en arrivant le matin pour allumer le poêle dans la salle de classe et déneiger la cour. Il s'était remis à neiger dans la nuit et il n'y avait même pas de traces visibles devant l'école.

La neige que les deux femmes n'ont pas réussi à brosser en entrant fond sur leurs vêtements. Elles sont bientôt trempées. Leurs joues deviennent toutes rouges. Le commissariat est équipé d'un bon poêle et le commissaire n'a pas lésiné sur le bois.

Flisan prend la parole.

« Nous sommes venues à cause d'Elina Pettersson », dit-elle, sans préambule.

Elle donne un coup de coude à Blenda Mänpää pour l'encourager.

« Répète au commissaire ce que tu m'as dit !

– Voilà. Je travaille chez le superintendant Fasth. Il est très dur avec les domestiques. Nous travaillons toujours à deux quand il est là. Nous n'osons même pas allumer la cheminée toutes seules, s'il est dans la pièce.

– Ah vraiment ? dit le commissaire Björnfot, aussitôt mal à l'aise.

– Mais depuis le meurtre de mademoiselle Pettersson, il

est devenu plus doux qu'un agneau. Il n'a essayé d'attraper aucune d'entre nous. Pas même une claque sur les fesses en passant. C'est un peu comme s'il était… rassasié. Rassasié et content. Vous voyez ce que je veux dire ?

– Non, je ne vois pas, réplique le commissaire Björnfot, alors qu'une petite voix intérieure lui souffle qu'il a parfaitement compris. C'est une accusation très grave, dit-il tout de même. Très, très grave.

– Nous le savons très bien, rétorque Flisan, hargneuse. Continue à raconter à monsieur le commissaire, Blenda !

– L'une des jeunes servantes devait vider les cendres du poêle dans la chambre de monsieur le superintendant, explique Blenda Mänpää. C'était le lendemain du meurtre. Et au fond du poêle, elle a trouvé un morceau de manche de chemise. Ce n'est pas bizarre, ça ? Pourquoi quelqu'un voudrait-il brûler sa chemise ? »

Le commissaire Björnfot se tait et il les regarde, une main sur la bouche, ce qui est un geste très inhabituel chez lui.

« D'habitude, poursuit Blenda Mänpää, quand il change de chemise, il laisse toujours la chemise sale en boule par terre. Ce jour-là, il a pris une chemise propre et aucune chemise sale n'est partie au lavage. Alors c'est forcément la chemise de la veille que la souillon a trouvée dans le poêle. Vous comprenez ? »

Björnfot hoche la tête. Il ne comprend que trop bien.

Flisan Andersson le toise comme si elle était sur le point de mettre le feu à la terre entière. Blenda Mänpää a les lèvres pincées et elle ose à peine croiser son regard. Il lui a fallu du courage pour venir là. Le régisseur général Fasth est l'homme le plus puissant de Kiruna. Mis à part le directeur Lundbohm, bien sûr, mais lui n'est presque jamais là puisqu'il est constamment en voyage.

La compagnie minière possède et dirige tout. C'est elle qui a bâti la ville et l'église. C'est elle qui paye les émoluments de la police, du pasteur et des instituteurs. Et le superintendant Fasth *est* la compagnie minière.

Björnfot enlève enfin sa main de devant sa bouche.

« Je dois parler à la jeune fille qui a trouvé la chemise dans le poêle », dit-il.

« Mon arrière-grand-père, Oscar Venetpalo, était artificier, c'est exact. C'était un homme simple. Hjalmar Lundbohm a abusé de sa confiance. Il avait découvert un gisement de chromite à Tuolluvaara. Mais c'était un ouvrier loyal, à l'ancienne, vous comprenez ? Alors, il est allé en parler à Hjalmar Lundbohm. Et dès le lendemain, Lundbohm est allé signer le permis de recherche. »

Rebecka Martinsson fumait une cigarette sur la véranda de Johan Venetpalo. Son hôte, assis dans sa chaise roulante, semblait heureux de cette visite inattendue. Le fait qu'elle soit procureure ne semblait pas le déranger le moins du monde.

« Lui-même ne s'en est jamais plaint, poursuivit-il. Pas un mot là-dessus. Je sais qu'il a signé des papiers selon lesquels c'était Lundbohm qui avait découvert le gisement de Tuolluvaara. Par la suite, il a reçu quelques primes de la part de Lundbohm. Mais il n'a jamais expliqué pourquoi on les lui avait versées. Sa femme et ses enfants s'en étonnaient bien sûr. Mon grand-père a toujours prétendu que son père s'était fait escroquer. Il était employé par la compagnie minière et il n'a pas osé se plaindre, je suppose.

– Non, évidemment.

– Quant à Lundbohm, il était malin. Normalement, il aurait dû inscrire la concession au nom de l'État. Mais à la place, il l'a vendue à un ferronnier qui lui-même l'a vendue à une compagnie minière privée, nouvellement créée. Du coup, l'État ne pouvait plus rien reprocher à Lundbohm puisque lui-même travaillait pour l'État et que toutes les exploitations minières devaient être mises à sa disposition. Le royaume et cette compagnie privée ont signé un contrat et Lundbohm prit la direction de la nouvelle mine pour un salaire de cinq mille couronnes par an. Ce qui représentait beaucoup d'argent en ce temps-là. Mais pourquoi est-ce que vous me posez des questions sur tout ça ?

– Parce que ça m'intéresse. Il faut bien commencer quelque part. On tire un fil et puis… »

Johan Venetpalo posa sur Rebecka un regard interrogateur.

« C'est à cause de cette femme, Solveig Uusitalo, à Kurravaara ? Elle était la petite-fille de Lundbohm, n'est-ce pas ?

– Elle s'appelait Sol-Britt. Oui, plus ou moins. Je ne suis pas chargée de l'enquête, mais ça ne m'empêche pas de m'intéresser à son histoire. »

Johan Venetpalo ricana.

« Vous me rassurez. Je ne suis pas soupçonné de meurtre, alors ?

– Non.

– C'est vrai que dans ces régions septentrionales, les haines se transmettent parfois de génération en génération. S'il y avait eu de l'argent en jeu, ça aurait pu constituer un bon mobile. Si Sol-Britt avait hérité de quelques millions, par exemple. Mais Lundbohm est mort sans un sou. Et Frans Uusitalo était un enfant illégitime, comme on disait à l'époque.

– Oui.

– À quoi ça sert de haïr les gens et de les maudire jusqu'à la nuit des temps ? Ça ne vous rend pas plus riche à l'arrivée.

– Vous avez écrit un article au sujet de votre arrière-grand-père ?

– Ah ! Vous l'avez lu ? Vous comprenez, après ça… »

Il baissa les yeux vers ses jambes inertes.

« … J'ai un peu trop picolé pendant des années. Ma femme m'a quitté et j'en voulais à la terre entière. Mais avec l'âge, on devient philosophe, n'est-ce pas ? Il faut prendre ce qui vient. Peut-être mon arrière-grand-père a-t-il eu raison de prendre un peu d'argent et de s'en contenter. Dites, vous croyez qu'on va avoir un hiver digne de ce nom, cette année ? Ou bien il va falloir supporter cette bouillasse de citadins ? C'est une vraie plaie ces changements climatiques. »

Rebecka sourit au vieil homme assis dans sa chaise roulante. Il n'avait pas le profil du suspect idéal.

Suivre l'argent, ou à qui profite le crime ? se dit-elle en s'asseyant au volant de sa voiture et en faisant démarrer le moteur.

Sauf qu'en l'occurrence, il n'y avait pas d'argent.

Elle appela Sonja au standard de l'hôtel de police.

« Vous pouvez me confirmer que Frans Uusitalo est mort sans laisser d'héritage ? »

Sonja lui demanda de rester en ligne et, au bout de quelques minutes, elle revint au bout du fil pour dire qu'il restait à peine de quoi payer l'enterrement.

« Et au fait… », ajouta-t-elle, mais Rebecka avait déjà lancé un bref merci et raccroché.

Elle pianota sur son volant et regarda l'heure. Il n'était même pas encore neuf heures du matin.

« Tout n'est pas consigné dans les registres, dit-elle au Morveux. Je crois que je vais devoir retourner faire un petit tour à Lainio. »

Sven-Erik Stålnacke avait pris un congé maladie. Il prétendait être enrhumé, mais tout le monde savait qu'il était hanté par le fantôme de Jocke Häggroth, son crâne fendu sous le bras.

Krister vint sonner à sa porte. Sven-Erik lui ouvrit. Deux chats s'avancèrent sur le seuil, virent le temps qu'il faisait dehors et retournèrent se mettre au chaud sur le canapé. Sven-Erik était rasé et habillé.

C'est bien, songea Krister.

La maison était bien entretenue et chaleureuse avec ses plantes d'intérieur partout et une profusion de photos encadrées des petits-enfants de Sven-Erik.

Le genre de choses qu'on trouve en général dans une maison où vit une femme, songea Krister. Chez un célibataire comme lui, on avait plus de chances de tomber sur un vieux ficus à moitié effeuillé ou un sanseveria dans un horrible pot plein de terre desséchée.

Krister lui parla de Marcus et des élèves plus grands que lui qui le maltraitaient à l'école.

« Ce matin, je suis allé voir le directeur et le surveillant général de l'école après avoir déposé Marcus. D'après eux, il y a eu quelques frictions sans gravité et ils ont "géré le problème" et "parlé à tous les intéressés".

– Ce qui ne fera qu'envenimer les choses », commenta Sven-Erik en pensant avec un douloureux sentiment d'impuissance à l'époque où sa propre fille Lena avait été victime de harcèlement à l'école.

Elle était devenue pâle et maigre. Elle avait tout le temps mal au ventre et ne voulait plus aller à l'école. À présent, c'était une adulte, mais cette période de sa vie, qui avait duré jusqu'à ce qu'elle change d'école, avait été un véritable enfer.

« J'ai l'intention d'aller rendre une petite visite aux parents de cette petite brute, expliqua Krister. C'est le moins que je puisse faire pour Marcus. Je suis sûr qu'ils sont du genre à intimider les gens et à couvrir leurs gosses quelles que soient les conneries qu'ils inventent. Mais j'ai décidé d'intervenir et je voudrais que tu m'accompagnes.

– Pourquoi ?

– Parce que je préfère qu'on soit deux. Comme ça, tu pourras témoigner que je ne les ai pas brutalisés. »

Sven-Erik sourit, amusé.

« Je vois. Tu as besoin que je te serve de garde-fou et que je t'empêche de tuer quelqu'un ?

– Oui. Ce serait gentil.

– Tu m'as dit qu'ils s'appelaient Niemi ? dit Sven-Erik. Je propose qu'on se renseigne un peu sur eux avant d'y aller.

– Tu vois bien que je ne peux pas me passer de toi. »

La servante qui a trouvé la manche de chemise dans le poêle de la chambre du superintendant habite dans l'île, avec sa mère et ses trois sœurs.

La mère ouvre la porte et ouvre de grands yeux inquiets. Mais il y a autre chose aussi, dans son regard. Une lueur de défi.

Le commissaire doit se baisser pour passer la porte et c'est tout juste s'il tient debout dans le minuscule logis.

Il expose le motif de sa visite. Flisan et Blenda Mänpää qui l'accompagnent encouragent la jeune fille à raconter au commissaire ce qu'elle a vu.

Mais la jeune fille refuse de parler. Ses petites sœurs, assises à même le sol, muettes également, lèvent les yeux vers les étrangers. La mère s'en va débarrasser la table après le repas du soir, portant dans la bassine les gamelles et les cuillères en bois. Elles ont mangé du gruau de blé sans lait. La femme se tait mais elle ne quitte pas sa fille aînée des yeux tandis que le commissaire et les deux personnes qui l'accompagnent tentent de lui tirer les vers du nez.

La jeune souillon se montre si réticente que le commissaire Björnfot pense un instant qu'elle ne comprend que le finnois. Ou bien qu'elle est idiote. Peut-être n'est-elle capable de s'acquitter que de tâches très simples, couper du bois ou laver du linge ?

« Alors c'est toi qu'on appelle Hillevi ? lui dit-il gentiment sans obtenir de réponse. Tu travailles chez le superintendant Fasth, n'est-ce pas ? »

Silence. Yeux baissés. Lèvres scellées.

« *Puhutko suomea ?* » lui demande-t-il dans un finnois hésitant.

Blenda Mänpää intervient :

« Qu'est-ce qui t'arrive ? reproche-t-elle, d'une voix cinglante, à la jeune fille. Allez, parle à monsieur le commissaire de cette chemise !

– Je me suis trompée, répond Hillevi. Ce n'était pas une chemise. C'était juste un vieux chiffon qu'une des filles avait jeté au feu. »

Elle parle vite, comme si elle récitait, puis regarde sa mère du coin de l'œil.

« Tu préférerais peut-être venir au commissariat pour qu'on en parle tranquillement », propose le commissaire Björnfot.

Il essaye de lui faire peur, mais sa voix n'a pas l'autorité habituelle.

La petite fille pousse un gémissement effrayé et la mère regarde le commissaire droit dans les yeux sans ciller.

« Il y a deux mois maintenant que mon Samuel s'est fait sauter avec la dynamite qu'il gardait au chaud pour les artificiers. La compagnie garantit du travail aux veuves, alors maintenant je fais le ménage dans les baraquements de célibataires. Je gagne quarante öres par semaine pour chaque ouvrier dont je m'occupe. Avec un supplément si je lave leur linge. Et Hillevi a été embauchée chez le superintendant Fasth ! Tout ça mis bout à bout, on arrive à s'en sortir. S'il n'y avait pas eu la compagnie et le superintendant Fasth, les enfants auraient été vendus aux enchères des pauvres. »

Elle se tient là devant eux dans sa blouse de travail si usée qu'on voit presque à travers.

« Je connaissais mademoiselle Pettersson, dit-elle en les regardant d'un air désolé. Elle était comme la lumière de Dieu. Mais vous devez comprendre !

– Je comprends », répond Björnfot.

Et il repart tristement dans la neige. Derrière lui Flisan pleure de rage et Blenda Mänpää est terriblement silencieuse.

« Ce n'est pas juste, sanglote Flisan. Ce n'est pas juste.

– Qu'est-ce que vous voulez que je fasse ? demande le commissaire, exaspéré. Que j'accuse le superintendant de meurtre parce qu'il n'a pas claqué les fesses des servantes ? Je n'ai pas la moindre preuve. Je ne suis même pas sûr que cela suffirait si cette pauvre petite finissait par témoigner. »

Flisan voudrait s'arrêter de pleurer, mais les sanglots reprennent sans cesse. On croirait un animal blessé. Björnfot ne supporte plus de l'entendre.

« Maintenant, je vais être renvoyée, dit Blenda Mänpää. Et pour quoi ? Pour rien du tout. »

Björnfot retourne au commissariat et reste toute la soirée à contempler la cellule vide pendant que le poêle refroidit.

Flisan passe la nuit sur la banquette de la cuisine à regarder le plafond sombre.

« Je ne peux pas l'accepter, murmure-t-elle à son Dieu, joignant les mains si fort que ses jointures blanchissent. Je ne peux pas accepter que son crime reste impuni. Ce n'est pas juste. »

Ragnhild Lindmark était aide à domicile à Lainio. Elle reçut Rebecka Martinsson chez elle et répondit à ses questions.

« Désolée, mais je ne peux pas vous offrir de café, déclara-t-elle. J'ai arrêté d'en acheter il y a plusieurs années. Vous n'imaginez pas la quantité de café qu'on peut ingurgiter quand on travaille avec les personnes âgées. On finirait par s'empoisonner. »

Une perruche, posée sur une tringle à rideau, pépiait par intermittence. Les rebords de fenêtres étaient encombrés de figurines en verre. Le fleuve, qu'on voyait par la fenêtre, semblait immobile dans la lumière grise. Ragnhild leur prépara un thé vert, expliquant à Rebecka que l'eau ne devait pas bouillir et qu'il ne fallait pas laisser le thé infuser trop longtemps.

« Je l'achète par internet, expliqua-t-elle à Rebecka quand celle-ci la complimenta poliment sur l'arôme du breuvage.

– Vous vous occupiez de Frans Uusitalo, n'est-ce pas ?

– Oui, mon Dieu, quelle histoire épouvantable. Je lui demandais toujours de me prévenir quand il allait en forêt. Il aurait pu tomber de vélo ou je ne sais quoi et comme ça, j'aurais su où partir à sa recherche. Mais vous savez comment sont les vieux. C'est vrai qu'il était en pleine forme. Plus de quatre-vingt-dix ans, vous vous rendez compte ? Pourquoi me posez-vous cette question ?

– Parce que je cherche à en savoir un peu plus sur sa mort. Savez-vous s'il avait des ennemis ?

– Non. Mais que voulez-vous dire ? Vous savez qu'il a été emporté par un ours ?

– Vous souvenez-vous de quelque chose d'inhabituel qui se serait passé pendant la période qui a précédé sa disparition ? Est-ce qu'il vous a paru inquiet ? Je ne sais pas...

– Hein ? Non. Tout était comme d'habitude autant que je m'en souvienne. Qu'est-ce qui aurait pu l'inquiéter, à votre avis ? »

Rebecka ne sut pas quoi répondre.

« Il y a quelque chose de louche dans cette histoire, dit-elle finalement. Il avait de l'argent ?

– Juste de quoi payer l'électricité et sa nourriture, je crois. »

Ragnhild Lindmark réfléchit quelques instants. Puis elle dit avec franchise :

« Je ne sais pas pourquoi vous me demandez tout ça à moi. À vrai dire, je ne le connaissais pas très bien. Par contre, il avait une chérie en ville. Il était encore bel homme, vous savez. Grand, avec une belle chevelure bouclée. Elle habite à trois maisons d'ici. Par là. Une villa avec un toit en tuiles. Il n'y en a qu'une dans la rue, vous ne pouvez pas vous tromper. La femme s'appelle Anna Jaako. Voulez-vous que je vous prête un parapluie ? Je suis sûre qu'il va tomber de la neige mouillée. Enfin, je ne vais pas me plaindre. Ce n'est pas à moi de déblayer devant les portes de mes petits vieux. Ça ne rentre pas dans mes attributions. N'empêche qu'il faut quand même le faire. L'hiver dernier, ils ne seraient plus sortis de chez eux, si moi et mon mari on ne l'avait pas fait. Il a neigé un jour sur deux. »

Je suis folle, songeait Rebecka en marchant vers la maison d'Anna Jaako. Je me demande ce que je cherche, au juste.

Anna Jaako était chez elle et elle l'invita à prendre le café. Rebecka accepta et but aussi lentement que possible pour éviter qu'elle la resserve.

Elle était jolie. On aurait dit une ancienne danseuse. Des cheveux d'un blanc immaculé coiffés en queue-de-cheval.

« Je ne crois pas qu'il ait été emporté par un ours », dit Rebecka en préambule parce qu'elle avait décidé de ne pas prendre de gants.

Les gens allaient causer, c'était inévitable, alors autant partager ses soupçons et espérer recevoir quelque chose en retour.

« Je pense qu'on lui a tiré dessus et que l'ours l'a mangé ensuite. »

Anna Jaako pâlit légèrement.

« Je suis désolée si je vous ai choquée », s'excusa Rebecka, un peu honteuse.

Anna Jaako secoua la tête.

« Ne vous inquiétez pas. Je suis plus solide que j'en ai l'air. Mais qui aurait voulu le tuer ?

– C'était peut-être un accident, suggéra Rebecka, sans conviction. Une balle perdue. Un chasseur qui ne s'en serait même pas rendu compte.

– Cela ne vous paraît pas invraisemblable ? »

Totalement, songeait Rebecka. Surtout quand on sait qu'il a reçu une balle dans la jambe et au moins deux dans la poitrine.

« Je ne suis pas sûre de ce que je cherche, admit-elle.

Quelqu'un avait-il des raisons de le tuer ? Savez-vous s'il s'est passé quelque chose de particulier avant sa disparition ?

– Non, je ne vois rien de particulier. Il n'avait pas d'argent. Mais il savait danser. Nous dansions souvent tous les deux, ici dans la cuisine. »

Son visage s'éclaira à ce souvenir.

« Si vous deviez vous rappeler quelque chose, appelez-moi », dit Rebecka en notant son numéro de téléphone au dos d'un bon de caisse qu'elle trouva dans son sac.

Anna Jaako examina le ticket et lut le numéro.

« C'est sans doute anodin, murmura-t-elle, comme si elle pensait tout à coup à quelque chose. Cela remonte à plusieurs années.

– De quoi voulez-vous parler ? l'encouragea Rebecka.

– C'est la seule chose qui me vienne. Mais comme je vous l'ai dit, cela ne date pas d'hier. C'était il y a trois ans. Je m'en souviens parce que j'allais avoir soixante-quinze ans. Vous saviez qu'il était le fils naturel de Hjalmar Lundbohm, n'est-ce pas ? Non, peut-être pas.

– Si, on me l'a dit.

– Sa mère, qui n'était pas sa vraie mère mais la femme qui l'a élevé, était gouvernante chez Hjalmar Lundbohm. Elle lui en voulait énormément et du coup, Frans a grandi avec l'idée que Lundbohm était un salaud. Enfin, ce n'est pas tout à fait vrai. Elle lui a parlé de lui après la mort de son père adoptif. Frans avait plus de vingt ans, à l'époque. Quoi qu'il en soit, il y a trois ans, il est tombé sur de vieilles actions dans un tiroir plein de photographies et de documents. Il y avait également une lettre dans laquelle Lundbohm disait qu'il léguait ces actions à son fils Frans Uusitalo. Il portait le nom de son père adoptif. Je me souviens que Frans m'avait dit en plaisantant qu'on allait pouvoir partir en croisière tous les deux maintenant qu'il était riche. Un nanti. C'est comme ça qu'il a dit. Je suis un "nanti".

– Ah oui ?

– Mais il avait dû se tromper, parce que je n'en ai plus jamais entendu parler. Je crois que sa fille a examiné les titres et qu'en réalité, ils ne valaient pas un clou. Ils étaient jolis à regarder, c'est tout. De nos jours, les actions sont sur des ordinateurs, ce n'est plus pareil.

– Et vous dites que cette histoire a eu lieu il y a trois ans ?

– C'est ça. »

Et comme par hasard, le fils de Sol-Britt s'est fait renverser il y a trois ans, songea Rebecka.

« Excusez-moi, dit Anna Jaako en essuyant ses yeux qui s'étaient brusquement remplis de larmes. Mais il me manque terriblement. Si quelqu'un m'avait dit quand j'avais votre âge que je rencontrerais l'amour de ma vie à plus de soixante-dix ans, je lui aurais ri au nez. »

Elle posa sur Rebecka un regard grave.

« Il faut prendre soin de l'amour, vous savez ? Tout à coup, on s'aperçoit qu'on a aimé pour la dernière fois de sa vie. Tout le reste n'est que du vent. »

Il valait mieux qu'elle travaille sinon elle allait devenir folle. Flisan nettoie la maison de fond en comble, plusieurs fois de suite, récure la cuisine du sol au plafond, lave et repasse les minces rideaux en toile de coton et peint en bleu les portes de l'armoire de la cuisine.

« Tu as perdu la tête ? s'inquiètent ses voisines. Laver les rideaux en plein hiver. Tu ne crois pas que tu as assez à faire avec les vêtements des mineurs ? »

Ensuite, elle se met en tête de préparer un vrai *paltkok*. Elle tranche le lard et la couenne, forme des boulettes grises en mélangeant la farine d'orge avec les pommes de terre râpées. Elle plonge les boulettes dans la grosse marmite d'eau bouillante et toute la cuisine est pleine de vapeur. On se croirait dans un sauna.

Elle entend un bruit derrière elle et l'espace d'un instant, elle croit que c'est Elina.

Quand elle se retourne, elle se retrouve nez à nez avec le superintendant Fasth.

Dans son gros visage rubicond, ses yeux lancent des poignards. Il jette un rapide coup d'œil dans la chambre pour s'assurer qu'ils sont seuls.

« Maademoiselle ! » grince-t-il.

Sa voix est sèche. On a froid jusqu'aux entrailles rien qu'à l'entendre. Comme quand on a lavé du linge au lavoir un jour d'hiver et qu'en rentrant le soir, on a beau ajouter du bois dans le poêle, on ne parvient pas à se réchauffer.

« Mon fiancé va arriver d'un instant à l'autre », gémit Flisan.

Elle regrette aussitôt d'avoir dit cela. Et d'un ton aussi pitoyable. Elle ne peut pas s'empêcher de regarder le couteau de cuisine du coin de l'œil.

Il renâcle, plein de mépris.

« Je m'en moque de ses amants. Maintenant, elle va m'écouter. J'entends des rumeurs. Sur moi et la putain Elina Pettersson. Et celle qui en colporte le plus, c'est la dénommée Flisan.

– Monsieur le superintendant a menacé ses servantes, alors forcément, elles…

– La prochaine fois qu'elle m'interrompt, elle va prendre une claque ! C'est le bâtard de la putain, n'est-ce pas ? »

Il a un mouvement du menton vers le couffin dans lequel dort le petit Frans.

« Si elle souffle le moindre mot au commissaire ou au directeur quand il rentrera, ou à n'importe qui d'autre, je lui prendrai l'enfant. J'irai parler à la commission de protection de l'enfance de la vie dissolue de Flisan qui vit seule avec quatre hommes sous son toit. Je me trompe ? Et qui a un fiancé par-dessus le marché. Avant vous étiez deux à vous en occuper. Mais maintenant Flisan doit s'occuper des cinq à elle toute seule, pas vrai ? »

Il se tait et la regarde d'un œil si lubrique qu'elle croise instinctivement les bras sur sa poitrine.

« Qui vont-ils croire, à son avis ? Elle ou bien moi ? J'adopterai le gosse. Et je peux lui assurer que je saurai comment le dresser ! Et des coups, il va en prendre. Tous les jours. Il n'y a que le fouet et la ceinture pour le sauver de l'hérédité de sa gourgandine de mère. Alors, qu'est-ce qu'elle dit de cela, Flisan ? Maintenant, elle a le droit de répondre. »

Flisan cherche un appui. Elle ne tient plus sur ses jambes. C'est tout juste si elle a la force de hocher la tête.

« Eh bien voilà ! Elle fait moins la maligne, maintenant. Et elle va faire ses bagages et quitter Kiruna. Je lui donne un mois. Et je la préviens. Je ne suis pas un homme patient. »

Elle titube et s'écroule sur le tabouret près de la cuisinière.

Fasth se penche au-dessus d'elle et avant de partir, il lui susurre à l'oreille :

« Elle a adoré ça, l'institutrice. Elle m'a supplié de continuer. Elle criait de plaisir. J'ai dû l'étrangler pour la faire taire. »

Et il disparaît dans l'escalier.

La marmite de *palt* déborde et Flisan n'a plus la force de la retirer du feu. Elle n'arrive même pas à se relever. Quand Johan-Albin rentre un peu plus tard pour manger, elle est toujours assise au même endroit, Frans pleure dans son couffin, le *palt* a attaché au fond de la marmite et la buée dégouline sur les vitres.

Rebecka fouillait dans les cartons de Sol-Britt Uusitalo. Avant de commencer, elle avait appelé Alf Björnfot pour s'assurer que le mandat de perquisition était encore valide.

« Je n'ai pas envie que von Post puisse me renvoyer ça à la figure ensuite.

– Je t'assure que s'il ose te faire des ennuis, il va se retrouver au service des contraventions jusqu'à sa retraite », avait répondu le procureur général entre ses dents.

Incroyable ce qu'un être humain arrive à accumuler au cours d'une vie. Rebecka sentait la poussière lui chatouiller les narines. Photos, lettres, copies de déclarations de revenus, contrats d'assurance, dessins d'enfants, factures, dépliants publicitaires vieux de plus de dix ans et Dieu sait quoi encore.

En tombant sur une lettre du patron de Sol-Britt dans laquelle il exprimait son inquiétude par rapport à sa consommation d'alcool, Rebecka fut soudain prise de scrupules. Elle fit une pause et sortit marcher avec le Morveux.

« Ce que je suis en train de faire ne nuit à personne, expliqua-t-elle au chien qui pataugeait dans la neige molle et levait la patte pour laisser des annonces de rencontre au pied de tous les arbres qu'ils croisaient. Je renifle juste un peu. Comme toi. »

Son téléphone vibra au fond de sa poche. C'était Krister.

« Salut, dit-il d'une voix si tendre qu'elle ne put s'empêcher de sourire. Je me demandais si tu pourrais me garder Vera quelques heures ? Je dois aller parler aux parents des petites brutes qui font des misères à Marcus. J'ai appelé Maja. Il paraît qu'un ami leur a prêté un chalet au bord de la rivière de Rautasälven. Ils ont proposé d'emmener Marcus à la pêche avec eux. C'est une bonne idée. Je crois que ça va l'amuser. Et puis c'est juste pour la journée.

– Il n'y a pas de problème, tu peux me déposer Vera. La clé est sous le pot de fleurs à droite de la porte sur le perron. Je ne vais pas tarder à rentrer. Je peux emmener Marcus chez Maja, si tu veux. »

Krister soupira bruyamment au bout de la ligne.

« Sous le pot de fleurs, je rêve ! Je me demande vraiment pourquoi les gens prennent la peine de fermer leur porte à clé si c'est pour laisser la clé sous l'incontournable pot de fleurs. C'est le premier endroit où on regarde. Ou bien dans les chaussures qui, pour une raison inexplicable, sont restées dehors dans le froid.

– Je sais, répliqua Rebecka. Mais franchement, tu ne trouves pas ça extraordinaire ? Du temps de ma grand-mère, on ne verrouillait jamais une porte. Et quand on sortait de chez soi, on posait le balai devant la porte pour éviter aux visiteurs assoiffés de monter jusqu'à la maison depuis la route pour rien. Comme ça, ils pouvaient voir à distance qu'il n'y avait personne.

– Bon, OK, on fait comme ça. Je fais entrer la chienne et

je pose le balai devant la porte », gloussa Krister avant de lui dire au revoir.

Rebecka continua à trier des papiers. Et finit par tomber sur ce qu'elle cherchait. Une grosse enveloppe brune dans laquelle se trouvaient trois feuilles de parchemin portant la mention « *Share Certificate* » ainsi qu'une lettre manuscrite à la calligraphie légèrement tremblée.

Écrite par un vieil homme, se dit Rebecka, le cœur battant.

« Ma chère Flisan », commençait la lettre.

Mais elle ne voulait pas la lire tout de suite. L'écriture n'était pas non plus très facile à déchiffrer. À la place, elle téléphona à Måns. Il répondit aussitôt. Il semblait heureux de l'entendre. Cela lui fit un pincement au cœur. Mais elle n'avait pas le temps de badiner.

« Toi qui connais bien le droit des sociétés et tout ce qui a trait aux actions, est-ce que tu pourrais me renseigner ? »

Flisan se réveille la nuit pour parler à Dieu. Elle a beau travailler dur, cela ne change rien. Son sommeil est perturbé. Elle explique au Seigneur qu'elle ne tiendra jamais le coup. Elle fixe le plafond plongé dans l'obscurité et se sent remplie de haine. La seule chose qu'elle parvient à faire est de supplier Dieu. Les mots, elle ne les trouve pas. Aidez-moi, mon Dieu, aidez-moi.

Elle s'efforce de chasser les images de la blonde Elina. Elina et le superintendant Fasth. La blouse ensanglantée d'Elina que lui a remise le sacristain quand elle lui a apporté les vêtements que porterait Elina pour son dernier repos.

« Aidez-moi Seigneur, prie-t-elle. Je veux le tuer. Pourquoi aurait-il le droit de vivre ? Ce n'est pas juste. »

Elle a peur. Elle a tout le temps peur. Elle voudrait fuir Kiruna sans tarder car qui sait ce que le superintendant Fasth pourrait soudain inventer ? Il va lui prendre Frans. Johan-Albin lui promet qu'ils quitteront la ville dès qu'il trouvera un travail ailleurs.

Si cette ordure pose ne serait-ce qu'un seul regard sur le nourrisson, elle se dit qu'elle fracassera son crâne gras avec le tisonnier de la cuisinière, qu'elle le frappera encore et encore jusqu'à ce qu'il… elle regrette de ne pas lui avoir versé la marmite de *palt* sur la tête pour l'ébouillanter comme le cochon qu'il est.

« Aidez-moi, prie-t-elle, inlassablement. Cher, cher Jésus, je vous en prie, aidez-moi. »

Au bout du chemin de terre, Sven-Erik Stålnacke, Krister Eriksson et Marcus descendirent de voiture. Ils étaient en pleine forêt. De l'endroit où ils se trouvaient, on entendait couler la rivière Rautasälven au loin.

« Rebecka et Vera viendront te chercher bientôt, dit Krister à Marcus. Et je ne serai pas parti très longtemps.

– Je ne veux pas que tu partes, dit le petit garçon, s'accrochant à la manche de Krister.

– Je reviendrai aussi vite que possible. »

Le chemin était tapissé d'une neige piétinée et dure. C'était comme de marcher sur une étroite route verglacée, une neige fondue et froide pleuvait des branches. D'épaisses plaques de neige molle subsistaient encore ici et là. Pour progresser ils devaient poser les pieds sur les pierres et sur les branches des buissons d'airelles.

Le ciel était moins bas, remarqua Krister sans oser quitter le sol des yeux trop longtemps à la fois. En effet, les nuages s'étaient dissipés.

Un escalier en rondins conduisait à une tourbière au-dessus de laquelle courait une passerelle.

L'escalier en bois et la passerelle étaient quasiment impraticables. Les marches étaient gluantes et les planches du petit pont tapissées de glace.

« J'ai l'air aussi gracieux que si j'avais fait dans mon froc, grommela Sven-Erik. Je vais me casser la gueule ! »

Il cria à Marcus :

« Fais attention, petit ! »

« Ah les gosses ! murmura-t-il pour lui-même. Quand je pense qu'on était comme ça, à leur âge ! »

Avec l'insouciance et l'équilibre instinctif des enfants, Marcus était déjà loin devant eux. Le genou souple et le pas hardi.

Un homme apparut. Il leva la main pour les saluer sur la passerelle.

« *Hej*, Marcus ! » appela-t-il.

Krister et Sven-Erik s'arrêtèrent. Ils agitèrent prudemment la main en retour.

« Si vous voulez, je peux le prendre à partir d'ici, leur cria l'homme. Maja est en bas, au chalet. Ça glisse terriblement. Vous feriez mieux de faire demi-tour. »

« Ne t'inquiète pas, c'est son compagnon, dit Sven-Erik à Krister. Il s'appelle Örjan, je crois. Je l'ai vu quand Post la Peste nous a tous traînés chez Maja pour l'interroger. J'aurais voulu que tu vois ça. Salaud de proc ! Allez, on repart. Je m'estimerai heureux si j'arrive vivant à la voiture. »

« Bon alors, au revoir ! lança Krister. On vient le récupérer bientôt. Saluez Maja de ma part et merci ! »

Ils firent demi-tour et rejoignirent péniblement l'escalier. D'un geste, l'homme attira Marcus jusqu'à lui.

Marcus avança prudemment à la rencontre de l'homme à la tignasse ébouriffée. Dans sa tête, il parlait avec le chien perdu. Vera va venir bientôt. Et Krister. Et Rebecka. Ils seront bientôt là. Ils vont venir me chercher. Dans pas longtemps.

Plusieurs fois, il se retourna pour suivre des yeux Krister et Sven-Erik. Mais ils ne tardèrent pas à disparaître de sa vue. Il atteignit l'extrémité de la passerelle, l'homme hocha la tête et lui tourna le dos pour repartir en sens inverse. Marcus lui emboîta le pas. Le chemin courait à nouveau à travers bois. À présent, on entendait distinctement le bruit du courant. Il prenait garde de poser les pieds dans les endroits où il n'y avait pas de neige car sous la neige, parfois, il y avait des plaques de glace. Et alors on tombait.

« Marche devant moi », lui ordonna l'homme.

Marcus se mit à courir.

Quand les arbres de la forêt s'espacèrent, il aperçut au bord de la rivière, à une centaine de mètres de distance, à côté d'une barque renversée, une femme aux cheveux blancs qui tentait de dégager une paire de rames du sol gelé en cognant avec une bêche.

Elle tenait la bêche à deux mains et elle cognait, et elle cognait.

Marcus se figea.

Il l'avait déjà vue. Ce jour-là. Alors qu'en bas de l'escalier il regardait dans la chambre de grand-mère. Il n'avait pas vu son visage car la personne qui était avec sa grand-mère portait une cagoule. Le genre de cagoule qu'on porte pour faire du scooter des neiges. Avec un trou pour la bouche et deux trous pour les yeux.

Mais il reconnaissait la silhouette. Les bras qui cognaient et cognaient encore.

Qui cognaient grand-mère. Il avait été lâche ce matin-là. Il n'avait rien fait pour sauver grand-mère. Il était remonté au premier étage. Il avait réussi à ouvrir une fenêtre, malgré ses mains qui tremblaient, puis il avait sauté dans le jardin et couru dans la forêt jusqu'à la cabane. Ensuite, Krister était venu et grand-mère était morte.

Maintenant la cogneuse allait s'en prendre à lui.

Il entendit le son rauque que fit son propre cri.

Il hurla de terreur et tenta de s'enfuir, mais il n'alla nulle part.

L'homme derrière lui l'avait soulevé de terre en le prenant sous les bras et ses pieds battaient l'air inutilement.

« Ta gueule. »

« Krister, cria Marcus de toutes ses forces. Krister. »

Mais tout à coup, ce fut comme si un tronc d'arbre lui fonçait dessus.

Puis plus rien.

Krister Eriksson et Sven-Erik Stålnacke ne l'entendirent pas crier. Ils étaient déjà en route pour Kiruna. Deux preux chevaliers en croisade, partis s'assurer que Willy Niemi, neuf ans, cesse d'embêter Marcus Uusitalo, sept ans.

Le superintendant Fasth traverse Kiruna au pas de charge. On dirait un chasse-neige vivant. Les passants s'écartent sur son passage, le saluent hâtivement, lèvent leur bonnet, font la révérence, le regard figé.

Cela ne le dérange pas qu'on le craigne. Au contraire, il appelle la haine des autres de tous ses vœux, elle le rend plus fort, elle durcit son cœur comme de l'acier trempé.

À vrai dire, cela lui convient très bien que les gens de Kiruna sachent mais ne puissent rien prouver.

En mettant cette effrontée à genoux, il a mis toute la ville à ses pieds.

La seule personne qui ait encore du pouvoir sur lui est le directeur Lundbohm. Mais Lundbohm est un imbécile. Fasth lui a écrit pour lui raconter le tragique évènement. Dans sa lettre, il précise que l'enquête a révélé que l'institutrice avait plusieurs amants et qu'elle vient de mettre au monde un enfant de père inconnu. Il ajoute que le meurtre ne sera probablement pas élucidé.

Le directeur n'a pas répondu à sa lettre. Fasth en conclut que désormais, on ne le verra plus très souvent à Kiruna. Tant mieux.

Fasth a d'autres chats à fouetter. Le broyeur de la mine est resté silencieux ce matin et il traverse la ville comme un empereur furieux pour aller voir ce qui se passe.

À quoi bon avoir des gens pour surveiller le travail s'il doit tout faire lui-même. À quoi sert de forer si le minerai ne peut être broyé, chargé dans des wagons et transporté ?

D'habitude, on entend de très loin la machine qui sert à briser les blocs de minerai. Mais aujourd'hui, on n'entend rien. Les ouvriers fument, assis devant l'énorme concasseur. Ils se lèvent en voyant approcher le superintendant.

Un surveillant se lance dans des explications :

« C'est un bloc de pierre qui s'est coincé et qu'on n'arrive pas à dégager. »

Mais le régisseur général Fasth n'a pas le temps d'écouter ses explications. Il bouscule l'ouvrier et lui arrache la barre de fer qu'il tient à la main.

Les hommes le suivent comme des élèves bien sages. Le concasseur est un énorme rouleau hérissé de piques d'acier qui tourne sur lui-même et broie les blocs en morceaux de plus en plus petits jusqu'à ce qu'ils tombent dans les wagons placés en dessous.

Fasth descend dans la machine en un seul bond.

« Vous n'avez qu'une seule chose à faire et même ça, vous en êtes incapables ! » rugit-il.

Il introduit le pied-de-biche sous le morceau de roche qui a bloqué le mécanisme.

« Bande de fillettes, halète-t-il. Ce sera pris sur votre salaire, je vous le garantis ! »

Au mot « fillettes », une vague d'émotion parcourt le petit groupe d'hommes. Ils n'ont pas besoin de se regarder pour savoir qu'ils pensent tous à la même chose. C'est comme si soudain elle était là, parmi eux. Avec ses joues rondes et son regard rieur.

Ils observent Johan-Albin du coin de l'œil. Il est fiancé avec la gouvernante avec qui elle habitait et il la connaissait mieux qu'eux.

Au fond du broyeur, Fasth souffle comme une bête de somme. Il ne parvient pas à dégager le bloc de minerai. Mais il insiste, il s'est mis dans la tête qu'il allait leur montrer, à ces demi-portions.

« Vous n'avez rien dans la culotte, ou quoi ? » se moque-t-il, leur lançant sa veste avant de s'arc-bouter à nouveau sur la barre de fer.

Le plus jeune du groupe attrape le vêtement. Cherche des yeux un endroit où l'accrocher.

Puis tous les regards convergent sur un seul point.

L'interrupteur général. Mais personne ne se précipite pour éteindre le courant en criant « *Voi perkele* ». Le jeune homme lisse soigneusement la veste sur son bras.

Et enfin la pierre bouge.

Le concasseur se remet en marche après quelques à-coups. Les cailloux crépitent sur l'acier. Se heurtent, glissent sous les pieds du superintendant comme des sables mouvants. On dirait que la machine veut le dévorer. En un clin d'œil, tout le bas de son corps est englouti.

Ils ne l'entendent même pas crier. Le hurlement est noyé dans le vacarme de l'acier contre la pierre. Ils ne voient que l'étonnement et la terreur sur son visage. Sa bouche ouverte de stupeur.

En quelques secondes, c'est terminé. Le concasseur mâche le superintendant et le moud en même temps que la roche, il déchiquette son corps et recrache les lambeaux dans le wagon de minerai en dessous.

Johan-Albin coupe le courant et toute la scène est brusquement plongée dans le silence et le calme.

Il crache dans le concasseur.

« Bon, dit-il. Je crois qu'il vaut mieux aller chercher le commissaire. »

Måns rappela Rebecka moins d'une heure plus tard.

« Tu es sûre qu'il y a bien écrit *Share Certificate Alberta Power Generation* ?

– Oui, répond-elle. J'ai les titres sous les yeux.

– Combien d'actions y a-t-il ?

– Sur la première feuille, je lis "Representing Shares 501-600", sur la deuxième : "701-800" et sur la dernière : "701-800".

– Nom de Dieu, Rebecka ! Est-ce qu'il y a quelque chose au dos concernant la cession ?

– Voyons... *transferee* et ensuite "4 mars 1926 Frans Uusitalo". Et en bas c'est écrit : "donateur Hjalmar Lundbohm". Alors ?

– La société existe toujours. Il s'agit d'une entreprise assez solide d'énergie hydraulique dont le siège social se trouve à Calgary. Elle a fait l'objet de pas mal de rachats depuis ce temps-là. À l'époque, ces actions représentaient un dixième du capital. À présent, elles en représentent un millième.

– Mais encore ?

– C'est déjà pas mal.

– Combien ? Assez pour que cela vaille le coup de les coudre dans la doublure de mon manteau et émigrer en Amérique du Sud ?

– C'est ce que je t'aurais conseillé s'il n'y avait pas eu cette donation indiquée au dos.

– Allez, Måns, explique !

– Pour toi, ces actions n'ont pas la moindre valeur.

– Mais…

– Mais pour le dénommé Frans Uusitalo, ou ses héritiers, elles valent un peu plus de dix millions.

– Tu rigoles !

– En dollars canadiens. »

Ils se turent pendant quelques secondes. Puis Rebecka inspira profondément.

Sol-Britt Uusitalo était riche, songea-t-elle. Et elle a passé sa vie à économiser chaque couronne dans sa maison délabrée de Lehtiniemi parce qu'elle ne le savait pas.

« Voler ces actions ne te serait d'aucune utilité parce que le testament de leur donateur figure dessus. Son père n'avait pas d'autres héritiers ? lui demanda Måns.

– Je te rappelle plus tard, répliqua Rebecka.

– Qu'est-ce qu'on dit ?

– Merci, Måns. Merci, cher, gentil, merveilleux Måns. Je t'aime. Mais, nom de Dieu. Je te rappelle plus tard !

– Ne fais pas de bêtises, s'il te plaît », dit l'avocat.

Mais Rebecka avait déjà raccroché.

« J'ai essayé de vous le dire la dernière fois, se défendit Sonja lorsque Rebecka l'appela au standard. Mais vous êtes tellement…

– Oui, je sais, mais je…

– Qu'est-ce que je disais ?

– Pardon, je vous écoute.

– Frans Uusitalo avait aussi un fils, plus âgé que Sol-Britt. Qu'il a eu avec une autre femme. Quand je pense qu'il n'y avait même pas de quoi payer l'enterrement dans la succession. »

Tu parles ! se dit Rebecka intérieurement. Tout haut, elle dit :

« Donc, vous me dites que Sol-Britt avait un demi-frère. Comment s'appelait-il ?

– Ma petite chérie, comment voulez-vous que je m'en souvienne ? Vous voulez que je vérifie ?

– Oui. Et toutes affaires cessantes, répliqua Rebecka. Je veux tout l'arbre généalogique. »

La maison de la famille Niemi se trouvait un peu plus haut dans la baie de Kurravaara. Madame Niemi fit entrer la police qui souhaitait leur parler, à elle et à son mari. Elle commença par s'alarmer et ils durent la rassurer. Il n'était rien arrivé à ses enfants ni à aucun de ses proches.

C'était une femme de trente ans environ, grande et mince avec des cheveux blond décoloré, coupés court dans la nuque et une mèche sur le front qui descendait jusqu'aux commissures de ses lèvres. Elle avait une série d'anneaux à l'oreille gauche et un piercing à l'aile du nez. Elle les regardait en mâchouillant un chewing-gum tout en jetant un coup d'œil de temps à autre à ce qui se passait dans le poste de télévision, allumé dans la cuisine, où une présentatrice vantait les mérites d'une râpe à légumes révolutionnaire qui allait changer la vie de son acheteur et accomplir le miracle d'amener ses enfants à réclamer du concombre et des carottes à tous les repas.

Sven-Erik Stålnacke et Krister Eriksson allèrent s'asseoir à la table de la cuisine et madame Niemi fit venir son mari qui resta sur le pas de la porte et se présenta sous le nom de Lelle. L'homme avait des cheveux aussi blonds que ceux de son épouse et des bras musclés. Son nez semblait avoir été cassé, ce qui lui donnait l'apparence d'un boxeur plutôt beau gosse mais pas très talentueux.

« La police, annonça madame Niemi, laconique.

– C'est exact, mais nous ne sommes pas en visite officielle.

– Vous buvez un coup ? demanda Lelle en souriant comme s'ils avaient été deux amis de passage. Café ? Bière sans alcool ? »

Krister et Sven-Erik refusèrent d'un geste.

« Nous sommes venus vous parler de votre fils, Willy, expliqua Krister Eriksson. Et d'un garçon de son école, Marcus Uusitalo. »

Le sourire s'effaça aussitôt du visage de Lelle Niemi.

Levant la tête vers le premier étage, il cria :

« Willy ! Viens ici ! »

Des pas résonnèrent bruyamment dans l'escalier et le jeune Niemi vint rejoindre son père à l'entrée de la cuisine. Ce dernier le poussa en avant de façon à ce que le garçon soit face à eux, avec son père derrière lui.

« Si vous êtes là pour accuser mon fils de quelque chose, je veux qu'il soit présent. Parce que je suppose que c'est après lui que vous en avez ?

– Vous préférez que je m'adresse à vous ou à votre garçon, monsieur Niemi ? demanda Krister.

– Dites à Willy ce que vous avez à lui dire. C'est comme ça que je l'ai élevé. On aborde les problèmes avec celui que ça concerne. Pas vrai, Willy ? D'homme à homme. Droit dans ses bottes. »

Willy acquiesça et il pinça les lèvres.

« Toi et tes amis, je veux que vous laissiez Marcus Uusitalo tranquille, lui dit Krister.

– Hein ? rétorqua le gamin. J'ai rien fait. J'ai rien fait du tout. Dis-lui, toi, papa !

– Tout va bien, Willy, le rassura son père en posant la main sur son épaule. J'espère que vous n'avez pas l'intention de traiter mon fils de menteur.

– Non seulement je vais le traiter de menteur, mais je vais aussi le traiter de petite brute. J'ai pitié de toi, Willy, parce que si tu harcèles les plus faibles que toi, c'est parce que tes parents t'ont appris à le faire. Mais moi je vais t'obliger à ne plus le faire. Et je suis heureux de t'annoncer que j'ai le pouvoir de t'en empêcher. Tout ce qui m'intéresse, c'est que plus personne ne touche un cheveu de la tête de Marcus.

– Qu'est-ce que vous racontez ? aboya Lelle Niemi. Willy n'a rien fait, il vous l'a dit et je le crois. Ce n'est pas de sa faute si ce Marcus Uusitalo a des problèmes. Sa mère l'a abandonné. Son père s'est fait écraser. Et sa grand-mère… »

Il termina sa phrase par un sifflement en levant le pouce devant sa bouche pour illustrer le fait qu'elle buvait.

« Et maintenant on l'a assassinée et on en parle dans l'*Expressen* et partout. C'est une tragédie. Mais ne venez pas mêler mon gosse à tout ça !

– Vous avez entendu mon mari, renchérit la mère. Je ne comprends pas pourquoi vous venez vous en prendre à mon garçon. C'est du harcèlement pur et simple.

– Je sais ce que vous lui faites, toi et tes copains, dit Krister, s'adressant à Willy. Depuis le CP, vous le traitez de fiotte et de pédé, vous lui lancez des boules de neige avec des pierres à l'intérieur, vous mettez des crottes de chien dans son sac à dos et vous le bousculez chaque fois qu'il passe près de vous. Mais maintenant, c'est terminé. »

La petite frappe haussa les épaules.

« Je n'ai rien fait.

– La police n'a rien de mieux à faire que d'aller emmerder chez eux monsieur et madame Tout-le-monde ? intervint son père. Vous ne feriez pas mieux d'aller attraper les voleurs ? Je crois qu'il est temps de vous en aller, maintenant. On s'est dit tout ce qu'on avait à se dire, je crois.

– Arrêtez de vous en prendre aux gens qui n'ont rien à se reprocher », renchérit bêtement madame Niemi, regardant Krister sans dissimuler le dégoût qu'il lui inspirait.

Krister la fixa jusqu'à ce qu'elle baisse les yeux la première.

« Justement, monsieur Niemi, dit Sven-Erik Stålnacke, qui ne s'était pas mêlé de la conversation jusqu'ici, vous n'êtes pas monsieur Tout-le-monde. Vous êtes en congé maladie depuis deux ans.

– Coup du lapin, riposta Lelle Niemi.

– Un problème de santé qui ne vous empêche pas de continuer à exercer votre activité de peintre en bâtiment. Au noir.

– C'est de la diffamation ! couina madame Niemi.

– Je ne sais pas de quoi vous voulez parler, aboya Lelle Niemi.

– Jolie piscine, poursuivit Sven-Erik, calmement. Deux voitures neuves dans la famille. Et si on se penchait un peu sur les débits de votre carte Visa, je crois qu'on trouverait des billets pour la Thaïlande à la période des fêtes et deux, trois autres dépenses de ce genre. Je me trompe ? Je me demande comment on peut se payer tout ça sur une pension d'invalidité, avec une femme qui ne travaille qu'à mi-temps et trois enfants à charge. C'est le genre de question qui intrigue beaucoup la commission des fraudes à l'aide sociale, vous savez ?

– Je crois savoir que si elle s'en donnait la peine, elle découvrirait également pas mal d'achats de peinture, sur vos relevés de compte, ajouta Krister.

– J'ai remarqué que les gens sont souvent très disposés à témoigner dans ces affaires-là. C'est fou comme ils deviennent bavards et honnêtes quand eux-mêmes ne sont pas mis en cause. Car ce n'est pas un délit pénal en Suède que d'employer un peintre au noir une fois de temps en temps. En revanche, ce que vous avez fait… »

Le couple Niemi s'était tu. Le regard du jeune Willy allait nerveusement de l'un à l'autre. À la télévision, un acteur hollywoodien oublié tranchait des concombres avec une ferveur religieuse.

« … pourrait bien vous coûter très cher, poursuivit Sven-Erik. Toucher une pension d'invalidité quand on est capable de travailler est une escroquerie. Sans compter l'emploi au noir. Fraude fiscale caractérisée et défaut de déclaration.

– Peine de prison assurée, enchaîna Krister. De plusieurs années. Et quand vous ressortirez, les huissiers auront récupéré la maison et tout le reste, vous vous retrouverez dans une HLM sordide et vous devrez faire face à vos arriérés fiscaux. Vous n'aurez même plus la possibilité de vous mettre à votre compte. Vous serez obligé de travailler comme un esclave et d'élever votre famille avec un salaire minimum.

– Vous voyez, vous n'êtes pas monsieur Tout-le-monde, monsieur Niemi, conclut Sven-Erik tranquillement. Monsieur Tout-le-monde s'écrase et il paye ses impôts pour que *votre* gosse aille à l'école et pour que *vous* puissiez bétonner votre allée pour garer vos voitures. Monsieur Tout-le-monde paye *votre* pension d'invalidité, monsieur Niemi. *Vous*, monsieur Niemi, vous n'êtes qu'un parasite.

– Moi, ce qui m'intéresse, reprit Krister, c'est Marcus Uusitalo. Et je renoncerai à vous dénoncer à mes collègues de la brigade financière si vous demandez à votre fils de ficher la paix à Marcus. Complètement et définitivement.

– Mais c'est pas vrai…, pleurnicha Willy.

– La ferme », le coupa son père.

Puis plus bas :

« Tu as entendu ce qu'on t'a dit. Tu lui fous la paix.

– On va y aller, maintenant, annonça Krister Eriksson en se levant. Mais ce serait bien que vous ayez une petite conversation en famille après notre départ. La balle est dans votre camp. Vous êtes en sursis. Un seul regard. Un mot de travers et j'appelle mes collègues. Je ne suis pas un homme patient. »

« Tu crois qu'on a fait de la Terre un endroit où il fera meilleur vivre ? » demanda Sven-Erik à Krister en repartant.

À l'intérieur, ils entendaient madame Niemi hurler et son mari lui répondre sur le même ton, bien qu'ils ne puissent pas comprendre ce qu'ils se disaient.

Ils montèrent dans la voiture. Krister raccompagnait Sven-Erik chez lui.

« Non, je ne crois pas, répondit Krister. Ces gosses vont simplement trouver un autre souffre-douleur. Disons qu'on aura rendu la Terre un lieu plus supportable pour Marcus. Et en ce qui me concerne, je m'en contenterai. »

Le malencontreux accident du superintendant Fasth dans le concasseur de minerai oblige Hjalmar Lundbohm à rentrer à Kiruna.

Flisan profite de son retour pour donner sa démission. Elle l'a fait en pensée un nombre incalculable de fois pendant ses longues nuits d'insomnie. Elle l'a traité de lâche. Elle lui a dit que s'il avait pris ses responsabilités, Elina serait encore en vie. Que c'est parce qu'il lui a tourné le dos que ce malheur est arrivé.

Mais à présent elle est là, dans la cuisine de son patron, en train de l'écouter bien sagement lui faire part du nombre de convives qu'ils seront à table pour le dîner qu'il organise le soir même pour les ingénieurs et leurs épouses.

Quand il a fini, elle se contente de faire la révérence. Elle se dit qu'elle est folle. Dans leurs confrontations imaginaires, il n'était pas question de révérence. Le directeur était anéanti par la culpabilité et elle était sans pitié. Elle se tenait bien droite devant lui, immense, tel un ange vengeur, et elle lui disait ses quatre vérités.

Et à présent, elle est incapable de citer le nom d'Elina.

Elle lui dit seulement que Johan-Albin a trouvé du travail à Luleå. Il ne parle pas d'Elina non plus. Pendant un court moment, il lui semble que le directeur a quelque chose sur le cœur. Mais le moment passe, le téléphone sonne. Il s'empresse d'aller prendre l'appel dans son bureau. Elle songe que si ce fichu appareil sonnait pendant qu'on enterrait sa mère, il se précipiterait aussi pour aller décrocher. Elle retourne dans la cuisine et s'en prend aux filles qui courent comme des souris affolées, font tomber les objets et osent à peine lui demander ses directives. C'est tout juste si elles osent respirer.

Il n'a même pas mentionné le petit, enrage-t-elle.

En même temps, elle préfère. Qui élèverait ce gamin s'il venait soudain l'idée au directeur de le prendre en charge ? Une quelconque gouvernante ?

Mais tout de même, se dit-elle tandis que la sauce béchamel brûle au fond de la casserole. Il aurait pu prendre de ses nouvelles !

Il est tard. Le directeur Hjalmar Lundbohm fume un cigare dans la cour de sa maison. Il a mis son grand manteau de loup et accompagné ses invités un bout de chemin.

Ils ont passé une bonne soirée. D'une gaieté presque indécente quand on pense que le superintendant Fasth n'a même pas encore été mis en terre. À vrai dire, personne n'a mentionné son nom pendant le dîner. Quand Lundbohm a porté un toast à sa mémoire et dit quelques mots, ses invités ont levé leur verre dans un silence poli, mais chacun s'est empressé de parler d'autre chose sitôt le verre posé sur la table.

Peut-être suis-je le seul à qui il manquera, songe Lundbohm en levant les yeux vers l'étoile Polaire comme il le fait presque tous les soirs.

Le superintendant était un homme dur et peu apprécié. Mais il faisait son travail.

Et le mien, doit s'avouer le directeur Lundbohm. Il s'occupait de tout ce qui me déplaît, la discipline, les ordres, les comptes.

Et maintenant, il va aussi devoir se passer d'une gouvernante.

Il tente de chasser le souvenir du visage fermé de Flisan. Elle qui avait toujours été un vrai rayon de soleil, comme…

Elina.

Il ne faut pas qu'il pense à Elina. Surtout pas. On ne peut pas revenir en arrière. On ne peut pas défaire ce qui a été fait.

Les constellations de Pégase, du Taureau et du Cocher le contemplent avec froideur. Debout dans cette nuit d'hiver, un profond sentiment de solitude l'envahit. Les mots de la Bible lui viennent à l'esprit : « Quand je contemple les cieux, ouvrage de Tes mains, la lune et les étoiles que Tu as créées, qu'est-ce que l'homme pour que Tu Te souviennes de lui ? Qu'est-ce que le fils de l'homme pour que Tu Te préoccupes de lui ? »

Je ne suis personne, se dit-il, se sentant soudain aussi abandonné que le petit garçon qu'il avait été pendant ses premières années d'école. En ce temps-là, il était déjà un rêveur et il n'avait pas d'amis.

Et à présent, si je n'avais pas la mine ? Et cette maison ? Qui serais-je ? Le monde entier connaît le directeur. Mais qui connaît Hjalmar ?

Elina me connaissait, songe-t-il. Est-ce qu'elle m'aimait vraiment ? Je me le demande. Quand je pense à tous les hommes qui se retournaient sur son passage. À ces lettres qu'ils déposaient devant sa porte.

Il se souvient de sa peau, de son corps. De sa surprise au début de leur relation quand il avait compris qu'elle l'avait choisi, lui. Alors qu'il était assez vieux pour être son père.

Il peine à respirer, tout à coup, son cigare tombe dans la neige. Il a peur de tomber. De ne plus pouvoir se relever.

Je suis juste fatigué, se convainc-t-il. Ce n'est rien. Je travaille trop.

Il rentre en titubant, les bras tendus pour garder l'équilibre.

Arrivé sain et sauf à l'intérieur, il s'écroule sur le banc dans le hall d'entrée.

L'enfant. Évidemment qu'il pourrait être le sien. Mais elle ne lui a pas répondu quand il lui a posé la question. Et de toute façon, comment ferait-il pour s'en occuper ? Un enfant a besoin d'une mère. Hjalmar sait que Flisan et son fiancé l'ont recueilli.

C'est mieux ainsi.

La maison est terriblement silencieuse. Et dans son lit ne l'attendent que des bouillottes.

Il se hisse au sommet de l'escalier jusqu'à sa chambre. À chaque pas il se répète : C'est mieux ainsi. C'est mieux ainsi.

Dix millions, quand même ! songeait Rebecka en rentrant chez elle. Les actions étaient rangées dans son sac, posé sur la banquette arrière.

En dollars canadiens, se rappela-t-elle, perplexe, dans sa cuisine. Pour finir, elle les glissa sous la pile de factures qui s'entassaient sur son bureau.

« Je vais chercher Marcus, dit-elle à Vera et au Morveux. Vous m'attendez ici. »

Elle avait à peine entrouvert la porte d'entrée que déjà Vera s'empressait de filer dehors.

« Évidemment, sourit Rebecka en ouvrant la portière. Comme s'il t'était déjà venu à l'idée de m'obéir. Si j'ai bien compris, tu veux venir avec moi chercher Marcus ? »

Vera sauta aussitôt sur le siège passager. Rebecka entendait le Morveux aboyer dans la maison.

Elle s'engagea dans le chemin de terre jusqu'au sentier descendant vers la rivière Rauta.

Les dernières lueurs du jour disparurent. Le ciel était bleu pigeon. La lune apparut entre les nuages. Des gouttes d'humidité tremblaient sur les branches. Des taches de neige luisaient comme des miroirs dans les creux du terrain.

Le chemin était glissant et on n'y voyait pas grand-chose. La passerelle au-dessus du marécage était presque impraticable.

Vera faisait de petits bonds, sur la pointe des griffes, mais elle et Rebecka tombèrent à plusieurs reprises. Plaf ! Dans la tourbière.

Quand elles furent enfin parvenues au bout de la passerelle, Vera avait le ventre mouillé et Rebecka était trempée jusqu'aux genoux.

Ses chaussures faisaient des bruits de succion. Elle avait les orteils gelés.

Les cabanes au bord de la rivière étaient plongées dans le noir. Vides et abandonnées. Les barques gisaient, la coque en l'air, sur la berge. Bacs à sable, vélos et meubles de jardin étaient recouverts de bâches.

Rebecka se demanda quelle maison Maja avait louée.

« On n'a plus qu'à aller frapper à toutes les portes », dit-elle à Vera.

Vera poursuivit son chemin à travers les arbres. Rebecka la suivit en clapotant jusqu'à ce qu'elle parvienne devant un chalet où il y avait de la lumière. Elle frappa à la porte.

Maja Larsson lui ouvrit.

« Oups », commenta-t-elle en découvrant les jambes mouillées de sa visiteuse.

Elle alla lui chercher une vieille paire de chaussettes sèches et prépara du café.

Rebecka se frotta les pieds et la douleur lui fit serrer les dents quand l'onglée survint.

« Örjan et Marcus sont partis en amont de la rivière pour pêcher, l'informa Maja. J'espère qu'ils ne vont pas tomber et se fracasser le crâne, ça glisse drôlement ce soir. Ils ne devraient pas tarder, je pense. Retire ton jean en attendant. Tu veux une tartine de pâté de foie ?

– Avec plaisir. J'ai oublié de déjeuner. Vous saviez, vous, que Sol-Britt avait un demi-frère ?

– Non, qu'est-ce que tu racontes ? Elle a toujours dit qu'elle était heureuse de m'avoir parce qu'elle n'avait pas de frères et sœurs. Une seconde, il faut que je calcule la mesure pour ne pas te faire un café trop fort. Örjan prétend que la cuillère pourrait tenir debout dans la tasse quand c'est moi qui le prépare.

– Vous voulez dire qu'elle n'était pas au courant ? »

Maja Larsson mit en route la cafetière électrique et sortit un quignon de pain d'une poche plastique. Il y avait quelque chose de précautionneux dans ses gestes. Elle coupa lentement le pain en tranches parfaitement identiques. Étala du beurre et du pâté comme si elle peignait un tableau.

« Je suppose que je devrais être surprise. Mais chaque famille a ses secrets, n'est-ce pas ? »

Elle posa les tartines devant Rebecka.

« En tout cas, elle ne m'en a jamais parlé. Mais je pense qu'elle devait le savoir, tout de même. On a dû lui dire au moment de la mort de son père, je suppose. »

Le téléphone de Rebecka émit un signal. Maja Larsson se retourna et sortit deux mugs d'un placard. Rebecka exhuma son portable du fond de la poche de son manteau. Elle avait reçu un SMS de Sonja, la standardiste. Le message disait : « Demi-frère de Sol-Britt Uusitalo : voir mail avec nom, numéro de Sécurité sociale et photo. »

Rebecka ouvrit sa boîte mail.

« Örjan Bäck, 19480914-6910. »

Rebecka retint son souffle. La photo mit quelques secondes à apparaître. Elle reconnut aussitôt l'exubérante tignasse blonde.

« Alors, racontez, reprit-elle en s'efforçant de parler d'une voix normale. Comment est-ce que vous vous êtes rencontrés, Örjan et vous ? »

Merde, pensait-elle, merde, merde, merde.

« Il est venu relever mon compteur au printemps, répondit Maja en posant les mugs sur la table.

– Je croyais qu'on faisait ça soi-même de nos jours et qu'on se contentait de renvoyer le papier avec les chiffres.

– C'est ce que j'ai fait, mais ils ont eu un problème informatique et une partie des relevés s'est perdue dans le système, apparemment. Quoi qu'il en soit, il est venu faire le relevé et à ce moment-là, j'avais un arbre mort qui menaçait de tomber sur ma remise. Il m'a proposé de l'abattre. Et de fil en aiguille. Pourquoi... »

Rebecka se leva précipitamment.

« Marcus ! » s'écria-t-elle.

Maja, qui tenait la cafetière à la main, la posa sur la table.

« Eh bien, Rebecka, dit-elle. Qu'est-ce qui te prend ?

– Je ne sais pas comment vous dire ça, Maja, commença Rebecka. Mais Örjan est... »

Au même instant, elle entendit un bruit dans le placard à balais. Un son étouffé.

Maja fit un bond en arrière comme si elle avait vu un serpent. Elle poussa un petit cri.

Rebecka se précipita vers le placard et l'ouvrit.

Marcus roula à ses pieds. Ses genoux étaient relevés sous son menton. Il était ligoté avec du gaffer gris, les mains, les pieds, les bras. Un bâillon d'adhésif l'empêchait de parler.

Il leva vers Rebecka de grands yeux effrayés.

Rebecka se pencha pour lui enlever le gaffer, mais ne parvint pas à le décoller.

Une pensée fugitive lui traversa l'esprit.

Non. Ça ne collait pas. Parce que Örjan…

Le regard de Marcus se déplaça vers un point situé derrière elle. Un dixième de seconde plus tard, Rebecka sentit la main de fer de Maja lui enserrer la nuque tandis qu'avec l'autre, elle lui agrippait les cheveux. Elle lui cogna la tête contre l'encadrement de la porte. Rebecka voulut se protéger le visage, mais avant qu'elle ait eu le temps de lever les mains, Maja la projeta contre le chambranle une deuxième fois. Après le troisième coup, son champ de vision s'obscurcit sur les côtés. Elle avait l'impression de voir Marcus par le trou d'une serrure. Quand sa tête vint heurter le cadre une quatrième fois, elle ne le sentit pas. Elle eut juste la vague impression que ses jambes se dérobaient. Que ses bras étaient sans force.

Et elle tomba. Sur Marcus.

Un soir du mois d'août 1919, Hjalmar Lundbohm rencontre par hasard le commissaire Björnfot. Ils décident de déjeuner ensemble au restaurant du Järnvägshotel. Ils boivent du schnaps et de la bière, mangent des harengs, du pain de seigle et du beurre, du jambon de Lübeck accompagné d'œufs durs et d'épinards et terminent leur repas avec du fromage blanc, du café et du cognac.

Lorsque ensuite le whisky arrive sur la table, ils sont déjà ivres, mais tous deux sont des hommes mûrs qui savent ce qu'ils font et tiennent l'alcool mieux que la plupart. Alors, ils laissent mademoiselle Holm leur servir verre après verre. Ils boivent et ils fument.

Ils parlent de la guerre, enfin terminée. De la nouvelle époque. Le directeur se plaint du comité directeur qui se mêle de tout, il faut faire des rapports, discuter et prendre des décisions collégiales pour le moindre détail.

« Je suis un homme d'action, dit-il, si une chose doit être faite, j'ai besoin qu'elle le soit toutes affaires cessantes. »

Une nouvelle époque, en effet. La musique jazz qui se répand telle une épidémie, le droit de vote des femmes. La guerre civile en Russie. L'ère du directeur Lundbohm est bientôt révolue, il aura soixante-cinq ans au printemps prochain.

Ils deviennent nostalgiques.

Enfin, Hjalmar Lundbohm parle d'Elina Pettersson. Il n'est un secret pour personne que la jeune institutrice et lui-même étaient plus que des amis, l'année qui précéda son brutal assassinat.

Le commissaire devient soudain très silencieux, mais le directeur ne semble pas le remarquer.

« Apparemment je n'étais pas le seul homme dans sa vie », dit Hjalmar, la voix moins assurée.

Comme le commissaire a l'air surpris, il poursuit :

« Oui, j'étais au courant. Ça n'a pas dû faciliter l'enquête. Il y avait un certain nombre de pères potentiels.

– De quelle enquête parlez-vous ?

– La vôtre ! Votre enquête ! Le superintendant avait eu le temps de m'en parler avant... Oui, bien sûr, ça aussi c'était un tragique accident. Nous en avons eu des malheurs et des drames, n'est-ce pas ? »

Le commissaire ne répond pas. Il secoue lentement la tête, plonge le regard dans son verre de whisky, semble hésiter et décide finalement de révéler ce qu'il sait.

« Je crois qu'elle n'avait personne d'autre. Mais je suis sûr d'une chose, c'est que c'est le superintendant Fasth qui l'a tuée. »

Le directeur a comme un spasme. Il se met à trembler tel un chien qui se secoue après le bain. Demande au commissaire ce que c'est que ces conneries.

Et le commissaire regarde le directeur en se disant : Mon Dieu, il ne le savait pas. Il n'était réellement pas au courant.

Alors il raconte. Il parle de la chemise dans le poêle. Il répète l'histoire que les filles lui ont rapportée.

Quand il a terminé, il attend que Lundbohm dise quelque chose, qu'il réagisse.

Le directeur reste coi, bouche bée, les yeux écarquillés.

Le commissaire finit par s'inquiéter.

« Monsieur Lundbohm ? dit-il. Qu'est-ce qui vous arrive ? »

Le directeur a perdu la faculté de parler. Et il ne peut plus se lever de sa chaise.

Le commissaire appelle mademoiselle Holm. Une fille de cuisine court chercher le médecin pendant qu'avec quelques clients du restaurant qui s'étaient attardés ils transportent Hjalmar Lundbohm sur le lit de la tenancière.

« Il n'est pas saoul, s'écrie le commissaire. Je l'ai déjà vu ivre et je sais que ce n'est pas ça. Regardez-le. Il essaye de dire quelque chose ! »

Quand le médecin arrive, le directeur peut à nouveau bouger et il a retrouvé l'usage de la parole.

Le docteur soupçonne un empoisonnement à la nicotine et une fragilité cardiaque. Et puis, cela ne ferait pas de mal à monsieur le directeur de boire avec un peu plus de modération, recommande-t-il.

« Et cela vaut également pour monsieur le commissaire ! »

À travers les brumes de son état semi-inconscient, Rebecka entend crier. La douleur fend son crâne en deux et elle ne peut plus respirer par le nez. Elle a l'impression qu'on lui a écrasé sur la figure un gros morceau d'argile qui lui bouche les narines.

Elle évite de bouger à cause des spasmes qui lui soulèvent l'estomac.

Quelqu'un hurle au-dessus d'elle dans le noir. Un homme.

« Non, non et non, répète-t-il, furieux. Ce n'est pas ce qui était convenu. »

Elle est couchée dans une position étrange, les pieds et les mains attachés derrière son dos.

Elle pense d'abord de manière diffuse qu'elle est cassée en deux. Qu'elle s'est brisé la colonne vertébrale.

Une voix de femme répond. Maja Larsson.

« Chut. Fais moins de bruit. C'est la dernière chose que je te demande. Tu sais bien que c'est pour toi qu'on fait tout ça, mon amour. Calme-toi, s'il te plaît. Je voudrais juste que tu déplaces sa voiture…

– Et moi, je refuse. Je ne t'ai jamais rien promis. Ne compte pas sur moi.

– D'accord, d'accord. Je le ferai moi-même. Je m'occupe de tout. Détends-toi. Assieds-toi. Arrête de tourner en rond comme ça. »

Elle n'a pas le dos cassé. Elle est garrottée. Et une douleur lancinante, partant de sa nuque, lui vrille la cervelle. Elle retient son souffle pour se faire une idée de l'endroit où se trouve Marcus.

Rester tranquille. Ne pas vomir. Ne pas bouger. Sinon Maja va l'assommer à nouveau.

Elle entend le bruit d'une bouteille qu'on pose sur la table. Autre chose aussi. Un verre peut-être ?

« Tiens, dit Maja. Bois un coup. Je reviens vite.

– Où vas-tu ? Qu'est-ce que tu vas faire ? Ne me laisse pas.

– Je vais simplement garer sa voiture ailleurs. Mettre le gosse dans la barque et la renverser. L'accident le plus simple du monde. Elle, je l'envelopperai dans une bâche avec des pierres pour la lester.

– Tu m'avais promis de ne pas me mêler à ça.

– Je sais. Je suis désolée. Mais tu n'es pas obligé de m'aider. »

Ensuite, ses mots deviennent indistincts. Comme si elle parlait la bouche enfouie dans ses cheveux.

« Allez, courage, mon ange, c'est bientôt terminé. Ensuite, tu pourras avoir tout ce que tu veux. Aller n'importe où. Pour le restant de tes jours. Et si tu veux m'emmener…

– Bien sûr que je le veux. Tu dois venir avec moi.

– … Alors, je viendrai. »

Des pas sur le plancher qui s'éloignent. La porte. Qu'on ouvre. Et qu'on referme.

Le bruit d'un verre qu'on tire à soi. D'un bouchon qu'on dévisse. D'un liquide qui coule d'une bouteille dans un verre.

Est-ce qu'elle est partie ? Est-ce qu'il est seul ? Oui, je crois.

Si seulement j'arrivais à comprendre, songe-t-elle en luttant pour ne pas s'évanouir. L'inconscience est comme un cœur qui bat en elle, un néant libérateur. L'absence de douleur pendant quelques secondes. Son corps a soif de s'y abandonner. De s'y abîmer.

Non, se tance-t-elle. À haute voix, elle dit :

« Elle va vous tuer, vous le savez ? »

Elle a ouvert les yeux.

Le compagnon de Maja est assis à la table. Il sursaute et la regarde.

« Örjan », reprend-elle, la voix déformée par son nez tuméfié. Elle crache avec difficulté les glaires et le sang qui encombrent sa gorge. « Maja va vous tuer.

– Vous dites n'importe quoi, réplique-t-il. Bouclez-la, ou je vous casse la gueule. »

Rebecka respire à petites goulées.

« Ma gueule est déjà cassée, parvient-elle à répondre. Vous n'avez jamais voulu ça. La mort d'un enfant. »

Il frappe du poing sur la table en gueulant :

« La ferme ! Elle fait tout ça pour moi, vous m'entendez ? Pourquoi voudrait-elle me tuer ? Si elle fait ça, elle n'aura pas un rond. »

Il fait tomber son verre d'un revers de manche, lève le goulot de la bouteille à ses lèvres et avale une bonne rasade de Jägermeister.

« Les cousins n'héritent pas, dit-il comme s'il énonçait une loi. Sol-Britt et Maja étaient cousines.

– Les cousines, non, mais les tantes, oui. Et la mère de

Maja est la tante de Sol-Britt. Si Sol-Britt était restée en vie, vous auriez eu la moitié de l'héritage, ce qui représente déjà beaucoup d'argent. Maja, en revanche, n'aurait rien eu du tout. Au départ, elle a été patiente. Ça fait trois ans déjà qu'elle a renversé et tué le fils de Sol-Britt.

– C'était un accident, elle n'a rien à voir avec sa mort.

– Allons, Örjan, je crois que vous savez très bien que c'est un mensonge. Elle a pris son temps. Il fallait que les décès passent pour des accidents. Mais tout à coup, il y a eu urgence et… vous vous êtes rencontrés comment, au fait ?

– Ça ne vous regarde pas », riposte Örjan en s'épongeant le front et la lèvre supérieure dans sa manche.

Nous n'avons pas beaucoup de temps, songeait Rebecka. Maja n'allait pas tarder à revenir.

« Je ne sais pas comment elle s'y est prise, mais elle a dû vous surveiller, d'une manière ou d'une autre, réfléchit-elle à haute voix, dans un débit un peu trop rapide. Ce n'était pas un hasard. À moi, elle a raconté que vous étiez venu relever son compteur électrique. Parce qu'elle doit pouvoir prétendre ensuite que vous l'avez piégée. Que vous vous êtes servi d'elle pour approcher Sol-Britt et Marcus. Mais à votre avis, pourquoi est-ce que tout à coup, les choses se sont accélérées ? Elle a tué le père de Sol-Britt il y a quelques mois, puis Sol-Britt elle-même. Marcus en a réchappé ce jour-là. Vous savez pourquoi elle est si pressée ? »

Örjan Bäck se tait. Il lisse son impressionnante tignasse en fixant Rebecka. Il y a une expression nouvelle dans son regard.

Il a peur, songe Rebecka.

« Sa mère est mourante, lui dit-elle. C'est pour ça qu'il y a urgence. Je vous explique le raisonnement de Maja. Si Sol-Britt et Marcus ne sont plus là, c'est sa mère qui hérite. Sa mère a un cancer du foie. Il ne lui reste plus beaucoup de temps à vivre. Quelques jours, peut-être. Quelques semaines tout au plus. Maja la nourrit patiemment. Vous comprenez maintenant ? Maja a prévu que vous disparaissiez tous et que sa mère hérite de Sol-Britt. Puis sa mère mourra et Maja héritera d'elle. Elle n'a nullement l'intention de partager le gâteau.

– Vous dites n'importe quoi… »

La voix d'Örjan est à peine un murmure.

« Vous pensez bien qu'elle vous aurait tué depuis longtemps si elle n'avait pas besoin de vous. Vous êtes simplement son plan B.

– Elle m'aime, riposte Örjan, ses doigts serrant le verre vide posé devant lui.

– Je sais ce que vous ressentez. Moi aussi, je croyais qu'elle m'aimait bien. Elle a connu ma mère. Ou en tout cas, elle l'a prétendu. C'était étrange. Elle m'a donné l'impression que nous étions devenues des amies. En très peu de temps. »

La douleur est comme un pieu planté dans son dos et dans sa nuque. Elle doit avoir un hématome sous-dural.

« Je crois que son plan est de vous faire porter le chapeau. Elle a dû être surprise d'apprendre votre existence. J'imagine que c'est Sol-Britt qui lui a parlé de vous. Ce qu'elle est en train de faire en ce moment, à moi, à Marcus, ça ne passera pas inaperçu. J'ai laissé tellement de traces de sang ici qu'elle ne pourra jamais tout effacer. De nos jours, un simple cheveu suffit. L'autopsie du cadavre de Marcus montrera que ce n'était pas un accident. Je pense qu'elle va se servir d'un objet que vous avez touché. Une bêche, un pied-de-biche, n'importe quoi. Elle nous tuera avec cet outil, vous verrez. Ensuite, c'est vous qu'elle tuera en prétextant la légitime défense. Elle voulait que ce soit vous qui déplaciez ma voiture. Comme vous avez refusé, elle va laisser à l'intérieur un vêtement qui vous appartient… une chose sur laquelle on retrouvera votre transpiration, des cheveux, votre ADN sous une forme ou une autre. »

Örjan Bäck lève la main vers sa tête. Il se lève et inspecte l'étagère sur laquelle il pose son bonnet. Il regarde autour, par terre, sur la table.

Se tourne à nouveau vers Rebecka.

« Elle est maligne », lui dit-elle.

Il hoche la tête.

« Frans Uusitalo, dit-il. Elle est entrée chez un chasseur pour voler une carabine à élan. Et ensuite, elle l'a remise à sa place. Depuis le début, je me disais… »

Il s'éponge à nouveau le visage dans sa manche.

« … que tout cela était trop beau pour être vrai. Qu'une femme aussi belle et aussi intelligente n'avait aucune raison de s'intéresser à un gars comme moi. »

Cette femme est un monstre, songe Rebecka. Et lui est un âne. Mais il faut de tout pour faire un monde.

« Vous n'avez rien fait de mal, Örjan. Libérez-moi. Vous ne voulez pas être mêlé à cette histoire. Je vous ai entendu tout à l'heure. »

Örjan hésite. Se balance d'un pied sur l'autre.

« Vous ne survivrez pas à Marcus, Örjan, plaisante Rebecka, malgré la gravité de la situation. Mais vous êtes innocent. Et vous êtes un homme riche. Ces actions valent plusieurs millions. Et la moitié vous appartient déjà.

– Merde, soupire-t-il, pathétique. Merde, merde, merde. »

En jurant, il va chercher un couteau de cuisine dans un tiroir et tranche le gaffer gris qui lie les mains et les pieds de Rebecka.

Elle se met à quatre pattes au prix d'un terrible effort. Sa vision n'est pas nette. Elle ne voit presque rien de l'œil droit.

Elle parvient à se mettre debout, s'appuie contre un mur. Elle voit Marcus à présent. Couché derrière elle.

Il la regarde, Dieu merci, il la regarde droit dans les yeux.

« Détachez-le, je vous en supplie. »

Ding ! fait le téléphone d'Örjan.

« Elle arrive », dit-il.

C'est la fin. Hjalmar Lundbohm est ruiné. Toute sa fortune engloutie. Il a hypothéqué ses actions pour en acheter d'autres. Les cours chutent à toute vitesse. C'est le début de la fin. Au printemps 1925, ses dettes envers quatre organismes financiers et un prêteur privé s'élèvent à trois cent vingt mille couronnes. Il doit céder toutes ses actions ainsi qu'une avance sur son épargne retraite pour rembourser ses créanciers. Toutes ses œuvres d'art sont mises au clou.

Sa santé décline. Ses crises de vertige sont de plus en plus fréquentes. Il perd la mémoire. Souffre de rhumatismes.

Ses amis le délaissent. Il n'a plus les moyens de donner de somptueux dîners, il est hébergé chez son frère, Sixten. Il n'a plus rien. Les lettres qu'il écrit sont pleines d'amertume, elles parlent de ses rhumatismes, de ses genoux douloureux, de son médecin qui lui interdit de boire et de manger autre chose que de l'eau gazeuse et des légumes.

Parfois on lui répond, mais toujours brièvement. Le plus souvent par cartes postales.

Pour le directeur, c'est terminé. Mais Hjalmar a une dernière chose à faire. Avant de partir.

Rebecka saisit Marcus par le col de son blouson et elle le traîne dehors. À quelle distance se trouve Maja ? Avec un peu de chance, elle était encore de l'autre côté de la tourbière au moment où elle a envoyé le texto à Örjan.

Si elle part vers le marécage et la passerelle, elle tombera sur elle. Elle ne veut pas prendre ce risque. Elle pourrait remonter en amont du fleuve vers les rapides en marchant à couvert des arbres et bifurquer ensuite vers la route en contournant la tourbière.

Il fait nuit, mais pas nuit noire, malheureusement. La lune luit trop fort dans le ciel constellé d'étoiles. Chaque plaque de neige réfléchit sa lumière comme une flaque d'étain liquide. Et on y voit beaucoup trop loin. Il ne faudra pas plus que quelques minutes à Maja pour la retrouver dans ces bois.

Marcus la ralentit. Elle doit marcher à reculons en le traînant derrière elle afin de s'éloigner le plus possible de la maison. Il est lourd. Les jambes de Rebecka tremblent déjà et elle a l'impression qu'on lui assène des coups de marteau à l'intérieur du crâne.

Heureusement le bruit des rapides masque tout, il couvre le

son des branches qui se brisent sous ses pas, étouffe le souffle rapide de sa respiration.

Elle prend garde d'éviter les taches de neige. S'efforce de laisser le moins de traces possible. Si elle parvient à prendre assez d'avance dans la forêt, elle trouvera peut-être un endroit où se cacher. Et elle appellera au secours, par SMS.

Elle a pris la direction de la route. Et là, à cent mètres à peine, elle aperçoit le faisceau d'une lampe de poche à travers les arbres.

Elle fait dix pas en tirant Marcus derrière elle, reprend son souffle quelques secondes. Calme, calme. Tirer. Dix pas. Respirer. S'éloigner de la maison de Maja autant que possible. Elle arrive sous les grands pins. Ils se dressent, noirs, maigres, projettent leur ombre immense sur la mousse, dans la clarté de la lune. Elle est à l'abri à présent. Maja n'est pas encore arrivée au chalet et elle ne sait pas encore que Rebecka et Marcus se sont enfuis.

Une silhouette se découpe soudain dans l'ombre. La peur noue l'estomac de Rebecka. Elle réussit à ne pas crier. Une demi-seconde plus tard, elle comprend ce qui l'a effrayée.

Vera.

La chienne les rejoint au petit trot. Elle renifle Marcus quelques instants et leur emboîte le pas, comme s'il s'agissait d'une promenade en forêt comme une autre.

Mon Dieu. Elle avait complètement oublié Vera.

Elle ne va pas pouvoir cacher un enfant et un chien. Vera ne sait pas se coucher sur commande.

« Va-t'en », chuchote-t-elle, la voix rauque, lâchant Marcus d'une main pour chasser la chienne d'un geste.

Vera ne bouge pas d'un pouce. Soudain, elle se tourne vers la cabane, comme si elle avait entendu quelque chose.

Rebecka n'entend rien. Mais elle voit ce qui a attiré l'attention de la vagabonde. Une lampe torche fouillant la pénombre.

Elle reprend sa fuite au ralenti, traînant toujours Marcus. Vera la suit.

Rebecka doit regarder au-dessus de son épaule pour voir où elle va. Elle emmène Marcus dans les buissons. Entre les pierres. Cherche une cachette. Un creux du terrain qu'elle pourra recouvrir de mousse et de branchages. Un sapin aux branches basses. N'importe quoi.

Elle regarde vers le chalet. Maja braque d'abord sa torche au hasard à partir d'un point fixe. Puis elle avance, fouillant les ténèbres en dessinant un arc de cercle avec le faisceau de la lampe.

Rebecka met un moment avant de comprendre ce qu'elle est en train de faire. Maja a découvert les traces de pattes de Vera. La chienne n'a pas pensé à contourner les plaques de neige, bien sûr. Maja est en train de suivre ses empreintes. Elle met quelques minutes à trouver une nouvelle zone enneigée sur laquelle Vera a marché et elle avance. Mais sa quête reste plus rapide que la fuite de Rebecka et de Marcus.

Rebecka se tourne vers Vera, au bord des larmes.

Va-t'en, Vera, la supplie-t-elle en pensée.

Mais la chienne ne veut aller nulle part. Elle veut suivre Rebecka et Marcus. Marcher dans la neige molle. Laisser des traces.

Rebecka tombe à genoux à côté de Marcus. Ses forces l'abandonnent. Ils n'ont aucune chance. Ils ne vont pas s'en sortir. Elle ferait aussi bien de rester là et d'attendre la fin.

« Pardonne-moi, murmure-t-elle au petit garçon. J'ai essayé mais je n'y arriverai pas. »

Elle prend son téléphone, le maintient au ras du sol, ne

sachant pas si la lumière de l'écran se voit à distance. « Les chalets au bord de la rivière Rautas, écrit-elle. Méfiez-vous de Maja. » Et elle envoie le message à Krister et à Anna-Maria.

Elle tente d'arracher l'adhésif autour des chevilles et des mains de Marcus, mais c'est impossible. Elle parvient seulement à décoller un angle du gaffer sur sa bouche pour qu'il puisse respirer plus librement.

Elle réfléchit. Et si elle cachait Marcus ? Si elle le dissimulait avec des branches et qu'elle s'éloignait de lui avec Vera ? Non, ce n'était pas une bonne idée. Elle n'avait plus la force d'aller très loin. Elle ne savait même pas si elle était capable de se relever. Maja la rattraperait et Vera la conduirait ensuite à Marcus. Comment la chienne pourrait-elle comprendre la situation ? Elle n'était qu'un pauvre chien stupide.

C'est fichu. Ils sont fichus.

Sauf si… il y avait une solution. Une solution épouvantable.

« Viens, ma fille », dit Rebecka, cajolant Vera pour qu'elle approche, tout en cherchant autour d'elle un objet dur et contondant, une pierre, une branche.

Elle trouve l'objet adéquat et appelle la chienne à nouveau.

« Allez, ma fille, viens. » Vera obéit.

Flisan revient de l'église un dimanche du mois de mars 1926. Frans Olof a dix ans. L'enfant marche à ses côtés, adulte et raisonnable, lui tenant le bras. Johan-Albin refuse de mettre les pieds à l'église, mais Frans l'accompagne fidèlement, bien qu'il ne soit en âge d'apprécier ni un beau sermon ni la magnifique musique de l'Armée du Salut.

Peut-être vient-il avec elle à cause de la promenade à travers les rues de Luleå. Ou parce que ce jour-là, ils ont le temps de parler de tout et de rien, juste elle et lui. Peut-être est-ce pour la halte qu'ils font parfois au Café Norden, après la messe. Ou bien parce qu'il sait à quel point cela lui fait plaisir. Peut-être est-ce tout simplement par amour que Frans accompagne Flisan à l'église.

Ce jour-là, rue Lulsundsgatan, un homme les attend. Flisan met un certain temps à le reconnaître, bien qu'à distance il lui paraisse familier. Il s'agit du directeur Lundbohm. Comme il a vieilli ! Son visage pend de partout et il s'appuie à la porte cochère comme un vieillard.

À sa vue, son cœur s'accélère. Elle marque sans doute un

temps d'arrêt un peu brusque car Frans lève vers elle un regard inquiet.

« Que se passe-t-il, maman ? » demande le petit garçon.

Mais elle n'a plus le temps de lui répondre car ils sont presque arrivés devant leur immeuble.

Hjalmar Lundbohm fait quelques pas prudents à leur rencontre. Il a peur d'avoir un de ses habituels vertiges. Peur de choir brusquement. Dans une haie, non loin, une nuée de moineaux pépient bruyamment.

Il s'efforce de garder son calme.

Voir l'enfant ne lui rend pas la tâche facile. Avec ce halo de boucles blondes autour de son visage, il est le portrait de sa mère. Flisan, si soignée d'ordinaire, n'a pas éprouvé le besoin de lui couper les cheveux. Mais on la comprend car l'enfant a l'air d'un ange.

Il ressemble aussi à Hjalmar. En particulier ses yeux dont les coins extérieurs se trouvent beaucoup plus bas que les coins intérieurs, un détail qui donne à son visage une expression de tristesse.

« Bonjour ! » commence Hjalmar Lundbohm. Puis il s'interrompt car il était sur le point de dire bonjour Flisan, mais elle n'est plus sa gouvernante et à cet instant, il a totalement oublié son nom de famille.

Flisan répond froidement à son salut et Frans fait la révérence.

« Mon garçon, dit le directeur, sans réfléchir. J'ai bien connu ta maman… »

L'enfant tourne vers Flisan un regard surpris.

« Que veut dire ce monsieur ? lui demande-t-il.

– Il ne veut rien dire du tout, riposte Flisan en fixant durement Lundbohm. Il est vieux et malade et sûrement moins courtisé à présent qu'il n'est plus directeur de la mine. Je me trompe ? Et maintenant, il voudrait bien avoir ce qui jusqu'ici ne l'intéressait pas. »

Hjalmar Lundbohm ne répond pas. Il tient une grosse enveloppe à la main qu'il serre à présent contre sa poitrine.

« Oser venir ici ! crache Flisan. Après toutes ces années ! »

Elle reprend son souffle. Elle va enfin pouvoir lui dire sa façon de penser. Elle se tient bien droite, les genoux raides, il n'y a plus la moindre parcelle de sa personne qui soit prête à céder devant lui.

« Figurez-vous que je pensais à vous aujourd'hui. Dans son sermon, le pasteur a parlé de Moloch, la fausse divinité à qui on sacrifiait des petits enfants pour obtenir des richesses. J'étais là, sur le banc, à me dire que je connaissais une personne comme ça. Vous ! Un homme qui court après tout ce qui brille. Les artistes, les messieurs élégants et les belles femmes. Mais vous voyez, tout cela n'est plus que du sable qui vous glisse entre les doigts. Et vous ne savez pas ce que vous avez perdu. Parce qu'elle était réelle ! Elle vous aimait ! Et vous la trouviez bien mignonne, j'imagine, mais elle n'était pas assez bien pour vous ! Pas aussi raffinée sûrement que madame Karin Larsson. »

Hjalmar Lundbohm cligne des yeux. Touché !

Karin venait souvent chez lui, à Kiruna. Carl, son mari, ne l'accompagnait jamais. Pendant un temps, elle lui avait écrit des lettres assez gentilles. « J'ai l'impression parfois que vous êtes le seul à me comprendre », lui avait-elle dit un jour. Il avait relu cette phrase en boucle. Et puis les choses s'étaient arrangées entre elle et Carl et les lettres de Karin s'étaient espacées. À présent, elle ne lui écrit plus du tout, alors que Carl est mort depuis des années. Un jour où il s'en est plaint, elle lui a répondu qu'entre ses enfants et ses petits-enfants, elle était complètement débordée.

« Ce n'est pas vrai ce que je dis ? » crie Flisan, si fort que Frans est épouvanté et qu'il l'appelle tout bas en la tirant par la manche : « Maman ! »

« Je l'aimais comme vous ne pouvez pas vous imaginer, continue-t-elle. Sa voix quand elle me faisait la lecture. Sa façon d'être avec ses élèves. Et jamais, avec elle, je n'ai eu l'impression d'être une domestique.

– Moi non plus je ne t'ai jamais traitée comme quelqu'un d'inférieur, se défend Lundbohm. Et en ce qui la concerne… »

Ni l'un ni l'autre n'osent prononcer son nom. Le gosse les regarde à tour de rôle, avec de grands yeux.

« Vous lui avez donné l'impression d'être une moins que rien, le coupe Flisan. En l'abandonnant avec… »

Elle jette un regard en coin à Frans. Prie Dieu pour qu'il ne comprenne pas ce qu'ils se disent.

La peau du directeur a viré au gris. Flisan se tait. Hjalmar lève les yeux.

« Arrive-t-il au pasteur de ton église de prêcher le pardon ? » demande-t-il à voix basse.

Comme Flisan ne répond pas, il lui tend l'enveloppe.

« Tiens ! Je suis un homme ruiné. Mais ils ne m'ont pas encore tout pris. Ce sont des actions d'une société étrangère dont personne ne connaît l'existence…

– Je ne veux rien de vous. Johan-Albin et moi avons toujours travaillé et nous nous sommes débrouillés sans vous jusqu'ici. »

Alors Hjalmar tend l'enveloppe à Frans.

Frans la prend poliment de la main du monsieur.

« Allez-vous-en ! ordonne Flisan, intraitable. Contentez-vous de ficher le camp. Il n'y a rien pour vous ici. Vous ne croyez pas que vous avez fait assez de mal comme ça ? Partez ! »

Et elle entraîne le petit garçon à l'intérieur.

Hjalmar Lundbohm traverse la rue pour remonter dans le fiacre qui doit le ramener à la gare.

Voilà, mon cœur, se dit-il intérieurement quand le cocher a refermé la porte derrière lui. Tu as fait ce que j'attendais de toi. Maintenant, je te demande juste de battre assez longtemps pour que je puisse m'éloigner d'ici. Je ne t'en demanderai pas plus. Si tu avais pu, j'aurais voulu que tu me rendes toutes ces années gâchées. Mais comme ce n'est pas possible, alors ainsi soit-il.

Flisan s'empare de l'enveloppe dès qu'ils ont passé la porte. Et aux questions que lui pose Frans, elle répond par « rien », et par « personne » et lui recommande de ne rien dire à papa de tout ceci.

Une fois entrée au logis, elle regarde à l'intérieur de l'enveloppe. Une lettre de Lundbohm s'y trouve, accompagnée de trois documents sur lesquels est écrit : *Share Certificate Alberta Power Generation.*

Elle allume la cuisinière à bois avec l'intention de brûler le tout. Mais pour une raison ou pour une autre, elle décide de faire du café d'abord. Puis elle entend le pas de Johan-Albin dans l'escalier et s'empresse de cacher l'enveloppe sous les papiers dans le secrétaire.

Et ils restent là.

Rebecka est à genoux au milieu de la forêt. Elle pleure. Elle a dans la main droite un gros bâton et de l'autre elle tient le collier de Vera.

La lune brille telle une divinité blanche et froide dans le ciel obscur. Au-dessus des buissons d'airelles, de la bruyère, de la neige et des traces de pattes de Vera s'agite la lumière d'une lampe torche. De plus en plus proche. Maja avance méthodiquement.

C'est Marcus ou Vera, songe Rebecka. Et je n'ai plus de temps.

Elle a couché Marcus dos à elle. Il ne doit pas voir ça.

« Ma belle », dit-elle doucement à Vera, la voix épaisse de larmes.

Elle pose son visage tuméfié sur la tête de la vagabonde. Frotte son front sur celui de la chienne, sur ses oreilles si douces. Elle lui pose un baiser sur le museau, malgré ses lèvres éclatées et douloureuses qui ne prêtent pas à la caresse.

Vera ne bouge pas. Elle ne peut pas s'en aller tant que Rebecka la tient. Mais elle n'essaye pas non plus. S'assied sur son derrière.

« Pardon, murmure Rebecka avec une boule dans la gorge. Tu es la plus merveilleuse chienne que j'aie jamais rencontrée. » Elle avale sa salive.

À trois, songe-t-elle. Un…

Peut-être qu'il attend sa chienne, ce vieux fou solitaire et entêté qui a été son maître.

Deux…

Ils pourront courir ensemble dans les prairies éternelles. Elle s'imagine Vera sautant autour de lui, aboyant de joie.

Trois. Rebecka frappe de toutes ses forces à l'endroit précis où la tête se prolonge en un museau.

Tu n'as jamais été réellement à moi, songe-t-elle. Mais je t'aime.

Et Vera devient lourde, elle s'écroule lentement, ses pattes s'agitent un peu. Rebecka lâche le collier. Elle devrait frapper une deuxième fois, mais elle ne peut pas. Elle n'en a pas la force.

Le bâton lui tombe des mains. Elle passe doucement les doigts dans le pelage de Vera.

Laisse-la partir et va-t'en. Vite.

Elle pleurera plus tard. Pas maintenant. Maintenant elle doit se lever. Allez, debout.

Elle attrape Marcus et à présent, elle accueille avec gratitude la douleur qu'elle ressent à la tête et au visage tandis qu'elle traîne le petit garçon sur la mousse, entre les arbres et les buissons. Tandis qu'elle le porte au-dessus des racines et des branches arrachées gisant sur le sol.

Bientôt elle n'en peut plus. Ses bras et ses jambes tremblent d'épuisement. Elle est incapable de faire un mètre de plus. Elle pousse Marcus sous les branches basses d'un sapin. Ramasse tout ce qu'elle peut autour et recouvre l'enfant presque entièrement.

« Ne fais pas de bruit, lui chuchote-t-elle à l'oreille. Quoi que tu entendes Maja te dire, tu ne lui réponds pas. La police sera bientôt là. Krister va venir nous sauver. On va attendre Krister, d'accord ? »

Elle a l'impression de le voir acquiescer dans la pénombre. Elle se demande si elle doit s'éloigner de lui mais se dit qu'il prendra peur et signalera sa présence. Elle ne parvient pas à se décider. Elle n'en a plus le courage non plus. Elle s'affaisse dans un fourré.

Derrière ses paupières, Vera court toujours. Avec cette démarche un peu rasante, son nez collé à la poussière du chemin. Elle descend dans un fossé, remonte de l'autre côté. Le soleil brille et Vera traverse une vaste prairie fleurie de pissenlits, de boutons-d'or et de trèfles rouges. C'est à peine si on la remarque. Mais de temps à autre, on voit apparaître au-dessus des herbes hautes son unique oreille dressée.

Comment peut-on aimer un chien à ce point ? se demande Rebecka. J'espère que tu t'es sentie libre en ma compagnie, dit-elle à Vera.

Et enfin ses larmes coulent dans la mousse froide.

Marcus le chien perdu sent que Rebecka a cessé de trembler. Elle pleure. Elle ne pleure plus. Il remue les bras et s'aperçoit qu'ils ne sont plus ligotés avec ses jambes. Mais ses poignets sont toujours attachés ensemble. Le chien perdu a des dents aiguisées. Il trouve le bout de l'adhésif et très vite, il réussit à l'arracher et à se libérer les mains.

Il entend la voix, maintenant. Malgré le bruit de la rivière. Elle, Maja, n'est plus très loin. Il faut qu'il mette sa patte devant sa gueule. La lumière de sa lampe de poche se promène sur le sol. Il enlève l'écharpe noire du cou de Rebecka et l'étale sur son visage et sur sa main trop blancs. Maintenant ils sont devenus presque invisibles.

« Rebecka ! appelle Maja en dirigeant sa torche dans toutes les directions. Tu m'épates, ma belle. Je n'aurais jamais cru ça de toi. Je trouve que tu as un sacré sang-froid ! »

Le faisceau s'éloigne. Le chien perdu n'ose pas le suivre des yeux. Mais il n'ose pas non plus les fermer tout le temps.

La voix résonne dans le noir. Mais c'est surtout la lampe qui lui fait peur. Parfois, elle éclaire exactement dans leur direction. Quand cela arrive, il retient son souffle alors qu'elle est encore assez loin. À certains moments, on voit la silhouette de la femme se découper dans la clarté de la lune. On dirait un fantôme.

« Rebecka ! crie-t-elle. Tu ne veux pas qu'on partage ? Tu es la fille de Virpi. Je ne pourrais jamais… Tu comprends bien ? »

La lampe crève la nuit. Parfois, elle s'éloigne. Parfois, elle se rapproche. Maja se remet à crier. Cette fois, c'est à lui qu'elle s'adresse :

« Marcus ? Chien perdu ! Je suis inquiète pour Rebecka. Est-ce qu'elle est avec toi ? »

La torche éclaire l'endroit où ils ont laissé Vera. Maja se met à tourner en rond. Faisant des cercles de plus en plus grands. Elle éclaire partout, derrière les pierres, sous les branches.

« Elle a perdu connaissance ? lance-t-elle. Elle saigne ? Tu sais qu'elle pourrait mourir si on ne l'emmène pas à l'hôpital ? »

Maintenant le chien perdu a très peur.

« Ce sera de ta faute si elle meurt, Marcus. »

Maja semble très en colère. Le chien perdu se tourne vers

Rebecka. Elle est évanouie depuis très longtemps. Elle pourrait mourir.

Est-ce qu'il doit répondre ? Rebecka lui a fait promettre de se taire, mais à ce moment-là, elle n'avait pas encore perdu connaissance.

Il ouvre la bouche pour crier, mais aucun son ne sort. Car il a promis.

Et là, alors qu'il a tellement peur qu'il ne peut presque plus s'empêcher de pleurer, il aperçoit une autre torche dans la forêt, qui éclaire plus que celle de Maja. Deux torches. Trois.

Et il entend la voix de Krister :

« Marcus ! hurle son ami. Rebecka ! »

Maja la chasseresse éteint sa lampe et elle disparaît entre les sapins.

Marcus secoue Rebecka. Tout va s'arranger maintenant. Il faut qu'il garde le silence. Ce n'est pas la première fois que le chien perdu joue à cache-cache avec Krister. Et Tintin est sûrement là aussi. Ils vont les trouver très bientôt. Tout va s'arranger.

Hjalmar Lundbohm meurt le matin de Pâques de l'année 1926. Le médecin est venu le voir la veille. Il a écouté son cœur et sa respiration rapide et irrégulière. Il a dit qu'il n'y en avait plus pour très longtemps. Hjalmar est resté inconscient pendant tout le temps que le docteur l'auscultait dans sa chambre.

Après que le docteur est parti, Sixten retourne s'asseoir dans le fauteuil qui a été placé au chevet du mourant. Il tient un long moment la main de Hjalmar. Il lit un peu, puis il s'endort et le livre lui tombe des mains.

À quatre heures et demie du matin, Hjalmar ouvre les yeux pour la dernière fois. Il voit son frère endormi dans le fauteuil. Sa tête penchée sur le côté comme une fleur fanée. Ses lunettes posées sur ses genoux.

Elina est assise au bord de son lit. Elle se penche sur Hjalmar et elle embrasse son visage.

Puis elle se relève. Il tend les mains vers elle comme un homme qui se noie. Ne me quitte pas.

« Allez, viens », lui dit-elle avec un sourire un peu surpris, comme si elle se demandait ce qu'il fait dans ce lit.

Et Hjalmar sort de son corps sans le moindre effort.

Il n'a pas fait un pas qu'il est déjà sorti de la maison de Sixten.

On est en cette saison qui n'existe que dans le Grand Nord. Ce n'est plus l'hiver mais pas tout à fait le printemps. Le soleil brille sur la ville de Kiruna enneigée.

Elle marche devant lui. Ses boucles blondes s'échappent comme toujours de son chignon. Il se lance à sa poursuite. Elle lui sourit, de profil. Il n'y a en elle aucune peine, aucune haine, aucune déception. Et pourtant, le cœur de Hjalmar saigne.

« Je te demande pardon, dit-il. Pardon, Elina. »

Elle s'arrête. Se retourne, étonnée.

« Pour quoi ? »

Et il se rend compte qu'il ne se souvient plus. Il regarde au-dessus de son épaule, comme si le souvenir était tombé de sa poche. Comme s'il allait le voir derrière lui sur le trottoir. Mais il n'est plus là.

Il n'y a plus que la neige et le soleil et une institutrice qui rit et à qui il prend le bras avec la ferme intention de ne plus jamais le lâcher. Et en dessous de tout ce blanc, le printemps frémissant ne demande qu'à éclater dans toute sa magnificence.

Anna-Maria Mella sortit de la chambre pour aller chercher un énième café au distributeur de l'hôpital. Quand elle revint, Rebecka était réveillée. Elle regardait le néon au plafond, allongée sur le dos, une perfusion dans le bras.

« Salut », murmura Anna-Maria.

Rebecka se tourna lentement vers elle. Les yeux qu'elle posa sur Anna-Maria étaient aussi noirs que la nuit hivernale.

« Marcus ? s'enquit-elle.

– Il va bien. Ce type, là, Örjan. Il l'avait assommé avant de l'enfermer dans le placard où tu l'as trouvé. Alors les médecins ont préféré le garder en soins intensifs cette nuit. Juste pour le surveiller. Il dort. »

Anna-Maria vint s'asseoir au bord du lit de Rebecka et se mit à lui caresser la tête comme elle faisait à ses enfants quand ils étaient malades.

« Tu te sens capable de parler ?

– Maja ? » murmura Rebecka.

Anna-Maria inspira profondément.

« Tintin avait repéré sa trace, répondit-elle. Elle s'enfuyait dans la forêt, à pied. Nous avons emprunté un 4×4 garé devant un chalet et nous n'avons pas mis longtemps à la rattraper. »

Rebecka hocha la tête. Elle avait déjà eu l'occasion de voir Tintin, debout sur un tapis de salle de bains afin de ne pas glisser sur le plateau d'un pick-up, le nez pointé dans la direction dont il ne faisait aucun doute qu'elle était la bonne.

« Quand nous l'avons rattrapée, elle courait vers la rivière, poursuivit Anna-Maria. Elle a essayé de s'enfuir à la nage. »

Elle baissa les yeux sur son gobelet de café et fit une grimace.

« Tu devines où je veux en venir. Avec le courant et l'eau à zéro degré. Elle ne s'en est pas sortie. Elle a été ramenée sur la rive quelques centaines de mètres plus bas. Tintin a retrouvé son corps tout de suite. »

Anna-Maria but une gorgée de café. Elle se revoyait debout au bord du fleuve, la main sur son arme pendant que Krister essayait de ranimer Maja Larsson avec obstination. La lumière de la lune. Les pierres brillantes d'humidité. La rivière noire. Sven-Erik qui lui annonçait au téléphone que les ambulanciers étaient arrivés avec les brancards, que Rebecka était vivante.

« Tu as la force de me raconter ce qui s'est passé ?

– Tout est parti d'un héritage, commença Rebecka après s'être éclairci la voix. Celui de Frans Uusitalo. De vieilles actions que Hjalmar Lundbohm lui a transmises avant sa mort. Le nom de Frans est inscrit dessus et elles n'ont de valeur que pour lui ou ses héritiers directs. Je ne peux pas en être certaine, mais je suppose que Frans Uusitalo ou Sol-Britt ont demandé à Maja Larsson de vérifier si elles avaient une quelconque valeur. À moins qu'elle se soit elle-même proposée.

– Et c'était le cas ?

– Oui. Elles valent des millions. »

Anna-Maria réagit par un sifflement qui se traduisit par un long soupir.

« Je crois, poursuivit Rebecka, que Maja Larsson leur a fait croire qu'elles étaient sans valeur. Ensuite, elle a fait preuve de patience. Elle a élaboré un plan pour que tous les héritiers meurent par accident. En espaçant les évènements. Un jour, elle a appris que Sol-Britt avait un demi-frère. Dans un premier temps, elle a probablement pensé l'éliminer lui aussi. Mais ensuite, elle a eu l'idée de le garder pour la fin, pensant qu'il serait un parfait bouc émissaire si les choses tournaient mal. Si la police venait à découvrir qu'il ne s'agissait pas d'accidents, par exemple. »

Elle fit une pause. Sa langue lui collait au palais. Elle avait un peu moins l'impression que sa tête allait exploser. Ils avaient dû lui donner quelque chose. Elle se demanda ce que c'était. Anna-Maria se leva pour lui apporter de l'eau dans un gobelet en plastique blanc.

« Maja ne pouvait pas hériter de Sol-Britt puisqu'elles étaient cousines. On n'hérite pas de sa cousine. Mais en l'absence d'enfants ou de petits-enfants, de frères et sœurs ou de neveux et nièces, une tante peut hériter. Et la mère de Maja était la tante de Sol-Britt.

– Alors elle a commencé par tuer le fils de Sol-Britt.

– Oui. Après, elle avait tout son temps. Mais sa mère a eu un cancer du foie. Et tout à coup, il a fallu que cela aille très vite. Elle a abattu Frans dans la forêt en volant la carabine d'un chasseur et en la remettant à sa place ensuite. C'est Örjan qui me l'a raconté. Est-ce qu'il est… ? »

Anna-Maria secoua la tête.

« Non, Rebecka. Il va bien. Il n'en finit pas de parler. On

ne peut plus l'arrêter. Sven-Erik a pris sa déposition. À ton avis, quelles charges seront retenues contre lui ? Complicité de meurtre ? Non-dénonciation de crime ?

– Complicité de tentative de meurtre, en tout cas en ce qui concerne Marcus, dit Rebecka. Et maltraitance caractérisée. Il n'échappera pas à la justice.

– Je n'arrive pas à comprendre Maja, dit Anna-Maria. Elle avait pourtant l'air d'être… je ne sais pas… quelqu'un de bien. Tu te rappelles comment elle a remis cet imbécile de Post à sa place. »

Rebecka ne répondit pas. Elle pensait à ses conversations avec Maja.

Elle ne me voyait même pas comme une personne, songea-t-elle. Pour elle, les gens n'étaient que des obstacles ou des instruments. Soit elle s'en servait, soit elle les éliminait.

« Elle a dû être aux anges en apprenant que Sol-Britt couchait avec Jocke Häggroth, réfléchit Anna-Maria à haute voix. Rien de plus simple que d'emprunter le téléphone de Sol-Britt, d'envoyer un SMS sur son propre téléphone annonçant qu'elle allait rompre avec lui et d'effacer le message du téléphone de Sol-Britt aussitôt après. Elle savait qu'on vérifierait tous ses messages, y compris les messages supprimés. »

Elles se turent et pensèrent à Maja. Maja donnant des dizaines de coups de fourche à sa cousine pour faire croire à l'œuvre d'un forcené. Maja traçant le mot PUTAIN sur le mur. Maja cherchant Marcus, ouvrant tous les placards. Maja plaçant la fourche dans la grange de Jocke Häggroth pour le faire accuser.

« Elle ne pouvait pas imaginer qu'il se jetterait du deuxième étage », fit remarquer Anna-Maria en finissant son café.

Bien meilleur que celui du commissariat, se disait-elle.

« On est en train de fouiller le chalet de fond en comble. Ça fait trois heures qu'ils y sont. On a trouvé le cadavre d'un chien dans un sac en plastique enfoui dans le compost.

– Le chien de Sol-Britt et de Marcus.

– C'est probablement elle qui a déposé le Pyrogel dans la niche, la nuit où Marcus dormait dedans, poursuivit Anna-Maria. Le crime parfait.

– Oui, probablement, soupira Rebecka. Elle ne pouvait pas savoir.

– Quoi donc ?

– Qu'elle avait déjà perdu la partie. Le simple fait que Marcus ait survécu à Sol-Britt la mettait hors course. La mère de Maja n'aurait jamais hérité de Sol-Britt. C'est le moment du décès qui compte et pas le moment de la succession. Une tante est au troisième rang dans l'ordre d'une succession. Elle n'aurait hérité que s'il n'y avait eu aucun héritier vivant de deuxième ou de premier rang au moment du décès. Marcus a hérité de Sol-Britt à la seconde où elle est morte. Si Maja avait réussi à le tuer par la suite, la maman de Marcus à Stockholm aurait récupéré l'héritage après son fils. Il aurait fallu que Marcus meure en même temps que Sol-Britt ou avant pour que la mère de Maja hérite. Elle a raté son coup. »

Et elle est morte, cette folle sans cœur, songea Rebecka. Et je n'ai même pas eu le temps de lui dire qu'elle avait fait tout cela pour rien.

« Pourquoi est-ce qu'elle a tué Vera, à ton avis ? » demanda Anna-Maria.

Rebecka ne répondit rien. Elle se tourna sur le côté et s'assit péniblement au bord du lit d'hôpital.

« Tu sais où sont mes vêtements ?

– Non, mais je sais qu'ils aimeraient bien te garder en observation jusqu'à demain », dit Anna-Maria.

Rebecka arracha le sparadrap qui fixait le cathéter de la perfusion à sa main et le retira. Elle se leva sur des jambes flageolantes et marcha jusqu'au placard.

« Qu'ils aillent au diable, dit-elle.

– Le Morveux est chez Krister, l'informa Anna-Maria. Krister voulait rester avec Marcus, mais les infirmières l'ont obligé à rentrer chez lui. Elles lui ont promis de l'appeler aussitôt qu'il se réveillerait. »

Rebecka s'habilla, évitant de se regarder dans le miroir. Évitant de regarder Anna-Maria.

« Laisse-moi au moins te raccompagner », lui demanda celle-ci.

Mais Rebecka refusa d'un geste et sortit de la chambre.

Anna-Maria appela Carl von Post.

Le compte rendu des derniers évènements lui prit cinq minutes. Von Post écouta en silence. À deux reprises, Anna-Maria interrompit son récit pour s'assurer qu'il était toujours au bout du fil. Elle lui demanda s'il voulait être présent à la conférence de presse organisée pour le lendemain matin, mais il déclina l'invitation.

Quand elle eut fini, il dit juste : « À demain », et il raccrocha.

Anna-Maria resta un instant plantée là, le téléphone à la main.

Elle pensait qu'il allait l'engueuler parce qu'elle ne lui avait pas téléphoné avant. Elle savait qu'elle aurait dû l'appeler au moment où elle avait reçu le message de Rebecka et où elle était partie pour Kurravaara avec Krister Eriksson et Sven-Erik Stålnacke.

Elle aurait presque préféré qu'il se mette en colère.

Qu'est-ce qu'il va faire maintenant ? Torturer un chat ? Se brûler la peau avec une cigarette ?

Elle appela Robert pour lui demander de venir la chercher. Tant pis, sa Ford resterait garée sur le parking de l'hôpital. La neige s'était remise à tomber et il faudrait la déneiger demain. Mais à chaque jour suffit sa peine.

Le mari d'Anna-Maria Mella s'était garé devant les urgences. Une horde de journalistes attendait déjà à l'entrée principale.

« Mon amour », dit-il tendrement quand elle monta à côté de lui.

Elle se serra contre lui et se blottit dans ses bras.

« Tu sais de quoi j'ai envie ? lui demanda-t-elle tandis qu'il lui caressait la nuque comme lui seul savait le faire.

– Rentrer à la maison et faire un autre enfant ?

– Exceptionnellement, non. J'ai envie de me faire une amie. Une amie fille. Si j'en suis capable. »

Carl von Post ne tortura pas de chat. Et il n'était pas non plus du genre à s'automutiler avec une cigarette. S'il avait eu un coach personnel, il lui aurait probablement dit qu'il y avait un enseignement à tirer de cette histoire.

Mais von Post n'avait pas la moindre intention de tirer le moindre enseignement de quoi que ce soit.

Tout ceci ne peut pas être vraiment en train d'arriver, se disait-il, le téléphone pendant mollement au bout de ses doigts.

Dérangé par la lumière des réverbères qui entrait par la fenêtre, il libéra les stores qui descendirent avec un claquement sec. Il prit deux Zolpidem qu'il avala avec trois whiskies bien serrés. Puis il s'endormit tout habillé sur le canapé.

À bientôt minuit, Krister Eriksson était encore assis à la table de sa cuisine, incapable de dormir. Le médecin lui avait donné des somnifères en partant de l'hôpital, mais il n'avait pas envie de les prendre. On lui avait promis qu'on l'appellerait dès que Marcus serait réveillé et il voulait être sûr de pouvoir répondre au téléphone. Il faut accepter ce qui ne peut être changé, se disait-il.

Il n'arrêtait pas de penser à Marcus. Il était resté à son chevet, à lui tenir la main jusqu'à ce qu'il s'endorme. Ensuite, le médecin l'avait chassé en lui disant que lui aussi avait besoin de repos.

Les êtres nous sont seulement prêtés, se dit-il sans que la sagesse de cette phrase lui soit d'une grande consolation.

Il regarda par la fenêtre le jardin plongé dans l'obscurité où, il y a quelques jours encore, il faisait la lecture à Marcus dans la niche des chiens.

Quand sa mère apprendra qu'il est riche, elle prendra le premier avion pour venir le chercher. Je devrais être heureux pour lui. Et je dois simplement profiter le mieux possible du temps qui nous reste.

Il fut interrompu dans ses pensées par les chiens qui aboyaient et grattaient à la porte.

Rebecka était là.

Elle avait une tête épouvantable. Dans la lumière du porche, ses yeux étaient comme deux trous noirs dans son visage. Son nez était bleu et tuméfié. Sa lèvre supérieure également. Elle avait plusieurs points de suture à l'arcade sourcilière.

« Je suis venue chercher le Morveux », dit-elle avec raideur. Il sentit qu'elle luttait pour ne pas pleurer.

« Rebecka, murmura Krister doucement. Tu veux entrer ? »

Elle secoua la tête.

« Non. Je veux juste rentrer chez moi.

– Vera ? lui demanda-t-il. Que s'est-il passé ? »

Elle secoua la tête à nouveau. Et quelque chose en lui eut brusquement si mal qu'il se mit à pleurer.

« Elle laissait des traces, dit Rebecka d'une voix qui menaçait de se briser. Maja nous aurait trouvés. »

Il pleurait alors qu'il mourait d'envie de la serrer dans ses bras pour alléger sa peine.

Elle restait immobile dans le pauvre éclairage de la lampe extérieure. Sa poitrine montait et descendait comme si elle avait du mal à respirer.

« Marcus est vivant, dit-il finalement. S'il te plaît, entre un moment.

– Ça ne suffit pas, répondit-elle tout bas. Ça ne suffit pas qu'il soit vivant. »

Elle se plia en deux en pressant son poing fermé contre sa poitrine, comme pour empêcher les pleurs de sortir, s'appuya contre la rambarde de la véranda. Une longue plainte s'échappa de ses lèvres, suivie de sanglots irrépressibles. Le genre de douleur émotionnelle qui casse un être en deux et le fait tomber à genoux.

« Ça ne suffit pas ! » cria-t-elle à nouveau entre deux hoquets.

Puis elle leva les yeux vers lui.

« Prends-moi dans tes bras. Il faut que… j'ai besoin que quelqu'un me prenne dans ses bras. »

Il fit un pas vers elle et l'enlaça. La berça. La serra contre lui. Lui murmura des paroles de réconfort dans les cheveux.

« Pleure. Oui, voilà, comme ça. »

Et ils pleurèrent ensemble.

Les chiens sortirent de la maison et vinrent s'asseoir autour d'eux. Le Morveux glissa son nez entre les genoux de Rebecka.

Elle leva son visage vers Krister. Chercha sa bouche avec la sienne. Tout doucement, à cause de la douleur.

« Fais-moi l'amour, dit-elle. Baise-moi assez fort pour me faire oublier. »

Il aurait dû refuser. Ce n'était pas une bonne idée. Mais elle se tenait serrée contre lui. Comment aurait-il pu la lâcher, dans ces circonstances ? Ses mains trouvèrent un chemin à l'intérieur de sa veste, sous son pull-over. Il l'entraîna à l'intérieur.

« Et vous, vous entrez aussi », dit-il aux chiens, réussissant par il ne savait quelle prouesse à refermer la porte derrière eux.

Il lui prit les mains et monta les marches devant elle, à reculons. Les larmes de Rebecka coulaient sur ses paumes. Les chiens marchaient derrière, comme un cortège nuptial.

Il la coucha sur le lit et s'allongea sur elle, incapable de la lâcher une seconde. Il se mit à la caresser, prit ses petits seins entre ses mains. Elle se débarrassa fébrilement de ses vêtements et lui ordonna de se déshabiller. Il obéit. Revint se coucher nu près d'elle, pensant à chaque instant qu'elle allait lui demander de s'arrêter.

Elle était si douce. Il embrassa ses cheveux et ses oreilles et la moins abîmée de ses lèvres. Il se félicita d'avoir arrêté de chiquer.

Elle ne lui demanda pas d'arrêter. Au contraire, elle l'attira dans son ventre.

Il se dit qu'il faisait une énorme connerie. Mais c'était trop tard. Il était perdu.

Après, il alla chercher un verre d'eau et les somnifères que lui avait donnés le médecin.

« Et Marcus ? Tu crois que sa mère va venir le chercher maintenant qu'il est riche ?

– Je ne sais pas, répondit-il en lui tendant l'un des comprimés. Tiens. Dors maintenant.

– Elle va vouloir l'argent, insista Rebecka. Elle n'a jamais voulu le voir. Mais maintenant. Cette garce, évidemment qu'elle va vouloir le récupérer. »

Elle se tut en remarquant la tristesse dans les yeux de Krister.

« Tu aurais voulu t'en occuper ? lui demanda-t-elle.

– Oui, dit-il tout bas. Depuis le jour où je l'ai trouvé. Je ne saurais pas t'expliquer pourquoi. Mais c'est comme ça. Et maintenant que je l'ai eu avec moi quelques jours, je... »

Il s'interrompit, bouleversé.

Elle se leva.

« Habille-toi. J'appelle Björnfot et Anna-Maria. »

Anna-Maria Mella, Rebecka, Krister et Alf Björnfot se donnèrent rendez-vous dans l'appartement de fonction de Björnfot. Il était une heure et demie du matin.

Ils s'installèrent dans la pièce qui servait à la fois de salle à manger et de salon et se réchauffèrent avec chacun son mug de thé. La tenue de ski nordique du procureur Björnfot traînait sur le dossier du canapé. Dans la salle de bains était installé un banc de réglage sur lequel était posée une paire de skis. Il y en avait un qui attendait la neige avec impatience, en tout cas.

« Tu es complètement cinglée, dit Anna-Maria à Rebecka.

– Elle l'a abandonné quand il avait un an. Elle n'a jamais

demandé à le voir lorsqu'elle en avait la possibilité. Je veux que ces titres disparaissent. »

Alf Björnfot ouvrit la bouche et la referma.

« Nous devons les enfermer dans un coffre à la banque jusqu'à sa majorité, poursuivit Rebecka. Je vous promets de surveiller la société de près pour m'assurer qu'il n'y aura pas d'augmentations de capital ni quoi que ce soit d'autre qui risque de faire tomber le cours des actions.

– Örjan est au courant qu'elles existent, fit remarquer Anna-Maria, ennuyée.

– Qu'elles existaient ! Mais, oups ! Sol-Britt a dû les mettre à la poubelle, répliqua Rebecka. Persuadée qu'elles étaient sans valeur. Si la mère de Marcus a envie de s'occuper de lui, super. Mais il faut qu'elle veuille le reprendre sans l'argent.

– Elle n'a aucune intention de le reprendre », dit Anna-Maria.

Elle se tourna vers Krister.

« Toi, tu veux t'occuper de lui, alors ? Tu sais ce que c'est d'élever un gamin ? Sans compter que celui-là en a vu des vertes et des pas mûres.

– Oui, je veux m'occuper de lui. Et je ne veux pas de son argent. S'il ne tenait qu'à moi, vous pourriez le brûler.

– Personne ne va brûler quoi que ce soit, intervint Alf Björnfot. Mais est-ce que quelqu'un peut me dire de quoi on parle ? Je n'ai jamais vu aucune action, moi !

– Moi non plus, déclara Anna-Maria. On peut aller dormir, maintenant ?

– Oui, dit Rebecka en évitant de regarder Krister. Je suppose que oui. »

Jeudi 27 octobre

Carl von Post se réveilla avec un coup au cœur.

Meeerde, se dit-il en tendant la main vers le téléphone. Alf Björnfot répondit à la première sonnerie. Von Post regarda l'heure. Bien sûr qu'il était réveillé. Il était plus de huit heures.

« Jenny Häggroth ! s'exclama von Post. Dites-moi qu'elle n'est plus enfermée dans la cellule du commissariat.

– C'est vous le chef d'instruction. Si vous n'avez pas demandé qu'elle soit libérée, elle doit y être encore, répondit Alf Björnfot mollement.

– Mais je…, commença von Post, se demandant comment se sortir de cette nouvelle bavure. Personne ne m'a informé de ce qui s'était passé hier.

– Hum, grogna le procureur général avec un flegme encore plus marqué. Je viens de voir Anna-Maria il y a un instant et elle m'a dit qu'elle vous avait fait son rapport hier soir, par téléphone. Je pense que cette conversation apparaîtra sur vos mobiles, alors vous devriez peut-être prendre une minute pour réinterroger votre mémoire.

– Je vais appeler immédiatement et la faire libérer, s'empressa de déclarer von Post. Il n'y a pas péril en la demeure, après tout. Elle a juste passé une nuit...

– Je n'y compterais pas trop à votre place. N'oubliez pas qu'elle a pris Silbersky comme avocat ! Quand une garde à vue ou une mise en examen n'a plus lieu d'être, la privation de liberté doit être interrompue. Aussitôt. Pas au bout de quelques heures. Ni a fortiori le lendemain. »

Carl von Post gémit de façon audible. Le bavard au nez busqué allait le bouffer tout cru pour le petit-déjeuner.

« On va m'accuser de faute professionnelle », gémit-il entre ses dents.

Il arrivait en effet qu'un juge ou un procureur soit condamné pour faute professionnelle s'il oubliait, par exemple, de déduire des journées de détention préventive d'une peine d'emprisonnement ou de priver sans raison valable une personne de sa liberté. Le magistrat ne perdrait pas son job. Mais le blâme qu'il ne manquerait pas d'essuyer ternirait irrémédiablement sa réputation. C'était le genre d'anecdotes dont on parlait derrière votre dos pendant des années.

« Rebecka Martinsson sera dans la salle d'audience et elle boira du petit-lait, je vois ça d'ici, pleurnicha-t-il.

– Je ne pense pas », le rassura son supérieur en se disant en son for intérieur : Mais moi, je ne manquerais cela pour rien au monde.

Quand Rebecka ouvrit les yeux, ce fut pour croiser le regard de Krister. Depuis combien de temps la regardait-il dormir ? Tintin, le Morveux et Roy s'étiraient au pied du lit.

« Bonjour, beauté, lui murmura-t-il. Comment te sens-tu ? »

Elle fit quelques grimaces pour tester les muscles de son visage. Il était raide et gonflé.

« N'essaye même pas. Je sais bien que tu cherches à me flatter pour coucher avec moi. Euh, je rêve, ou il y a trois chiens sur le lit ? »

Krister poussa un soupir.

« Tu ne rêves pas. Mais c'est de votre faute aussi, à Marcus et à toi. »

Rebecka se pencha pour prendre son téléphone dans la poche de sa parka qui traînait sur le plancher. Trois messages et cinq appels manqués de Måns.

Il y a quelque chose qui cloche quand on ne prend plus les appels de son petit ami, songea-t-elle. Qu'on n'a plus envie de lui parler. Qu'on se sent harcelée. Et puis, ce n'est peut-être pas tout à fait normal non plus de faire l'amour avec un autre.

« Je vais le quitter », dit-elle à Krister.

Il lui passa doucement la main dans les cheveux.

Yes ! jubilait-il intérieurement.

Tout haut il dit :

« Ne prends pas de grandes décisions dans la précipitation.

– D'accord, répondit-elle.

– Mais tu peux en prendre de petites. Je vais chercher Marcus à l'hôpital. Tu veux déjeuner avec nous ? »

Elle sourit. Prudemment. Elle avait quand même un peu mal. Au visage et au cœur. Une petite décision à la fois.

« Oui. Je veux bien déjeuner avec vous. »

REMERCIEMENTS

J'ai trébuché et je suis tombée. Le livre m'a échappé. Je n'arrivais plus à le rattraper. Merci à vous tous qui m'avez aidée à le retrouver. Vous vous reconnaîtrez. Pendant un moment, j'ai cru que je l'avais perdu. Mais il est revenu, mes lecteurs adorés.

Hjalmar Lundbohm a vraiment existé. Mais toute son aventure avec Elina est le fruit de mon imagination. J'invente et je raconte des histoires, c'est mon métier. Je tape sur la tête de Rebecka et je tue des chiens.

Il y a tellement de gens que j'aimerais remercier. Mais aujourd'hui, je citerai en particulier :

Mon éditrice, Eva Bonnier, et ma correctrice, Rachel Åkerstedt, pour leur affection sans complaisance. Toutes les personnes formidables à qui j'ai affaire aux éditions Albert Bonnier förlag et à l'agence Bonnier Group Agency. Elisabeth Ohlson Wallin et John Eyre pour la couverture.

Eva Hörnell Sköldstrand et Sara Luthander Hallström pour leur lecture attentive et leurs encouragements. Malin Persson Giolito, à qui j'ai demandé de lire le livre « le couteau à la main » et qui a sorti une machette. Ma mère et mon père, qui m'aident surtout en me rappelant tout ce qui a trait à ma culture, mes origines, ma région.

Curt Persson, conservateur régional du comté de Norrbotten, qui a si généreusement partagé avec moi ses connaissances sur Kiruna autour de la Première Guerre mondiale et sur Hjalmar Lundbohm. Kjäll Törmä, qui m'a laissée emprunter l'histoire de l'époque où il avait décidé d'arrêter de chiquer et où il a fini par faire sécher du tabac humide dans son four à micro-ondes. Cecilia Bergman, à qui je téléphone sans cesse pour lui demander des renseignements sur le travail de procureur et les questions de droit. Le professeur Marie Allen, du laboratoire Rudbeck, à Uppsala, qui raconte des choses tellement passionnantes sur le sang et les os qu'on aurait presque envie de changer de métier. Le professeur Peter Löwenhielm, qui m'a donné un coup de main avec mes morts. Niclas Högström, qui m'a parlé de titres anciens. Jörgen Walmark, de l'Hôtel de Glace à Jukkasjärvi pour m'avoir fait visiter les ateliers. Les erreurs qui se trouvent dans le roman sont toutes de mon fait. Soit parce que j'ai oublié de demander, soit parce que j'ai mal compris ou alors parce que j'ai préféré inventer pour servir la fiction.

Stella et Leo. Ça y est ! Le bouquin est terminé ! Je sais que vous attendiez ce moment avec impatience. Ola, mon renard polaire, merci, je t'aime.

Et à toi qui t'es demandé ce que voulait dire « *Hänen ej ole ko pistaä takaisin ja nussia uuesti* », je le traduirais à peu près comme ça : « Il n'y a plus qu'à le refourrer à l'intérieur et à envoyer son père saillir sa mère pour recommencer. » En d'autres termes : il est tellement nul qu'il n'y a plus qu'à le refabriquer. Ma grand-mère avait beau être une laestadienne très croyante, cela ne l'a jamais empêchée de dire des choses de ce genre. Dans la région de Tornedalen, on ne mâche pas ses mots.

DU MÊME AUTEUR

Aux Éditions Albin Michel

LE SANG VERSÉ, 2014
LA PISTE NOIRE, 2015
TANT QUE DURE TA COLÈRE, 2016

Aux Éditions Gallimard

HORREUR BORÉALE, 2006

Composition Nord Compo
Impression CPI Brodard et Taupin en juillet 2017
Éditions Albin Michel
22, rue Huyghens, 75014 Paris
www.albin-michel.fr
ISBN : 978-2-226-39324-1
N° d'édition : 22473/01 – N° d'impression : 3024012
Dépôt légal : septembre 2017
Imprimé en France